EIN HOLZFÄLLER FÜR APRIL

EIN SPIEL DES GLÜCKS

BUCH 4

SUSAN STOKER

EBENFALLS VON SUSAN STOKER

Ein Spiel des Glücks
Ein Beschützer für Carlise
Ein Prinz für June
Ein Held für Marlowe
Ein Holzfäller für April

SEALs of Protection: Alliance
Schutz für Remi
Schutz für Wren
Schutz für Josie
Schutz für Maggie
Schutz für Addison
Schutz für Kelli
Schutz für Bree (Jan 2026)

Die Männer von Silverstone
Vertrauen in Skylar
Vertrauen in Taylor
Vertrauen in Molly
Vertrauen in Cassidy

Die Zuflucht in den Bergen
Zuflucht für Alaska
Zuflucht für Henley
Zuflucht für Reese
Zuflucht für Cora
Zuflucht für Lara
Zuflucht für Maisy
Zuflucht für Ryleigh

Das Bergungsteam vom Eagle Point
Ein Retter für Lilly
Ein Retter für Elsie
Ein Retter für Bristol
Ein Retter für Caryn
Ein Retter für Finley
Ein Retter für Heather
Ein Retter für Khloe

SEALs of Protection: Legacy
Ein Beschützer für Caite
Ein Beschützer für Brenae
Ein Beschützer für Sidney
Ein Beschützer für Piper
Ein Beschützer für Zoey
Ein Beschützer für Avery
Ein Beschützer für Kalee
Ein Beschützer für Jane

Die SEALs von Hawaii:
Die Suche nach Elodie
Die Suche nach Lexie
Die Suche nach Kenna
Die Suche nach Monica
Die Suche nach Carly

KAPITEL EINS

Nach dem Aufwachen dauerte es ein paar Sekunden, bis April begriff, wo sie war. Was geschehen war. Nun ja ... was ihr diesbezüglich *gesagt* worden war. Sie war im Krankenhaus, weil ihr Wagen von der Straße abgekommen war. Sie konnte sich an nichts davon erinnern.

Eigentlich erinnerte sie sich an kaum etwas aus den letzten fünf Jahren ihres Lebens.

Die Ärzte sagten ihr, dass sie große Hoffnungen hegten, ihr Gedächtnisverlust sei eine Folge der Hirnprellung durch den Unfall.

Aber »große Hoffnungen« war nicht sehr beruhigend. Es wäre ihr lieber gewesen, man hätte ihr klipp und klar gesagt, dass ihre Amnesie nur vorübergehend sei. Der Gedanke, sich an nichts mehr aus ihrem Leben der letzten Jahre erinnern zu können, war erschreckend.

Sie wusste noch, wer sie war – April Hoffman. Dass sie sechsundvierzig war und ihre Mutter die einzige Familie war, die sie noch hatte, und auch an ihre Kindheit erinnerte sie sich. Aber die Lücke in ihren Erinnerungen an das, was sie in den letzten fünf Jahren getan hatte, machte ihr eine Heidenangst.

Nicht weil sie glaubte, etwas Schreckliches getan zu haben, sondern eher, weil sie ständig Besuch bekam, der sich scheinbar wirklich Sorgen um sie machte ... und sie konnte sich an keinen von diesen Leuten erinnern. Sie sah sie nicht gern so aufgebracht, und es war klar, dass sie extrem gestresst waren, nicht nur wegen ihres Unfalls, sondern weil sie sie nicht kannte.

Ihr Kopf pochte und April hielt die Augen geschlossen. Das Licht im Zimmer verschlimmerte die Kopfschmerzen, die sie hatte, seit sie in der Notaufnahme aufgewacht war. Sie hörte ein Schlurfen neben dem Bett und fragte sich vage, wer dieses Mal neben ihr saß.

Seit sie im Krankenhaus aufgewacht war – in Bangor, Maine, wie ihr gesagt worden war –, hatte April nicht eine Minute allein verbracht. Es war beunruhigend zu erkennen, dass die Menschen, die neben ihrem Bett saßen, so loyal waren. Sie hatte nie viele Freunde gehabt ... soweit sie sich erinnern konnte. Und schon gar keine, die ihr ganzes Leben auf Eis legen würden, um sich zu Tode zu langweilen, indem sie neben ihrem Krankenhausbett saßen, während sie meistens schlief.

Die Wahrheit war, dass die April, an die sie sich erinnerte, eine Einzelgängerin war. Sie hatte sich immer gewünscht, Freunde zu haben, mit denen sie abhängen, einkaufen und lachen konnte. Es schien, als hätte ihr Handeln in den letzten fünf Jahren genau dazu geführt ... wenn sie sich nur daran erinnern könnte.

Schließlich öffnete sie die Augen, als sie in der Nähe einen geflüsterten Streit hörte. April drehte den Kopf und sah den Rücken eines Mannes direkt vor ihrer Tür. Seine Beine waren schulterbreit auseinander und er versperrte den Zugang zu ihrem Zimmer. Sie konnte erkennen, dass er die Arme vor der Brust verschränkt hatte, während er ein sehr hitziges Gespräch mit einem anderen Mann führte.

Sie starrte auf den Rücken des Mannes und versuchte

verzweifelt, sich an etwas, irgendetwas über ihn zu erinnern. Sein Name war Jackson Justice, wie sie erfahren hatte, und er war ein ständiger Begleiter in ihrem Leben, seit sie verängstigt und verletzt im Krankenhaus aufgewacht war.

Sie kannte ihn nicht, aber etwas tief in ihrem Inneren sorgte dafür, dass sie ihm sofort vertraute. Als die Ärzte April mitteilten, dass sie an Amnesie litt, war er derjenige gewesen, den sie zur Beruhigung angesehen hatte. Als sie mitten in der Nacht mit so heftig pochendem Kopf aufgewacht war, dass sie dachte, sie würde sterben, war er bei ihr gewesen, hatte ihre Hand gehalten und ihr gesagt, dass alles gut werden würde. Er hatte sie dazu gebracht, ihre Atmung zu verlangsamen, und war an ihrer Seite geblieben, bis sie wieder eingeschlafen war.

Selbst als all die anderen Leute – ihre Freunde – in ihrem Zimmer ein- und ausgingen, war er derjenige, zu dem sie schaute, wenn sie überwältigt war. Er war derjenige, der alle genau in dem Moment hinausschickte, als sie eine kleine Pause von den ganzen Sorgen brauchte.

Sie alle nannten ihn JJ, aber aus irgendeinem Grund fühlte dieser Name sich für April nicht richtig an. Als sie ihm das gestand, erwiderte er, dass sie ihn Jack nannte. *Das* hatte sich vertraut angefühlt. Es war wahrscheinlich die erste Sache, die sich in der vergangenen Woche richtig angefühlt hatte.

Jack hatte gesagt, dass sie befreundet seien, dass sie für das Unternehmen arbeitete, das ihm zusammen mit den drei anderen Männern gehörte, die in der letzten Woche regelmäßig mit ihren Frauen zu Besuch gekommen waren, aber mehr hatte er nicht verraten. Es kam ihr so vor, als hätten sie und Jack eine tiefere Verbindung als nur Chef und Angestellte, aber jedes Mal, wenn sie es ansprach, wechselte er schnell das Thema.

Sie fing an zu glauben, dass sie vielleicht einmal zusammen gewesen waren und es nicht gut ausgegangen war. Oder vielleicht hatten sie einen One-Night-Stand gehabt. Die Ungewissheit machte sie wahnsinnig.

April beobachtete, wie Jacks Muskeln sich anspannten, bevor er sie bewusst wieder entspannte. Er beugte sich zu dem anderen Mann, der knapp außer Sichtweite stand, sagte etwas, das zu leise war, als dass April es hätte hören können, und trat dann zur Seite. Dabei blickte er in den Raum und sah, dass sie wach war.

Sie sah, wie er sich wieder verkrampfte, aber er ließ den anderen Mann dennoch in das Zimmer. Sobald April sah, wer es war, verstand sie die Feindseligkeit in der Luft.

Es war James Neal ... ihr Ex-Mann.

Jack war auch bei ihr gewesen, als ihr Ex das erste Mal kam. Er war ins Zimmer gelaufen, hatte nach Luft geschnappt, als er sie sah, ihre Hand ergriffen und dann falsche Tränen geweint. April war überrascht, aber nicht sonderlich beunruhigt gewesen. Jack jedoch reagierte, als sei James ein Serienmörder. Er hatte ihn gepackt, herumgewirbelt und gegen die Wand auf der anderen Seite des Raumes geschleudert, so weit weg von ihr wie nur möglich, und gefragt, wer zum Teufel er sei. James hatte ein wenig gestottert und gesagt, er sei ihr Mann.

Das hatte Jack fast um den Verstand gebracht.

Natürlich war April selbst schockiert gewesen, da sie nicht wusste, dass sie James nach ihrer Scheidung wieder geheiratet hatte. Aber es hatte nicht lange gedauert, bis er zugab, immer noch ihr Ex zu sein.

Das war kein verheißungsvoller Anfang für die beiden Männer, und in den zwei Tagen danach waren sie jedes Mal angespannt und scheinbar kurz vor einer Prügelei, wenn sie einander sahen.

»Ich bin unten in der Cafeteria, wenn du mich brauchst«, sagte Jack an der Tür zu April.

»Sie wird dich nicht brauchen«, spottete James.

Jack ignorierte ihren Ex und hielt Blickkontakt mit ihr. »Okay?«, fragte er.

»Okay«, sagte April leise.

Sie war nicht sicher, wie lange sie einander anstarrten – die Verbindung, die sie zu diesem Mann spürte, war stark –, bevor er schließlich nickte und verschwand.

»Ich kann ihm den Zutritt zu deinem Zimmer verbieten lassen, wenn er dich stört«, sagte James sofort, während er einen Stuhl an das Bett heranzog. Das Geräusch, das er beim Kratzen über den Fliesenboden machte, ließ April zusammenzucken.

»Er stört mich nicht«, sagte sie zu James.

Ihr Ex atmete genervt aus, lehnte sich dann im Stuhl zurück und legte die Füße neben ihrer Hüfte auf die Matratze. »Ich hasse Krankenhäuser. Sie riechen komisch und alles ist so deprimierend«, sagte er.

April presste die Lippen aufeinander und fragte sich, warum er überhaupt hier war. Ihr Kurzzeitgedächtnis war durch den Unfall beeinträchtigt, aber es fiel ihr auch schwer, sich an ihre Ehe mit diesem Mann zu erinnern. Das hatte nichts mit dem Schlag auf den Kopf zu tun, sondern damit, dass sie vor der Scheidung lange Zeit einfach nur nebeneinander existiert hatten. Sie hatten nicht viel miteinander gesprochen oder interagiert, bevor sie sich trennten.

James war gut aussehend. Er war etwa so groß wie sie und hatte dunkelbraunes Haar und haselnussbraune Augen. Er war nicht dick und nicht dünn. Ehrlich gesagt war er ziemlich durchschnittlich, genau wie April. An seinem Aussehen war nichts auszusetzen.

Was jedoch die Persönlichkeit betraf ...

Er hatte ihr erzählt, dass ihre Mutter ihn angerufen hatte, um ihm mitzuteilen, dass April einen Unfall gehabt hatte, und ihn gebeten hatte, nach Maine zu kommen und nach ihr zu sehen, da Mom nicht reisen konnte. Und nachdem er sich davon überzeugt hatte, dass sie nicht an der Schwelle des Todes stand, hatte er sich über fast alles beschwert. Bangor, das Wetter, den Flug hierher, die Kosten für den Mietwagen, die Größe des Krankenhauses, das Fehlen seiner Lieblingsrestaurants ... die Liste ließ sich endlos fortsetzen.

»Du musst nicht bleiben«, sagte sie. »Du hast selbst gesehen, dass es mir gut geht. Du kannst nach Hause fliegen.«

In diesem Moment ließ James die Füße von ihrem Bett sinken und beugte sich vor.

April machte sich auf das gefasst, was er als Nächstes sagen würde. Er ließ sie nicht warten.

»Es war ein Fehler, uns scheiden zu lassen. Wir sollten es noch einmal versuchen. Wir waren gut zusammen, Ape.«

April wollte über den Spitznamen am liebsten mit den Augen rollen. Sie hatte ihn immer gehasst. Sie hatte es ihm mehr als einmal gesagt, aber er ignorierte sie und nannte sie weiterhin so, weil er es für eine süße Art hielt, ihren Namen abzukürzen. Das war es nicht. Es war nervig.

»Das waren wir einmal«, stimmte sie zu, »aber kannst du ehrlich behaupten, dass du gegen Ende unserer Ehe glücklich warst?«

»Ja«, antwortete er, ohne zu zögern.

»Ich war es nicht«, sagte April.

Das schien James zu schockieren.

»Wir haben nichts mehr zusammen gemacht. Ich hätte ein Dinosaurierkostüm anziehen und im Haus herumtanzen können, und ich glaube nicht, dass du es bemerkt hättest.«

»Da liegst du falsch.«

»Ich weiß es zu schätzen, dass du gekommen bist, um nach mir zu sehen, aber es ist aus mit uns«, sagte April nachdrücklich, da er nicht auf die Idee kommen sollte, sie könnten die Dinge klären und wieder zusammenkommen.

James seufzte. »Ich vermisse dich«, jammerte er.

»Nein, du vermisst es, dich nicht um alles kümmern zu

müssen, was mit dem normalen Leben zu tun hat. Rechnungen zu bezahlen, im Haus zu sein, wenn der Kammerjäger kommt, selbst zu kochen. Du hast mich für selbstverständlich gehalten, James. Wir waren nicht Mann und Frau, ich war deine Haushaltshilfe. Das ist keine Ehe.«

»Das ist nicht wahr«, protestierte er.

»Doch, das ist es. Wir haben uns auseinandergelebt. Das kommt vor«, beharrte sie. »Ich weiß es zu schätzen, dass du den ganzen Weg zu mir gekommen bist, aber du hasst es hier. Es ist Zeit, dass du nach Hause zurückkehrst.«

James sah sie einen langen Moment an. »Ich habe es nie verstanden ... Warum Maine? Warum bist du den ganzen Weg hierhergekommen? Die Winter sind furchtbar und es ist so abgelegen.«

April zuckte mit den Schultern. Sie wollte gestehen, dass es so weit wie möglich von ihm weg gewesen war und dass sie gewusst hatte, dass er ihr niemals folgen würde. Aber sie hielt den Mund.

Er seufzte. »Dieser JJ ... er ist nicht gut für dich.«

April versteifte sich. Auf keinen Fall würde sie mit ihrem Ex über Jack sprechen. Sie hatte keine Ahnung, wie sie zu ihrem Chef stand, aber James hatte kein Mitspracherecht in ihrem jetzigen Leben. »James, nein –«, begann sie, aber er unterbrach sie.

»Im Ernst, Ape, er wird dich mit Füßen treten. Er ist verdammt herrisch. Scheiße, er ist wahrscheinlich der Grund, warum du überhaupt hier im Krankenhaus bist! Du hättest nicht auf dieser Straße sein sollen. Hätte er seine Arbeit gemacht, anstatt sie von seiner Sekretärin erledigen zu lassen, wärst du nicht verletzt worden.«

»Es ist Zeit für dich zu gehen«, sagte April mit flacher Stimme. »Du weißt nicht, wovon du redest, und ich will nicht, dass du Jack schlechtmachst.«

»Das ist ja das Problem – *du* weißt auch nicht, wovon du

redest«, schoss James zurück. »Weil du dich nicht erinnern kannst. Der Kerl kann dir jetzt buchstäblich alles sagen. Du bist nicht sicher. Bis du dein Gedächtnis wiedererlangst, *falls* du es denn wiedererlangst, bist du völlig verwundbar. Er könnte dir sagen, dass ihr ein Liebespaar seid, und dich mit gespreizten Beinen auf den Rücken legen, und du hättest keine Ahnung, ob er lügt oder nicht!«

April sah rot. Sie drückte sich mit den Armen hoch, bis sie aufrechter saß. »Du hast recht, ich weiß nicht, wie es um meine Beziehung zu Jack steht, aber er hat sich immer respektvoll verhalten. Seit meinem Unfall ist er ein Fels an meiner Seite. Ich vertraue ihm, James, mehr als ich dir vertraue, und ich erinnere mich noch sehr gut an unsere Ehe ... was schon etwas heißen will, meinst du nicht?« Sie seufzte. Ihr Kopf pochte jetzt noch mehr. »Geh nach Hause, James. Du hast deine Pflicht getan.«

»Du machst einen Fehler«, warnte er, als er aufstand und der Stuhl wieder dieses schreckliche Geräusch machte.

»Mag sein, aber ich habe in meinem Leben schon viele Fehler gemacht, unter anderem eine lieblose Ehe viel länger aufrechtzuerhalten, als ich es hätte tun sollen. Aber ich weiß ohne den geringsten Zweifel, dass die Menschen, die sich um mich geschart haben, seit ich hier bin, nicht zu diesen Fehlern gehören. Chappy, Carlise, Cal, June, Bob und Marlowe waren bessere Freunde als alle anderen, die ich je kannte, und ich erinnere mich nicht einmal an sie. Und Jack? Ich weiß nicht, wo wir stehen, aber wenigstens kommt er nicht hierher und jammert, wie sehr er Krankenhäuser hasst, und versucht, mir ein schlechtes Gewissen einzureden, weil ich überhaupt hier bin.«

April atmete schwer, als sie fertig war. Es war ein gutes Gefühl, James die Stirn zu bieten. Während ihrer Ehe hatte sie das nicht oft getan. Es war einfacher gewesen, mit dem Strom zu schwimmen und ihn nicht zu verärgern. Aber damit war sie jetzt fertig. Sie und James waren geschieden, und sie würde sich nie wieder von seinen Worten beeinflussen lassen. Das hatte sie viel zu lange getan.

»Komm nicht wieder angelaufen, wenn du merkst, was für einen großen Fehler du mit dem Umzug nach Maine gemacht hast«, knurrte er.

April lachte, auch wenn es ihre Kopfschmerzen verschlimmerte. »Es ist fünf Jahre her, James. Ich glaube nicht, dass ich in absehbarer Zukunft zu dir zurückkommen werde.«

»Deine Mutter wird enttäuscht sein«, erwiderte er, eindeutig als letzter Versuch.

April zuckte mit den Schultern. »Sie ist immer enttäuscht von mir. Sie wird darüber hinwegkommen.«

Mit einem letzten Kopfschütteln drehte James sich um und ging zur Tür.

April hielt den Atem an, bis er weg war, dann rutschte sie wieder im Bett herunter. Die Erleichterung, die sie in der darauffolgenden Stille empfand, war fast überwältigend. In diesem Moment wurde ihr klar, dass sie alles *andere* als Erleichterung empfand, wenn Jack ihr Zimmer verließ. Und mit dieser Erkenntnis strömte ein Gefühl wie Traurigkeit durch ihre Adern, weil sie Jahre an einen Mann verschwendet hatte, den sie nie hätte heiraten sollen.

Sie hatte die richtige Entscheidung getroffen, ihn wegzuschicken. James war nicht ohne Grund ihr Ex. Und obwohl sie dankbar sein konnte, dass er bereit war, ihrer Mutter einen Gefallen zu tun, indem er nach Maine kam, um nach ihr zu sehen, würde sie nie wieder mit ihm zusammenkommen.

»April?«, fragte eine Frauenstimme zaghaft von der Tür aus. »Geht es dir gut? Ich habe James gehen sehen, und er sah nicht glücklich aus.«

Als April den Kopf drehte, sah sie die hochschwangere June, die in den Raum spähte. »Komm rein«, sagte sie und gab der zierlichen Frau eine Geste.

June trat ein und zog den Stuhl, auf dem James gesessen hatte, näher an das Bett heran, wobei sie darauf achtete, dass die Beine nicht über den Boden kratzten. Sie setzte sich hin, lehnte sich vor und legte eine Hand auf Aprils Unterarm. »Geht es dir gut?«, fragte sie erneut.

»Mir geht's gut. James wird nicht zurückkommen ... zumindest hoffe ich das.«

June lächelte. »Wirklich?«

»Wirklich.«

»Gut! Oh – ich meine, das war unhöflich. Tut mir leid. Aber er war nicht sehr rücksichtsvoll dir gegenüber.«

»Oder dir und den anderen gegenüber«, sagte April mit einem kleinen Lächeln. Ihr war nicht entgangen, wie sehr James June, Carlise und Marlowe ignoriert hatte. Alle drei Frauen befanden sich in verschiedenen Stadien der Schwangerschaft. June war etwa im siebten Monat und watschelte beim Gehen deutlich. Carlise lag mit etwa sechs Monaten nicht allzu weit hinter ihr, aber ihr Baby schien nicht so groß zu sein wie Junes, und Marlowe war erst im vierten Monat. Ihre Männer sorgten immer dafür, dass sie saßen, genügend zu essen und zu trinken und es bequem hatten, wenn sie zu Besuch kamen.

Es war James nicht einmal in den Sinn gekommen, dass die Schwangeren vielleicht sitzen mussten oder wollten, also hatte er sich nie die Mühe gemacht, seinen Platz zu räumen.

June zuckte mit den Schultern. »JJ wird auch froh sein, dass er weg ist.«

Aprils Arzt hatte sie gebeten, sich nicht zu sehr mit den Erinnerungen an die letzten fünf Jahre anzustrengen. Er ging davon aus, dass ihre Erinnerungen zurückkehren würden, sobald ihr Gehirn von dem Trauma geheilt war, das es erlitten hatte. Doch in diesem Moment wünschte April sich mit aller Macht, sie könnte sich an ihr Leben erinnern. Sie wollte von der Zeit wissen, die sie mit June und den anderen Frauen verbracht hatte. Sie wollte sich an die Geschichten erinnern, wie sie ihre Männer kennengelernt hatten. Und sie wollte unbedingt wissen, warum sie sich bei Jack so wohlfühlte und warum sie ihm so leicht vertraute.

»Warum?«, platzte sie heraus.

»Warum was?«, fragte June und legte den Kopf schief.

»Warum sollte Jack das interessieren?«

Zum ersten Mal während ihrer vielen Besuche sah June unbehaglich aus. Das wiederum brachte April dazu, sich zu verkrampfen.

»Ich bin nicht sicher, ob ich mit dir darüber reden soll.«

»Bitte«, flüsterte April. »Ich bin so verwirrt. Waren wir ein Liebespaar? Sind wir miteinander ausgegangen? Ich verstehe nicht, warum ich mich so zu ihm hingezogen fühle und er mich trotzdem behandelt, als sei ich seine Schwester oder so. Er ist beschützend und besorgt um mich, aber er bleibt auf Distanz. Habe ich etwas getan, was ihn verärgert hat? War ich ein Miststück zu ihm oder so?«

»Nein!«, rief June so vehement aus, dass April sich ein wenig besser fühlte. »Ihr seid nicht miteinander ausgegangen, und er sieht dich *definitiv* nicht als Schwester an«, fügte sie hinzu. »Die Dinge zwischen euch beiden waren ... kompliziert. Und das ist alles, was ich dazu sagen werde. Ich möchte nichts tun oder sagen, was deine Heilung behindern könnte. Außerdem«, sie senkte ein wenig die Stimme, »weiß ich sowieso nicht viel über dich und JJ. Ihr seid beide sehr verschlossen darüber, was zwischen euch vor sich geht. Aber eins kann ich dir sagen – als JJ hörte, dass du verletzt bist, hat er keine Sekunde gezögert, um so schnell wie möglich zu dir zu kommen.«

Aprils Herz schlug höher, als sie das hörte. Sie war immer noch verwirrt darüber, wie die Dinge zwischen ihr und Jack standen, aber mit dieser neuen Information konnte sie wieder einmal nicht anders, als ihn mit James zu vergleichen.

Während ihrer Ehe hatte sie einmal einen Auffahrunfall an

einer Ampel gehabt. Es war keine große Sache gewesen, aber sie war ins Krankenhaus gefahren, nur um sicherzugehen. Auf dem Weg dorthin, während sie im Krankenwagen lag, hatte sie James angerufen, um ihm mitzuteilen, was los war, und seine erste Frage war gewesen, wie stark das Fahrzeug beschädigt sei. Dann sagte er, dass er an diesem Abend lange arbeiten müsse, und fragte, ob es in Ordnung sei, wenn sie ein Taxi nach Hause nahm, wo er sie später treffen würde.

Der Unterschied zwischen seiner Reaktion auf ihren Unfall und dem, was Jack offenbar getan hatte, war wie Tag und Nacht. Vielleicht konnte man die beiden Situationen nicht miteinander vergleichen, da die Schwere ihrer Verletzungen so verschieden war ... aber sie hatte das Gefühl, dass Jack genauso reagiert hätte, wenn sie nur einen kleinen Unfall mit Blechschaden gehabt hätte.

June drückte ihren Arm und holte dann überrascht Luft.

»Was? Was ist denn los?«, fragte April besorgt.

»Nichts, es ist nur das Baby. Er strampelt heute ganz schön. Willst du mal fühlen?« Ohne auf eine Antwort zu warten, stand June auf und führte Aprils Hand zu ihrem Bauch.

»Ist es ein Junge?«

»Oh ... Ich habe vergessen, dass du dich nicht erinnerst. Wir wollten es uns nicht sagen lassen, aber als Cal seinen kleinen Schniedel auf dem Ultraschallbild sah, war er so aufgeregt, dass er sich nicht mehr beruhigen ließ.« June kicherte. »Du hast ihn fünfzehn Minuten lang gescholten und ihm gesagt, er solle nicht so stolz auf einen Penis an einem Baby sein, das noch gar nicht geboren ist.«

April lächelte, ein wenig traurig, dass sie sich nicht mehr daran erinnern konnte. Sie war jedoch froh, dass June sich nicht unwohl dabei fühlte, die Erinnerung mit ihr zu teilen. Sie spürte eine Bewegung unter ihrer Handfläche und sah June mit offenem Mund an. »Er ist stark!«

»Ja«, antwortete die andere Frau voller Stolz.

Es war offensichtlich, wie glücklich June war, schwanger zu sein, und April hatte keinen Zweifel daran, dass sie eine großartige Mutter sein würde.

Der Arzt betrat in diesem Moment das Zimmer, zusammen mit den beiden Assistenzärzten, die sich jedes Mal an seine Fersen hefteten, wenn er kam, um nach ihr zu sehen.

»Ich lasse euch dann mal allein«, erklärte June. »Und ich werde JJ suchen und ihn wissen lassen, dass James weg ist«, sagte sie zwinkernd zu April, bevor sie zur offenen Tür watschelte.

Der Arzt war ernst, als er ihre Werte überprüfte und ihr dieselben Fragen stellte wie bei jeder Visite.

»Kehrt Ihr Gedächtnis zurück?«

»Nicht wirklich«, sagte April zu ihm. »Ich meine, alles, was in meiner fernen Vergangenheit passiert ist, wird klarer, aber ich kann mich immer noch nicht an den Unfall oder irgendetwas über mein Leben in Newton erinnern.«

»Die Ergebnisse der MRT-Untersuchung von gestern Abend sind vielversprechend. Die Schwellung in Ihrem Gehirn hat aufgehört und ist sogar ein wenig zurückgegangen. Ich bin zuversichtlich, dass Sie mit der Zeit den größten Teil Ihrer Erinnerungen an die Jahre hier in Maine wiedererlangen werden.«

»Wie lange wird das dauern?«, fragte April stirnrunzelnd. Sie konnte es kaum erwarten, ihr Leben zurückzubekommen, und das würde am schnellsten gehen, wenn sie ihr Gedächtnis zurückbekäme.

»Das lässt sich nicht sagen«, erwiderte der Arzt.

April seufzte.

»Ich weiß, es ist frustrierend, aber Sie haben sich bisher sehr schnell erholt, und ich habe keinen Grund zu glauben, dass Sie diese Erinnerungen für immer verloren haben. Seien Sie einfach geduldig. Gehen Sie die Dinge gemächlich an. Ihre Erinnerungen könnten langsam zurückkehren, eine nach der anderen, oder sie könnten auf einmal zurückkommen. Wie stark sind die Schmerzen heute?«

»Ungefähr bei fünf«, sagte April. Wäre Jack dabei gewesen, hätte sie wahrscheinlich das Pochen in ihrem Kopf heruntergespielt und mit drei geantwortet, weil sie die Sorge in seinem Gesicht nicht sehen wollte, aber da sie mit dem Arzt allein war, war sie ehrlicher.

Er nickte, als hätte er das erwartet. »Während Ihr Gehirn heilt, werden Sie weiterhin Schmerzen haben. Versuchen Sie nicht, Ihre Erinnerungen zu erzwingen, das macht die Schmerzen nur schlimmer. Tragen Sie eine Sonnenbrille, wenn Sie nach draußen gehen und in helles Licht kommen, schlafen Sie weiterhin viel und essen Sie ausgewogene, nahrhafte Mahlzeiten. Ich werde Sie heute Nachmittag entlassen ... vorausgesetzt Sie haben jemanden, der die nächsten Tage bei Ihnen bleiben kann, um auf Sie aufzupassen.«

April lächelte breit. Oh, sie wollte so gern aus diesem Krankenhauszimmer heraus! Doch dann holte die Realität sie ein. Sie hatte keine Ahnung, wie ihre Wohnsituation aussah. Hatte sie ein eigenes Haus? Eine Wohnung? Sie wusste nicht, ob einer ihrer Freunde bei ihr bleiben konnte, wie der Arzt es wollte. Verdammt, sie hatte keine Ahnung, ob sie überhaupt ein Gästezimmer oder einen Platz zum Schlafen hatte, wo auch immer sie wohnte.

»Sie wird bei mir wohnen«, sagte eine tiefe Stimme von der Tür.

KAPITEL ZWEI

Es war fast schon komisch, wie alle den Kopf zu ihm drehten, als JJ Aprils Krankenzimmer betrat. Sobald June ihm mitgeteilt hatte, dass James gegangen sei, war er sofort wieder zu ihr hochgeeilt.

JJ *hasste* ihren Ex. Er hätte dem Mann am liebsten mit der Faust ins Gesicht geschlagen, aber er hatte sich zurückgehalten ... gerade so. Er konnte nicht glauben, dass der Kerl aufgetaucht war, die Wahrheit verdreht und behauptet hatte, noch mit April verheiratet zu sein. Er nutzte die Tatsache aus, dass sie ihr Gedächtnis verloren hatte.

April sprach nicht wirklich über ihre Ehe, aber nach dem zu urteilen, was er von seinen Freunden erfahren hatte, war die Sache zwischen ihr und James nicht per se schlecht gelaufen; zum Ende hin war es lediglich eine unglückliche Ehe gewesen. JJ war nicht traurig darüber. Jeder, der nicht sehen konnte, wie fantastisch und wunderbar April war, und sie nicht wie den wichtigsten Menschen in seiner Welt behandelte, hatte sie nicht verdient.

JJ wusste ohne Zweifel, dass auch *er* sie nicht verdient hatte. Aber der Unfall hatte alles für ihn verändert. Er hatte ihm auf sehr schmerzhafte Weise vor Augen geführt, dass das Leben kurz war. Er hatte die letzten fünf Jahre damit verbracht, gegen seine Anziehung zu April anzukämpfen. Er hatte sich jede erdenkliche Ausrede einfallen lassen, warum er sich von ihr fernhalten sollte. Aber als er hörte, dass sie verletzt worden war, lösten all diese Ausreden sich in Luft auf.

Er verdiente sie immer noch nicht, aber er hatte beschlossen, alles in seiner Macht Stehende zu tun, um die Art von Mann zu sein, die sie wollte und brauchte.

Und dann erfuhr er von ihrer Amnesie.

Es hatte ihm fast den Boden unter den Füßen weggezogen. Sie erinnerte sich *überhaupt* nicht mehr an ihn oder an ihre Freunde. Sie erinnerte sich nicht mehr an *Jack's Lumber* oder wie wichtig sie für das Geschäft war. Sie erinnerte sich nicht daran, wie ihre Freunde sich kennengelernt und verliebt hatten. Sie erinnerte sich nicht an Newton ... wie sehr sie *Granny's Burgers* liebte, an den ersten Schneefall, die Kleinstadtatmosphäre oder an irgendetwas anderes am Leben in Maine.

Er war bereit gewesen, auf die Knie zu fallen und April zu sagen, was für ein Idiot er war, wie sehr er sie bewunderte und mochte, und sie anzuflehen, mit ihm auszugehen – aber nachdem er von ihren Verletzungen erfahren hatte, hatte er es sich anders überlegt.

Er wollte sie nicht überfordern. Sie sollte nicht zustimmen, weil sie glaubte, keine andere Wahl zu haben. Also hatte er seine Gefühle verdrängt, so wie er es in den letzten fünf Jahren getan hatte, und geschworen, ein felsenfester Freund zu sein. Jemand, auf den sie sich verlassen konnte in einer Zeit, die für sie unglaublich verwirrend sein musste.

Wenn ihre Erinnerungen zurückkehrten – und er hatte nach dem Gespräch mit ihrem Arzt allen Grund zu der Annahme, das zu glauben –, würde er sie um eine Verabredung bitten. Er würde sie wissen lassen, wie wichtig sie für ihn war.

»Ich kann nicht bei dir bleiben«, antwortete April auf sein

Angebot, auf sie aufzupassen, wenn sie nach Newton zurückkehrte.

»Warum nicht?«

»Nun ... *weil*.«

JJ lächelte. Es war kein wirklicher Protest. »Bei mir ist mehr als genügend Platz. Deine Wohnung hat nur ein Schlafzimmer, und ich bin zu groß, um auf deiner zierlichen kleinen Couch zu schlafen.«

»Oh«, sagte sie mit leiser Stimme.

JJ versetzte sich im Geiste selbst einen Tritt in den Hintern. Im Moment konnte sie nicht wissen, wo sie wohnte oder wie groß die Wohnung war. Er ging um den Arzt und seine Begleiter herum zur Seite des Bettes. April sah unter der weißen Bettwäsche so verloren aus. Ihr hellbraunes Haar lag leblos auf dem Kopfkissen und musste gründlich gewaschen werden. Sie war blass, hatte leichte Augenringe und ihre Lippen waren rissig. Aber *dennoch* hatte er noch nie eine schönere Frau gesehen als sie in diesem Moment.

Sie war am Leben, und er war mehr als dankbar, dass sie dem schrecklichen Wrack ohne schlimmere Verletzungen entkommen war.

»Ich wohne nicht weit vom Büro in der Stadt entfernt. Es ist ein älteres Haus, an dem viel gearbeitet werden muss, aber ich liebe es. Die originalen Holzböden knarren bei jedem Schritt und die Küche wurde irgendwann in den siebziger Jahren gebaut, glaube ich. Aber es ist sauber. Und ich habe zwei Schlafzimmer. Du wirst deine Ruhe und Zeit haben, dich zu erholen, und du wirst sicher sein. Ich gebe dir mein Wort«, sagte er ernst.

»Ich mache mir keine Sorgen, bei dir nicht sicher zu sein«, sagte April und sah ihm in die Augen. »Du bist die einzige Konstante, seit ich aufgewacht bin. Ich will dir nur nicht zur Last fallen.«

»Das tust du nicht. Niemals. Es wird mir eine Ehre sein, dir wieder auf die Beine zu helfen.«

»Weil ich für dich arbeite?«, fragte sie.

JJ starrte sie einen Moment lang an. Er konnte eines von zwei Dingen tun. Er konnte sie in dem Glauben lassen, dass er sich um sie kümmerte wie ein Chef um eine geschätzte Angestellte. Die Dinge auf einer beruflichen Ebene halten. Oder er konnte anfangen, einige seiner Gefühle zu zeigen.

Er entschied sich für Letzteres.

»Nein. Ich meine, *ja*, ich würde jedem meiner Mitarbeiter helfen wollen. Aber kein einziges Mal habe ich eine Frau in mein Haus geholt, nur weil sie auf meiner Gehaltsliste steht. Oder aus irgendeinem anderen Grund.«

Es war beängstigend, so offen zu sein, aber JJ war es leid, April auf Abstand zu halten. Er hatte seine Lektion gelernt.

»Oh.«

»Gut, also ...«, sagte der Arzt und unterbrach den Moment. »Wenn Mr. Justice einwilligt, sich ein paar Tage um Sie zu kümmern, werde ich mich um die Entlassungspapiere kümmern.« Der Arzt lächelte. »Sie müssen sich in den nächsten fünf Tagen täglich bei Ihrem Hausarzt melden, und wenn sich irgendetwas ändert – Doppeltsehen, zunehmende Schmerzen, zurückkehrende Erinnerungen –, müssen Sie sich sofort mit ihm oder ihr in Verbindung setzen. Wir wollen auf keinen Fall, dass Sie ein Aneurysma haben und nichts dagegen getan wird.«

»Ist das eine Möglichkeit?«, fragte JJ alarmiert.

»Ihr Kopf ist extrem hart auf das Fenster aufgeschlagen«, antwortete der Arzt ruhig. »Ihr Gehirn wurde im Schädel durchgeschüttelt, und obwohl die Airbags eigentlich helfen sollten, haben sie es durch ihr Auslösen noch verschlimmert. Es kann alles passieren, ich bin nur vorsichtig. Wäre ich der Meinung, dass sie in unmittelbarer Gefahr ist, würde ich sie nicht nach Hause gehen lassen. Sie muss sich einfach schonen, die Schwellung in ihrem Kopf vollständig abklingen lassen und darf kein Risiko eingehen.«

»Sie wird sich schonen«, sagte JJ entschlossen.

»Jetzt haben Sie es geschafft«, sagte April mit einem kleinen Lachen. »Ich werde in Luftpolsterfolie eingewickelt, darf nirgendwo hingehen und nichts tun.«

»Verdammt richtig«, murmelte JJ, während der Arzt lachte.

»Sie haben wirklich Glück«, sagte der Arzt zu April. »Und ich glaube, Sie werden problemlos klarkommen.« Er kritzelte ein paar Dinge auf ein Klemmbrett, dann wandte er sich zum Gehen, und seine Lakaien taten dasselbe.

Sobald sie weg waren, beugte JJ sich über April und schüttelte ihr Kopfkissen auf. Er fummelte an den Decken herum und sorgte dafür, dass sie es bequem hatte. Dann nahm er den Stuhl und brachte ihn näher an das Bett heran. Er setzte sich und nahm ihre Hand in die seine.

»Was?«, fragte sie.

»Was, was?«, entgegnete er.

»Warum siehst du mich so an?«

»Wie denn?«

»Als würdest du versuchen, meine Gedanken zu lesen.«

»Na ja ... ich versuche herauszufinden, wie stark deine Schmerzen sind. Ob du versuchst zu verbergen, wie sehr dein Kopf schmerzt, damit ich nicht in Panik gerate. Ich möchte auch wissen, ob du verärgert bist, dass James gegangen ist, und wie du *wirklich* darüber denkst, bei mir einzuziehen. Wenn dir die Vorstellung unangenehm ist und du nur zugestimmt hast, weil du aus dem Krankenhaus rauswillst, kann ich mit den anderen reden und fragen, ob du bei June und Cal wohnen kannst. Ihr Haus ist riesig. Oder vielleicht sogar bei Bob und Marlowe, die gerade erst eingezogen sind, aber auch die haben jede Menge Platz. Bei ihnen ist es ruhiger, also wäre das vielleicht eine bessere –«

April drückte seine Hand. »Hör auf, Jack. Ich habe kein

Problem damit, mit zu dir zu fahren ... es sei denn, *du* hast es dir anders überlegt.«

»Nein!«, rief er aus. »Tut mir leid«, fügte er hinzu, als sie zusammenzuckte. »Ich habe überhaupt kein Problem damit, wenn du mit zu mir kommst. Ich würde es sogar vorziehen.«

»Warum?«

Das war eine schwierige Frage. All seine guten Vorsätze, April etwas Freiraum zu geben, ihre Erinnerungen zurückkehren zu lassen, bevor er sie drängte, lösten sich in Luft auf. »Weil ich schon länger daran denke, dich in meinem Haus zu haben, als ich zugeben mag. Und es ist beschissen, dass du dort sein wirst, weil du verletzt wurdest ... aber ich kann nicht behaupten, dass es mich ärgert.«

Sie starrte ihn einen langen Moment an. »Was läuft da zwischen uns?«, flüsterte sie.

»Nichts. Und alles«, antwortete er ehrlich.

»Jetzt sind alle Klarheiten beseitigt«, erwiderte sie mit einem kleinen Kichern.

»Die Klarheit unserer Beziehung war nie sehr durchsichtig«, sagte JJ achselzuckend.

»Ich wünschte, ich könnte mich erinnern«, gab sie zu, »aber ich wusste von der ersten Sekunde an, dass an dir etwas anders war als an den anderen.«

»Du meinst, als ich völlig ausgeflippt bin, weil du Blut auf der Kleidung hattest und es dir über den Kopf lief?«

»Ja«, stimmte sie mit einem kleinen Lachen zu. »Ich erinnere mich nicht an die anderen, aber ich bin froh, dass sie hier waren. Dass sie abwechselnd bei mir gesessen und mir Gesellschaft geleistet haben. Aber mit dir ist es ... mehr. Ich fühle mich sicher, wenn du hier bist. Wenn ich nachts aufwache und dich schlafend auf diesem unbequemen Stuhl sehe, dann habe ich das Gefühl, dass zwischen uns mehr ist als Chef und Angestellte.«

»Das ist es. Das war schon immer so, auch wenn wir es nicht zugeben wollten.«

»So ist es also gewesen?«, fragte sie.

»Ja.«

»Okay.«

»Okay?«, fragte er.

April nickte. »Ich fühle mich, als hätte ich eine zweite Chance im Leben bekommen. Ich erinnere mich nicht an den Unfall, aber ich habe vom Arzt darüber gehört, und Bob hat mir sogar Bilder von meinem Wagen am Unfallort gezeigt.«

JJ knurrte. Er hatte nicht gewusst, dass sein Freund April die Bilder von ihrem zerstörten Fahrzeug gezeigt hatte.

Sie lächelte. »Ist schon in Ordnung. Ich habe ihn nach dem Unfall gefragt, und er hat sich sehr dagegen gesträubt, sie mir zu zeigen, aber ich habe darauf bestanden.«

JJ grinste sie an. »Das liegt daran, dass du uns alle um den kleinen Finger gewickelt hast, und das schon seit dem Tag, an dem du angefangen hast, für uns zu arbeiten«, sagte er. »Ich schwöre, wir haben alle ein bisschen Angst vor dir. Es sollte wirklich *April's Lumber* heißen und nicht *Jack's Lumber*.«

Das Lächeln auf ihrem Gesicht verblasste.

»Was? Was ist denn los?«, fragte JJ.

»Ich kann mich an nichts mehr erinnern, was das Geschäft angeht.«

JJ lehnte sich vor. »Das wirst du.«

»Das weißt du doch gar nicht.«

»Das *tue* ich«, beharrte er. »Du musst nur etwas nachsichtig mit dir sein. Niemand erwartet von dir, dass du zurück in die Stadt kommst und dich sofort in alles hineinstürzt. Du hast den Arzt gehört, du musst es langsam angehen lassen. Dein Gehirn ist immer noch geschwollen. Du musst heilen.«

April seufzte und nickte.

JJ konnte sehen, dass sie sich immer noch Sorgen darüber

machte, was die Zukunft mit sich brachte, aber sie würden die Dinge einen Tag nach dem anderen angehen.

»Kann ich dich etwas fragen?«

»Du kannst mich alles fragen«, sagte er und lehnte sich widerwillig zurück, um ihr etwas Raum zu geben. Er war ein intensiver Typ, und das wusste er. Er wollte sie nicht überwältigen.

»Was ist wirklich passiert? Bei meinem Unfall?«

JJ war sich nicht sicher, ob er darüber reden wollte; wenn er daran dachte, was ihr zugestoßen war, fühlte er sich hilflos, und der Schreck und die Verwüstung, die er in dem Moment erlebt hatte, in dem er von dem Unfall hörte, waren noch allzu frisch in seinem Gedächtnis. Aber wenn sie es wissen wollte, würde er es ihr erzählen.

»Du hast einen Anruf aus einem der Skigebiete bekommen, weil wieder ein Baum auf eine der Pisten gestürzt war. Chappy, Cal und ich waren alle bei Bob, um ihm und Marlowe beim Einzug zu helfen, also hast du beschlossen, selbst zum Skigebiet zu fahren, um es dir anzusehen. Du wolltest abschätzen, wie groß der Auftrag sein würde, und, wie der Angestellte, mit dem du telefoniert hast, sagte, welche Maßnahmen ergriffen werden könnten, um zu verhindern, dass weitere Bäume mitten in der Saison umstürzen. Du warst auf dem Weg, als, so vermutet die Polizei, vielleicht ein Tier vor dir die Straße überquerte. Den Bremsspuren nach zu urteilen hast du gebremst und dann die Kontrolle über deinen Wagen verloren.

Neben der Straße befand sich ein Graben und dahinter ein ziemlich starkes Gefälle. Dein Wagen rutschte durch den Graben den Hügel hinunter, schlug hart auf dem Boden auf und überschlug sich. Ich weiß nicht, wie lange du dort unten warst, bevor eine Familie vorbeifuhr und die Bremsspuren sah, die über den Abgrund verschwanden. Die Leute riefen die Polizei ... und hier bist du.«

April nickte. »Es ist seltsam. Ich meine, ich weiß, dass es

mir passiert ist, aber da ich mich an nichts davon erinnern kann, kommt es mir so vor, als würdest du nur die Handlung einer Fernsehserie oder so erzählen.«

»Schön wär's«, sagte JJ. Dann drückte er ihre Hand. »Aber ich wusste schon immer, dass du einen harten Kopf hast.«

April kicherte, dann zuckte sie zusammen. »Aua, bring mich nicht zum Lachen.«

»Tut mir leid«, erwiderte JJ mit einem Lächeln. »Warum machst du nicht eine Weile die Augen zu? Ruh dich aus, bevor der Arzt mit deinen Entlassungspapieren zurückkommt.«

»Wirst du bleiben?«

Ihre Worte erwärmten JJs Herz und gaben ihm das Gefühl, dass er vielleicht, nur vielleicht, tatsächlich eine Chance bei ihr hatte. »Nichts kann mich von hier wegreißen.«

»Danke. Und fürs Protokoll?«

JJ wartete, bis sie ihren Gedanken aussprach.

»Ich bin froh, dass du hier bist und nicht James.«

Verdammt. Diese Frau machte ihn fertig.

»Obwohl es irgendwie lustig war, zu sehen, wie misstrauisch er dir gegenüber war.« April lächelte, während sie die Augen schloss. »Meine Mutter hat nie verstanden, warum wir uns haben scheiden lassen. Ich kann nicht glauben, dass sie ihn hergeschickt hat, obwohl ich mit ihr gesprochen und ihr gesagt habe, dass es mir gut geht.«

JJ war sich nicht sicher, was er darauf antworten sollte.

»Obwohl ich glaube, dass sie es bereut hat, nachdem du an diesem einen Nachmittag mit ihr gesprochen hast. Ich schwöre, du hattest sie um den kleinen Finger gewickelt, nachdem du dir dreißig Minuten lang ihre Rede über ihr neuestes Häkelprojekt angehört hast. Nicht einmal James hatte die Geduld, ihr zuzuhören, wenn sie mit ihrer Häkelei anfing.«

JJ lachte. »Ich mag sie. Auch wenn sie ein schlechtes Urteilsvermögen hatte, was deinen Ex betraf.«

April öffnete die Augen zu Schlitzen und zuckte mit den Schultern. »Er würde mir nicht wehtun.«

»Er *hat* dir aber wehgetan«, konterte JJ. »Er hat den Schatz nicht gesehen, der direkt vor seiner Nase lag. Er hat dich nicht so behandelt, als seist du das Wichtigste in seiner Welt. Aber sein Fehler ist mein Gewinn.«

»Wegen des Geschäfts«, flüsterte sie.

JJ schüttelte nur den Kopf. Er wollte noch so viel mehr sagen, aber es war offensichtlich, dass Aprils Kopf schmerzte, und dies war weder der richtige Zeitpunkt noch der richtige Ort, um ihr zu sagen, wie sehr er sie liebte.

Ja, er *liebte* sie. Diese Frau war ihm so sehr unter die Haut gegangen, dass es nicht einmal mehr lustig war. Körperlich hatte er nie mehr getan, als ihre Hand zu halten – und selbst das erst seit ihrem Unfall. Aber er liebte sie dennoch inständig, und das schon seit langer Zeit. Er machte sich ständig Sorgen um sie, dachte jeden Tag an sie und tat alles, um so oft wie möglich in ihrer Nähe zu sein.

Wenn sie wüsste, wie wahnsinnig verliebt er war, würde sie wahrscheinlich ausflippen. Er musste vorsichtig vorgehen, um sie nicht zu erschrecken.

»Jack ... Ich ... Ich kann nicht ...«

»Schhhh. Du musst gar nichts tun, außer gesund zu werden. Bei mir bist du sicher. In jeder Hinsicht. Verstehst du?«

Sie nickte.

»Gut. Jetzt mach die Augen zu und ruh dich aus. Ich sage June und Cal Bescheid, dass sie zurück nach Newton fahren können, und ich rufe Chappy und Carlise an und sage ihnen, dass sie heute nicht vorbeikommen sollen.«

»Deine Freunde waren unglaublich. Abwechselnd sind sie den ganzen Weg hierher nach Bangor gekommen.«

»*Unsere* Freunde«, korrigierte JJ. »Und du hättest dasselbe getan, das wissen wir alle. Schlaf, April. Bald wirst du zu Hause sein.«

»Zu Hause«, flüsterte sie ... dann sagte sie nichts mehr.

Es dauerte nicht lange, bis ihre Atemzüge gleichmäßiger wurden und ihre Muskeln sich entspannten. JJ behielt ihre Hand in seiner und bewegte sich keinen Zentimeter. Er war schon immer der Typ Mann gewesen, der immer auf dem Sprung ist. Er wollte immer etwas tun. Aber ihm fiel nichts ein, was er lieber täte, als genau hier zu sitzen und die Frau, die er liebte, schlafen zu sehen.

Sie hatte ihn zu Tode erschreckt, und er würde nie wieder einen Tag mit ihr als selbstverständlich ansehen. Sie würde seine Liebe vielleicht nie erwidern, aber er wusste tief in seinem Herzen, dass *er* nie eine andere Frau lieben würde. Sie war die Eine für ihn. Auch wenn er viel zu lange gebraucht hatte, um in die Gänge zu kommen, würde er den Rest seines Lebens damit verbringen, sie wissen zu lassen, was er empfand.

KAPITEL DREI

April seufzte vor Erschöpfung, als Jack sie sanft auf das Sofa in seinem Haus sinken ließ. Sie sollte nicht so müde sein. Sie hatte nichts getan. Sie war zu Jacks Bronco gerollt worden, der direkt vor dem Krankenhaus wartete, und dann hatte sie nicht mehr getan, als neben ihm zu sitzen und zu reden, während er sie zurück nach Newton gefahren hatte. Er hatte ihr während der Fahrt alles über die Stadt erzählt, all die Dinge, die sie wahrscheinlich schon wusste, aber vergessen hatte.

Er hatte ihr versprochen, ihr so bald wie möglich einen Burger von *Granny's Burgers* zu besorgen, weil das offenbar ihre Lieblingsmahlzeit war. Er erzählte ein wenig von *Jack's Lumber* und wie es gegründet worden war, als er und seine Freunde Kriegsgefangene in der Armee waren und Schere, Stein, Papier spielten, um herauszufinden, wo sie sich nach ihrer Rettung niederlassen und womit sie ihren Lebensunterhalt verdienen würden. Es schien verrückt zu sein, den Rest ihres Lebens auf ein Glücksspiel zu gründen, aber da es offensichtlich für sie funktioniert hatte, konnte sie nicht wirklich protestieren.

Jack erzählte ihr auch, wie ihre Freunde sich kennengelernt hatten. Er erzählte von dem Schneesturm, den Chappy und

Carlise in Chappys Hütte in den Bergen überstanden hatten, und von ihrem Stalker. Sie war entsetzt, als sie von Junes Familie erfuhr, die sie wie den letzten Dreck behandelte, und von dem verrückten Plan ihrer Stiefschwester, die Cal dazu bringen wollte, sich in sie zu verlieben.

Noch schockierter war sie, als sie erfuhr, dass Cal buchstäblich ein Prinz war, vor allem angesichts seiner Bodenständigkeit. Er liebte es, dass niemand in ihrem Kreis ihn anders behandelte oder sich um seine königliche Abstammung kümmerte.

Und als sie hörte, dass Marlowe in Thailand zu lebenslanger Haft verurteilt worden war und Bob ihr bei der Flucht aus dem Gefängnis geholfen hatte, war April ebenso verblüfft gewesen.

Die Männer und Frauen, die sie im Krankenhaus besucht hatten, wirkten so ... *normal*. Nicht wie Menschen, die durch die Hölle und zurück gegangen waren. Sie waren freundlich, aufgeschlossen und einladend. Sie war sicher, dass sie alle in der einen oder anderen Form unter einer posttraumatischen Belastungsstörung leiden mussten, aber sie ließen sich von ihrer Vergangenheit nicht unterkriegen. Das ließ ihre Bewunderung für sie nur wachsen.

»Worüber denkst du nach?«, fragte Jack, als er sich direkt neben sie auf die Couch setzte. Sie hatte nichts gegen seine Nähe. Nicht im Geringsten.

»Über deine ... *unsere* Freunde«, gab sie zu. »Sie haben so viel durchgemacht, aber sie sind jetzt alle so glücklich.«

»Ja«, stimmte Jack zu. »Ich kann dir sagen, als Chappy, Cal, Bob und ich in dieser dunklen Zelle saßen und Schmerzen von den Schlägen und der Folter hatten, haben wir definitiv nicht an all das hier gedacht. Keiner dachte daran, dass er heiraten würde. Und Kinder? Niemals.«

»Warum nicht?«

Jack zuckte mit den Schultern. »Es ist nur ... was wir durchgemacht haben ... es neigt dazu, dir die Menschlichkeit zu nehmen. Wir standen am Rande des Abgrunds. Cal konnte nicht mehr viel Folter aushalten, das wussten wir alle. Unseren Entführern wurde es langsam langweilig, auf uns einzuprügeln, und es war offensichtlich, dass uns die Zeit davonlief. Ich schlug das Schere-Stein-Papier-Spiel aus Verzweiflung vor. Wir mussten an etwas anderes denken als an den Schmerz. Wir brauchten etwas, wofür es sich zu leben lohnte, auch wenn es nur ein Wunschtraum war. Und es waren keine Frauen. Es waren keine Kinder. Es war etwas viel einfacheres – Freiheit. Die Vorstellung, aus dieser Zelle herauszukommen, frei zu entscheiden, was wir mit unserem Leben anfangen wollten, anstatt von unserer Regierung gesagt zu bekommen, wohin wir gehen und wen wir töten sollten.«

»Es tut mir leid«, sagte April leise.

Jack schüttelte den Kopf. »Ich erkläre das nicht gut. Ich bin stolz darauf, meinem Land gedient zu haben. Und ich würde es wieder tun, selbst mit dem Wissen, wie es ausgehen könnte. Aber seit dem Tag, an dem wir dieses Spiel gespielt haben, sind die Dinge so viel besser gelaufen, als ich es mir je hätte vorstellen können. Es fällt mir immer noch schwer zu glauben, dass Chappy, Cal und Bob Vater werden.« Er lächelte. »Ich hätte nie gedacht, dass die Dinge sich *so* gut entwickeln könnten.«

»Was ist mit dir?«, fragte April.

»Was ist mit mir?«

»Willst du Kinder?«

Jack zuckte mit den Schultern. »Nicht unbedingt. Ich meine, ich mag Kinder. Ich konnte mir nur nie vorstellen, welche zu haben. Vielleicht bin ich einfach egoistisch.«

»Tu das nicht«, mahnte April. »Da spricht die Gesellschaft. Wenn du keine Kinder willst, willst du keine Kinder.«

»Was ist mit dir?«, fragte er.

April dachte einen Moment darüber nach und schüttelte dann den Kopf. »Ich glaube nicht.«

»Damit das klar ist ... wenn ich mit einer Frau zusammen wäre, die wirklich Kinder will, würde ich nicht zögern, sie ihr zu schenken. Selbst wenn das Adoption, Pflegefamilie, Leihmutterschaft oder künstliche Befruchtung bedeutet. Ich würde alles tun, um die Frau, die ich liebe, glücklich zu machen.«

April starrte ihn einen Moment lang an. Er klang so ... unverblümt. »Das bezweifle ich keine Sekunde lang«, sagte sie schließlich.

»Gut. Genug davon. Unsere Freunde sind glücklich, also bin *ich* glücklich. Wir werden bald knietief in Babys stecken, und ich kann es kaum erwarten, über Prinz Redmon zu lachen, der eine schmutzige Windel wechselt.«

April kicherte, dann zuckte sie zusammen.

»Scheiße, dein Kopf tut weh. Halte durch, Schatz, ich hole dir Schmerztabletten«, sagte Jack, als er aufstand.

»Mir geht's gut.«

»Ich habe das Zusammenzucken gesehen. Dir geht es nicht gut«, erwiderte er, während er die Tüte aus der Krankenhausapotheke durchwühlte.

»Ich will nicht von den Tabletten abhängig werden«, gab April zu.

»Das werde ich nicht zulassen. Die letzte hast du heute Morgen genommen, vor einigen Stunden.«

»Die machen mich müde«, beschwerte sie sich.

Jack lachte. »Ja, das tun sie. Aber schlafen ist besser, als bei jedem Geräusch zusammenzuzucken.« Er ging in die Küche, und sie sah zu, wie er in einen Schrank griff und einen Plastikbecher herausholte. Er füllte ihn mit Leitungswasser und ging zu ihr zurück.

»Du hast recht«, sagte sie.

»Natürlich habe ich recht. Womit?«

April lächelte. Jack hatte wirklich ein gesundes Selbstwertgefühl. »Deine Böden knarren.«

Er setzte sich wieder neben sie und die Wärme seines Körpers schien von dort, wo sie sich berührten, in ihren zu fließen. »Weißt du, als ich hier eingezogen bin, hat mich das wahnsinnig gemacht. Als Soldat einer Spezialeinheit war ich es gewohnt, mich völlig lautlos zu bewegen. Deshalb war es inakzeptabel, dass meine Bewegungen so laut waren. Aber im Laufe der Jahre habe ich mich daran gewöhnt ... und so dumm das auch klingen mag, ich fühlte mich dadurch nicht so allein.«

»Es ist nicht dumm«, versicherte April ihm, während sie nach dem Becher und der Tablette griff, die er ihr hinhielt. Er beobachtete sie aufmerksam, auf eine Art und Weise, die sie nicht gewohnt war, während sie die Medizin schluckte. »Was?«, fragte sie nach einem Moment, als er nichts sagte und nicht aufstand.

»Ich bin froh, dass du hier bist.«

Sie war sich nicht sicher, was sie darauf antworten sollte. »Ich weiß es zu schätzen, dass du mich für ein paar Tage bleiben lässt.«

Es fühlte sich an, als wollte er noch etwas sagen, aber dann seufzte er nur und lächelte sie an. »Komm, leg dich hin, und ich hole dir eine Decke und ein Kissen. Du kannst hier schlafen, während ich dein Zimmer vorbereite und vielleicht etwas zum Abendessen zubereite. Irgendetwas, worauf du Lust hast?«

»Was immer du kochst, ist gut.«

»Daran werde ich denken, wenn du siehst, was für ein schrecklicher Koch ich bin.«

Sie lächelte. »Ich vermute, deine Kochkünste sind so gut wie all deine anderen Fähigkeiten, was bedeutet, dass du wahrscheinlich ein heimlicher Gourmetkoch bist.«

»Ich schätze, das wirst du herausfinden.«

»Ich schätze, das werde ich.«

Und zum ersten Mal, seit sie aufgewacht war und festgestellt hatte, dass ihr riesige Teile ihres Gedächtnisses fehlten, freute April sich darauf, diesen Mann noch einmal ganz neu kennenzulernen. Sie mochte bereits alles wissen, irgendwo tief in ihrem Unterbewusstsein, aber die Wiederentdeckung seiner Persönlichkeit und seiner Macken könnte ... Spaß machen.

Nachdem April es sich auf der Couch bequem gemacht hatte, saß JJ auf dem Couchtisch und beobachtete seine Frau wieder einmal beim Schlafen. Aber dieses Mal war es fast unwirklich, denn sie war in *seinem* Haus, auf *seiner* Couch, unter *seiner* Decke, mit *seinem* Kissen. Nicht in einer Million Jahren hätte er sich gewünscht, dass April etwas Schlimmes zustoßen würde, um sie in diese Lage zu bringen, aber er konnte nicht leugnen, wie zufrieden er mit ihr bei sich war.

Jedes Mal wenn er daran dachte, wie nahe er dran gewesen war, sie zu verlieren, bekam er eine Gänsehaut. Zuerst der Unfall. Es gab keinen Grund, warum sie auf dieser Straße hätte sein sollen. Es war nicht ihre Aufgabe, potenzielle Aufträge zu überprüfen. Außerdem war es nach Feierabend gewesen. Irgendwie waren sie in den letzten Jahren alle selbstgefällig geworden und hatten Aprils Vorliebe für Überstunden als selbstverständlich angesehen. Das würde jetzt aufhören.

Jack's Lumber war kein Vierundzwanzig-Stunden-Service. Wenn jemand wirklich einen Notfall hatte, konnte er sich an den Polizeichef wenden, und der würde dann einen von ihnen kontaktieren, wenn es unbedingt nötig war. Aber dass April nach siebzehn Uhr und am Wochenende arbeitete, gehörte der Vergangenheit an, ebenso wie die Tatsache, dass sie zu ungeduldigen Kunden fuhr, um nach dem Rechten zu sehen. Das stand nicht nur nicht in ihrer Stellenbeschreibung, es war auch nicht sicher. Es gab viele Verrückte da draußen, selbst in einer Kleinstadt in Maine, und JJ würde es sich nie verzeihen, wenn jemand sie angriff oder, Gott bewahre, etwas Schlimmeres tat.

Am Tag des Unfalls hätte April in Marlowes und Bobs Haus sein sollen, um mit allen anderen ihren Umzug zu feiern. Und auch das lastete auf JJs Schultern. Sie hatte das Treffen geschwänzt, weil sie *ihm* aus dem Weg gegangen war, weil er nicht Manns genug gewesen war, sich seine Gefühle einzugestehen. Er hatte es für sie unangenehm gemacht, mit ihren Freunden zusammen zu sein ... auch das würde *jetzt* aufhören.

Der Unfall war schon schlimm genug, aber dann hatte er sich auch noch Sorgen gemacht, April an ihren schwachsinnigen Ex zu verlieren. Er hatte sich in den zwei Tagen, in denen der Typ da war, mehr als einmal mit James gestritten – und der Arsch war ins Krankenhaus gestürmt, um April zu überzeugen, dass sie einander immer noch liebten und ihre Scheidung ein Fehler gewesen war. Der Scheißkerl hatte tatsächlich die Tatsache ausgenutzt, dass sie unter Amnesie litt!

Wäre ihre Hirnverletzung so schwer gewesen, dass sie mehr als nur die letzten fünf Jahre verloren hätte, wäre seine Erfolgschance überdurchschnittlich groß gewesen.

Der Gedanke, dass April Newton verließ und zu einem Mann zurückkehrte, der sie nie zu schätzen wusste, war für JJ unvorstellbar. Aber ... war er überhaupt anders? Wenn er sie weit über ihre vertraglich vereinbarten Arbeitszeiten hinaus arbeiten ließ? Wenn er nicht protestierte, wenn sie potenzielle neue Kunden überprüfte?

Er seufzte. Nein, das war er nicht. Er hatte Aprils Arbeitsmoral ausgenutzt, ihren Wunsch, nützlich zu sein, und ihr Bedürfnis, anderen zu gefallen. Alles Eigenschaften, die er an ihr bewunderte und liebte, aber nicht auf ihre Kosten. Von nun an würde er mehr darauf achten, ob andere sie ausnutzten – er selbst eingeschlossen. Und er würde dafür sorgen, dass sie genau wusste, wie sehr er und die anderen sie als Teil ihres Teams schätzten.

In seinem Kopf formte sich eine Idee, und sobald der Gedanke aufkam, wusste er, dass es das Richtige war. Er hätte es seinen Freunden schon längst vorschlagen sollen. Das würde er so schnell wie möglich nachholen.

Als er April beobachtete, flatterten ihre Augenlider und sie runzelte die Stirn. Er hasste es, den Beweis für den Schmerz zu sehen, den sie wahrscheinlich immer noch empfand. Das Übelkeitsgefühl in seinem Bauch kehrte zurück. Er konnte nicht daran denken, wie sie hilflos in ihrem Autowrack lag, verletzt und allein, ohne brechen zu wollen.

Ohne nachzudenken, streckte er eine Hand aus, strich mit den Fingern über ihre Stirn und dann über ihre Wange. Die Berührung war sanft, eine Liebkosung. Sofort seufzte sie und drehte den Kopf in seine Handfläche.

Selbst im Schlaf war sie freundlich und liebevoll. Das war eines der Dinge, die er an dieser Frau am meisten mochte.

Zum Teufel, wem machte er etwas vor? JJ mochte alles an ihr.

»Jack?«, flüsterte sie, die Augen zu Schlitzen geöffnet.

»Schhhh«, sagte er leise. »Alles ist gut. Mach die Augen wieder zu, ich bin da.«

Sein Bauch schlug einen Purzelbaum, als sie sofort tat, worum er sie bat. Sie hob eine Hand und umschloss locker sein Handgelenk. Sie zog ihn nicht von ihrem Gesicht weg, sondern hielt ihn einfach fest, während sie den Kopf noch stärker in seine Hand lehnte.

JJ wusste, dass dieser Moment sich für immer in sein Gehirn einbrennen würde. Er hatte diese Frau auf so viele Arten im Stich gelassen, und doch war sie hier und vertraute ihm.

»Wie spät ist es?«, fragte sie, die Augen immer noch geschlossen.

JJ lächelte. »Das spielt keine Rolle. Du hast nichts zu tun, außer zu schlafen und zu heilen, und du kannst nirgendwo hin.«

Darüber runzelte sie ein wenig die Stirn. »Ich kann immer irgendwohin gehen. *Jack's Lumber* läuft nicht von allein, weißt du.«

JJ legte den Kopf schief und musterte sie. Aprils Augen waren immer noch geschlossen, und er war sich nicht einmal sicher, ob sie wusste, was sie da sagte. »Du hast recht, das tut es nicht. Aber für den Moment werden Chappy, Cal, Bob und ich es leiten.«

»Bringt meine Akten nicht durcheinander«, flüsterte April, dann lockerte sich ihr Griff um sein Handgelenk und JJ merkte, dass sie wieder eingeschlafen war.

Ihre Worte ermutigten ihn. Sie klang wie ihr altes Ich, und es schien tatsächlich so, als würde sie sich erinnern. Der Arzt hatte gesagt, dass ihr Gedächtnis zurückkehren würde, und JJ hoffte, dass ihre Worte im Halbschlaf ein Zeichen dafür waren, dass er recht hatte.

Er strich mit dem Daumen über ihre Wange und ließ dann langsam seine Hand von ihr weggleiten. Sie brummte ein wenig und drehte sich auf die Seite. Er zog die Decke über ihre Schultern und deckte sie zu.

Es fiel ihm schwer, sich von ihr zu lösen. Er war erleichtert, dass sie aus dem Krankenhaus heraus war, und es fühlte sich richtig an, sie in seinem Haus zu haben, aber das Abendessen würde sich nicht von selbst zubereiten, und er musste sicherstellen, dass sie gesunde Mahlzeiten bekam, damit sie weiter heilen konnte.

JJ ging in die Küche und öffnete seinen Vorratsschrank. Er starrte auf den Inhalt der Regalbretter, bevor er nach einer Schachtel Nudeln und etwas Hühnerbrühe griff. Er würde heute Abend Hühnernudelsuppe machen. Er hatte noch Hühnchen im Gefrierschrank, das er irgendwann einmal hatte backen wollen, aber er nahm an, dass April Suppe einfacher würde essen können.

JJ machte sich die geistige Notiz, frisches Gemüse und andere Grundnahrungsmittel einzukaufen, von denen er wusste, dass sie sie mögen würde, einschließlich der von ihr bevorzugten Kaffeesahne, und machte sich an die Arbeit, für den wichtigsten Menschen in seinem Leben zu kochen.

Zwei Stunden später ging er zurück zur Couch. April hatte sich nicht gerührt, was ihm mehr als alles andere sagte, wie müde sie wirklich war. Krankenhäuser waren nicht gerade förderlich für einen erholsamen Schlaf, und mit der Entlassung und der Rückreise nach Newton hatte sie einen anstrengenden Tag hinter sich.

Wieder einmal setzte er sich auf den Couchtisch und sah ihr einfach ein paar Augenblicke lang beim Schlafen zu. Sie war bezaubernd. Selbst mit ihren Haaren, die dringend gewaschen werden mussten, und den blauen Flecken, die noch immer ihr Gesicht zierten, hatte er noch nie jemanden gekannt, der so hübsch war wie diese Frau.

»April?«, fragte er leise. Sie rührte sich nicht.

Er lächelte, erfreut darüber, etwas Neues über sie erfahren zu haben – nämlich, dass sie einen tiefen Schlaf hatte –, und legte eine Hand auf ihre Schulter, um sie leicht zu drücken. »April?«, versuchte er es erneut.

Diesmal runzelte sie im Schlaf die Stirn und schüttelte den Kopf. »Geh nicht ... komm zurück! Hilf mir!«, murmelte sie.

»Ich bin doch hier«, flüsterte er.

»Bitte!«, sagte sie, jetzt etwas lauter. »Wo willst du denn hin? Komm zurück! Ruf einen Krankenwagen!«

Erschrocken drückte JJ ihre Schulter ein wenig fester und schüttelte sie leicht. Er war sich nicht sicher, wovon sie träumte, aber die Andeutung ihrer Worte drehte ihm den Magen um.

War jemand dabei gewesen, als sie ihren Unfall hatte? Die Polizei sagte, es habe so ausgesehen, als hätte sie eine Vollbremsung gemacht, wahrscheinlich um einem Tier auszuweichen, das auf die Straße gelaufen war ... aber was, wenn die Beamten sich irrten? Was, wenn jemand sie absichtlich von der Straße gedrängt hatte?

»April«, sagte er laut, da er es hasste, dass sie auch nur einen Moment Angst hatte.

Sie riss die Augen auf und starrte einen Moment lang leer vor sich hin, bevor sie sich auf ihn konzentrierte. »Was?«, fragte sie gereizt, als sei sie gerade nicht völlig panisch gewesen.

»Bist du wach?«

»Ich rede mit dir, oder?«, brummte sie.

JJ konnte sich ein Grinsen nicht verkneifen. Das war auch für ihn neu. Die April, die er kannte, war im Büro immer gut gelaunt. Normalerweise war sie vor ihm oder den anderen da und sah ausgeruht und glücklich aus, wenn er kurz danach hereinspazierte. Die Erkenntnis, dass sie mürrisch aufwachte, war ... intim. Und es gefiel ihm sehr, das über sie zu wissen.

»Das Abendessen ist fertig, wenn du meinst, dass du essen kannst. Wie geht's deinem Kopf?« In Wirklichkeit wollte JJ sie fragen, wovon sie geträumt hatte, aber der Arzt hatte ihm gesagt, er solle sie nicht drängen, sich an etwas zu erinnern. Dass ihre Erinnerungen zurückkommen würden, wenn ihr Gehirn geheilt war, und dass es mehr schaden als nützen könnte, wenn sie sich vorher zu sehr anstrengte. Und JJ würde sich lieber bei lebendigem Leibe häuten, als etwas zu tun, was ihre Genesung behindern könnte.

»Er tut weh«, sagte sie leise. »Aber nicht mehr als vor dem Hinlegen«, fügte sie hinzu, während sie begann, sich aufzurichten.

JJ half ihr in eine sitzende Position.

»Wie lange habe ich geschlafen?«

»Ein paar Stunden.«

»Wirklich? Wow, okay. Ich wusste gar nicht, dass ich so

müde war«, sagte sie verlegen. »Tut mir leid, dass ich keine bessere Gesellschaft war.«

»Du bist die beste Gesellschaft, die ich seit Jahren hatte«, antwortete JJ ehrlich. »Es ist einfach schön, dich bei mir zu haben.«

Sie starrte ihn einen langen Moment an.

»Was?«, fragte er.

April schüttelte leicht den Kopf. »Ich möchte nichts sagen oder fragen, was dich verärgern könnte.«

»Sag, was immer du auf dem Herzen hast, April. Ich werde mich nicht ärgern.«

»Sind wir miteinander ausgegangen?«, platzte sie heraus. »Ich meine, ich kann nicht genau sagen, wo wir vor meinem Unfall standen.«

JJ stockte und versuchte zu überlegen, was er über ihre Beziehung sagen könnte ... oder das Fehlen einer solchen. Er hatte bereits ihre Anziehung erwähnt, aber alles andere fühlte sich zu drängend an.

»Es ist okay, du musst nicht antworten«, sagte sie, als er zu lange innehielt, und blickte auf ihre Hände im Schoß hinunter.

JJ bewegte seine Hände, ohne nachzudenken. Er legte einen Finger unter ihr Kinn, hob sanft ihren Kopf an und drehte ihn zu sich. »Ich würde gern sagen, dass die Dinge zwischen uns kompliziert waren, aber das wäre eine Lüge. Wir sind nicht miteinander ausgegangen ... aber wir wollten es.«

Sie runzelte verwirrt die Stirn. »Wollten wir das?«

»Wir sind jahrelang um unsere Anziehung zueinander herumgeschlichen, April.«

»Oh.«

JJs Lippen zuckten. »Ja, oh.« Dann seufzte er. »Ich war ein Arsch«, gab er zu. »Ich glaube, du hast dir Sorgen gemacht, weil ich jünger bin als du und dein Chef. Und ich wollte nicht, dass du dich unter Druck gesetzt fühlst, mit mir auszugehen. Du bist eine starke, selbstbewusste Frau, April, aber als du herkamst und den Job angenommen hast, warst du noch nicht so wie jetzt. Du hast nach deiner Scheidung neu angefangen und versucht, dich selbst zu finden. Und ich hatte nach meiner Kriegsgefangenschaft mit meinen eigenen Dämonen zu kämpfen, und es kostete mich all meine Energie, *Jack's Lumber* auf die Beine zu stellen.

Als es endlich so aussah, als würde es mit dem Geschäft laufen, und ich dich nicht mehr nur als die Frau wahrnahm, die sich den Arsch aufriss, um uns zum Erfolg zu verhelfen, waren wir in eine Routine verfallen. Ich wollte dich auf keinen Fall um eine Verabredung bitten und, Gott bewahre, dir das Gefühl geben, dass du kündigen musst, wenn es mit uns nicht funktioniert. Und ich glaube, du hattest ähnliche Bedenken. Also ... haben wir einfach weitergemacht wie bisher. Dann fand Chappy Carlise, zwischen Cal und June passierte etwas, Bob kehrte mit Marlowe aus Kambodscha zurück, und wir halfen ihnen allen, mit ihrer Situation fertigzuwerden, einem nach dem anderen.«

»Es ist seltsam«, sagte April nach einer Pause.

»Was?«, fragte JJ.

»Mich an nichts davon zu erinnern«, antwortete sie.

»Das wirst du.«

»Und wenn nicht?«, fragte sie und biss sich auf die Lippe.

JJ bewegte nahm die Hand von ihrem Kinn, um die Seite ihres Kopfes zu halten. »Das *wirst* du«, wiederholte er.

»Also ... willst du jetzt mit mir ausgehen, weil ich diesen Unfall hatte?«, fragte sie leise.

»Nein.« Er sah den sofortigen Schmerz in ihren Augen und hasste, dass er das getan hatte. Schnell erklärte er es. »Ich wollte schon *immer* mit dir ausgehen. Ich wollte dich immer herbringen, für dich kochen. Lachen, fernsehen, Liebe machen. Aber ich war ein Feigling. Und ich habe gehört, wie du mit Carlise und den anderen gesprochen hast. Du hast immer den Altersunterschied zwischen uns hervorgehoben. Ich schätze ... ich schätze, ich hatte Angst vor Ablehnung.

Und wie ich schon sagte, ich wollte nicht, dass die Dinge zwischen uns seltsam werden und du dann gehst. Du bist das Herz und die Seele von *Jack's Lumber*, April. Du hältst uns alle auf Kurs. Du hast uns so viele Kunden gebracht, die wir allein nicht bekommen hätten. Du bist der Grund, warum die Leute immer wieder zurückkommen. Die Jungs und ich sind nicht gerade freundlich und aufgeschlossen. Aber *du* bist es.«

»Du wolltest also nicht, dass ich kündige«, sagte sie. Das war keine Frage.

JJ schüttelte den Kopf. »Nein. Ich wollte nicht, dass du gehst. Es würde mich langsam umbringen, dich nicht jeden Tag zu sehen.«

Sie starrte ihn einen langen Moment an und JJ hatte keine Ahnung, was sie dachte.

Schließlich sagte sie: »Als James ins Krankenhaus kam und sagte, er sei mein Mann, war ich so überrascht. Ich meine, ich war mir sicher, mich an die Scheidung zu erinnern, aber ich habe an mir gezweifelt und mich gefragt, ob die Scheidung vielleicht etwas war, woran ich *gedacht*, es aber nicht durchgezogen hatte, oder ob wir vielleicht wieder geheiratet hatten oder so.«

JJ spannte den Kiefer an. Er erinnerte sich noch ganz genau an diesen Moment. Es hatte ihn jeden Funken Selbstbeherrschung gekostet, das Arschloch nicht zu schlagen. »Als er dich verlor, wurde ihm endlich klar, was er hatte, was er weggeworfen hatte. Ich kann es ihm nicht verübeln, dass er versucht hat, dich mit einem Trick zurückzuholen, aber das heißt nicht, dass ich das gut finde.«

April schenkte ihm ein kleines Lächeln. »Ich habe mich ziemlich schnell nach seiner Ankunft an die Scheidung erinnert. Und ich wäre nicht zu ihm zurückgegangen. Willst du wissen warum?«

JJ nickte.

»Weil ich mich, auch wenn ich mich an *dich* nicht erinnerte, mit dir im Zimmer sicherer und wohler fühlte, als ich es jemals während meiner Ehe mit James tat.«

Ihre Worte trafen JJ hart. Er schloss die Augen und atmete tief ein.

»Ich weiß nicht, warum keiner von uns stark oder selbstbewusst genug war, um zuzugeben, dass wir miteinander ausgehen wollten, aber ich bin nicht mehr die Frau, die ich noch vor einer Woche war. Das Leben ist kurz, Jack, und ich weiß, wie ich *jetzt* empfinde.«

JJ wartete, und als sie nicht weitersprach, hob er eine Augenbraue. »Ja?«

Sie grinste. »Ja. Ich möchte, dass du für mich Abendessen kochst. Ich will hier auf der Couch sitzen und mit dir fernsehen. Lachen. Herausfinden, ob du so ein guter Küsser bist, wie ich vermute, und hoffentlich mit der Zeit mit dir schlafen.«

JJs Schwanz drückte schmerzhaft gegen den Reißverschluss seiner Jeans. Diese Frau war so viel mutiger als er. Am liebsten hätte er sie zurückgelehnt, um sofort zum Küssen überzugehen, aber die blauen Flecke erinnerten ihn daran, was sie durchgemacht hatte. Und obwohl er sie innig begehrte, wäre es nicht fair, eine Beziehung einzugehen, solange sie sich nicht an die letzten fünf Jahre erinnerte. Es war möglich, dass alles verschwand, was sie jetzt fühlte, wenn ihr Gedächtnis zurückkehrte.

»Du denkst zu viel«, schimpfte sie, während sie die Hände hob und auf seine Brust legte.

Ihre Berührung brannte durch sein Hemd, als hätte sie ihn gebrandmarkt. Er griff nach einer Hand, führte sie an seine Lippen und küsste die Handfläche. Dann tat er dasselbe mit der anderen.

»Wenn du das nicht willst ... verstehe ich es«, sagte sie zögernd.

JJ merkte, dass er auf ihre Erklärung nicht reagiert hatte.

»Ich will das. Ich will *dich*«, sagte er schnell. »Du hast keine Ahnung, wie sehr. Aber ich werde dich *nicht* ausnutzen, April. Ich bin nicht dein Ex. Ich werde dich zu nichts drängen, bevor dein Gedächtnis zurückkehrt.«

»Aber was ist, wenn es nicht zurückkommt?«

»Das wird es«, wiederholte JJ zum gefühlt hundertsten Mal.

»Wie kannst du dir da so sicher sein?«

»Weil du die stärkste Frau bist, die ich kenne. Und die sturste. Du wirst auf keinen Fall zulassen, dass dein Gehirn dir deine Vergangenheit vorenthält.«

Sie lächelte. »Das klingt, als sei ich eine Tyrannin«, stichelte sie.

»Das bist du auch«, scherzte JJ. »Du leitest *Jack's Lumber* wie ein kleiner Diktator. Und wir tun alle, was du uns sagst, weil wir Angst vor den Konsequenzen haben, wenn wir es nicht tun.«

Sie kicherte und schüttelte den Kopf. »Wie auch immer.«

»Ich mache keine Witze. Wie ich dir schon im Krankenhaus gesagt habe, hast du Chappy, Cal, Bob und mich um den kleinen Finger gewickelt. Wenn du sagst, wir sollen springen, dann fragen wir, wie hoch. Aber wir tun es, weil du immer recht hast. Du weißt genau, was zu tun ist, um unser Geschäft erfolgreich zu machen, und wir hätten das, was wir hier in Newton haben, nie ohne dich schaffen können.«

»Danke«, flüsterte sie.

»Nichts zu danken.«

»Ich bin also die Hausmutter für einen Haufen Holzfäller? Hey, warte. *Jack's Lumber* ... Lumberjack ... das ist lustig!«

JJ warf den Kopf zurück und lachte schallend. Als er sich wieder unter Kontrolle hatte, sah er April an und strahlte. »Das ist genau das, was du gesagt hast, als es dir das erste Mal auffiel.«

»Wirklich?«

»Ja. Und übrigens wollte ich das Baumgeschäft nicht so nennen, aber ich wurde von den Jungs überstimmt.«

»Jack?«

»Ja, Schatz?«

»Wirst du mich küssen?«

Einen Moment lang fühlte JJs Herz sich an, als würde es in seiner Brust aufhören zu schlagen, bevor es wieder zu pochen begann.

»Vergiss es«, sagte sie und schüttelte den Kopf, als er die Stille zwischen ihnen wieder einmal zu lange andauern ließ.

JJ dachte nicht nach. Er ließ ihre Hände los und umfasste ihre Wangen. Er spürte, wie sie erneut seine Brust berührte, und er hätte schwören können, dass von ihren Fingerspitzen Funken direkt in seine Blutbahn schossen.

Er sprach nicht, sondern beugte sich einfach vor und presste seine Lippen auf ihre.

Es hätte entspannt und locker sein sollen. Sie war gerade erst verletzt worden, und er wollte sie nicht drängen. Aber er hatte nicht mit Aprils Entschlossenheit gerechnet. Sie begnügte sich nicht mit einer keuschen Berührung ihrer Lippen. Sie ließ eine Hand in seinen Nacken wandern, neigte den Kopf und öffnete die Lippen. Als sie die Zunge herausschob und seine Lippen streifte, war JJ verloren.

Er atmete ein und handelte, bevor er darüber nachdachte, was er da tat. Er liebte diese Frau mit jeder Faser seines Wesens, und dass sie ihn so küsste, wie er es sich immer erträumt hatte, war zu viel für seine Selbstbeherrschung.

Er schob seine Zunge nach vorn und übernahm die Führung, um April ohne Worte zu zeigen, wie viel sie ihm bedeutete. Wie erleichtert er war, dass es ihr gut ging. Er wollte sie markieren, sie für jeden anderen Mann ruinieren. Sicherstellen, dass sie nie wieder an ihren idiotischen Ex dachte.

Sie grub die Fingernägel in die empfindliche Haut seines

Nackens und JJ spürte, wie seine Brustwarzen unter dem T-Shirt hart wurden. Sein Schwanz pulsierte in seiner Hose. Innerhalb weniger Sekunden war er von null auf hundertachtzig gegangen.

April stieß ein kleines, sexy Stöhnen aus, das ihn erschaudern ließ. Er wollte sie verschlingen, aber ein Teil von ihm wusste, dass er sie mit Vorsicht behandeln musste. Ihr Kopf tat immer noch weh. Ihr ganzer Körper war durch den Unfall von Prellungen übersät.

JJ hatte keine Ahnung, wie lange sie sich küssten. Er wusste nur, dass er nicht genug bekommen konnte. Aber schließlich zog er sich widerwillig zurück, um seine Stirn auf ihre zu legen. Sie atmeten beide schwer, und es gefiel ihm verdammt gut, wie April ihn festhielt, wie sie die Fingernägel in seine Brust grub und sich weigerte, seinen Nacken loszulassen.

»Heilige Scheiße«, hauchte sie.

JJ konnte das Lächeln nicht unterdrücken, das sich auf seinen Lippen bildete. Er leckte sie und schmeckte sie dort, was in ihm den Wunsch auslöste, sie erneut zu küssen.

»Der beste erste Kuss aller Zeiten«, platzte er heraus.

Sie lehnte sich zurück und starrte ihn an. »Wirklich? Ich dachte, mein Körper hätte sich daran erinnert, das irgendwann in der Vergangenheit mal getan zu haben, auch wenn mein Verstand es nicht mehr weiß, und dass es sich deshalb so natürlich anfühlt.«

»Das war unser erstes Mal«, sagte er. »Obwohl der Gedanke an deinen Mund mich schon öfter erregt hat, als ich zugeben möchte.«

Sie lächelte schüchtern. »Ich kann mich nicht erinnern, aber ich schätze, ich habe wahrscheinlich dasselbe getan.«

Die Vorstellung, wie sie bei dem Gedanken an ihn masturbierte, brachte JJ fast um den Verstand. »Essen«, blaffte er.

April grinste.

»Ich muss dich füttern. Und wir müssen aufhören, über ... du weißt schon was zu reden.«

»Ich glaube, das ist untypisch für dich«, sagte sie mit einem breiten Lächeln. »Du scheinst die Art von Mann zu sein, der immer das Sagen hat. Der vor keinem Thema Angst hat.«

»Du machst mir Angst, April«, gestand JJ. »Du hast die Macht, mich mehr zu brechen, als jeder Terrorist es je könnte.«

Daraufhin runzelte sie die Stirn. »Jack, ich bin nicht ... Ich bin harmlos.«

»Das solltest du über mich wissen, bevor du dich entscheidest, ob du wirklich mit mir ausgehen willst oder nicht. Ich bin intensiv«, erklärte JJ ihr. »Ich habe das Böse in dieser Welt aus erster Hand gesehen, und ich werde alles tun, was nötig ist, um es von dir fernzuhalten. Du hast in deinem Leben schon genügend Scheiße durchgemacht.

Wenn du dich mir hingibst, werde ich dich vor allem beschützen, was dich verletzen könnte. Ich könnte kontrollierend oder anmaßend erscheinen, und andere könnten die Stirn runzeln, wenn sie unsere Beziehung von außen betrachten. Ich werde dich niemals verletzen. Ich werde dir nicht sagen, mit wem du reden, mit wem du dich treffen oder was du mit deinem Leben anfangen sollst. Aber ich *werde* zwischen dir und der Welt stehen. Ich werde dein Held und Cheerleader und furchterregender Leibwächter sein. Niemand rührt dich an, April. Nicht ohne dein Einverständnis. Nicht einmal ich. Aber wenn wir hier sind, hinter verschlossenen Türen, werde ich der weichste, gutmütigste und größte Schwächling sein, den du je getroffen hast.«

JJ hatte das nicht alles ausspucken wollen, aber er meinte jedes Wort ernst. Niemand tat der Frau weh, die er liebte. Wenn nötig würde er die Welt niederbrennen, um sie zu beschützen. Er hatte genügend Kontakte, um genau das zu tun.

Nach allem, was Carlise, June und Marlowe zugestoßen

war, hatte er es sich zur Aufgabe gemacht, Beziehungen zu anderen Männern wie ihm zu knüpfen, zu ehemaligen Soldaten aus Spezialeinheiten im ganzen Land, die er im Bedarfsfall sofort anrufen konnte. Genauso wie er jedem dieser Männer zur Verfügung stand, waren sie bereit, alles zu tun, was von ihnen verlangt wurde, wenn sie darum gebeten wurden.

»Du klingst, als würdest du glauben, ich könnte protestieren«, sagte April. »Als würdest du denken, dass du mich abschreckst.«

»Du *solltest* Angst haben«, erwiderte JJ, »denn ich habe jedes Wort ernst gemeint.«

»Ich mag mich nicht an die letzten fünf Jahre erinnern, aber alles davor wird mir immer klarer«, sagte sie. »Ich lebte mit einem Mann zusammen, der kaum merkte, dass ich da war. Er plante Geschäftsreisen, ohne sich vorher mit mir abzusprechen. Er ging auf dem Heimweg von der Arbeit essen und ließ es mich nicht wissen, sodass die Mahlzeit, die ich für uns beide gekocht hatte, umsonst war. Er rief nie an, um sich tagsüber nach mir zu erkundigen, und *wenn* er sich meldete, dann nur, weil ich etwas für ihn tun sollte.

Er hat sich nie für irgendetwas bedankt, was ich im Haushalt gemacht habe, und wenn wir Sex hatten, ging es nur um sein Vergnügen. Ich glaube nicht, dass er mich in all den Jahren unserer Ehe jemals zum Orgasmus gebracht hat. Wenn du denkst, es würde mich ärgern, dass du wissen willst, wo ich bin, mit wem ich zusammen bin oder wann ich nach Hause komme, liegst du falsch. Aber ich werde im Gegenzug dasselbe wollen.«

»Du wirst meine ganzen SMS irgendwann satthaben«, schwor JJ.

»Also tun wir das? Gehen wir miteinander aus?«, fragte April.

JJs Herz klopfte in seiner Brust. Mist, hatte er nicht gerade gesagt, dass er warten würde, bis sie ihr Gedächtnis wiedererlangt hatte, bevor er sich zu sehr auf diese Frau einließ?

Nun, dafür war es zu spät. Viel zu spät. »Ja.«

Ein Lächeln erhellte ihr Gesicht.

»Aber ich werde nicht mit dir schlafen, bevor du dich erinnerst.«

Ihr Lächeln erstarb. »Das ist nicht fair. Der Arzt hat gesagt, es könnte Monate dauern, bis das passiert.«

»Es wird nicht Monate dauern«, sagte JJ zuversichtlich.

April schmollte.

Er lachte, beugte sich vor und tat sein Bestes, um ihr den Schmollmund vom Gesicht zu küssen.

»Aber wir können uns doch küssen, oder?«, fragte sie an seinen Lippen.

»Ja.«

»Gut. Es gibt viele Stellen, an denen ich dich küssen kann.«

JJ stöhnte. Diese Frau würde ihn umbringen.

April lächelte wieder, dann wurde sie ernst. »Ist das seltsam?«

»Ist was seltsam?«

»Dass ich so stark rangehe? Ich meine, eigentlich habe ich dich gerade erst kennengelernt. Ich bin irgendwie nuttig.«

JJ schüttelte den Kopf und sah sie stirnrunzelnd an. »Tu das nicht. Mach dich nicht schlecht, das werde ich nicht dulden. Und du kennst mich. Dein Bewusstsein vielleicht nicht, aber tief im Inneren *kennst* du mich. Du hast es selbst gesagt, du hast mir schon vertraut, als du mich zum ersten Mal in deinem Krankenzimmer gesehen hast. Vertraue auf deinen Instinkt, Schatz, denn er ist wirklich gut. Und vertrau mir, wenn ich sage, dass sich in uns beiden eine Menge unerwiderter Lust aufgestaut hat, die darauf brennt, freigesetzt zu werden.«

Sie nickte.

Und in diesem Moment knurrte ihr Magen. Lautstark.

JJ setzte sich in Bewegung, bevor er darüber nachdenken konnte. »Bleib«, befahl er, als er aufstand.

»Was bin ich, ein Hund?«, brummte April, wenn auch lächelnd.

JJ beugte sich vor und küsste sie auf den Kopf. »Nein. Du bist meine Freundin, die Hunger hat, deren Kopf wehtut und die nach einer harten Woche ein wenig Verwöhnung verdient hat.«

»Nun, wenn du das so sagst ...«, erwiderte April. »Ich schätze, ich bleibe hier und lasse mich von dir bedienen.«

»Verdammt richtig, das wirst du«, sagte JJ. Es fiel ihm schwer, sich von ihr zu lösen, und das nicht nur, weil sein Schwanz hart war. Alles an April beeindruckte ihn. Ihre Widerstandsfähigkeit, ihre Arbeitsmoral, ihr Aussehen, ihre Fähigkeit, sich ohne Rücksicht auf Verluste das zu holen, was sie wollte. Obwohl er es hasste, was ihr passiert war, mochte er die derzeitige Situation zwischen ihnen. Es war, als seien die Schilde, die sie beide hochgehalten hatten, endlich gesenkt worden.

Nein, nicht gesenkt – ausgelöscht.

Sie hatte allerdings recht; in vielerlei Hinsicht hatte sie ihn gerade erst kennengelernt. Sie kannte seine Geschichte nicht. Die Einzelheiten darüber, was ihm und seinen Freunden in der Kriegsgefangenschaft widerfahren war. Sie kannte nur seine sanfte Seite. Er konnte ein Arsch sein, und er musste einfach hoffen, dass sie, wenn sie *diese* Seite von ihm sah, ihre Meinung über ihre Beziehung nicht ändern würde.

Mit einem tiefen Atemzug nahm JJ eine Schüssel und füllte sie bis zur Hälfte mit heißer Hühnernudelsuppe. Er wollte nicht zu viel in die Schüssel geben, damit sie nichts verschüttete. Er würde so oft wie nötig aufstehen, bis sie keinen Hunger mehr hatte.

Er hatte noch nie eine Frau gehabt, um die er sich kümmern konnte, und er musste zugeben, dass es sich gut anfühlte. Wirklich gut. Manche Männer würden es hassen, ihre Frauen zu bedienen, aber JJ liebte es. Es gab ihm das Gefühl, gebraucht zu werden und nützlich zu sein. Er wollte April wertschätzen, und er schwor sich auf der Stelle, alles zu tun, was nötig war, um sie glücklich zu machen ... damit sie ihn nie verlassen wollte.

KAPITEL VIER

Am nächsten Morgen lag April in Jacks Bett und starrte an die Decke. Sie hatte sich in ihrem ganzen Leben noch nie so ... wertgeschätzt gefühlt. Und sie war noch nicht einmal vierundzwanzig Stunden in Jacks Haus. War sie der Situation gewachsen?

Wie angekündigt, war er intensiv – daran war nicht zu rütteln. Und es war für sie immer noch ein wenig seltsam, so viel mit ihm zusammen sein zu wollen, nachdem sie ihn im Grunde erst seit einer Woche kannte. Aber er hatte recht; tief in ihrem Inneren fühlte es sich an, als würde sie ihn schon ewig kennen.

Und dieser Kuss gestern Abend sagte ihr alles, was sie wissen musste. Sie hatte sich noch nie so verzweifelt nach jemandem gesehnt wie in dem Moment, in dem er seine Lippen sanft auf die ihren legte. Sie hatte den ersten Schritt gemacht, um den Kuss zu vertiefen, und war vom Ergebnis nicht enttäuscht gewesen. Mit ihrem Ex hatte sie sich nie so gefühlt wie mit Jack.

Er hatte ihr gesagt, dass er ein Arsch sein konnte, und das war keine Lüge gewesen. Sie hatte erlebt, wie er im Krankenhaus unhöflich zu Leuten war – zu jedem, der sie verärgerte oder ihr Unbehagen bereitete –, und als er sie gestern im Rollstuhl herausbrachte, war er unfreundlich zu einem Mann gewesen, der es wagte, ihr in die Quere zu kommen, weil er auf sein Handy schaute und nicht aufpasste. Er fluchte auch über idiotische Autofahrer, während sie auf der Landstraße unterwegs waren, also konnte sie verstehen, was er damit meinte, dass er ein wenig ungeschliffen war.

Aber der Mann, mit dem sie gestern Abend Zeit verbracht hatte, war alles, was sie sich jemals von einem Partner gewünscht hatte. Sie hatten gelacht. Er hatte ihr von *Jack's Lumber* erzählt und von den Schwierigkeiten, die es am Anfang gegeben hatte, aber er schwor, dass keiner von ihnen es auch nur einen Moment lang bereute. Er ging nicht ins Detail über seine Zeit als Kriegsgefangener und sie drängte nicht darauf, aber sie konnte erkennen, dass diese Zeit ihn zu dem Mann geformt hatte, der er heute war.

Und zu hören, wie er davon sprach, sie zu beschützen, sich zwischen sie und jeden zu stellen, der ihr etwas antun wollte, brachte April tief in ihrem Inneren zum Kribbeln.

Die meiste Zeit ihres Lebens war sie auf sich allein gestellt gewesen. Sie war weder gemobbt worden noch hatte sie in ihrer Kindheit etwas Traumatisches erlebt, aber das bedeutete nicht, dass die Leute sie nicht ausgenutzt hatten, nur weil sie eine Frau war. Und dann war da noch die typische Respektlosigkeit, die Frauen jeden Tag erlebten. Ihr Ex hatte sich nicht dafür interessiert, wenn Männer sie anmachten und im Supermarkt oder unterwegs anzügliche Bemerkungen machten. April hatte das Gefühl, dass niemand damit durchkäme, wenn Jack in der Nähe war.

Als es spät geworden war, hatte Jack darauf bestanden, ihr ins Bett zu helfen, und irgendwie war sie in *seinem* Bett gelandet und nicht im Gästezimmer. Der Ausdruck in seinen Augen, als er über ihr gestanden hatte, während sie unter seiner Decke lag, hatte in ihr den Wunsch ausgelöst, die Decke zurückzuschlagen und ihn einzuladen, bei ihr zu bleiben. Aber er hatte sich umgedreht und war in die Küche gegangen, um dann mit einer ihrer Schmerztabletten zurückzukommen. Er hatte sie auf die Stirn geküsst, was genauso romantisch war, wie sie es sich immer vorgestellt hatte, und ihr eine gute Nacht gewünscht. Und er hatte ihr versprochen, dass er draußen auf der Couch liegen und sie hören würde, wenn sie rief und etwas brauchte.

Nach dem Abendessen hatte sie ihn auch überredet, sie heute zu *Jack's Lumber* mitzunehmen. Sie wusste instinktiv, dass er eine Menge Arbeit nachzuholen hatte, nachdem er so lange bei ihr im Krankenhaus in Bangor geblieben war. Es war nicht leicht gewesen, ihn zu überreden, und er hatte ihr das Versprechen abverlangt, einfach nur dazusitzen und sich zu entspannen, während er arbeitete, aber *Jack's Lumber* war offenbar ihr zweites Zuhause, und April freute sich darauf, den Ort zu sehen, von dem sie schon so viel gehört hatte.

Natürlich hoffte sie auch, dass der Besuch dort vielleicht einige Erinnerungen wachrufen würde, aber da Jack so sehr darauf bestand, dass sie sich nicht zu sehr drängte, würde sie diesen Teil nicht erwähnen.

Kurz vor dem Schlafengehen hatte sie eine SMS von den Mädchen erhalten, in der stand, dass sie sie ebenfalls im Büro treffen würden. Offenbar gab es schon seit Langem einen Gruppenchat, damit sie alle in Kontakt bleiben konnten. Und er war sehr aktiv, was April gefiel.

Alle informierten sich über June und ihre schnell fortschreitende Schwangerschaft und gratulierten Carlise zur Fertigstellung einer weiteren Übersetzung, und Cal hatte alle über seine Suche nach einem Ersatz für Aprils kaputten Subaru Forester auf dem Laufenden gehalten. Als April protestierte, war es Jack, der sie dazu brachte, das Thema fallen zu lassen, und darauf bestand, dass alle ihr helfen wollten, so wie sie einander immer halfen. Und da ihr letzter Subaru ihr im Grunde bei dem Unfall das Leben gerettet hatte, konnte sie sich nicht wirklich beschweren, wenn sie ein anderes Fahrzeug derselben Marke und desselben Modells bekam.

Cal war fest entschlossen, aus Prinzip das bestmögliche Angebot zu bekommen, und so verhandelte er mit jedem Subaru-Händler, den er finden konnte. Und nicht nur das, in einer Gruppe in den sozialen Medien hatte er mit einem Mitarbeiter des Subaru-Werks in Lafayette, Indiana geschrieben, der ihm einen Rabatt für Freunde und Familie verschaffen konnte.

April wurde fast schwindelig, wie schnell die Dinge geschahen, nachdem sie wieder in Newton eingetroffen war, aber sie sollte nicht überrascht sein. Sie kannte diese Leute seit Monaten ... in einigen Fällen sogar seit Jahren. Wenn einem ihrer langjährigen Freunde etwas zugestoßen wäre, hätte sie dasselbe getan. Auch wenn es für sie ein wenig unangenehm und peinlich war, wusste sie ihre Unterstützung zu schätzen.

Sie lag noch im Bett, als der Geruch von Speck und Zimt durch die Tür drang. April richtete sich auf und schwang die Beine über die Bettkante. Sie musste sich überlegen, was sie anziehen wollte, denn mit dem übergroßen T-Shirt von Jack, mit dem sie das Krankenhaus verlassen hatte, würde sie nicht in die Öffentlichkeit gehen können. Sie schlurfte zum Badezimmer, das an das Schlafzimmer angeschlossen war, und zuckte zusammen, als sie das Licht einschaltete.

Sie hatte gehofft, dass ihre Kopfschmerzen bis heute Morgen verschwunden sein würden, aber das war offensichtlich nicht der Fall. Sie starrte sich im Spiegel an und zog eine Grimasse. Gott, sie war ein Wrack. Sie war ohnehin nicht die schönste Frau der Welt, aber ihr Haar musste definitiv gewaschen werden und sie könnte etwas Lippenpflegestift und Farbe auf den Wangen gebrauchen. Die blauen Flecke in ihrem Gesicht waren eher gelb und grün als lila und blau, was zwar gut war, aber dennoch nicht schön.

Da sie jetzt unbedingt sauber werden wollte, zögerte April nicht und stellte die Dusche an. Während das Wasser warm wurde, putzte sie sich die Zähne mit der Zahnbürste, die Jack ihr am Abend zuvor gegeben hatte. Dann streifte sie sich das Hemd über den Kopf, schob ihre Unterwäsche über die Hüften und trat in den großen Raum.

Stöhnend legte sie den Kopf zurück, schloss die Augen und ließ das heiße Wasser über ihren Körper fließen. Das war mit Abstand die beste Dusche, die sie je in ihrem Leben gehabt hatte, und das nicht nur, weil sie sich so schmutzig fühlte. Der Wasserdruck war stark, aber nicht so stark, dass es wehtat, als es auf ihre Haut traf. Der Duschkopf war breit, einer von diesen Regenwald-Dingern. Wie lange sie dort stand, wusste April nicht, aber als sie merkte, dass das Wasser auf ihrem Kopf die Schmerzen noch verschlimmerte, beeilte sie sich.

Sie benutzte Jacks Shampoo und wusch sich zweimal die Haare. Er hatte keine Spülung, was bedeutete, dass es eine Weile dauern würde, die Knoten auszukämmen, aber das war ihr egal. Sie benutzte seine Seife und konnte sich ein Lächeln nicht verkneifen, als ihr klar wurde, dass sie den ganzen Tag nach Jack riechen würde.

Erst als sie das Wasser abstellte und sich mit einem großen, flauschigen Handtuch abtrocknete, das neben der Dusche hing, fiel ihr auf, dass sie nichts zum Anziehen hatte. Sie könnte Jacks Schubladen durchwühlen und ein anderes Hemd finden, aber sie wollte nicht in seinen Sachen herumschnüffeln.

Sie überlegte noch, was sie tun sollte, als sie Jacks Stimme aus dem Schlafzimmer hörte.

»April?«

»Ja?«

»Carlise hat bei dir vorbeigeschaut und ein paar Sachen für dich gepackt.«

Sie war überrascht, sowohl von der freundlichen Geste als auch davon, dass er ihre Gedanken zu lesen schien.

Als sie nicht antwortete, erklärte er: »Sie hat einen Schlüssel, genauso wie du einen Schlüssel zu ihrer Wohnung und zu den Häusern von June und Marlowe hast. June hat sogar Schlüsselanhänger mit der Aufschrift ›BFF‹ anfertigen lassen, und ihr habt euch alle gegenseitig Kopien eurer Schlüssel gemacht.« Sie konnte die Belustigung in seiner Stimme über dieses Detail hören. »Wie auch immer, sie hat die Sachen heute Morgen vorbeigebracht, und ich lege sie hierhin, okay?«

April traten Tränen in die Augen. Was sie getan hatte, um so gute Freundinnen wie Carlise, June und Marlowe zu verdienen, wusste sie nicht. Aber sie war dankbar. »Okay«, rief sie.

»Bist du in Ordnung?«

Natürlich bemerkte Jack, dass ihre Stimme zittrig war. »Mir geht's gut.«

»April ... Ich meine es ernst. Was ist los? Ist es dein Kopf? Muss ich den Arzt anrufen? Scheiße, du hast es übertrieben, oder? Das Duschen war zu viel. Ich hätte dir anbieten sollen, deine Haare für dich zu waschen. Bist du angezogen? Ich komme jetzt rein.«

»Nein!«, rief April eindringlich. Das Handtuch, das sie vor sich hielt, war groß genug, um sie von der Brust bis zu den Füßen zu bedecken, aber es war ihr dennoch unangenehm, dass Jack sie so verletzlich sah. »Mir geht es gut, ehrlich. Mir sind nur ein paar Tränen gekommen bei dem Gedanken, dass Carlise so früh am Morgen an mich denkt.«

Jacks Stimme klang, als stünde er direkt auf der anderen Seite der Tür ... und das tat er wahrscheinlich auch. »Bist du sicher?«

»Ich bin sicher.«

»In Ordnung. Ich habe Speck, Pfannkuchen und Zimtschnecken zum Frühstück gemacht. Außerdem habe ich Kaffee mit deiner Lieblingssahne. Lass dir Zeit beim Anziehen. Ich werde alles warm halten, bis du fertig bist.«

April war sich nicht einmal sicher, welche Kaffeesahne sie offenbar so sehr mochte. Es war so eine kleine, triviale Sache ... und doch fühlte es sich plötzlich überwältigend und ein wenig beunruhigend an, dass sie sich nicht an ihre Lieblingssahne erinnern konnte. Aber sie holte tief Luft. Sie musste einfach mit dem Strom schwimmen. »Okay, danke.«

»Du brauchst dich nicht zu bedanken, Schatz, es ist mir ein Vergnügen.«

April hörte seine Schritte, als er sich vom Bad entfernte, bevor er die Schlafzimmertür hinter sich schloss.

Sie öffnete die Tür, spähte hinaus und sah einen Koffer in der Nähe stehen. Sie erkannte ihn nicht, nahm aber an, dass es ihrer sein musste. Sie zog ihn ins Bad und schloss die Tür wieder. Nachdem sie ihn auf den Waschtisch gestellt hatte, öffnete sie ihn und lächelte, als sie die Sachen sah, die Carlise eingepackt hatte. Leggings, Jeans, Unterwäsche, BHs, T-Shirts, Pullover und ein oder zwei Blusen. Dazu kamen Shampoo, Spülung, ein Duschschwamm, Lotion, eine Zahnbürste, Zahnpasta und eine kleine Tasche mit Tampons, Nagelknipser, Aspirin und anderen Toilettenartikeln.

Wieder traten ihr Tränen in die Augen. Carlise hatte perfekt gepackt, und obwohl April die Kleidung nicht als die ihre erkannte, vermutete sie anhand der Größen, dass es ihre sein musste.

April suchte sich ein T-Shirt und Leggings aus und zog sich an. Sie griff nach der Bürste, die im Koffer lag, gab das Entwirren ihrer Haare jedoch schnell wieder auf. Das Ziehen tat zu sehr weh, also band sie ihr schulterlanges Haar einfach zu einem Knoten zusammen. Darum würde sie sich später kümmern. Im Moment brachte der Duft von Zimt und anderen Speisen ihren Magen zum Knurren.

Sie schob den Koffer aus dem Bad, um ihn später auszupacken, und schlenderte aus dem Schlafzimmer in den Wohnbereich. Jack stand mit dem Rücken zu ihr und war in der Küche mit etwas beschäftigt. April nahm sich die Zeit, ihn einen langen Moment zu beobachten. Hatte James ihr jemals Frühstück gemacht? Sie konnte sich nicht erinnern, und sie glaubte nicht, dass es an dem Schlag auf den Kopf lag, der sie vergessen ließ.

James hatte nur an sich selbst gedacht, und es war ihm wahrscheinlich nicht einmal in den Sinn gekommen, ihr Frühstück zu machen, bevor er zur Arbeit ging.

Sie musste ein Geräusch gemacht haben, denn Jack drehte sich plötzlich um und lächelte sie an. Er griff nach einer Tasse, die auf dem Tresen stand, und füllte sie mit Kaffee aus der Karaffe, die in der Kaffeemaschine warm gehalten wurde. Er gab einen ordentlichen Schuss Kaffeesahne hinein und brachte ihn dann zu dem kleinen Tisch in der Küche. »Komm, setz dich«, sagte er und zog einen Stuhl heran.

April ging wie in Trance dorthin und setzte sich. Jack beugte sich hinunter und küsste sie auf den Kopf. »Guten Morgen.«

»Morgen«, murmelte sie, hob die Tasse an ihre Lippen und atmete tief ein. Sie hörte Jack lachen, ignorierte ihn aber und nahm einen Schluck. »Mmmmm«, seufzte sie, bevor sie zu Jack aufblickte. Sie erstarrte, als sie seinen Gesichtsausdruck sah. »Was? Habe ich etwas im Gesicht?«, fragte sie verlegen.

»Nein. Es ist nur ... du bist vor deinem ersten Kaffee ein wenig neben der Spur. Das ist mir bei dir gar nicht aufgefallen. Wahrscheinlich weil ich dich immer hellwach und bereit für den Tag gesehen habe, wenn ich ins Büro kam.«

April zuckte mit den Schultern. »Das ist gut, danke«, sagte sie, nicht sicher, was sie sonst auf seine Bemerkung antworten sollte.

»Gern geschehen. Es gibt eine Kaffeemaschine im Büro, aber du hast uns allen gedroht, dass wir teuer bezahlen würden, wenn du jemals zur Arbeit kommst und deine Kaffee-sahne alle ist.« Er grinste. »Also haben wir es uns zur Aufgabe gemacht, dafür zu sorgen, dass du immer genügend davon hast.«

April errötete, obwohl sie sich nicht sicher war warum. »Nun, sie ist gut«, verteidigte sie sich. »Obwohl ich zugeben muss, dass ich nicht weiß, was es ist.«

»Butter mit Pekannuss«, sagte Jack, als sei es völlig normal, dass sie keine Ahnung hatte, welche Kaffeesahne sie so sehr mochte, nachdem sie offenbar mit Körperverletzung gedroht hatte, wenn sie keine im Büro hatte. »Mir ist sie zu süß. Ich trinke meinen Kaffee eher schwarz, aber ich stehe gern als dein Dealer für Kaffeesahne zur Verfügung.«

April war nicht wirklich überrascht, dass Jack seinen Kaffee schwarz mochte. Sie nahm noch einen Schluck, als er sich wieder der Küche zuwandte und begann, zwei Teller zu füllen. Die Menge an Speisen, die er ihr vorsetzte, brachte April zum Grinsen.

»Das kann ich doch nicht alles essen.«

Jack zuckte nur mit den Schultern. »Iss, was du kannst. Entweder esse ich den Rest oder stelle es für später in den Kühlschrank. Oh, und hier ist deine Schmerztablette.«

»Ich dachte, ich nehme einfach etwas Rezeptfreies aus der Apotheke«, sagte sie.

Aber Jack schüttelte den Kopf. »Heute nicht.«

»Jack«, warnte April, aber er hielt eine Hand hoch, um sie aufzuhalten.

»Dies ist dein erster voller Tag außerhalb des Krankenhau-ses. Wir gehen ins Büro. Du wirst heute länger auf den Beinen sein als in der ganzen Woche zuvor. Du wirst es brauchen. Ich habe kein Problem damit, dass du die Schmerzmittel langsam absetzen willst, aber heute ist nicht der Tag, um damit anzufangen. Ich habe gestern versprochen, dich nicht in eine Sucht rutschen zu lassen, und ich werde dieses Versprechen nicht brechen. Nach meiner Rettung habe ich aus demselben Grund versucht, die Schmerzmittel zu verweigern. Ich wollte nicht von ihnen abhängig werden, aber das war ein Fehler. Ich habe mir mehr Schmerzen zugefügt als nötig, und ich will nicht, dass du dasselbe tust.«

Als Antwort griff April nach der Tablette, die er ihr auf den Tisch gelegt hatte. Sie schluckte sie mit ihrem Kaffee hinunter und nahm ihre Gabel.

»Danke, dass du mir vertraust. Ich habe dir gesagt, dass ich dich nie verletzen würde, und das habe ich auch so gemeint. Aber ich werde auch nicht zulassen, dass du dich selbst verletzt, wenn ich es verhindern kann.«

Dieser Mann überwältigte sie einfach. Außerdem fühlte sie sich aus der Bahn geworfen. Sie hatte noch nie so viel ... Sorge erfahren. »Danke«, sagte sie nach einem Moment.

Jack nickte, dann deutete er mit seiner Gabel auf ihren Teller. »Iss, bevor es kalt wird.«

Sie legte den Kopf schief. »Du bist herrisch«, informierte sie ihn, schnitt aber dennoch ein Stück Zimtschnecke ab.

»Ja«, erwiderte er unbeeindruckt. »Ich habe von der Besten gelernt ... von dir.«

»Ich? Ich bin nicht herrisch«, konterte April.

Jack lachte schallend. »Ähm, ich sage es dir nur ungern, aber das bist du. Du kommandierst mich ständig herum. Und den Rest der Jungs. Und die Kunden und unsere Lieferanten. Zum Teufel, du kommandierst sogar Carlise, June und Marlowe herum. Aber das ist Teil deines Charmes, und wir lieben dich dafür.«

April runzelte die Stirn. War sie wirklich herrisch? Sie war sich nicht sicher, was sie von dieser Enthüllung halten sollte.

»Ist schon gut, Schatz. Ehrlich. Und jetzt iss. Wir machen noch etwas mit deinen Haaren, dann können wir los.«

»Meine Haare?«

»Jup.«

Wieder klang er, als seien seine Worte völlig normal. Ihrer Erfahrung nach – zumindest soweit sie sich erinnern konnte – interessierten Männer sich nicht für die Frisur ihrer Freundin. Ihr Ex hatte ihre nur erwähnt, wenn sie unordentlich war.

Aber da das Essen vor ihr so gut roch und schmeckte, war sie kurzzeitig abgelenkt und schaufelte es so schnell sie konnte in sich hinein. Zu ihrer Überraschung aß sie das meiste dessen, was Jack ihr auf den Teller gelegt hatte.

Er lächelte sie zufrieden an, als er den fast leeren Teller aufhob und zur Spüle brachte.

»Ich kann beim Abräumen helfen«, sagte sie.

Aber Jack schüttelte nur den Kopf und erwiderte: »Ich mache das schon. Hol du doch schon mal deine Bürste, Kamm oder was auch immer, und dann setzt du dich auf die Couch. Ich bin gleich da.«

April war wieder einmal verwirrt. »Warum?«

»Warum was?«, fragte Jack und hielt inne, um sie anzuschauen.

»Warum sollte ich hierher zurückkommen? Ich gehe zum Haarekämmen einfach ins Bad.«

Damit legte Jack den Teller hin, den er abspülte, und trocknete sich die Hände an einem Geschirrhandtuch am Kühlschrank ab. Er ging auf sie zu und legte ihr eine Hand auf die Schulter. »Es sieht verknotet aus, wahrscheinlich weil ich in meiner Dusche nicht den nötigen Mädchenkram für dich hatte. Das tut mir übrigens leid. Ich hätte dir deinen Koffer schon früher gebracht, aber ich wollte dich nicht stören, und als ich hörte, wie das Wasser in der Dusche angestellt wurde, war es schon zu spät. Jedenfalls möchte ich nicht, dass du dir durch das Ziehen an den Haaren mehr Kopfschmerzen als nötig bereitest, also werde ich dir helfen. Ich werde vorsichtig sein.«

»Ich schaffe das«, flüsterte April, wieder einmal überwältigt von diesem Mann. Sie konnte kaum glauben, dass er real war.

»Ich weiß, dass du es kannst. Aber ich kann es besser«, sagte er zwinkernd.

April verdrehte die Augen. »Sind wir etwa eingebildet?«, fragte sie.

Er lachte. »Wenn es um Dinge geht, von denen ich weiß, dass ich sie gut kann, ja.«

»Also hast du das schon mal gemacht? Einer Frau die Haare gekämmt?«

»Nein, noch nie. Aber da ich mir lieber die Hand abschneide, als dir wehzutun, werde ich es schon schaffen. Und ich werde wahrscheinlich sanfter sein als du, weil du unbedingt ins Büro willst, was bedeutet, dass du die Knoten wahrscheinlich einfach herausreißt, anstatt sie vorsichtig mit der Bürste zu lösen.«

Verdammt, er hatte nicht unrecht. »Wie auch immer«, sagte sie und rollte mit den Augen.

Das ließ Jacks Lächeln nur noch breiter werden. »Geh schon, wir treffen uns auf der Couch.«

April ging auf die Schlafzimmertür zu, drehte sich aber im letzten Moment um. »Jack?«

»Ja, Süße?«

»Ich weiß nicht, was ich damit anfangen soll.«

»Womit?«

»Mit dir.«

Er nickte. »Schwimm einfach mit dem Strom, April.«

»Ich kann nicht anders, als mich zu fragen ... sind wir nur an diesem Punkt angelangt, weil ich diesen Unfall hatte? Weil ich mich nicht mehr daran erinnern kann, wie es zwischen uns war?«, platzte sie heraus.

Sein Lächeln verschwand innerhalb einer Sekunde. Er stand immer noch auf der anderen Seite des Zimmers, aber die Vertrautheit zwischen ihnen war genauso stark wie gestern Abend, als sie Seite an Seite auf der Couch saßen und sich berührten.

»Teilweise, ja. Der Teil über deinen Unfall, meine ich«, fügte er schnell hinzu. »Ich habe begriffen, was ich fast verloren hätte. Es war dumm von mir, meiner Anziehung zu dir nicht früher nachzugeben. Ich weiß nicht, worauf ich gewartet habe, aber dein Unfall hat mir klargemacht, wie kurz das Leben wirklich ist, und ich habe beschlossen, dass ich keine Zeit mehr verschwenden will. Aber dein vorübergehender Gedächtnisverlust gehört *nicht* dazu. Dieser Teil macht mir sogar eine Heidenangst.«

»Warum?«

»Weil ich befürchte, wenn du dich wieder erinnerst, wird es einen wichtigen Grund geben, warum du nicht mit mir zusammen sein wolltest. Warum du dich von mir ferngehalten hast. Dass du es mir übel nehmen wirst, dir nähergekommen zu sein, als du verletzlich warst.«

April war sich nicht sicher, was sie darauf antworten sollte. Er hatte nicht unrecht. Warum *hatte* sie ihn nicht um eine Verabredung gebeten? Warum hatte sie ihn nicht ermutigt, der offensichtlichen Anziehung nachzugeben, die sie teilten? Hatte sie etwas über ihn erfahren, an das sie sich im Moment nicht erinnern konnte, aber das sie auf Distanz gehalten hatte?

»Hol deine Bürste, Schatz«, sagte Jack.

Weil sie so aus dem Gleichgewicht war, tat sie, was er verlangte, und wandte sich von ihm ab. Aber nicht bevor sie den verletzten Blick auf seinem Gesicht sah. Sie hasste es, das getan zu haben. Er war so liebenswürdig und freundlich gewesen, und sie wollte ihm nicht das Gefühl geben, dass sie ihn nicht zu schätzen wusste. Dennoch ... sie konnte nicht umhin, sich zu fragen, was sie wohl bisher voneinander getrennt hatte.

Es dauerte nicht lange, die Bürste zu holen und ins Wohnzimmer zurückzukehren. Jack wartete auf der Couch auf sie. Er hatte den kleinen Tisch aus dem Weg geschoben und wies nun mit einer Geste auf den Boden. »Wenn du dich hierhersetzt, kann ich dein Haar besser erreichen«, sagte er.

Mit einem Nicken ließ April sich zwischen seinen Füßen auf den Boden sinken und hielt ihm die Bürste hin. Seine Finger streiften ihre, als er sie nahm, und April hätte schwören können, dass sie bei der unschuldigen Berührung ein Kribbeln bis in die Zehen spürte.

Aber das war nichts im Vergleich zu dem Kribbeln, das sie verspürte, als er mit einer Hand über ihr Haar fuhr und sanft das Haargummi entfernte, das sie zuvor benutzt hatte. Dann strich er vorsichtig mit den Fingern durch die feuchten Strähnen und April schloss die Augen. Seine Berührung fühlte sich so gut an. Zu gut. Gab es so etwas?

Niemand außer einem Friseur hatte jemals ihr Haar gebürstet, und das zählte nicht, weil es sich nie *so* anfühlte. Jack begann an den Spitzen, kämmte vorsichtig die Strähnen und arbeitete sich dann gleichmäßig zu ihrer Kopfhaut vor. Die rhythmischen und sanften Bewegungen ließen sie zufrieden seufzen. Es war so entspannend, seine Hände auf ihrem Kopf zu haben.

Sie hatte sich Sorgen gemacht, dass es wehtun würde, aber sie hätte es besser wissen müssen. Jack würde ihr nicht wehtun. Das wusste sie bis in ihre Seele hinein. Was auch immer für eine Verbindung zwischen ihnen bestand, sie vertraute ihm.

Es dauerte nicht lange, bis sie merkte, dass die Knoten verschwunden waren und Jack ihr einfach nur zum Vergnügen die Haare kämmte.

»Jack?«, flüsterte sie, ohne die Augen zu öffnen.

Er hielt inne. »Ja?«

»Welchen Grund auch immer ich hatte, dich nicht zu ermutigen, mich um eine Verabredung zu bitten ... er spielt keine Rolle. Ich weiß *jetzt*, was ich will, und das bist du.«

Sie spürte sein Ausatmen mehr, als dass sie es hörte.

»Wir werden dieses Gespräch weiterführen, wenn dein Gedächtnis zurückkehrt.«

April schüttelte den Kopf und drehte sich so, dass sie mit

dem Rücken an einem seiner Beine lag und zu ihm aufsah. »Nein, das werden wir nicht.«

Er runzelte die Stirn.

»Ich bin nicht mehr derselbe Mensch, der ich vor meinem Unfall war.«

»Natürlich bist du das«, sagte er mit Nachdruck.

»Du hast gesagt, und ich zitiere: *Es war dumm von mir, meiner Anziehung zu dir nicht früher nachzugeben. Dein Unfall hat mir klargemacht, wie kurz das Leben wirklich ist, und ich habe beschlossen, dass ich keine Zeit mehr verschwenden will.* Mir geht es genauso. Es wäre unmöglich, mich dir so nahe zu fühlen, dich so sehr zu begehren, wenn ich nicht schon vor dem Unfall so empfunden hätte. Welchen Grund ich auch immer hatte, dir mein Interesse nicht zu zeigen, war genauso dumm. Ich schätze, wenn meine Erinnerung zurückkehrt, werde ich dich nur noch mehr wollen, nicht weniger.«

Jack schloss die Augen, während er mit den Händen auf den Oberschenkeln dasaß. Sie konnte spüren, wie angespannt er an ihrem Rücken war, während er darum kämpfte, seine Gefühle unter Kontrolle zu bekommen. Als er die Augen öffnete, brannte sein Blick sich in sie hinein. »Du bist zu clever für dein eigenes Wohl«, sagte er nach einem Moment. »Du liebst es, mir meine eigenen Worte vorzuhalten.«

»Nun, wenn du recht hast, hast du recht. Und ich schätze, wenn du dich irrst, habe ich kein Problem damit, dich das wissen zu lassen.«

Jack lächelte. »Das ist wahr. Ich hoffe bei Gott, dass du nicht wegläufst, wenn du dich daran erinnerst.«

»Das werde ich nicht.« Dessen war April sich bis in die Zehenspitzen sicher. Sie wäre eine Idiotin, diesen Mann zu verlassen. Sie war noch nicht einmal einen Tag mit ihm zusammen, und er hatte ihr schon mehr Fürsorge und Liebe entgegengebracht, als sie jemals von einem anderen Menschen

erhalten hatte. Sie wollte ihm diese Fürsorge und Liebe zehn-
fach zurückgeben.

»Gut. Wie fühlt dein Kopf sich an? Bist du immer noch
bereit, ins Büro zu gehen?«, fragte er.

»Willst du mich davon abhalten zu sehen, wie sehr meine
Domäne in meiner Abwesenheit heruntergekommen ist?«
Jack brach in Gelächter aus. »Nein. Das wirst du früher
oder später herausfinden. Wir können genauso gut in den
sauren Apfel beißen und es erledigen.«

April lächelte, dann wurde sie ernst. »Ich kann mich nicht
erinnern, was mein Job beinhaltet«, gab sie nervös zu.

»Du hast es hinbekommen, als du eingestellt wurdest. Ich
zweifle nicht daran, dass du es jetzt genauso schnell in den
Griff kriegen wirst«, sagte Jack lässig, als hätte er keine Bedenken, sie wieder arbeiten zu lassen. »Aber du arbeitest heute
nicht. Du musst immer noch genesen. Carlise, June und
Marlowe treffen uns dort, also habe ich sie gebeten, dich
abzulenken.«

»Ablenken?«

»Ja. Ich kenne dich. Wenn du dich an den Schreibtisch setzt
und das Telefon klingelt, wirst du darauf bestehen, heute alles
zu klären, und du wirst so lange dort sitzen wie nötig. Ich will,
dass du die Sache langsam angehst.«

April konnte das kleine Grinsen nicht zurückhalten. Das
hörte sich schon eher nach ihr an. »Okay.«

»Warum vertraue ich nicht auf dieses Okay von dir?«, fragte
Jack.

»Ich weiß es nicht. Ich bin völlig unschuldig«, erwiderte
April frech.

Sie liebte den Klang von Jacks Lachen. Sie hatte das Gefühl,
dass er es nicht oft genug tat. »Gut. Hoch mit dir. Carlise hat ein
Paar Turnschuhe an die Tür gestellt. Such dir Socken und vielleicht einen Pullover, denn manchmal wird es im Büro kalt,
und dann fahren wir los.«

Jack zog sie hoch, ließ sie aber nicht los, als sie auf den Beinen war. Er fuhr mit einer Hand durch ihre entwirrten Strähnen und sagte mehr zu sich selbst als zu ihr: »Ich liebe es, wie dein Haar sich anfühlt.« Dann schenkte er ihr ein verlegenes Grinsen und reichte ihr die Bürste. »Mach schon, Frau, hör auf, Zeit zu verschwenden.«

April verdrehte die Augen. Sie wussten beide, dass er derjenige war, der es hinauszögerte. Aber sie hielt den Mund und machte sich auf den Weg ins Schlafzimmer. Es war seltsam, wie normal das alles schien. Das Zusammenleben mit Jack. Das Geplänkel. Sie liebte sogar die ernsten Gespräche, die sie geführt hatten. Ehrlich zu sein fühlte sich erfrischend und angenehm an.

So sehr sie sich auch darauf freute, *Jack's Lumber* zu sehen und mit ihren Freunden abzuhängen, konnte sie nicht umhin, ein wenig traurig zu sein, dass sie den Tag nicht allein mit Jack verbringen würde.

KAPITEL FÜNF

Drei Stunden später sah JJ zu April hinüber und lächelte. Er konnte den Blick nicht länger als ein paar Minuten am Stück von ihr abwenden. Als sie bei *Jack's Lumber* angekommen waren, hatte er sich Sorgen gemacht, dass der Anblick des Büros irgendetwas in ihrem Gehirn auslösen und ihr Schmerzen bereiten würde. Aber sie sah sich um, ohne es zu erkennen, zuckte mit den Schultern und sagte: »Es ist schön.«

Er war erleichtert und enttäuscht zugleich gewesen, dass sie sich nicht sofort an alles erinnerte, aber er behielt seine Gefühle für sich, während er sie herumführte.

Das Büro war nicht besonders schick. Vorn gab es einen kleinen Empfangsbereich, dann führte eine Innentür in einen größeren Raum, in dem JJ und die Jungs viel Zeit verbrachten und den die Mädchen in letzter Zeit weitgehend für sich selbst eingenommen hatten. Sie hatten ihn mit ein paar Sofas und einigen weiblichen Akzenten, wie Bildern an den Wänden und Kissen, gemütlicher und wohnlicher gestaltet, und ab und zu erschien ein Strauß frischer Blumen. Es gab eine voll ausgestattete Küche und April hatte einen kleinen Teil des Raumes mit Vorhängen abgetrennt, um die Kartons mit den Vorräten zu verbergen, die zuvor einfach in einer Ecke gestapelt gewesen waren.

Als JJ sich umsah, stellte er fest, dass er April in jedem Winkel des Gebäudes sah ... was nicht verwunderlich war, da sie hier die meiste Zeit verbrachte. Er erkannte ihren Einfluss am Geschirr in der Küche, am Bodenbelag, den sie ausgesucht hatte, sogar an der Art und Weise, wie die Kartons im Lagerraum hinter dem Vorhang gestapelt waren.

Sie hatte *Jack's Lumber* zu ihrem Unternehmen gemacht, und niemand würde je in ihre Fußstapfen treten können, wenn sie beschloss, nicht zu bleiben. Selbst wenn sie ihr Gedächtnis nie wiedererlangen sollte, zweifelte er nicht daran, dass sie ihren Platz hier wiederfinden würde ... wenn sie es wollte. Es bestand die Möglichkeit, dass sie Maine nicht so schnell lieb gewinnen würde wie beim ersten Mal.

»Kumpel, du siehst aus, als hättest du gerade an Chappys Füßen gerochen, nachdem er seine Stiefel ausgezogen hat. Was ist los?«, fragte Bob und stieß JJ mit der Schulter an.

»Hey! Meine Füße sind nicht so schlimm«, protestierte Chappy.

Sie standen in der Nähe der Hintertür zum Büro und diskutierten über den Auftrag, den Bob und Chappy gerade beendet hatten. Cal war auf der anderen Seite des Raumes und machte es June auf der Couch bequemer. Je weiter sie in ihrer Schwangerschaft fortschritt, desto vorsichtiger wurde ihr Freund ... nicht dass sie es ihm verdenken konnten.

»Ich will nicht, dass April geht«, platzte JJ heraus.

Chappy sah schockiert aus. »Warte, sie *geht*?«

»Ich weiß es nicht. Es ist möglich. Ich meine, sie könnte praktisch überall hingehen und eine Bereicherung sein. Warum sollte sie hierbleiben?«, fragte JJ. Er sprach schnell und merkte, dass er ein wenig in Panik geriet, aber er konnte nicht aufhören.

»Warum sollte sie *nicht* bleiben?«, konterte Bob. »Hast du

etwas Dummes zu ihr gesagt? Hat sie ihr Gedächtnis wiedererlangt und gemerkt, dass du dich geweigert hast, sie um eine Verabredung zu bitten?«

»Nein, nein und nein«, brummte JJ. »Hier zu sein und zu sehen, wie sie diesen Ort zu ihrem gemacht hat ... Ich will einfach ... Ich will nicht, dass sie geht.«

»Hört sich an, als wäre jemand endlich in die Gänge gekommen«, sagte Chappy mit einem Grinsen, um die Härte seiner Worte zu mildern.

JJ holte tief Luft und drehte sich zu seinem Freund um. »Das bin ich. Ich liebe sie. Ich wüsste nicht, was ich tun würde, wenn sie geht.«

»Sie wird nicht gehen«, sagte Bob. »Sieh sie dir an. Sie erinnert sich vielleicht nicht an Carlise, June oder Marlowe, aber sie versteht sich schon wieder mit ihnen.«

JJ blickte zu den Frauen und sah das Lächeln auf Aprils Gesicht. Sie lehnte sich zu Marlowe, als hinge sie an jedem Wort, das die andere Frau sagte.

Er nahm einen tiefen Atemzug. Das Gefühl der Erleichterung, das ihn durchströmte, war fast schmerzhaft.

»Ihr wart festgefahren«, mischte Chappy sich ein. »Festgefahren in einem Trott, in einer Routine. Ich glaube, ihr hattet beide Angst, etwas zu tun oder zu sagen, was den Status quo zwischen euch beiden verändern könnte. Sie war wahrscheinlich besorgt, weil du ihr Chef bist und sie älter ist als du, und sie wollte nicht den ersten Schritt machen. Und du – ich bin mir nicht sicher, *was* dein Problem war, aber ich vermute, dass du Angst hattest, eure Freundschaft zu ruinieren, wenn die Dinge nicht so laufen, wie du es dir erhofft hast.«

JJ nickte, dann murmelte er: »Das war dumm.«

»Das würde ich nicht sagen«, erwiderte Bob mit einem leichten Kopfschütteln. »Vielleicht übervorsichtig.«

Cal ging auf sie zu und fragte, als er nahe genug dran war: »Worüber reden wir denn so angeregt? Über den Weltfrieden?

Die zehn meistgesuchten Flüchtigen des FBI? Den alten Smith?«

JJs Lippen zuckten.

»JJ flippt aus, weil ihm gerade klar geworden ist, dass er April liebt, und er hat Angst, dass sie ihn verlässt, wenn sie ihr Gedächtnis zurückbekommt.«

»Das wird sie nicht«, sagte Cal ruhig, als könnte er in die Zukunft sehen und wüsste ohne Zweifel, dass seine Worte die Wahrheit waren.

»Trotzdem denke ich, es kann nicht schaden, ihr einen Anreiz zu geben«, fügte Chappy hinzu. »Wir alle wissen, dass sie diesen Laden am Laufen hält. Ohne sie wäre *Jack's Lumber* wahrscheinlich schon vor langer Zeit zusammengebrochen. Irgendwelche Einwände, sie als Partnerin mit ins Boot zu holen?«

JJ fiel die Kinnlade herunter. Genau das hatte er auch gedacht. Erst gestern hatte er beschlossen, mit den Jungs darüber zu sprechen. Das war nur eine weitere Erinnerung daran, dass er und seine besten Freunde auf der gleichen Wellenlänge lagen.

»Auf jeden Fall.«

»Wir hätten es schon früher tun sollen.«

Seine drei Freunde sahen JJ an.

»Und?«, fragte Chappy ihn.

»Und wenn sie denkt, dass wir versuchen, sie durch Bestechung zum Bleiben zu überreden?«, fragte JJ. »Vielleicht sollten wir warten, bis sie ihr Gedächtnis zurückerlangt. Ich meine, sie hat sich den Arsch für dieses Geschäft aufgerissen. Vielleicht erinnert sie sich daran, wie viel Zeit sie hier verbracht hat, und beschließt, dass sie diese Mühe nicht mehr aufbringen will.«

Cal rollte mit den Augen. »Ich glaube, wenn sie weiß, wie viel Blut, Schweiß und Tränen sie für diesen Ort aufgewendet hat, wird sie umso mehr bleiben wollen. So stur ist sie eben.«

»Nicht wahr? Wisst ihr noch, als sie hörte, dass der Stadtrat erwog, eine auswärtige Firma mit der Baumpflege im Park zu beauftragen, und sie es auf sich nahm, ins Büro des Bürgermeisters zu gehen und ihm eine dreißigminütige PowerPoint-Präsentation darüber zu halten, warum *Jack's Lumber* die bessere Wahl wäre?«, fragte Chappy lachend.

»Oder als sie uns anmeldete, bei der jährlichen Weihnachtsfeier den Weihnachtsmann und seine Elfen zu spielen, weil der Typ, der die Rolle normalerweise spielte, eine Lebensmittelvergiftung bekam?«, fügte Bob hinzu.

»Du kennst sie am besten, JJ. Glaubst du wirklich, sie wird denken, dass wir sie manipulieren wollen, wenn wir ihr sagen, was wir vorhaben? Oder wird sie sich geschmeichelt fühlen und dankbar sein, dass wir ihre harte Arbeit bemerkt haben?«, fragte Cal.

JJ musste nicht einmal darüber nachdenken. »Sie würde uns wahrscheinlich sagen, dass es auch Zeit wurde zu erkennen, wie wichtig sie für dieses Geschäft ist.«

Die Jungs lachten alle.

»Ich werde mich mit unserem Anwalt in Verbindung setzen und ihn bitten, die Sache in Angriff zu nehmen. Wie hoch soll der Anteil sein?«, fragte Cal.

Bevor JJ antworten konnte, sagte Bob: »Jeder von uns gibt ihr fünf Prozent unseres Viertels, damit jeder von uns zwanzig besitzt.«

»Das klingt fair«, sagte Chappy nickend.

»Ich stimme zu«, sagte Cal.

»Ich auch«, fügte JJ hinzu. Sie hätten das schon viel früher tun sollen. April war buchstäblich der Leim, der *Jack's Lumber* zusammenhielt.

»Ich werde es ihr jetzt sagen«, verkündete Cal und wandte sich den Frauen zu.

»Warte!«, rief JJ aus und packte seinen Freund am Arm.

»Warum?«

JJ zermarterte sich das Hirn, aber ihm fiel kein vernünftiger Grund ein.

»Er hat Angst, dass sie denkt, wir wollen sie durch Bestechung zum Bleiben überreden«, erklärte Bob mit einem Grinsen.

»Das tun wir!«, sagte Chappy ebenfalls grinsend.

Cal wandte sich an JJ. »Hör mal, ich verstehe es. In dir schwirren wegen April all diese Emotionen herum. Sie wurde verletzt. Du bist immer noch verängstigt darüber, was hätte passieren können. Mir ging es mit June genauso. Es ist immer noch so. Sie schwer blutend auf dem Boden liegen zu sehen war das Schrecklichste, was ich je erlebt habe. Ich habe immer noch Albträume davon. Aber sie lebt und ist schwanger mit unserem Sohn.

Hast du nicht gesagt, dass wir nach unserer Rettung nicht in der Vergangenheit leben können? Als wir versuchten zu entscheiden, was wir mit uns anfangen sollten, sobald wir aus der Armee ausgetreten waren? Das Gleiche gilt auch hier. Was passiert ist, ist passiert. Du musst in die Zukunft blicken. Und soweit ich weiß willst du April in deiner Zukunft haben, richtig?«

JJ nickte.

»Dann binde sie an dich, an uns, an Newton, wie auch immer du kannst. Das ist keine Manipulation, du holst dir nur das, was du willst. Und wir alle wissen, dass du April willst. Genauso wie es offensichtlich ist, dass sie dich auch will. Wir sehen schon viel zu lange zu, wie ihr beide umeinander herumschleicht.«

Die anderen Männer nickten zustimmend.

JJ konnte nicht anders, als seine Freunde anzugrinsen. »Ihr seid alle so verdammt kitschig. Als hätten die Schwangerschaftshormone eurer Frauen auch euch angesteckt.«

»Verdammt richtig«, sagte Chappy mit einem breiten Grinsen.

»Ich werde es nicht leugnen«, entgegnete Bob. »Außerdem war der Sex in letzter Zeit noch fantastischer als früher, und das will schon was heißen.«

Cal lächelte nur.

»Na schön. Geh und sag es ihr«, befahl JJ ihm.

»Das hatte ich sowieso vor«, erwiderte er.

»Er will nur eine Ausrede, um bei seiner Frau zu sein«, sagte Chappy. »Was kein schlechter Plan ist.« Er folgte Cal zu den Sofas.

»Komm, es ist Zeit, sich zu unseren Frauen zu gesellen«, sagte Bob zu JJ.

JJ hatte kein Problem damit.

Als er ankam, hatten seine Freunde bereits die Plätze neben ihren Frauen eingenommen, und der einzige freie Platz war neben April. Er zögerte nicht, sich neben sie zu setzen.

»Löst ihr da drüben die Probleme der Welt?«, fragte Carlise grinsend. »Das sah ziemlich intensiv aus.«

»Die sehen immer so aus«, konterte June. »Sie könnten sich über das Wetter unterhalten und dabei aussehen, als würden sie eine Mission gegen eine Terroristenhochburg planen.«

»Oh mein Gott, du hast völlig recht«, sagte Marlowe kichernd.

»Nun, heute haben wir weder über Terroristen noch über die Probleme der Welt gesprochen. Stattdessen haben wir über April geredet«, erzählte Cal ihnen.

Auf fast schon komische Weise drehten alle den Kopf zu der Frau an JJs Seite. Er spürte, wie sie sich versteifte, und er wusste ohne Zweifel, dass es ihr nicht behagte, im Mittelpunkt der Aufmerksamkeit zu stehen.

Er drehte sich so, dass sein Körper die anderen blockierte, und nahm eine von Aprils Händen. Cal würde einfach damit herausplatzen, dass sie ihr einen Teil der Firma überlassen wollten, ohne es zu erklären, woraufhin April wahrscheinlich ablehnen würde, weil sie das Gefühl hatte, dass es nur aus Mitleid geschah.

»Atme, Schatz«, sagte er leise, als es so aussah, als würde April das Schlimmste denken. »Wir haben gerade über etwas gesprochen, das wir schon lange hätten tun sollen. Der Zeitpunkt dafür ist vielleicht nicht der richtige, aber vielleicht ist er auch perfekt.«

»Spuck es aus, JJ!«, drängte Carlise ungeduldig von der gegenüberliegenden Couch aus.

Seine Lippen zuckten, aber er wandte den Blick nicht von April ab. »Gefällt dir das Büro?«, fragte er.

Sie runzelte die Stirn und nickte.

»Das überrascht mich nicht, wenn man bedenkt, dass du jedes einzelne Möbelstück hier ausgesucht und den Raum gestaltet hast«, fuhr JJ fort. »Du hast *Jack's Lumber* zu deinem eigenen Unternehmen gemacht. Du hast Leben in den anfangs kalten, leeren Raum gebracht. Du hast die Hälfte der Kunden, die wir je hatten, zu uns gebracht, und du gibst ihnen das Gefühl, Teil einer Familie zu sein, wenn sie sich für uns entscheiden. Einige von ihnen erleben die schlimmsten Tage ihres Lebens, wenn Bäume auf ihre Häuser oder Fahrzeuge stürzen. Du beruhigst sie und kümmerst dich nicht nur darum, dass wir den Baum entfernen. Du hilfst ihnen bei der Anmeldung von Versicherungsansprüchen und du hast sogar dafür gesorgt, dass die Gemeinde bei Bedarf mit Lebensmitteln, Geld, Transportmitteln und Kinderbetreuung hilft. Du bist das Herz und die Seele von *Jack's Lumber*, und du weißt vielleicht gerade nicht, wie wichtig du für den Erfolg dieses Unternehmens bist ... aber wir wissen es.«

»Bitte sag mir, dass ihr den Namen in *April's Lumber* ändert«, stichelte Carlise.

Alle lachten, und JJ sah, wie April rot wurde.

Er lächelte Carlise an. »Nein, aber das ist ein Gedanke.« Er drehte sich wieder zu April um. »Die Jungs und ich machen dich zur Partnerin. Wir geben dir einen gleichwertigen Anteil am Eigentum von *Jack's Lumber*. Zwanzig Prozent. Genauso viel werden wir auch haben. Du hast es dir mehr als verdient. Es ist keine Bestechung, damit du bleibst. Ich meine, wir hoffen, dass du bleibst – *ich* möchte, dass du bleibst –, aber selbst wenn du nicht bleibst, bleibt dein Anteil an der Firma bestehen.«

Die anderen Frauen klatschten, gratulierten April freudig und teilten ihr mit, wie sehr sie sich für sie freuten, aber JJ hatte nur Augen für die Frau vor ihm. Er konnte die Emotionen in ihrem Gesicht nicht deuten.

»Das ist ... Ich ... Ich weiß nicht, was ich sagen soll«, stammelte sie schließlich.

»Sag: ›Das wird aber auch Zeit!‹«, rief Carlise lachend. »JJ hat nicht unrecht. Du schuftest dich für diesen Laden zu Tode. Wir mussten dich schon das eine oder andere Mal hier rauszerren, nur damit du mit uns abhängst, und du leistest hier definitiv mehr als genügend Überstunden.«

»Carlise hat recht«, stimmte Marlowe zu. »Ich bin noch nicht so lange hier wie die anderen, aber es ist leicht zu erkennen, wie sehr du diesen Ort liebst. Und die Leute in Newton lieben dich ebenso.«

»Es fühlt sich komisch an, das anzunehmen, obwohl ich mich an nichts in diesem Geschäft erinnern kann«, sagte April.

»Nun, die gute Nachricht ist, dass du gar nichts *annehmen* musst«, sagte Chappy. »Es wird so oder so passieren.«

»Und du wirst in kürzester Zeit wieder alle herumkommandieren«, erklärte June. »Und das meine ich auf eine gute Art und Weise«, fügte sie eilig hinzu.

Das Telefon klingelte im Empfangsbereich und lenkte die Aufmerksamkeit von April ab. Chappy stand auf, um den Anruf entgegenzunehmen, und kam eine Minute später zurück. »Sieht aus, als hätten wir einen Auftrag. Ein Baum ist auf die Landstraße gestürzt. Der Polizeichef hat gefragt, ob wir rausfahren und die Feuerwehr unterstützen können, weil das Ding so groß ist.«

»Ich bin dabei«, sagte Cal und wandte sich dann an JJ. »Kannst du June nach Hause bringen?«

»Natürlich«, antwortete er.

»Du solltest auch gehen«, sagte Marlowe zu Bob. »Ich bleibe bei June, bis ihr zurück seid.«

»Und ich habe ein Manuskript, an dem ich arbeiten muss«, fügte Carlise hinzu. »Gratuliere, April, im Ernst. Du verdienst es auf jeden Fall, einen Teil dieses Geschäfts zu besitzen.«

Die Männer küssten ihre Frauen und gingen zur Hintertür hinaus. JJ wusste, dass sie mit dem Baum schnell fertig werden würden. »Willst du hierbleiben, während ich alle anderen nach Hause bringe?«, fragte JJ April, als die Jungs gegangen waren.

»Ist das okay?«, fragte sie zögernd.

»Natürlich. Das hier ist praktisch dein zweites Zuhause. Und bevor sich irgendetwas komisch anfühlt, du kannst hier gern herumschnüffeln. Sieh nach, wo alles ist. Schalte den Computer ein, wenn du willst. Das Passwort steht auf einem Zettel, der an der Unterseite des Schreibtisches in der vorderen Schublade klebt.« Er lachte über ihren Gesichtsausdruck. »Du hast darauf bestanden, es dort aufzubewahren, weil du es alle drei Monate änderst und niemand von uns sich an das neue erinnern kann.«

Während die anderen Frauen ihre Sachen einsammelten und auf die Toilette gingen, lehnte JJ sich zu April. »Ich weiß nicht, was in deinem Kopf vor sich geht, aber fürs Protokoll, ich habe die Sache mit der Partnerschaft nicht angesprochen. Ich meine, ich hatte es geplant, aber die Jungs sind mir zuvorgekommen. Du bist uns wichtig, Süße. Und obwohl ich wirklich glaube, dass es nur eine Frage der Zeit ist, bis dein Gedächtnis zurückkehrt, wirst du, falls – und das ist ein großes Falls – es nie passiert, deinen Platz hier ohne Probleme wiederfinden. Und wenn du nicht in Maine bleiben willst, hast du immer noch die Einnahmen aus diesem Geschäft, auf die du zurückgreifen kannst.«

»Das ist zu großzügig, Jack«, sagte sie mit besorgter Miene.

JJ schüttelte den Kopf. »Das ist es wirklich nicht. Und wenn du dein Gedächtnis wiedererlangst, wirst du wahrscheinlich *mehr* als zwanzig Prozent verlangen wegen all dem, was du hier tust.« Da er sich nicht zurückhalten konnte, beugte er sich vor und küsste sie auf die Stirn. »Ich bin in spätestens zwanzig Minuten zurück. Sieh dich um, mach dich wieder mit dem Ort vertraut. Aber übertreibe es nicht. Wenn du Kopfschmerzen bekommst, leg dich hin und mach ein Nickerchen.«

Er wusste, dass sie das nie tun würde, aber er musste es trotzdem sagen.

»Ich glaube, ich kann zwanzig Minuten ohne dich überleben, Jack«, erwiderte sie.

Er liebte die Frechheit, die sie ihm entgegenbrachte. Sie klang fast wie die April, die er vor ihrem Unfall gekannt hatte.

»Ich weiß. Du kannst alles überleben.« Er zwang sich, aufzustehen und sich zu den anderen umzudrehen. Natürlich warteten sie alle mit einem breiten Grinsen an der Tür. Sie hatten sein Gespräch mit April nicht allzu heimlich mitgehört.

Sie alle verabschiedeten sich und versprachen, sich bald wieder zu melden. Jack warf noch einen letzten Blick zurück, bevor er zur Tür hinausging, und sah, wie April ihn mit einem Blick anstarrte, den er nicht deuten konnte. Er nickte ihr zu und vergewisserte sich, dass die Tür abgeschlossen war, bevor er sich zum Gehen zwang.

April stieß die Luft aus, die sie angehalten hatte, als die Tür sich hinter Jack und den anderen Frauen schloss. Sie mochte es, mit allen zusammen zu sein. Es fühlte sich wirklich so an, als sei sie Teil einer großen, glücklichen Familie. Aber sie konnte nicht leugnen, dass die Stille beruhigend war. Ihr Kopf pochte, auch wenn sie es weder Jack noch sonst jemandem gegenüber zugegeben hätte, und die Ruhe tat ihr gut.

Sie blieb noch ein paar Minuten auf der Couch sitzen und schaute sich im Raum um. Zu ihrer Überraschung stellte sie fest, dass er ihr *doch* irgendwie bekannt vorkam. Sie war sich nicht sicher, ob das daran lag, dass ein Teil ihrer Erinnerung zurückkehrte, oder einfach daran, dass es ein gemütlicher Raum war.

Die Couch, auf der sie saß, war äußerst bequem, und sie mochte das Wildleder. Die Farbgestaltung des Raumes gefiel ihr; sie war beruhigend, aber nicht langweilig. Und die Art und Weise, wie das Lager vom Rest des Raumes abgesetzt war, wirkte natürlich.

Sie lachte ein wenig und schüttelte den Kopf. Es war wahrscheinlich nicht überraschend, dass ihr der Raum so gut gefiel, wenn es stimmte, was die anderen sagten ... dass sie alles ausgesucht hatte, angefangen bei der Farbe über den Bodenbelag bis hin zu den Möbeln. Es war ein seltsames Gefühl, Dinge, die sie angeblich gemacht hatte, aus erster Hand zu sehen und sich nicht daran erinnern zu können.

April war von dem Plan der Jungs überwältigt, sie zur Teilhaberin von *Jack's Lumber* zu machen. Es war ihr ein wenig unangenehm, denn sie hatte nicht das Gefühl, es zu verdienen. Wie sollte sie auch, wenn sie sich an nichts in diesem Geschäft erinnern konnte? Aber sie konnte nicht leugnen, dass sie tief im Inneren auch Stolz empfand. Auch wenn sie sich nicht mehr an ihren Einfluss auf das Unternehmen erinnern konnte, war sie doch seit Jahren hier. Warum sollte sie *nicht* die Früchte ihrer angeblich harten Arbeit ernten?

Entschlossenheit stieg in ihr auf. Sie hatte keine Ahnung, ob sie die bei ihrem Unfall verlorenen Erinnerungen wiedererlangen würde, aber selbst wenn nicht, wollte sie bleiben. Sie mochte die Männer und Frauen sehr, die sie kennengelernt hatte, und nach dem zu urteilen, was sie von Newton gesehen hatte, war es eine bezaubernde kleine Stadt.

Und dann war da noch Jack. Sie hatte noch nie eine so tiefe Verbindung zu einem Mann gespürt, und sie wollte das weiter erkunden.

Aufgeregt, *Jack's Lumber* wieder kennenzulernen, stand April auf. Sie durchstöberte die Küchenschränke und ging dann zum Lagerraum hinüber. Sie schaute in die verschiedenen Kartons und sah Büromaterialien sowie etwas, das zusätzliche Teile für Kettensägen und andere mechanische Materialien sein musste, bei denen sie sich nicht sicher war. Nachdem sie sich alles im hinteren Raum angesehen hatte, ging sie in den vorderen Empfangsbereich.

Ein Blick durch das Fenster zeigte ihr, dass der Himmel bedeckt war ...

Plötzlich tauchte ein Bild von Carlise auf, die sich über den Regen beschwerte, und April erinnerte sich daran, wie sie ihrer Freundin gesagt hatte, wenn ihr das Wetter nicht gefalle, solle sie nur fünf Minuten warten, dann würde es sich ändern.

Die Erinnerung erschreckte April so sehr, dass sie innehielt und ins Leere starrte. Hatte sie sich wirklich gerade an etwas erinnert oder war es nur Wunschdenken?

April atmete tief durch und ging zum Schreibtisch. Sie setzte sich auf den Stuhl, der superbequem war. Er hatte die perfekte Höhe für sie, was nicht verwunderlich war, wenn man bedachte, wie viel Zeit sie angeblich hier verbrachte. Sie rollte sich an den Schreibtisch heran und griff automatisch nach der Maus rechts neben der Tastatur. Sie wackelte damit, und der Bildschirm erwachte zum Leben. Dann kicherte sie über die Nachricht, die auf dem Bildschirmschoner erschien.

Bringt meine Dateien NICHT durcheinander. Löscht nichts, verschiebt nichts. Wenn doch, geschieht dies auf eigene Gefahr!

Es schien, als sei sie ein wenig – okay, sehr – paranoid,

jemand könnte ihre Organisation durcheinanderbringen. Und definitiv so herrisch, wie Jack behauptete.

Neugierig geworden, öffnete sie die Schreibtischschublade und tastete nach dem Zettel, von dem Jack gesagt hatte, dass er darin klebte. Sie fand ihn, zog ihn heraus und starrte auf das Passwort, das sie geschrieben hatte. Sie erkannte ihre Schrift, aber es war seltsam, dass sie sich nicht daran erinnern konnte, das Wort aufgeschrieben zu haben. Das Passwort bestand aus vierzehn Buchstaben, sowohl Groß- als auch Kleinbuchstaben, mit ein paar Sonderzeichen und Zahlen.

April war nicht überrascht, dass sie bei Passwörtern vorsichtig war. Sie erinnerte sich an ein Büro, in dem sie während ihrer Ehe gearbeitet hatte, dessen Computersystem gehackt worden war, weil jemand ein leicht zu erratendes Passwort hatte. Offenbar hatte sie ihre Lektion gelernt.

Sie tippte das Passwort ein und hielt den Atem an, als das Betriebssystem zum Leben erwachte. Auf dem Desktop selbst befanden sich mindestens dreißig verschiedene Dateien, und sie las sich die einzelnen Titel durch. Lieferanten, Kunden, Spender, Freiwillige ... die Dateinamen waren alle kurz und klar.

April atmete tief durch und klickte auf das E-Mail-Symbol.

Ihr fiel die Kinnlade herunter, als sie fast zweihundert ungelesene Nachrichten sah. Hatte denn niemand die E-Mails überwacht, während sie im Krankenhaus gewesen war? Als sie sich nach vorn beugte, stellte sie überrascht fest, dass die Datumsangaben der ungeöffneten Nachrichten alle aus den letzten zwei Tagen stammten. Es schien also, als *hätte* jemand die E-Mails gelesen, war aber nicht dazu gekommen, sich darum zu kümmern.

Sie konnte nicht widerstehen, auf die neueste E-Mail zu klicken und sie mit einem kleinen Lächeln auf dem Gesicht zu lesen. Sie war von einem Kunden, der gerade von ihrem Unfall erfahren hatte und hoffte, dass es ihr bald besser ging.

Die nächste E-Mail stammte von jemandem aus Bangor – einer Lieferantin, soweit April wusste –, und auch sie schickte Genesungswünsche.

Als sie die E-Mails weiter las, stellte sie verblüfft fest, dass die meisten an sie selbst gerichtet waren und ihr eine baldige Genesung wünschten. Es gab ein paar Anfragen für Dienstleistungen und ein paar Rechnungen, die bezahlt werden mussten, aber der größte Teil der Nachrichten war persönlich und von Herzen kommend.

April lehnte sich zurück und starrte ungläubig auf den Bildschirm. Die meiste Zeit ihres Lebens war sie in den Hintergrund gerückt. Sie hatte ihre Arbeit getan, aber nie das Gefühl gehabt, dass sie *gesehen* wurde. Ihr Mann hatte sicherlich nicht zu schätzen gewusst, was sie für ihn, für den Haushalt oder für ihren Job tat. Aber offensichtlich war sie nicht nur eine Sekretärin für *Jack's Lumber*.

Jack hatte ihr die Wahrheit gesagt. Sie wurde hier geschätzt. Sie war ein wichtiger Teil des Unternehmens.

Es fühlte sich gut an. *Wirklich* gut.

Plötzlich klopfte es an der Eingangstür, was April einen gehörigen Schreck einjagte. Sie blickte vom Schreibtisch auf und sah einen Mann dort stehen, der sie durch das Fenster der Tür anlächelte.

Sie stand auf und ging auf die Tür zu, wobei sie nervös wurde – bis ihr gesunder Menschenverstand einsetzte. Dies war ein *Geschäft*. Sie hatte keinen Grund, ängstlich zu sein, und auf keinen Fall wollte sie einen zahlenden Kunden abweisen. Sie entriegelte die Tür, öffnete sie und schenkte dem Mann ein höfliches Lächeln. Sie erkannte ihn nicht, was zu erwarten war, da sie derzeit niemanden aus ihrem Leben hier in Maine kannte.

Er lächelte höflich zurück und April entspannte sich ein wenig. »Hallo«, sagte sie. »Willkommen bei *Jack's Lumber*.«

»Danke.«

Als er nichts weiter sagte, sondern nur starrte, bat April ihn herein und ging zurück zum Schreibtisch, wobei sie sich mit dem Möbelstück zwischen ihr und dem Fremden ein wenig wohler fühlte. Als sie sich setzte, fragte sie: »Kann ich Ihnen helfen?«

»Vielleicht«, antwortete er. »Ich habe hier in der Nähe ein Grundstück gekauft und versuche, einen Kostenvoranschlag zu bekommen, wie viel es kosten würde, die Bäume zu roden, damit ich ein Haus bauen kann.«

»Das können wir machen«, sagte April, ohne nachzudenken. Sie verspürte Gewissensbisse, weil sie keine Ahnung hatte, ob Jack und die anderen das *tatsächlich* taten, aber die Worte waren ihr so leicht über die Lippen gekommen, dass sie vermutete, sie schon oft gesagt zu haben. »Am besten schreiben Sie mir Ihre Adresse, Ihren Namen und Ihre Telefonnummer auf, und ich sorge dafür, dass jemand sich so schnell wie möglich bei Ihnen meldet.«

Der Mann starrte sie länger an, als es normal war, und April zwang sich, nicht unruhig zu werden.

»Geht es Ihnen gut?«, fragte er schließlich, ohne nach dem Stift oder Papier zu greifen, das April über den Schreibtisch geschoben hatte.

»Natürlich. Warum?«, fragte sie ein wenig abwehrend.

»Ich habe gehört, dass es einen Unfall gab«, sagte er mit einem leichten Schulterzucken.

»Oh.« Natürlich hatte er davon gehört. Newton war eine kleine Stadt, und nach der Anzahl der E-Mails im Posteingang zu urteilen hatte jeder im Umkreis von hundert Kilometern von ihrem Unfall gehört. »Mir geht es gut, danke der Nachfrage.«

»Ich hätte einmal auch fast einen Elch erwischt. Man sollte meinen, sie sind so groß, dass man sie leicht sehen kann, aber sie tauchen aus dem Nichts auf. Sie können von Glück reden, dass es Sie nicht schlimmer erwischt hat.«

Aus irgendeinem Grund bereiteten seine Worte April Unbehagen. Trotzdem nickte sie höflich. »Ja, das kann ich.« Es gab nichts an dem Mann, was sie hätte verunsichern sollen. Er war jung und gepflegt, hatte kurzes schwarzes Haar und ein entspanntes Lächeln, und er trug ein teuer aussehendes gebügeltes Hemd sowie eine Krawatte. Sogar seine Hose hatte Bügelfalten.

Nichts an ihm schrie nach Gefahr ... und doch konnte sie nicht anders, als sich anzuspannen, während sie darauf wartete, dass er etwas sagte oder tat.

»Sie sehen irgendwie blass aus«, sagte er, den Kopf leicht schief gelegt. »Und Sie kneifen die Augen zusammen. Ihr Kopf tut weh, oder? Wie wäre es, wenn ich einfach später wiederkomme? Ich will Ihnen keine Schmerzen bereiten, April.«

»Schon gut«, sagte sie, aber der Mann hatte sich bereits umgedreht und ging auf die Tür zu. Er öffnete sie langsam, damit die Glocke über dem Türrahmen nicht klingelte, blickte zurück, um ihr zuzuzwinkern, und ging dann hinaus, wobei er die Tür ebenso vorsichtig schloss.

April beobachtete von ihrem Schreibtisch aus, wie er zu einem schwarzen Pick-up ging und einstieg. Ohne einen weiteren Blick zurück verließ er den Parkplatz, bog nach links in die Hauptstraße ein und verschwand aus ihrem Blickfeld.

»Das war seltsam«, sagte sie laut. Sie hatte gerade die Vordertür wieder verriegelt, als sie ein Geräusch aus dem Hinterzimmer hörte und sich erneut anspannte. Als sie ein paar Schritte in Richtung des anderen Raumes gegangen war, öffnete sich die Tür und Jack kam wieder zum Vorschein.

Sie war so erleichtert, ihn zu sehen, dass sie fast an Ort und Stelle zusammenbrach.

»Hey, wie geht's – was ist los?«, fragte er.

»Nichts. Du hast mich nur erschreckt.«

»Das tut mir leid«, sagte Jack. »Ich habe hinten geparkt und meinen Schlüssel benutzt, um so reinzukommen. Wie ich sehe, hast du dich mit deinem Computer beschäftigt.«

Es entging ihr nicht, dass er ihn als *ihren* Computer bezeichnete. »Da waren nahezu zweihundert ungelesene E-Mails«, sagte sie fast anklagend.

Doch Jack lächelte nur. »Ich weiß. Die Jungs haben sich größtenteils darum gekümmert, kamen aber offensichtlich nicht hinterher. Ich kümmere mich später darum.«

»Ich bin sie durchgegangen und habe die Serviceanfragen und Rechnungen in die entsprechenden Ordner verschoben«, informierte sie ihn.

Jacks Lächeln wurde breiter. »Ich wusste, dass du den Dreh schnell raus haben würdest«, sagte er. »Wie viele waren von deinen Fans, die dir alles Gute wünschen?«

»Ähm ... die meisten?«, sagte sie unsicher.

»Das überrascht mich nicht. Die Jungs haben die meiste Zeit damit verbracht, den Leuten zu versichern, dass du bald wieder da sein wirst und dass es dir besser geht. Komm schon, ich bringe dich nach Hause. Ich glaube, du könntest eine Weile Ruhe und Frieden gebrauchen.«

April protestierte nicht einmal über das Wort *Zuhause*. Jacks Haus war das einzige Zuhause, das sie derzeit kannte. Ihr Kopf tat weh und sie war seltsam müde, obwohl sie heute noch nicht viel getan hatte.

Jack ging zur Eingangstür, drehte das Schild mit der Aufschrift GESCHLOSSEN nach vorn und kam dann zu ihr zurück. Er beugte sich hinunter und meldete sie vom Computer ab, bevor er einen Arm um ihre Taille legte und sie zum Hinterzimmer führte.

»Ich kann gehen«, murmelte April, während sie sich an Jack lehnte.

»Ich weiß, dass du das kannst«, sagte er, ohne den Arm von ihr zu nehmen.

April war sich nicht sicher, was zwischen ihr und Jack

passierte, aber es gefiel ihr. Und zwar sehr. Sobald sie ihn gesehen hatte, war jede Angst verschwunden, die sie vor dem Mann gehabt hatte, der vorbeigekommen war.

Sie runzelte die Stirn, als Jack sie zu seinem Bronco begleitete. Plötzlich kam ihr etwas in den Sinn – der Mann hatte ihren Namen genannt. Woher kannte er ihn überhaupt?

Kaum hatte sie den Gedanken, verwarf sie ihn auch schon wieder. Wie gesagt, Newton war eine kleine Stadt, und sie nahm an, dass jeder jeden kannte. Selbst Neuankömmlinge wie der potenzielle Kunde hatten von ihrem Unfall gehört, wie sie einem Elch – oder was auch immer das für ein Tier war – ausgewichen und im Graben gelandet war.

»Zum Abendessen habe ich an Chili gedacht. Wie hört sich das an?«

»Köstlich«, sagte April, als er ihren Ellbogen festhielt, während sie auf den Beifahrersitz seines Wagens kletterte.

Anstatt sich von der Tür wegzubewegen, legte er eine Hand auf ihren Oberschenkel, blieb stehen und starrte sie an.

»Jack?«, fragte sie. »Geht es dir gut?«

»Nein«, antwortete er mit fester Stimme.

»Was ist los?«, fragte sie erschrocken.

»Ich war ein Idiot.«

April runzelte die Stirn. »Was? Wann?«

»In den letzten fünf Jahren. Ich fühlte mich von dem Moment an zu dir hingezogen, in dem wir uns kennenlernten, als du zu *Jack's Lumber* kamst und praktisch verlangt hast, dass wir dich einstellen. Ich mochte dein Selbstvertrauen und deine Entschlossenheit, unser Geschäft so gut zu machen, wie es nur geht. Ja, vielleicht warst du verzweifelt auf der Suche nach einem Job, aber das machte mich nicht weniger sicher, dass du genau das bist, was wir brauchen. Und ich lag richtig. Aber ich war ein Idiot, weil ich dir fünf verdammte Jahre lang nicht gezeigt habe, wie viel mir an dir liegt.«

»Jack«, flüsterte April überwältigt.

»Es ist wahrscheinlich nicht fair von mir, es jetzt so schnell anzugehen, aber ich kann nicht anders. Wie ich dir schon gesagt habe, bin ich ein intensiver Typ. Und ich will dich, April. Alles von dir. Deine Hoffnungen, deine Träume, deine Fantasien, deine Sorgen und Ängste, deine Bissigkeit, deine herrische Art und dein Herz. Ich werde es vermasseln, aber du musst wissen, dass es von jetzt an mein einziges Lebensziel ist, dich glücklich zu machen.«

Aprils Herz fühlte sich an, als würde es ihr aus der Brust schlagen.

»Du brauchst nichts zu sagen. Ich verstehe es. Ich dränge dich, wahrscheinlich zu sehr. Aber du sollst wissen, wo ich stehe und dass ich nicht mehr dieser Idiot sein werde. Wenn ich etwas will, setze ich alles daran, es zu bekommen. Aber ich werde nicht *dieser* Typ sein. Wenn du mich kennenlernst und dir nicht gefällt, was du erfährst, werde ich kein Stalker sein. Ich werde die Dinge zwischen uns nicht seltsam machen. Ich werde mich zurückziehen und dich dein Leben leben lassen. Aber *falls* du dich entscheidest, mir eine Chance zu geben, werde ich dich nicht im Stich lassen, das verspreche ich dir. Es wird sich lohnen, dass du meine Fehler und Unvollkommenheiten in Kauf nimmst.«

Dann beugte er sich vor, küsste sie fest und schnell auf die Lippen und sagte: »Pass auf deine Füße auf«, bevor er die Tür schloss.

April führte eine Hand an ihre Lippen und sah mit großen Augen zu, wie Jack um die Motorhaube des Fahrzeugs herumging. Er stieg ein, und als hätte er sie nicht gerade überwältigt, sagte er: »Wir sind im Handumdrehen zu Hause, und ich bringe dich ins Bett, damit du dich entspannen kannst, bevor das Abendessen fertig ist.« Dann drehte er den Schlüssel im Zündschloss und fuhr die Straße hinunter, als sei es ein ganz normaler Tag.

Doch für April war er alles andere als normal. Sie verliebte sich unsterblich in diesen Mann ... aber sie hatte das Gefühl, dass sie schon vor ihrem Unfall in ihn verliebt gewesen war. Wie könnte sie auch nicht? Auch wenn er seine Absichten vorher nicht deutlich gemacht hatte, so waren sie doch jetzt ganz klar. Jedes Mädchen würde jedes einzelne Wort hören wollen, das er gerade gesagt hatte. Sie war da keine Ausnahme.

Sie schloss die Augen, lehnte den Kopf zurück und lächelte, als Jack sie zu seinem Haus zurückfuhr.

Ryan Johnson beobachtete von seinem Pick-up aus, wie Jackson Justice April in seinen Bronco setzte und vom hinteren Parkplatz von *Jack's Lumber* wegfuhr. Natürlich war Ryan Johnson nicht der Name, der ihm bei seiner Geburt gegeben worden war, aber zu diesem Zeitpunkt bedeuteten Namen nichts mehr. Er hatte sich den banalsten Namen ausgesucht, der ihm einfiel. Einen, der nicht auffallen würde.

Sein ganzes Ziel in den letzten fünf Jahren war es gewesen, im Hintergrund zu verschwinden. Er wollte nicht bemerkt werden. Um die Rache zu bekommen, nach der er sich sehnte, musste er unsichtbar sein. Er hatte sein Haar kurz gehalten, aber nicht zu kurz. Er trug Kleidung, die jeder andere amerikanische Mann aus der Mittelschicht auch tragen würde. Und das alles, während er sein Handwerk studierte und verfeinerte.

Das Handwerk, das ihm helfen würde, Riggs »Chappy« Chapman, Callum »Cal« Redmon, Kendric »Bob« Evans und Jackson »JJ« Justice auszuschalten.

Er hatte es sich zur Lebensaufgabe gemacht, jede Kleinigkeit über die vier Männer zu erfahren, einschließlich Details über ihre Familien, die er immer gegen sie hatte einsetzen wollen – bis sich im letzten Jahr eine andere Gelegenheit bot. Nämlich ihre Frauen.

Die Tatsache, dass seine Feinde jeweils eine Frau gefunden

hatten, die sie liebten, hatte seinen Plan dramatisch verändert, aber noch perfekter gemacht.

Ryan wollte, dass sie die wichtigsten Menschen in ihrem Leben verloren – so wie sie die eine Person zerstört hatten, die Ryan am meisten liebte.

Sein Bruder war alles für ihn gewesen. Ryan vergötterte ihn. Ja, er hatte sich mit einem Mann in ihrer Heimatstadt eingelassen, der ein Tyrann war ... aber er war ein *charismatischer* Tyrann, der viele junge Männer davon überzeugen konnte, ihm zu folgen und sich seiner terroristischen Gruppierung anzuschließen. Und als er beschlossen hatte, einige amerikanische Soldaten zu entführen – ohne eine wirkliche Vorstellung davon zu haben, was mit den Männern geschehen sollte, sobald sie in seiner Gewalt waren –, hatte Ryans Bruder diese Entscheidung gehorsam unterstützt.

Ryan hatte sich bereits um diesen Mann gekümmert. Das Arschloch, das seinen Bruder dazu überredet hatte, sich an der Entführung zu beteiligen. Er hatte ihn für Ryans Verlust teuer büßen lassen.

Als Nächstes hätte er sich die Männer vorgenommen, die die Gefangenen befreit hatten – die Männer, die direkt für den Tod seines Bruders verantwortlich waren –, aber die Wahrheit war, dass er ihre Identität nicht kannte. Er hatte keine Namen für die Soldaten der Spezialeinheit, keine Informationen, wie er sie finden konnte.

Aber er *kannte* die Namen der vier Gefangenen.

Ryans Bruder hatte ihm alles über sie erzählt. Er hatte damit geprahlt, was er mit den dreckigen amerikanischen Gefangenen angestellt hatte. Aber selbst wenn er das nicht getan hätte, gab es im Internet jede Menge Videobeweise, Aufnahmen, die der Anführer der kleinen Gruppe an die Medien geschickt hatte.

Ryan mochte noch jung gewesen sein, aber er hatte sich

jedes Wort seines Bruders eingeprägt und sich die Videos immer wieder angesehen.

Als er vom Überfall und dem Tod seines Bruders erfahren hatte, war Ryan untröstlich gewesen – und wütend. Hätten diese Soldaten sich nicht gefangen nehmen lassen, wäre sein Bruder noch am Leben! Sie wären zusammen, noch immer in ihrer Heimatstadt.

Stattdessen war sein Bruder tot. Die vier Männer hatten die Kugel vielleicht nicht abgefeuert, die das Herz seines Bruders durchschlagen hatte, aber Ryan gab ihnen dennoch die volle Schuld. Und er hatte sein Leben dem Ziel gewidmet, sie für den Tod des einzigen Menschen bezahlen zu lassen, der sich um ihn gekümmert hatte.

Jackson Justice, der Mann, der das gefangene Delta-Force-Team angeführt hatte, war der letzte gewesen, der eine Frau für sich fand – und sie war jahrelang direkt vor Ryans Nase gewesen. Er hatte ihrer Sekretärin, April Hoffman, keinen einzigen Gedanken geschenkt ... vor allem weil er keine Anzeichen dafür gesehen hatte, dass Jackson selbst sich für die Frau interessierte.

Ryan hatte den Unfall, der Aprils Erinnerungen geraubt hatte, nicht verursacht, aber er war dabei gewesen, als es passierte. Er hatte alles miterlebt. Der Elch, der aus dem Nichts auftauchte – zu dieser Zeit und an diesem Ort –, war Schicksal gewesen.

Er war kurz davor gewesen, von hinten gegen Aprils Wagen zu fahren und sie selbst von der Straße zu drängen, als sie dem Elch auswich. Er hatte gar nichts tun müssen. Das Tier war ein Zeichen des Universums, dass sein Plan richtig und gerecht war.

Den Rest konnte er noch nicht in die Wege leiten. Er musste sich um einige Dinge in Colorado kümmern ... und er wollte den Rest von Jacksons Team noch ein wenig durcheinanderbringen. Er wollte ihnen Angst einjagen. Er wollte sie mit der offensichtlichen Sterblichkeit ihrer Angehörigen konfrontieren, bevor er seinen letzten Akt der Vergeltung in die Tat umsetzte.

Die Tatsache, dass drei der Frauen schwanger waren, war nur ein Bonus. Jeder der Männer, die er mehr als alle anderen auf der Welt hasste, würde nicht nur einen Menschen verlieren, den er liebte, sondern zwei. Es war zu perfekt.

Es bestand zwar kein Zweifel daran, dass Ryan die ehemalige Spezialeinheit hasste, aber in Wahrheit hasste er alles und jeden. Er hasste Amerika. Er hasste das Essen hier. Die Fahrzeuge. Die arrogante Einstellung der Amerikaner. Er hasste den Rassismus, der von den Stränden bis zu den Bergen in jeden Winkel drang.

Der Drang, eine Art Massenmord an Amerikanern zu begehen, war stark. Er hatte kein Problem damit, selbst zu sterben, wenn das bedeutete, so viele verdammte Menschen in diesem Land mitzunehmen, wie er konnte. Aber sein Hass auf die Männer, die er für den Tod seines Bruders verantwortlich machte, war stärker als der Drang, einen Haufen wildfremder Menschen zu töten.

Nein, Ryan hatte keine Angst vor dem Tod. Er begrüßte ihn. Aber bevor er sich seinem Schöpfer stellte, hatte er noch etwas zu erledigen.

Mit einem Lächeln im Gesicht griff er nach dem Zündschlüssel und startete seinen Wagen. In seinem Kopf wimmelte es von Ideen, wie er sich mit den anderen Männern und ihren Frauen anlegen konnte ... und schon bald würde er in den Westen aufbrechen, um das Finale der letzten fünf Jahre Blut, Schweiß und Tränen vorzubereiten. Danach würde er nach Newton zurückkehren und seinen Plan in die Tat umsetzen. Um seinen Bruder zu rächen ... und die Männer bezahlen zu lassen, die ihn getötet hatten.

KAPITEL SECHS

Eine Woche war vergangen, seit April zum ersten Mal zu *Jack's Lumber* gegangen war, und sie fühlte sich seit diesem Tag hundertmal besser. Doch zu ihrem Entsetzen kehrte ihr Gedächtnis nicht zurück, obwohl der Schmerz in ihrem Kopf fast verschwunden und die blauen Flecke in ihrem Gesicht verblasst waren. Hier und da blitzte etwas auf, von dem sie glaubte, dass es sich um Erinnerungen aus der Zeit vor ihrem Unfall handelte, aber die letzten fünf Jahre waren für sie immer noch unerreichbar.

Sie war frustriert, aber Jack war ihr Fels in der Brandung gewesen. Egal wie sehr sie sich aufregte, er blieb ruhig und zuversichtlich, dass ihre Erinnerungen zurückkehren würden, und bestand darauf, dass sie die Dinge nicht überstürzen dürfe.

Doch mit jeder verstreichenden Stunde *wollte* April sie überstürzen. Es war beunruhigend, in Newton Menschen zu treffen, die sie kannten und an die sie sich nicht mehr erinnerte. Alle waren sehr verständnisvoll und geduldig, aber April war mit ihren Kräften am Ende. Sie wollte ihr altes Leben zurück.

Nun, mit einer Ausnahme. Jack. Ihr war gesagt worden,

dass sie beide ihre Anziehung zueinander vor dem Unfall ignoriert hatten, und mit diesem alten Status quo wollte sie nichts zu tun haben.

Das Leben mit ihm war einfach. Sie teilten sich das Kochen und die Hausarbeit, und er bestand sogar darauf, mit ihr in den Supermarkt zu fahren und aktiv mitzuentscheiden, was sie jeden Tag aßen. Es war eine erfrischende Abwechslung zu ihrer früheren Beziehung.

Und es gab keinen Zweifel daran, dass sie und Jack eine Beziehung hatten. Er küsste sie ständig, berührte sie, sagte ihr, wie glücklich er sei, dass sie mit ihm zusammen war. April wusste immer, woran sie bei ihm war, was eine weitere schöne Abwechslung darstellte.

Das einzige Problem war, dass er nicht allzu erpicht auf etwas Körperliches zu sein schien. Ja, die kleinen Küsse, die er ihr gab, waren nett, aber er hatte sie seit dem ersten Abend in seinem Haus nicht mehr *richtig* geküsst. Mit jedem Tag wurde April begieriger, vor allem weil sie fast jeden Augenblick miteinander verbrachten. Wenn er sie wirklich so sehr mochte, wie er behauptete, warum brachte er ihre körperliche Beziehung dann nicht voran?

Natürlich kannte sie die Antwort darauf. Er wollte keinen Sex haben, bevor ihr Gedächtnis zurückkehrte. Er hatte immer noch Angst, sie würde sich an einen Grund erinnern, warum sie nicht mit ihm zusammen sein wollte, und er wollte nicht, dass April etwas bereute. Aber sie wusste in ihrem Herzen, dass das nicht passieren würde. Es fühlte sich an, als würde sie Jack schon ewig kennen. Sie fühlte sich in seiner Gegenwart sicher und beschützt. Und sie fühlte sich bei ihm wohler als bei jedem anderen, mit dem sie je zusammen gewesen war.

Erst vor ein paar Abenden hatte ihr Handy geklingelt, und in dem Glauben, es sei ihre Mutter – die gesagt hatte, sie würde an diesem Abend anrufen –, hatte April abgenommen, ohne auf das Display zu schauen. Zu ihrem Entsetzen war es James gewesen. Er hatte die Nummer von ihrer Mutter bekommen und behauptet, er würde nur anrufen, um sich nach ihr zu erkundigen. Nachdem sie gesagt hatte, dass es ihr gut ginge, fing er natürlich damit an, wie sehr er sie vermisse und noch eine Chance haben wolle, wie sehr er die Scheidung bereue.

April versuchte erneut, ihm zu sagen, dass sie nie wieder zusammenkommen würden, und er unterbrach sie immer wieder und ließ sie nicht zu Wort kommen ... bis Jack ihr das Telefon aus der Hand nahm. Er teilte James unmissverständlich mit, dass sie nichts mit ihm zu tun haben wollte, und wenn er sie jemals wieder anrief, würde er verschwinden und seine Leiche würde nie gefunden werden.

Dann hatte er James abgewürgt – den April durch den Hörer stottern hören konnte –, seine Nummer blockiert, das Telefon auf den Couchtisch geworfen und gesagt, er würde spazieren gehen.

Als er kurze Zeit später zurückkam, entschuldigte er sich ausgiebig. Er erklärte, dass er es nicht ertragen konnte, dass James sich als jemand ausgab, der er nicht war, dass er sich nur für sich selbst interessierte und April nicht zuhörte. Und er betonte, dass es dennoch keine Entschuldigung dafür sei, dass er davongestapft war oder das Handy gepackt und ihren Ex bedroht hatte.

Die Wahrheit war, dass April erleichtert war. Sie *wollte* nicht mit James sprechen. Sie war überhaupt nicht verärgert über das, was Jack getan hatte. Aber sie konnte sehen, dass sein kurzer Kontrollverlust ihn störte.

Für den Rest des Abends war er nicht mehr so körperbetont wie sonst, hielt Abstand und sprach leise, als dachte er, sie hätte nach der Konfrontation mit James Angst vor ihm. Als es Zeit war, ins Bett zu gehen, küsste er sie fast abwesend, bevor er ins Gästezimmer ging, wo er immer noch schlief, da er sich weigerte, April aus seinem Schlafzimmer zu vertreiben.

Am nächsten Morgen war er noch immer ein wenig seltsam, und erst als April ihm noch einmal dafür dankte, dass er ihren Ex zurechtgewiesen hatte, begann er endlich, sich zu entspannen.

Ja, Jack war ein wenig ungeschliffen. Er hätte wahrscheinlich nicht damit drohen sollen, ihren Ex verschwinden zu lassen, aber da er es getan hatte, um sie zu schützen, war sie nicht verärgert darüber. Manche Leute hätten sich vielleicht Sorgen über die gewalttätigen Tendenzen in dieser Drohung gemacht, aber nicht April. Sie kannte diesen Mann. Tief in ihrem Inneren hatte sie keinen Zweifel daran, dass er nicht grundsätzlich gewalttätig war. Aber sie war sich ebenso sicher, dass er, wenn es drauf ankam, alles beim Militär Gelernte einsetzen würde, um sie zu beschützen.

Also war eine Woche vergangen, und Jack hatte nichts getan, um ihre Beziehung auf die nächste Stufe zu heben, nicht einmal einen weiteren innigen, gefühlvollen Kuss.

April war frustriert über den Mann, aber noch mehr über ihr Gedächtnis, das noch immer nicht zurückgekehrt war. Sie war jeden Tag bei *Jack's Lumber* und lernte langsam mehr und mehr über den Betrieb. Sie hatte begonnen, Aufträge für die Jungs zu planen, aber erst, nachdem sie jedem Einzelnen von ihnen versprochen hatte, dass sie niemals allein losziehen würde, um ein Grundstück zu überprüfen. Da sie genau dabei in den Unfall verwickelt worden war, hatte sie kein Problem damit, dem zuzustimmen.

Carlise, June und Marlowe kamen ständig zu Besuch, und ehrlich gesagt fühlte die Arbeit bei *Jack's Lumber* sich gar nicht so sehr wie ein Job an. Sie liebte ihre Arbeit, und das Lachen und das Mittagessen mit ihren Freundinnen war einer der Höhepunkte eines jeden Tages.

Aber das größte Highlight war die Zeit, die sie jeden Morgen mit Jack verbrachte, bevor sie ins Büro fuhren, und dann, wenn sie nach Hause kamen. Sie kochten zusammen zu Abend, gingen spazieren und diskutierten spielerisch darüber, welche Sendungen sie sehen sollten. Der Verlust ihres Gedächtnisses hatte den Vorteil, dass sie Sendungen, die sie anscheinend mochte, wieder zum ersten Mal sehen konnte.

Ein weiterer Bonus war das Lesen. Sie hatte ein Tablet voller elektronischer Bücher, die sie gelesen hatte, an die sie sich aber nicht mehr erinnerte, und so konnte sie die Geschichten lesen und genießen, als seien sie neu.

Aber die Frustration über ihr Gedächtnis wurde immer größer ... also hatte sie beschlossen, dass die Zeit gekommen war.

Die Zeit, nach Hause zu gehen.

Sie hatte eine Wohnung, in der Jack vorbeigeschaut hatte, um ihr Kleidung und andere Dinge wie ihr Tablet zu bringen, aber er hatte nicht die Zeit gefunden, April selbst dorthin zu bringen. Sie hatte das Gefühl, es lag nicht daran, dass er keine Zeit hatte, sondern weil er sie nicht gehen lassen wollte.

Ehrlich gesagt wollte sie auch nicht gehen, aber sie konnte nicht weiter in dieser Schwebe leben. Sie wollte Jack. Wollte eine *echte* Beziehung mit ihm – mit allen körperlichen Vorzügen.

Ja, sie lebte erst seit einer Woche mit ihm zusammen und seit ihrem Unfall waren gerade mal zwei Wochen vergangen, aber abgesehen von den fehlenden Erinnerungen fühlte sie sich ziemlich gut. Jack hatte geschworen, dass er ihre körperliche Beziehung nicht vorantreiben würde, bis sie sich an alles erinnerte, und das war beschissen, aber sie musste seine Entscheidung respektieren. So war Jack – ehrlich bis ins Mark. Er würde ihre Situation niemals ausnutzen.

Wenn ihre Beziehung also nicht wachsen konnte, bis ihr Gedächtnis zurückkehrte, würde April alles tun, was sie konnte, um das zu fördern. Dazu gehörte, in ihre Wohnung zu gehen. Sie würde versuchen, ihr Gehirn zu zwingen, sich an die jüngste Vergangenheit zu erinnern.

Sie hatte das Gefühl, dass Jack das nicht gefallen würde. Ganz und gar nicht.

Sie waren gegen achtzehn Uhr vom Büro nach Hause gekommen und hatten zum Abendessen Kartoffelauflauf, Steak und Maiskolben zubereitet. Sie aßen in aller Ruhe, unterhielten sich zwischen den Bissen über ihren Tag und ihre Freunde, räumten dann die Küche auf und setzten sich hin, wie es schon bald zu ihrer Routine geworden war, um gemeinsam etwas fernzusehen.

Jack hatte sich gerade die Fernbedienung geschnappt, als April herausplatzte: »Es ist Zeit für mich, nach Hause zu gehen.«

Okay, so unverblümt hatte sie nicht sein wollen.

Er wirbelte mit dem Kopf herum und starrte sie mit einem Ausdruck an, den sie nicht deuten konnte. Sie beeilte sich, die peinliche Stille zu überbrücken.

»Mein Kopf tut nicht mehr weh, und dank dir und Cal habe ich wieder einen Wagen.«

Cal war vor zwei Tagen mit einem nagelneuen roten Subaru Forester vor *Jack's Lumber* vorgefahren, der genauso aussah wie der, den sie zu Schrott gefahren hatte, hatte den Schlüssel auf den Tisch vor ihr geworfen und gesagt: »Tut mir leid, dass es so lange gedauert hat.«

April war verblüfft gewesen, aber egal wie sehr sie protestierte oder zu erklären versuchte, dass es nicht in ihrer Natur lag, ein so extravagantes Geschenk anzunehmen, die Jungs gaben nicht nach. Cal atmete schließlich tief durch und erklärte ihr, dass der Preis für ihn keine Rolle spiele und er ihn für sie besorgt hatte, weil June so viel Zeit bei *Jack's Lumber* verbrachte und April ein zuverlässiges Transportmittel haben sollte, um sie zum Arzt fahren zu können, falls die Wehen einsetzten.

Sie hatte schließlich nachgegeben. Obwohl es ihr immer

noch nicht passte, liebte sie den kleinen Wagen tief in ihrem Inneren.

Sie sprach weiter, denn Jack starrte sie immer noch an. »Es ist seltsam, dass ich hier wohne, Jack. Ich bin in deinem Schlafzimmer, und du bist im Gästezimmer. Ich mag es nicht, dein Bett zu nehmen. Das ist nicht fair. Und es ist nicht so, als seien wir ein richtiges Paar«, schloss sie ein wenig leise, auch wenn sie sich bei diesen Worten seltsam fühlte.

»Kein richtiges Paar?«, fragte Jack nach längerer Stille schließlich ungläubig.

»Du hast mich seit dem ersten Abend nicht mehr geküsst ... nicht *richtig* ... und den Kuss habe ich dir quasi aufgezwungen«, erklärte sie.

Er schnaubte. »Du hast mich zu gar nichts gezwungen. Und du weißt, warum ich warte.«

April nickte langsam. »Das weiß ich. Und dadurch will ich dich noch mehr. Wie viele Männer würden das tun? Eine sichere Sache ablehnen, weil sie glauben, dass es das Beste für mich ist? Du bist ein ehrenwerter Mann, Jack, vom Scheitel bis zu den Zehenspitzen. Und ich weiß das zu schätzen. Ich schätze *dich*.«

Sie zuckte mit einer Schulter, als sie hinzufügte: »Ich will mehr. Ich will eine echte Beziehung. Aber ich weigere mich, dich unter Druck zu setzen, also habe ich es satt, passiv darauf zu warten, dass mein Gehirn seinen Scheiß auf die Reihe bekommt. Ich will zurück in meine Wohnung. Nicht nur, um zu sehen, ob ich meinen Erinnerungen auf die Sprünge helfen kann, sondern auch ... hier bei dir zu sein, und nicht *mit dir* zusammen zu sein ... das tut weh, Jack.«

Er runzelte die Stirn. »Ich muss sicher sein, dass es das ist, was du willst. Dass du es nicht bereuen wirst, mit mir zusammen zu sein, wenn deine Erinnerungen zurückkehren.«

»Ich weiß«, beharrte April. »Ich weiß auch, dass ich vor

meinem Unfall eine gewisse Zurückhaltung an den Tag gelegt habe, mit dir auszugehen. Nachdem ich mit den Mädchen gesprochen habe, weiß ich auch, dass du mit deinem Verdacht richtiglagst. Ich war besorgt, weil du mein Chef bist, weil die Dinge seltsam werden könnten. Ich war besorgt, weil ich älter bin als du. Offenbar hatte ich sogar Bedenken, nach James jemals wieder etwas Ernstes mit einem Mann anzufangen. Aber du bist nicht er. Und ich bin über den Altersunterschied hinweg. Ich will nur mit dir zusammen sein, Jack. Und ich glaube, du willst dasselbe ... aber du hältst dich zurück. Es tut weh, dir so nahe zu sein, aber mich so weit weg zu fühlen. Also werde ich tun, was ich kann, um meine Erinnerungen zurückzubekommen, damit wir uns *beide* sicher sein können.«

Sie starrte ihn in der inständigen Hoffnung an, dass er zustimmen würde. Es war nicht so, dass sie bei ihm ausziehen wollte, aber sie wollte unbedingt eine echte Beziehung zu diesem Mann. Sie wollte, dass er sie hochhob und in sein Schlafzimmer trug, sie auf das Bett legte, das sie seit einer Woche mit ihm teilen wollte, und mit ihr Liebe machte.

Sie hatte keinen Zweifel daran, dass er fantastisch wäre. Dass er ihre Welt auf den Kopf stellen würde. Auf keinen Fall wäre er im Bett so egoistisch wie ihr Ex. Aber wenn sie zuerst ihre Erinnerungen zurückbekommen musste, würde sie alles Nötige tun, selbst wenn es bedeutete, ihn zu verlassen, um das zu erreichen.

April seufzte, als er schwieg. »Und ich ... ich denke, es ist vielleicht auch das Beste, wenn wir eine Pause einlegen. Seit meinem Unfall war ich ununterbrochen bei dir. Du hast dich für mich verantwortlich gefühlt. Ich möchte nicht jemand sein, den du für zerbrechlich hältst, jemand, den du in einer schützenden Blase halten musst. So sehr ich es auch liebe zu wissen, dass du da bist, wenn ich dich brauche, muss ich herausfinden, wie ich ich selbst sein kann.«

»Du hattest nicht das Gefühl, hier du selbst sein zu können?«, fragte Jack.

Es war das erste Mal, dass April Schmerz in seiner Stimme hörte. Sie hasste das, das tat sie wirklich. Aber sie wollte mehr von diesem Mann, und das würde sie nur bekommen, wenn ihre verdammten Erinnerungen zurückkehrten.

»Seit dem Unfall bin ich mehr ich selbst, als ich es seit Langem war. Ich liebe es, hier mit dir zu sein. Du hast keine Ahnung, wie sehr ich es genieße, mit dir so alltägliche Dinge wie Einkaufen, Kochen und Putzen zu tun. Aber ich will mehr. Ich will *dich*, Jack.«

»Ich will nicht, dass du mich verabscheust«, sagte er leise.

»Das werde ich nicht«, erwiderte April inbrünstig.

»Ich kann das Risiko nicht eingehen. Wenn du mich am Ende dafür hasst, mit dir geschlafen zu haben, würde mich das umbringen.« Er fuhr sich mit einer Hand über das Gesicht und sah plötzlich müde aus. »Ich bringe dich in deine Wohnung, aber wenn du deine Meinung änderst, brauchst du mich nur anzurufen. Ich bin sofort da.«

April war froh, dass er sich bei dieser Entscheidung nicht zu sehr gegen sie wehrte, auch wenn sie von Traurigkeit erfüllt wurde. Sie liebte es, mit Jack zusammen zu sein. Sie fühlte sich bei ihm sicher. Und obwohl sie immer noch glaubte, dass es die richtige Entscheidung war, konnte sie sich des Gefühls nicht erwehren, dass der Auszug aus seinem Haus ein großer Schritt zurück war. »Danke, Jack. Ich tue das für uns, das weißt du.«

»Das *weiß* ich. Und es beweist mir nur, dass du der stärkere Mensch in dieser Beziehung bist.«

April konnte das Lächeln nicht unterdrücken, das sich bei diesem Satz auf ihrem Gesicht ausbreitete. »Wie auch immer«, sagte sie und rollte mit den Augen. »Du könntest mich wie einen Käfer zerquetschen.«

Sie war erleichtert, als sie sah, wie Jacks Lippen im Gegenzug zuckten. Doch dann sagte er mit ernster Stimme:

»Wir beide wissen, dass ich völlig harmlos bin, wenn es um dich geht.« Er lehnte sich ein wenig zu ihr. »Ich meine es ernst, April. Wenn du auch nur das kleinste bisschen Unbehagen verspürst, rufst du mich an. Du kannst hierher zurückkommen, oder ich bringe dich zu einem der Mädchen nach Hause. Ich möchte nur, dass du dich wohl und sicher fühlst.«

April nickte und sie starrten einander einen Moment lang an. Dann stand sie auf und ging in sein Schlafzimmer, um mit dem Packen zu beginnen. Während sie dies tat, wirbelten ihre Emotionen durcheinander, aber als sie fertig war, war sie entschlossener denn je, Jack zu beweisen, dass ihre Gedächtnislücke nichts mit ihren Gefühlen für ihn zu tun hatte, weder jetzt noch in Zukunft. Sie würde zurück in ihre Wohnung gehen und sich hoffentlich zumindest an einen Teil der letzten Jahre erinnern, dann könnte sie nach Hause kommen.

Nach Hause.

Jeder Ort, an dem Jack war, fühlte sich für sie bereits wie ein Zuhause an.

»Ich bin bereit«, sagte April leise, nachdem sie aus dem Schlafzimmer getreten war.

Jack drehte sich von seinem Platz in der Küche um und sein gequälter Gesichtsausdruck wurde ihr beinahe zum Verhängnis. Fast hätte sie ihm gesagt, dass sie es sich anders überlegt hatte und bleiben würde. Aber sie musste das tun. Für sie beide.

»Ich werde dir zu deiner Wohnung folgen«, sagte er.

»Das ist nicht nötig. Es ist nicht so weit weg«, protestierte sie.

»Ich werde dir folgen«, wiederholte er mit Nachdruck.

Genau das. Sein Beschützerinstinkt war sowohl ein Segen als auch ein Ärgernis. Aber April konnte nicht behaupten, dass er sie nicht gewarnt hatte.

Sie nickte und ging mit ihm zur Tür hinaus. Während der

vierminütigen Fahrt zu ihrem Wohngebäude leuchteten seine Scheinwerfer in ihrem Rückspiegel.

Als sie dort ankamen, begleitete er sie in den ersten Stock bis zu ihrer Tür.

»Willst du mit reinkommen?«, fragte sie.

Er schüttelte den Kopf. »Wenn dir der Kopf wehtut, sei nicht stur, nimm eine Tablette«, sagte er.

April seufzte. »Er tut schon seit ein paar Tagen nicht mehr weh. Zumindest nicht so sehr, dass ich etwas einnehmen müsste.«

»Trotzdem. Übertreibe es nicht. Bleib nicht lange auf, um zu putzen oder dich wieder mit deiner Wohnung vertraut zu machen. Dafür ist später noch Zeit. Kommst du morgen zur Arbeit?«

Dieser Mann kannte sie so gut. Es war unheimlich und tröstlich zugleich. Sie brannte darauf, ihre Wohnung zu erkunden. Es war, als würde sie in die Wohnung eines Fremden ziehen, und doch war es ihre eigene. Sie hoffte, mehr über ihr Leben hier in Maine zu erfahren, wenn sie sich ihre Sachen ansah.

»April?«

»Oh, Entschuldigung. Natürlich komme ich zur Arbeit. Warum sollte ich nicht?«

»Ich wollte nur fragen. Wir sehen uns dort. Oh, Mist. Ich wette, du hast hier nichts zu essen. Ich bringe deine Kaffeesahne mit ins Büro. Ich werde dir auch ein Frühstückssandwich machen.«

»Das musst du nicht tun«, sagte sie leise. Sie hatte nicht einmal an den Zustand ihres Vorratsschranks und ihres Kühlschranks gedacht, als sie beschlossen hatte, in ihre Wohnung zu gehen.

»Ich weiß. Aber ich tue es. Wenn du etwas brauchst, zögere nicht, dich zu melden.«

»Ich komme schon klar«, sagte sie.

»Da bin ich mir sicher, aber trotzdem ist es mir egal, wie spät es ist. Wenn du mich brauchst, ruf an, okay?«

»Okay.«

Sie standen in ihrer Tür und starrten einander an, bevor Jack eine Hand hob und sich den Nacken rieb, während er zu Boden sah und seufzte. »Ich hasse das«, murmelte er.

»Jack –«, begann April, richtete sich jedoch auf und trat einen Schritt zurück.

»Nein, das ist gut. Du musst herausfinden, wer du bist, ohne dass ich dir auf die Pelle rücke. Aber nur weil du wieder hier eingezogen bist, heißt das nicht, dass alles wieder so wird, wie es war«, sagte er fast grimmig.

»Ich erinnere mich nicht daran, wie die Dinge waren«, erinnerte April ihn. »Und es macht mir nichts aus, dass du mir auf die Pelle rückst«, konnte sie sich nicht verkneifen zu sagen.

Er presste die Lippen aufeinander und machte einen Schritt auf sie zu. Er legte eine Hand in ihren Nacken, die andere um ihre Taille. Dann zog er sie grob an sich, während er den Kopf senkte und sie heftig und fast verzweifelt küsste.

April öffnete sofort den Mund und umklammerte seine Taille. Diese Art von Kuss hatte sie sich schon seit einer Woche von ihm gewünscht. Leidenschaft blühte zwischen ihnen auf und April spürte, wie ihre Brustwarzen unter ihrem BH hart wurden und sie eine Gänsehaut auf den Armen bekam. Sie stöhnte leise, als er mit der Zunge über die ihre strich.

Als hätte das leise Geräusch ihn zur Besinnung gebracht, hob er den Kopf. Zum Glück bewegte er sich nicht von ihr weg. Sein Griff um sie war fast schmerzhaft.

»Jack?«, flüsterte sie, als er nichts sagte.

»Mein Haus wird ohne dich so leer sein«, erklärte er schließlich.

Aprils Entschlossenheit geriet ins Wanken. Was tat sie da nur? Dieser Mann wollte, dass sie bei ihm blieb. Warum war sie so starrköpfig? War es so schlimm, dass er warten wollte, bis ihr Gedächtnis zurückkehrte, bevor er sie intim berührte?

Genau genommen ja. Denn so sicher er auch war, dass sie sich an ihn und alles andere aus den letzten fünf Jahren erinnern würde, sie war es nicht. Es könnte Monate dauern, bis sie sich erinnerte. Monate, in denen sie ihm nahe war, ihn aber nicht haben konnte.

»Aber du wirst heute Nacht in deinem eigenen Bett schlafen können«, erwiderte sie.

Er schnaubte. »Als würde ich dort ohne dich sein wollen.«

April verdrehte die Augen. »Du weißt genauso gut wie ich, dass es mir nichts ausgemacht hätte, wenn du neben mir im Bett gelegen hättest. Ich habe dich sogar eingeladen, genau das zu tun, und du hast abgelehnt.«

»Du bringst mich um, April. Nur damit du es weißt.«

Erstaunlicherweise bemerkte April, dass sie lächelte. »Du wirst es überleben.«

»Wenigstens wird mein Bettzeug nach dir riechen.«

April schmollte. »Und meins wird *nicht* nach dir riechen.«

»Nein«, stimmte er zu. Dann seufzte er. »Gut, ich gehe jetzt, solange ich noch kann. Noch mal, mach dir keine Sorgen wegen des Frühstücks. Ich kümmere mich darum.«

»Danke.«

»Du musst mir nicht dafür danken, dass ich dafür sorge, dass du isst«, sagte Jack kopfschüttelnd. Dann ließ er die Hände sinken, und April hatte keine andere Wahl, als ihn im Gegenzug auch loszulassen.

Er wich langsam zurück, ohne den Blick von ihr abzuwenden. »Geh rein«, befahl er.

»Herrisch«, beschwerte April sich spöttisch.

»Wenn es um deine Sicherheit geht, ja«, stimmte er zu.

»Wir sehen uns morgen.«

»Das werden wir.«

April zögerte, dann seufzte sie und griff nach der Tür.

Langsam machte sie sie zu, dann drehte sie das Schloss und schob den Riegel vor. Sie drehte sich um, lehnte sich mit dem Rücken an die Tür und schloss für einen Moment die Augen, bevor sie tief einatmete und sie wieder öffnete.

Als sie sich umschaute, kam es ihr vor, als befände sie sich in einer Art Hotelzimmer. Es war ihr irgendwie vertraut, aber dennoch ein seltsamer Ort.

Sie hob den Koffer auf, den Jack für sie getragen hatte, und ging auf der Suche nach ihrem Schlafzimmer umher. Sie schien recht ordentlich zu sein, was nicht verwunderlich war, denn das kannte sie noch aus ihrer Vergangenheit. Einige der Gegenstände in der Wohnung kamen ihr bekannt vor, aber andere waren neu und interessant. Da waren Muscheln auf einem Regal, etwas Treibholz an der Wand ... aber es waren die Bilder, die sie am meisten faszinierten.

Mindestens ein Dutzend von ihnen standen in einem hohen, schmalen Bücherregal in der Ecke des Raumes. Als sie genauer hinsah, bemerkte sie, dass die Fotos all die Leute zeigten, die sie in der letzten Woche kennengelernt hatte. April stand vor *Jack's Lumber* zwischen Chappy, Cal, Bob und Jack. Aufnahmen von ihr mit Carlise und den anderen Frauen. Ein Bild von April, wie sie mit windzerzausten Haaren am Strand stand und lachte. Dann vor einem riesigen Baum mit Jack an ihrer Seite, der eine Kettensäge auf einer Schulter trug.

Sie nahm das Foto in die Hand und betrachtete es genauer. Jack war so verdammt gut aussehend, und wer auch immer das Foto gemacht hatte, hatte sie dabei erwischt, wie sie ihn mit einem Ausdruck der Bewunderung im Gesicht ansah.

Der Anblick dieses Bildes war der absolute Beweis dafür, dass ihre Gefühle für Jack nicht daher rührten, dass er so viel Zeit mit ihr im Krankenhaus verbracht oder sich um sie gekümmert hatte, seit sie nach Newton zurückgekehrt war. Die Gefühle, die sie für ihn hatte, waren tief verwurzelt und nicht neu.

Die Fotos waren ein interessanter Einblick in das Leben, das sie während der letzten Jahre geführt hatte. April stellte fest, dass sie auf jedem Bild glücklich aussah, was sie darin bestärkte, dass sie ihr Leben in Newton genoss und dies nun ihr Zuhause war.

Erneut stieg Entschlossenheit in ihr auf. Jack mochte denken, dass sie ihren eigenen Verstand nicht kannte, aber er irrte sich. Vielleicht war es ihr Gehirn, das in ihrem Kopf herumschwappte und sie dazu brachte, sich anders zu verhalten, als sie es sonst getan hätte, aber sie war es leid, um ihre Anziehung zueinander herumzuschleichen.

Sie wollte Jack. Punkt.

April stellte das Bild wieder ins Bücherregal und ging in ihr Schlafzimmer. Sie stellte ihren Koffer auf den Boden, packte jedoch nicht aus, da sie hoffentlich bald wieder in Jacks Haus sein würde.

Es war noch früh, aber sie war geistig erschöpft, also schnappte sie sich ihren Kulturbeutel und ging ins angrenzende Badezimmer, um sich bettfertig zu machen. Sie nahm jedes winzige Detail des neuen Zimmers in sich auf, Hinweise auf ihr Leben vor dem Unfall.

Es war erstaunlich, wie gut sie zu wissen schien, wo etwas war, obwohl sie die meisten Dinge nicht wiedererkannte. Im Badezimmer fand sie zielsicher ihre Zahnbürste und Zahnpasta sowie die Lotion, mit der sie sich vor dem Schlafengehen eincremte. Zurück im Schlafzimmer ging sie zu ihrer Kommode und öffnete auf Anhieb die richtige Schublade. Vielleicht war es Muskelgedächtnis.

Sie schnappte sich ein seidenes Nachthemd, zog sich aus und schlüpfte in das Nachthemd. Dann kroch sie unter die Bettdecke ... und starrte an die Decke.

Es war dunkel, aber draußen gab es ein Licht, das Schatten in den Raum warf. Als sie den Kopf drehte, sah April, dass die Vorhänge am Fenster geöffnet waren und das Licht hereinließen. Verärgerung durchfuhr sie, als sie auf das Fenster starrte. *Das* kam ihr bekannt vor. Sie stieg aus dem Bett und zog die Vorhänge zu, wobei das Gefühl eines Déjà-vus sie fast überwältigte. Wie oft war sie schon zu Bett gegangen, hatte vergessen, die Vorhänge zu schließen, und sich über das Licht geärgert?

Sie kehrte zum Bett zurück und drehte sich mit dem Rücken zum Fenster. April starrte nun blind in die Dunkelheit. Sie fühlte sich ... seltsam. Das Bett fühlte sich kalt an. Zu klein. Sie hatte sich bereits an Jacks großes Doppelbett gewöhnt, also reichte diese normale Matratze nicht mehr aus. Nicht nur das, die Bettwäsche war auch nicht so weich und, wie sie es gesagt hatte, roch nicht nach ihm.

Da es ihr nicht gefiel, wie ihr Kopf zu pochen begann, schloss April die Augen.

Es ging ihr gut. Sie war diejenige gewesen, die darauf bestanden hatte, nach Hause zu gehen. Sie konnte ihn jetzt nicht anrufen und ihm sagen, dass sie es sich anders überlegt hatte. Das ließe sie schwach erscheinen, und sie wusste mit Sicherheit, dass sie *nicht* schwach war.

Sie ignorierte die kleine Stimme in ihrem Kopf, die ihr sagte, dass sie vielleicht nicht schwach, aber mit Sicherheit extrem stur war, und seufzte.

Bevor der Schlaf sie einholte, war ihr letzter Gedanke, dass sie nicht gern hier war. Was beschissen war, denn dies war ihr Zuhause. Ihre Wohnung. Aber es fühlte sich leer an. Und einsam. Und vielleicht auch ein bisschen unheimlich. Die Geräusche waren anders als die in Jacks Haus. Sie konnte Musik aus der Wohnung ihres Nachbarn auf der anderen Seite der Mauer hören, Fahrzeuge auf der Straße draußen.

Es war alles so ... ungewohnt.

KAPITEL SIEBEN

JJ schlief nicht. Er konnte nicht. Er fühlte sich, als hätte er das Wichtigste in seinem Leben verloren. Sein Haus war leer. Seelenlos. Er hätte tun sollen, was April wollte – verdammt, es war das, was *er* wollte –, aber er konnte sie nicht berühren, nicht mit ihr schlafen, bevor sie sich an alles erinnerte.

Er hatte die tief sitzende Befürchtung, dass sie sich an irgendeinen großen Grund erinnern würde, warum sie vor dem Unfall nicht mit ihm hatte ausgehen wollen – abgesehen davon, dass er nie sein Interesse bekundet hatte. Und wie könnte sie ihn *nicht* verabscheuen, wenn er sie ausnutzte? Als sie gesagt hatte, dass sie in ihre Wohnung zurückkehren würde, hatte er das Gefühl gehabt, keine andere Wahl zu haben, als sie gehen zu lassen.

Er hasste es. Es gefiel ihm nicht, dass sie nicht hier in seinem Bett lag. Es roch nach ihr, und das war fast mehr, als er ertragen konnte. Mehr als einmal wäre er beinahe aufgestanden und in das Gästezimmer gegangen, wo er die letzte Woche verbracht hatte, aber er konnte sich nicht dazu durchringen.

Jack war nie ein Feigling gewesen. Er hatte sich immer dem gestellt, was das Leben ihm auftischte. Aber er hatte keine Ahnung, was das Richtige war, wenn es um April ging. Er hatte beschlossen, sich ihr gegenüber nicht mehr zurückzuhalten, aber er wusste auch, dass er nicht mit ihr zusammen sein und sie dann verlieren konnte. Er wusste ohne den geringsten Zweifel, dass ihr Verlust ihn in eine Abwärtsspirale führen würde, von der er sich nie wieder erholen würde.

Es war besser, sie überhaupt nicht zu haben, sie nie zu kosten, nie ihre Muschi um seinen Schwanz zu spüren, nie ihren Orgasmus unter ihm zu erleben oder sie die ganze Nacht lang zu halten, als all das und noch mehr zu erleben, nur um sie dann zu verlieren.

JJ drehte sich auf die Seite, schlug das Kissen unter seinen Kopf – und stöhnte sofort auf. Das führte nur dazu, dass ihr Duft ihm noch mehr in die Nase stieg. Sein Schwanz war steinhart, aber er weigerte sich, sich selbst zu berühren. Er hatte nicht das Gefühl, dass er es verdiente, sich zu befriedigen, wenn er April verjagt hatte.

Er fragte sich zum hundertsten Mal, was sie tat. Hatte sie sich von ihrer Neugierde leiten lassen und erkundete ihre Wohnung? Schlief sie? Durchstöberte sie das Fotoalbum, von dem er wusste, dass sie es in einem Regal unter dem Fernseher hatte? Hatte sie ihren Vorrat an Pfadfinderkeksen gefunden, die sie in ihrer Gefriertruhe aufbewahrte, weil sie süchtig danach war und das ganze Jahr über welche haben wollte?

Scheiße, JJ kannte ihre Wohnung inzwischen besser als sie *selbst*, und er war noch nicht einmal so oft dort gewesen. Aber bei den wenigen Malen, die er dort gewesen war, hatte er sich alles eingeprägt, was ihre Wohnung ausmachte. Es war heimelig. Gemütlich. Kein Wunder, dass sie zurückkehren wollte. Selbst ohne ihre Erinnerungen musste sie unbewusst gewusst haben, dass es ein Ort war, den sie liebte.

Seufzend schloss JJ die Augen und zwang sein Gehirn zum Aufhören. Zum Abschalten.

Nach gefühlten Stunden drehte er sich um und schaute auf die Uhr. Verdammt. Nur zehn Minuten waren vergangen, seit er das letzte Mal nachgesehen hatte. Es war drei Uhr zweiundzwanzig am Morgen, und er hatte überhaupt nicht geschlafen. Wie sollte er auch, wenn er wusste, dass April nicht auf der anderen Seite der Tür war?

Es hatte eine Woche gedauert. Eine mickrige Woche, in der er süchtig nach ihr wurde. Seine Psyche musste wissen, dass sie in Sicherheit war. Dass sie nicht verletzt war. Und wenn sie in seinem Bett lag, konnte er mitten in der Nacht nach ihr sehen. Sich vergewissern, dass sie nicht vor Schmerzen die Stirn runzelte, während sie schlief. Er konnte sich vergewissern, dass ihr warm genug war.

Er hatte sie jahrelang nicht im anderen Zimmer gebraucht. Aber nach ihrem Unfall, nachdem er sich so hilflos gefühlt hatte, als er sie in diesem Krankenhausbett sah, wusste er, dass sein Körper sich irgendwie neu verdrahtet hatte, um ganz auf die Frau eingestellt zu sein. Es war ein seltsames Gefühl, aber es fühlte sich richtig an.

»Es geht ihr gut«, sagte JJ laut. »Sie ist erwachsen und lebt schon seit Langem allein. Sie hat es nicht nötig, dass du ihr auf die Pelle rückst.«

Seine Worte schienen in dem leeren Raum nachzuhallen. Ihn zu verhöhnen.

Er sollte wirklich aufstehen. Etwas Produktives tun, wenn er schon wach war. Aber er wusste nicht, was er tun sollte. Es war nicht so, als könnte er um diese Zeit Bäume fällen.

Gerade als er beschloss, aufzustehen und zu duschen, um die Spinnweben in seinem Kopf wegzuwaschen, klingelte sein Handy auf dem Nachttisch.

Sofort war JJ hellwach. Er stürzte zum Telefon und sein

Herz blieb fast stehen, als er Aprils Namen auf dem Display sah.

»Was ist los?«, blaffte er, als er abnahm.

»Jack?«

Oh Gott. Ihre Stimme klang völlig falsch. Leise und verängstigt.

Er war bereits in Bewegung. Er musste nicht wissen, was mit April geschah, um instinktiv zu verstehen, dass er so schnell wie möglich zu ihr gelangen musste. Aber er fragte trotzdem nach. »Ich bin dran. Was ist los?«

Ohne innezuhalten, eilte er zur Haustür und schnappte sich unterwegs seinen Schlüsselbund.

»Ich weiß es nicht ... mein Kopf ... er tut *weh*. So weh!«

Angst durchströmte Jacks ganzen Körper, als er zu seinem Wagen lief. Seine Hände zitterten, als er den Schlüssel in das Zündschloss steckte. Er erinnerte sich nicht mehr daran, ob er die Haustür verriegelt oder überhaupt geschlossen hatte; es zählte allein, zu April zu kommen. »Bist du zu Hause?«

»Ja. Ich bin aufgewacht, und es fühlt sich an, als würde mein Kopf explodieren.«

»Ich komme, Schatz. Hörst du mich? Ich bin in zwei Minuten da.« Jack wusste, dass er ihr sagen sollte, sie solle auflegen und den Notruf wählen, aber er konnte es nicht ertragen, die Verbindung zu ihr zu verlieren. Er würde anrufen, wenn er ihre Wohnung erreichte.

»Ich habe Angst«, flüsterte sie.

»Ich weiß, aber ich bin fast da.«

»Mir ist übel. Und Jack?«

»Ja, Baby?« Diese Art von Angst hatte JJ noch nie zuvor gespürt. Nicht einmal, als er und sein Team gefangen gehalten worden waren. Nicht als seine Entführer ihn gefoltert hatten. Nicht als er dachte, er könnte durch ihre Hand sterben.

Er hätte sie nicht in die Wohnung zurückgehen lassen

dürfen. Das war seine Schuld, und wenn April etwas zustieß, würde er sich das nie verzeihen.

»Ich erinnere mich.«

»Woran erinnerst du dich?«, fragte er, als er auf den Parkplatz ihres Wohngebäudes fuhr.

»An alles.«

Wenn möglich, ließen diese beiden Worte JJs Angst noch weiter ansteigen. »Es ist alles in Ordnung. Du bist in Ordnung. Ich bin hier, und ich komme hoch.«

Ein Wimmern war ihre einzige Antwort, und das Geräusch zerriss sein Herz in zwei Teile.

Dankbar, dass er vergessen hatte, ihr den Ersatzschlüssel zu ihrer Wohnung zurückzugeben, mit dessen Hilfe er einige ihrer Sachen geholt hatte, nahm JJ die Treppe zwei Stufen auf einmal. Einen Moment später war er drinnen und eilte zu ihrem Schlafzimmer.

Es war dunkel, aber er brauchte kein Licht, um zu ihr zu gelangen. Zielsicher steuerte er auf die Seite der Matratze zu, auf der sie lag. Sie wimmerte wieder, und Jack reagierte instinktiv. Er kroch unter die Decke, nahm ihr das Telefon vom Ohr und warf es zu seinem eigenen auf den Nachttisch, dann zog er sie an sich. Eine Hand legte er auf ihren Hinterkopf und hielt sie fest, die andere um ihre Taille.

Sofort schmiegte sie sich an ihn und drückte die Nase an seine Brust. Ihre Arme waren vor ihr verschränkt, und er spürte ihre Finger auf seiner nackten Haut.

»Jack«, flüsterte sie, und er spürte die warme Luft dieses einen Wortes an seinem Herzen.

»Ich bin da«, beruhigte er sie. »Ich habe dich, ich bin da.«

Sie zitterte jetzt, kleine Schluchzer drangen aus ihrem Mund. Es war das herzzerreißendste Geräusch, das er je gehört hatte.

»Ich muss einen Krankenwagen rufen«, sagte er.

»Nein!«, flehte sie. »Es ist schon besser. Halt mich einfach fest. Bitte!«

Alles in JJ sagte ihm, er solle sich umdrehen und nach seinem Telefon greifen, aber er war wie erstarrt. Er konnte nicht loslassen. Er konnte seine Muskeln nicht dazu bringen, sich zu lösen.

Wie lange sie so dalagen, wusste er nicht, aber schließlich spürte er, wie sie sich Stück für Stück entspannte. Er war noch nie so erleichtert gewesen wie jetzt, als sie sich schließlich vollständig an ihn schmiegte.

»Süße?«, flüsterte er.

»Es ist besser«, sagte sie, aber JJ hatte das Gefühl, dass sie nicht ganz ehrlich war.

»Was ist passiert?«, fragte er. »Kannst du ohne Schmerzen sprechen?«

»Ich bin aufgewacht, und ... es kam einfach alles zurück! Es fühlte sich an, als würde eine Lawine von Erinnerungen auf mein Gehirn einprasseln.«

»Du erinnerst dich wirklich an *alles*?«

»Ja.«

Er versteifte sich, aber sein Griff um sie lockerte sich nicht.

»Ich erinnere mich an den Unfall. Es war ein Tier, genau wie die Polizei dachte. Ein Elch. Ich wich aus, um ihn nicht zu treffen. Alles war so laut, als ich von der Straße abkam, und ich hatte solche Angst. Ich wusste, dass du sauer auf mich sein würdest, weil ich da rausgefahren bin, ohne es dir vorher zu sagen.«

»Ich bin nur froh, dass es dir gut geht«, erwiderte JJ.

»Ich erinnere mich an mein Vorstellungsgespräch mit dir. Das Treffen mit den Jungs. Wie Carlise und Chappy sich kennengelernt haben. Wie jedes der Mädchen gezwungen war, das Bett mit ihrem Mann zu teilen, und ehe sie sichs versahen, waren sie verliebt. Wie Bob gelogen hat, um eine nicht existierende Tante zu besuchen, und sich in ein anderes Land geschlichen hat, um Marlowe zu befreien. Die Schwangerschaften, die Mittagessen, unsere Kunden – alles. Aber vor allem … weiß ich noch, wie ich in diesem Bett lag und mich fragte, was ich falsch gemacht habe. Warum du kein Interesse daran hattest, mich um eine Verabredung zu bitten.«

»Oh, Schatz«, sagte JJ, schloss die Augen und drückte sie noch fester an sich.

»Ich wusste nicht, was ich anders machen sollte. Wie ich die Art von Frau sein sollte, die du haben willst, vor allem da ich dachte, ich sei zu alt für dich. Ich weiß noch, wie oft ich in diesem Bett masturbiert und dabei an dich gedacht habe. Ich fing an, Treffen mit unseren Freunden zu meiden, weil es mir so schwerfiel, in deiner Nähe zu sein.« Sie hielt inne. »Und ich … ich wollte weggehen. Ich hatte angefangen, online nach Jobs in Bangor und Portland zu suchen.«

»Nein!«, platzte JJ heraus und schüttelte den Kopf. »Du kannst mich nicht verlassen. Das werde ich nicht zulassen. Ich brauche dich! Und du bist genau die Frau, die ich will. Aber ich hatte Angst, dass ich nicht gut genug für dich bin.«

»Du bist alles, was ich mir je gewünscht habe«, murmelte sie an seiner Brust. »Stur, intensiv, herrisch, beschützend. Ich habe dich jahrelang beobachtet. Du würdest alles für deine Freunde tun. *Alles.* Diese Art von Loyalität … sie ist so sexy, Jack. Und ich wollte sie für mich selbst.«

»Du hast sie. Du hast *mich*«, versicherte er ihr.

»Habe ich das?«, fragte sie.

»Ja.«

Er spürte, wie sie an ihm seufzte.

»Wie geht es deinem Kopf jetzt?«

»Er tut verdammt weh«, antwortete sie.

JJ lächelte, auch wenn die Situation alles andere als lustig war. »Ich rufe einen Krankenwagen«, sagte er, während er sich umdrehte. Aber sie gab einen kleinen Laut der Verzweiflung von sich und schien sich noch tiefer an ihm zu vergraben.

»Nein, bitte! Es geht mir gut. Ich bin nur ... Ich glaube, es liegt an den Erinnerungen. Ich muss einfach nur hier liegen bleiben. Wenn der Krankenwagen kommt, werden sie mich zwingen, mich zu bewegen. Sie werden mir mit grellem Licht in die Augen leuchten, wodurch mein Kopf noch mehr schmerzt. Ich brauche nur die Dunkelheit und die Stille ... und dich.«

Verdammt, sie machte ihn fertig. Es war falsch, das zu tun, aber Jack konnte ihr nichts abschlagen. Das verhieß nichts Gutes für die Zukunft. Sie konnte seinen Widerwillen, Nein zu sagen, durchaus zu ihrem Vorteil nutzen. Aber verdammt, wenn es ihn im Moment überhaupt interessierte.

»Zwanzig Minuten, dann rufe ich an, wenn der Schmerz nicht nachgelassen hat«, sagte er mit Nachdruck.

Er spürte, wie sie an ihm nickte.

Sie lagen schweigend da, JJ hielt sie in eisernem Griff und April schmiegte sich an seine Brust, als wollte sie nie wieder weg, und plötzlich kam JJ ein Gedanke.

Sie erinnerte sich an alles – und sie hatte ihn nicht weggestoßen. Als sie Angst und Schmerzen gehabt hatte, hatte sie *ihn* angerufen.

Zum ersten Mal, seit sie beschlossen hatte, in ihre Wohnung zurückzukehren, keimte Hoffnung in ihm auf. Vielleicht, nur vielleicht, konnte sie wirklich ihm gehören.

Er hatte die feste Absicht, in zwanzig Minuten einen Krankenwagen zu rufen, aber als der Adrenalinstoß abflaute, holte ihn die schlaflose Nacht ein. Der Duft der Frau, die er liebte, drang in sein Bewusstsein, während er sie in den Armen hielt. JJ schloss die Augen und fiel in einen tiefen Schlaf.

April lag in Jacks Armen und konnte sich nicht erinnern, sich jemals sicherer gefühlt zu haben. Ihr Kopf pochte schrecklich und jede Bewegung löste schmerzende Stiche aus. Aber an

Jacks Körper gepresst, seinen Herzschlag an ihrer Wange und in dem Wissen, dass er nicht gezögert hatte, sofort zu ihr zu kommen, nachdem sie ihn angerufen hatte, wollte sie sich nicht bewegen.

Erinnerungen überfluteten weiterhin ihren Geist. Die Frustration, die sie empfunden hatte, als Jack sie wie eine Freundin – oder schlimmer noch, wie eine Angestellte – behandelt hatte. Die Freude, als sie erfuhr, dass ihre Freunde sich verliebt hatten. Der Schreck, als sie alle verletzt wurden oder in Gefahr waren. Die Vorfreude auf die Kinder von June, Carlise und Marlowe. Der Kummer, den sie empfand, als sie beschloss, ihr Leben nach der Geburt der Kinder woanders fortzusetzen.

Die Liebe, die sie für Jack empfand und von der sie nicht glaubte, dass sie jemals erwidert werden würde.

Es war alles so überwältigend.

Als sie aus ihrem unruhigen Schlaf aufgewacht war und ihr Kopf sich anfühlte, als würde er explodieren, war Jack der einzige Mensch gewesen, den sie um Hilfe bitten wollte. Und er war gekommen. Sofort. In dem Moment, in dem er sie in die Arme genommen hatte, ließ der Schmerz nach. Er verschwand nicht, aber das Wissen, dass er da war, war eine große Erleichterung.

Plötzlich schien ihr Bett nicht mehr so einsam zu sein. Im Laufe der Jahre hatte sie mehr als einmal davon geträumt, dass er sie auf diese Weise umarmte. Die Geschichten, die sie ausgemalt hatte, wie er sich an ihrem Körper anfühlen würde, waren nichts im Vergleich zur Realität. Sie wollte sich nicht bewegen. Wollte nicht, dass der Morgen kam. Denn mit der Sonne würden Veränderungen kommen. Das wusste sie so gut, wie sie ihren Namen kannte.

Würde Jack darauf bestehen, auf Distanz zu bleiben, selbst nachdem sie sich an alles erinnert hatte? Würde er versuchen, nobel zu sein und ihr Freiraum zu geben, um zu entscheiden, was sie wollte?

Scheiß drauf. Sie brauchte keinen Freiraum. Sie wusste, was sie wollte, und das war Jack. Sie liebte ihn, schon seit Jahren. Und wenn er *seine* Meinung über ihre Beziehung änderte, hätte sie keine andere Wahl, als zu gehen. Auf der Stelle.

Jetzt, da sie wusste, was ihr fehlen würde, das Gefühl seiner Arme um sie, das Kribbeln in ihrem ganzen Körper, wenn er sie küsste, Jack, der sie mit seiner tiefen Stimme *Schatz* und *Süße* nannte ... sie konnte nicht weiter in Newton leben und all das nicht haben.

Zum Glück ließ die Übelkeit schließlich nach, und auch das Pochen in ihrem Kopf verblasste ein wenig. Sie stellte fest, dass sie es liebte, Jack beim Schlafen zuzusehen. Es war, als bekäme sie die Chance, einen Teil von ihm zu sehen, den nicht viele Menschen kannten. Er war unachtsam, und er vertraute ihr genug, um in ihrer Gegenwart zu schlafen. Aber es war die nie nachlassende Stärke seiner Arme, die sie zu Tränen rührte. Selbst im Schlaf war er beschützend.

Das Licht spähte gerade durch die Vorhänge, als er sich zu rühren begann. Er wachte nicht auf wie die meisten Menschen. Er kam nicht allmählich wieder zu Bewusstsein. In der einen Sekunde atmete er tief und schlief noch, und in der nächsten war er hellwach.

»April?«, murmelte er.

»Ich bin hier«, sagte sie mit einem kleinen Lächeln.

»Scheiße, ich bin eingeschlafen und wollte Hilfe rufen. Wie geht es deinem Kopf?«

»Der ist in Ordnung«, antwortete sie.

Er machte ein skeptisches Geräusch.

»Wirklich. Ich meine, ich habe immer noch Kopfschmerzen, aber nicht so wie letzte Nacht.«

Sie spürte, wie er sich bewegte, woraufhin sie noch näher an ihn heranrückte.

Er lachte, und das Geräusch dröhnte durch ihren ganzen Körper, da sie von Kopf bis Fuß an ihn gepresst war. »Du bist wie ein Strauß oder so, der sich weigert, den Kopf aus dem Sand zu ziehen.«

»Ich habe Angst.«

Jeglicher Humor war aus seinem Tonfall verschwunden, als er fragte: »Vor mir?«

»Nein, natürlich nicht. Davor, dass die Dinge anders sein könnten, jetzt, da mein Gedächtnis zurück ist«, gab sie leise zu.

Jack spannte die Arme an, und mit der Hand, die er die ganze Nacht in ihrem Haar vergraben hatte, begann er, ihren Kopf sanft zu massieren, während er sie festhielt. »Sie *werden* anders sein.«

Aprils ganzer Körper erstarrte. Tränen füllten ihre Augen.

»Du gehörst mir«, fügte Jack hinzu, und April konnte kaum atmen, als er fortfuhr: »Du erinnerst dich an unsere Vergangenheit. Was für ein Trottel ich war und wie ich mich nicht getraut habe, dich zu fragen, ob du mit mir ausgehen willst, obwohl ich es wollte. Meinetwegen hast du deine Attraktivität infrage gestellt und darüber nachgedacht zu gehen. Das ist geschehen. Du erinnerst dich an all meine Schwächen und negativen Charakterzüge. Und trotzdem hast du mich angerufen, als du Schmerzen hattest und Hilfe brauchtest. Ich werde dich nicht gehen lassen, April. Solange du mich willst, gehöre ich dir.«

Sie schloss die Augen und versuchte, die Tränen zurückzuhalten.

»April?«, fragte Jack nach einem Moment. »Ich kann deine Tränen auf meiner Haut spüren. Bitte sag mir, dass das keine ausgeflippten, verängstigten Ich-weiß-nicht-wie-ich-aus-dieser-Situation-herauskomme-Tränen sind.«

Sie schüttelte den Kopf. »Das sind Tränen der Erleichterung. Ich-kann-nicht-glauben-dass-er-die-Dinge-sagt-die-ich-schon-seit-Jahren-hören-wollte-Tränen.«

Jack bewegte sich, und zum ersten Mal seit Stunden lockerte er seinen Griff. Mit der Hand in ihrem Haar neigte er sanft ihren Kopf zurück, sodass er ihr Gesicht sehen konnte.

April spürte, wie ihre Wangen heiß wurden. Wahrscheinlich sah sie schrecklich aus. Fleckige Haut, rote Augen, zerzaustes Haar ... aber die Emotionen, die sie in seinen Augen sah, waren alles andere als Abscheu.

Langsam senkte er den Kopf und presste seine Lippen auf die ihren. »Heute ist der erste Tag vom Rest unseres Lebens.«

Sie lächelte ihn an.

»Tut mir leid, das war so verdammt kitschig«, sagte er mit einem Augenrollen.

Das war es, aber April war es egal. Sie lehnte wieder eine Wange an seine Brust und seufzte zufrieden.

»Wir müssen heute zu deinem Arzt«, sagte er.

April runzelte die Stirn. »Nein, müssen wir nicht. Mir geht es gut.«

»Doch, das müssen wir, und wir werden es tun«, sagte er entschlossen. »Du hast mich letzte Nacht erschreckt, Schatz. Es gefällt mir nicht, dass du so starke Schmerzen hattest. Du konntest am Telefon kaum sprechen. Wir gehen zum Arzt und lassen dich untersuchen. Du weißt, dass er dich sofort sehen will, wenn du dich an etwas erinnerst.«

April seufzte. »In Ordnung.«

»Gut. Wir müssen auch den anderen Bescheid sagen. Sie werden begeistert sein.«

Das würden sie. Die Mädchen würden vor Aufregung kreischen, und die Jungs würden ihr zunicken und sagen, dass es auch Zeit wurde. Sie liebte ihre Freunde, und es war eine Erleichterung, sich an ihre gemeinsame Vergangenheit erinnern zu können.

Weder sie noch Jack versuchte, aus dem Bett aufzustehen. Er strich ihr sanft über das Haar und sie zeichnete träge Kreise auf seiner Brust. Einige Minuten vergingen, bevor April etwas einfiel. Sie hob den Kopf und sah ihn an. Die Sonne war inzwischen so weit aufgegangen, dass das durch die Vorhänge fallende Licht ihr erlaubte, ihm in die Augen zu sehen. »Ähm, Jack?«

»Ja?«

»Du bist nackt.«

Er lachte. »Nicht ganz. Ich habe meine Boxershorts an.«

»Du hast dich ausgezogen, bevor du in mein Bett gekrochen bist?«, fragte sie.

Zu ihrem Erstaunen wurden seine Wangen rot. »Nicht ganz ...«

Sie runzelte verwirrt die Stirn.

»Ich war natürlich schon im Bett, als du angerufen hast, und ich wollte keine Zeit damit verschwenden, mich anzuziehen. Meine einzige Sorge war, zu dir zu kommen.«

Sie starrte ihn ungläubig an, der Mund weit offen. »Du bist nur in Unterwäsche hierhergekommen?«

Er zuckte mit den Schultern. »Jup.«

Als seine Worte verklungen waren, füllten Aprils Augen sich erneut mit Tränen.

»Scheiße, was ist los?«, fragte er besorgt.

»Ich ... du ... noch nie hat jemand so etwas für mich getan.«

Er entspannte sich. »Es ist gut, dass ich nicht angehalten wurde. Ich habe mich nicht gerade an die Geschwindigkeitsbegrenzung gehalten«, scherzte er.

April konnte nicht fassen, dass er so schnell zu ihr hatte gelangen wollen, dass er nicht einmal innegehalten hatte, um sich eine Hose anzuziehen. Oder Schuhe. Dann fiel ihr noch etwas ein. »Ich habe nicht wirklich etwas Passendes, das du dir für den Nachhauseweg leihen könntest.«

Jack zuckte gleichgültig mit den Schultern. »Ich rufe einen der Jungs an, damit sie mir etwas bringen. Sie müssen sowieso nach meinem Haus sehen. Ich bin mir nicht sicher, ob ich meine Haustür geschlossen habe, als ich ging.«

Daraufhin stützte April sich auf einen Ellbogen. »Was? Jack, das ist verrückt! Ich meine, Newton ist nicht gerade eine

Verbrechenshochburg, aber was ist, wenn jemand reingegangen ist und Sachen gestohlen hat?«

»Dann werde ich sie ersetzen. Du bist viel wichtiger als jeder materielle Mist, den ich besitze.«

Oh, dieser Mann. Er machte sie fertig. »Okay, du musst aufhören«, sagte sie.

Er runzelte die Stirn. »Womit?«

»So fantastisch zu sein. Ich kann damit nicht umgehen. Ich bin keine Heulsuse, und du hast mich heute Morgen schon zweimal zum Weinen gebracht. Du musst wieder anfangen, nervig und herrisch zu sein.«

Er lachte, und das Geräusch drang direkt zwischen ihre Beine. Er drehte sich, bis sie unter ihm lag. April konnte seine Haut an ihrer eigenen spüren, und obwohl ihr Nachthemd hochgerutscht war, was schon aufregend genug war, wünschte sie sich, sie könnte seine Haut *überall* an ihrer spüren.

»Das geht nicht«, sagte er mit einem Kopfschütteln. »Du musst dich daran gewöhnen. Du stehst an erster Stelle, April. Von jetzt an. Was auch immer es ist, dein Wohlbefinden, deine Wünsche und Sehnsüchte werden für mich immer an erster Stelle stehen. Ich werde mich nie schämen zuzugeben, dass du mich um den kleinen Finger gewickelt hast. Du willst etwas? Ich werde mir ein Bein ausreißen, um es dir zu geben.«

»Ich will nur dich«, gab sie zu. »Deine Aufmerksamkeit, deine Zeit, deine Zuneigung. Ich habe in meiner Ehe so viel Zeit damit verbracht, an zweiter Stelle zu stehen, dass ich nie wieder in dieser Situation sein will.«

»Das wirst du auch nicht«, schwor Jack.

»Aber das gilt auch für mich. Ich möchte dich auch glücklich machen.«

»Das tust du bereits.«

April schüttelte den Kopf. »Du weißt, was ich meine. Ich will nicht, dass du Dinge tust, die du hasst, nur weil ich sie tun will.«

»Nicht möglich.«

»Jack«, flüsterte April überwältigt.

»So bin ich nun mal«, sagte er. »Ich habe dich gewarnt. Deshalb wollte ich warten, bis deine Erinnerungen zurückkehren. Damit du dich daran erinnerst, wie fokussiert ich bin. Wie dickköpfig ich bin. Dass ich manchmal ein ziemlicher Arsch bin. Du solltest wirklich wissen, worauf du dich einlässt, wenn du dich entscheidest, mir zu gehören.«

Oh, April wusste es, und sie wollte sich kneifen, um sicher zu sein, dass sie nicht träumte. »Ich weiß, wer du bist, und ich will jeden Zentimeter dieses Mannes, Jackson Justice.«

Sie zuckte überrascht zusammen, als sie eine seiner Hände auf ihrem äußeren Oberschenkel spürte. Er streichelte sie kurz, bevor er die Hand nach oben bewegte.

»Gut. Denn ich will dich auch, April Hoffman.« Er ließ seine Hand auf ihrem Bauch ruhen und sie atmete scharf ein, als er mit dem Daumen über die Baumwolle ihres Höschens strich, während sein kleiner Finger ihren Bauchnabel kitzelte.

Es war so weit, und sie war bereit. Mehr als bereit. Sie hatte jahrelang von diesem Moment geträumt und konnte kaum glauben, dass Jack hier war, mit ihr im Bett. Praktisch nackt und sie berührend.

Gerade als er den Kopf senken wollte, klingelte sein Telefon auf dem Nachttisch.

April zuckte bei dem lauten Geräusch zusammen, und Jack fluchte.

Er drehte sich um und griff nach dem Handy. In der Stille des Morgens und aufgrund von Jacks Nähe konnte April das Gespräch mühelos hören.

»Ja.«

»JJ? Ich bin's, Bob. Warum zum Teufel ist deine Haustür offen? Ist alles in Ordnung mit dir?«

»Mir geht's gut. Ich bin nicht da.«

»Das habe ich schon gemerkt. Was ist los?«

»Ich bin in Aprils Wohnung. Du musst mir einen Gefallen tun. Kannst du mir Schuhe, Socken, Jeans und ein T-Shirt vorbeibringen?«

»Ähm, klar, aber ... Ich habe Fragen.«

»Natürlich. Ich muss April zum Arzt bringen, deshalb kommen wir erst später ins Büro. Ich glaube, wir hatten heute Morgen nur diesen einen kleinen Auftrag. Könnt du und die anderen euch darum kümmern?«

»Natürlich. Ist mit April alles in Ordnung?«

»Ihre Erinnerungen sind zurückgekehrt.«

»*Was?* Das ist ja fantastisch!«, rief Bob aus.

April lächelte, als sie die echte Freude in seiner Stimme hörte.

»Ja, obwohl es mit tödlichen Kopfschmerzen einherging, also werden wir sie untersuchen lassen.«

»Ja, natürlich. Aber deine Tür? Und die Kleidung?«, fragte Bob.

Jack lachte. »Sie hat mitten in der Nacht angerufen. Ich bin hergeeilt, ohne mich um irgendetwas anderes zu kümmern.«

»Wie dich anzuziehen oder die Tür zu schließen. Schon verstanden. Ich bin in spätestens fünfzehn Minuten da.«

»Danke. Ich weiß das zu schätzen.«

»Kann ich es Marlowe sagen?«

»Dass Aprils Erinnerungen zurückgekehrt sind? Klar.«

»Nein, dass du mitten in der Nacht splitterfasernackt rumläufst«, sagte Bob lachend.

»Du bist ein Arsch«, erwiderte Jack.

»Wie auch immer. Bis gleich.«

Jack legte auf und schüttelte den Kopf. »Ich weiß nicht, warum ich mich mit ihm abgebe.«

»Klar weißt du das. Er ist dein Freund«, sagte April.

Jacks Miene wurde ernst. »Geht es dir heute Morgen wirklich gut?«

»Ja. Wie gesagt, ich habe Kopfschmerzen, aber es ist nicht so wie letzte Nacht. Und die Schmerzen lassen nach.«

»Das sagst du nicht nur, damit ich nicht ausflippe?«, fragte Jack.

April lächelte. »Nein.«

»Okay. Setz dich mal hin, damit wir sehen, ob der Schmerz zurückkommt«, sagte Jack, während er sich so platzierte, dass seine Beine von der Bettkante hingen.

April legte eine Hand auf seinen Arm, woraufhin er innehielt und sie ansah.

»Ich ...« Mist. Sie war nicht gut in solchen Dingen. Aber sie musste besser darin werden zu sagen, was sie wollte. Sie hatte viele Jahre damit vergeudet, in Bezug auf Jack nichts zu sagen.

»Was? Du kannst mit mir über alles reden«, versicherte Jack ihr.

»Ich möchte heute Nacht in deinem Haus bleiben. In deinem Bett. Mit dir«, platzte sie heraus.

Die Intensität in Jacks Gesicht wäre erschreckend gewesen, wenn sie ihn nicht so sehr gewollt hätte.

»Das hatte ich schon vor, Süße. Solange der Arzt seinen Segen gibt und du dich dazu in der Lage fühlst, gehörst du heute Nacht mir. In jeder Hinsicht.«

»Ich gehöre bereits dir«, flüsterte sie.

Jack schloss für einen Moment die Augen, bevor er die Lippen zusammenpresste und aufstand. »Komm, setz dich auf, Schatz. Mal sehen, wie du dich fühlst, bevor du aufstehst.«

Sie rutschte auf der Matratze hoch und konnte nicht anders, als den Mann neben ihrem Bett anzustarren. Sie hatte ihn schon in Jeans und T-Shirt bewundert, während er eine Kettensäge schwang, aber praktisch nackt? Er war unwiderstehlich. Überraschenderweise hatte er ein kleines Bäuchlein, aber seine Oberschenkelmuskeln spannten sich an, als er sich bewegte, und seine Arme waren ebenso kräftig. Kurzum, er war perfekt – und er gehörte *ihr*.

»Wenn du mich noch länger so ansiehst, werden wir Probleme bekommen«, sagte Jack.

April hob eine Augenbraue. »Ich werde es riskieren«, erwiderte sie.

Jack lachte. »Feurig. Das gefällt mir viel besser, als wenn du vor Schmerzen wimmerst. Komm, lass uns aufstehen und dich anziehen. So sehr ich Bob auch mag und weiß, dass er in seine Frau verliebt ist, will ich nicht, dass er dich in diesem sexy Nachthemd sieht.«

April wollte widersprechen. Sie wollte auf die Cellulite an ihren Oberschenkeln hinweisen und darauf, dass ihre Oberarme schlaff wurden und dass sie das zusätzliche Gewicht am Bauch nie wieder loswerden konnte ... aber sie widerstand dem Drang. Wenn Jack sie sexy fand, würde sie sich nicht beschweren.

Sie lächelte, als sie seine Hand nahm und sich von ihm aus dem Bett helfen ließ. Der zufriedene, lustvolle Ausdruck in seinen Augen war so anders, als sie es gewohnt war, dass sie rot wurde.

»Ich werde im anderen Zimmer auf Bob warten. Lass dir Zeit, dich fertig zu machen«, sagte Jack, als er einen Schritt von ihr zurücktrat. Er ballte die Faust an der Seite, als könnte er sich nur mit Mühe beherrschen, sie nicht zu packen.

Als er an der Tür angelangt war, fragte April: »Jack?«

»Ja?«

»Danke, dass du vorbeigekommen bist. Ich wollte sonst niemanden anrufen.«

»Wenn du jemals verängstigt oder verunsichert bist oder Schmerzen hast, rufst du mich an«, befahl er. »Egal wie spät es ist oder was wir gerade tun. Du rufst an.«

»Das werde ich«, versprach April.

Jack nickte, dann drehte er sich abrupt um und verließ den Raum.

April atmete tief durch, zuckte angesichts ihrer Kopfschmerzen zusammen und trat zu ihrem Kleiderschrank. Sie schnappte sich ein paar Klamotten, bevor sie ins Bad ging. Ihr Leben hatte während der letzten Wochen eine seltsame Wendung genommen, aber sie konnte sich nicht beschweren. Wie sollte sie auch, wenn sie hatte, was sie seit Jahren wollte? Jack hatte gesagt, sie gehöre ihm, und er gehörte ihr ebenso. Sie würde alles in ihrer Macht Stehende tun, um ihn zu behalten. Lächelnd begann sie, sich für den Tag fertig zu machen.

KAPITEL ACHT

JJ grinste, als April Marlowe begrüßte. Carlise und June waren bereits bei *Jack's Lumber* gewesen, um ihre Freundin zu besuchen und ihr zu sagen, wie froh sie waren, dass sie ihre Erinnerungen wiedererlangt hatte. Bob hatte erwähnt, dass Marlowe an Morgenübelkeit litt und sich ausruhte, weshalb sie später als die anderen Frauen gekommen war.

Aprils Arztbesuch war gut verlaufen. Er sagte, die Kopfschmerzen aufgrund der Rückkehr ihrer Erinnerungen seien ganz normal und sollten im Laufe des Tages verschwinden. Dann wies er sie an anzurufen, falls die Schmerzen nicht nachließen oder schlimmer wurden, und empfahl rezeptfreie Tabletten, um sie in der Zwischenzeit in den Griff zu bekommen, und sie hatten für nächste Woche einen weiteren Termin vereinbart.

Erleichtert, dass der Arzt wegen Aprils Schmerzen nicht beunruhigt war, widersprach JJ nicht, als sie darauf bestand, ins Büro zu gehen. Er hielt zuerst am örtlichen Imbiss an und versorgte sie mit einem großen Frühstück, bevor er zu *Jack's Lumber* fuhr.

Bis jetzt war nicht viel gearbeitet worden, denn Carlise und

June waren wenige Minuten nach ihm und April eingetroffen, und dann hatten die drei Frauen in Erinnerungen geschwelgt, die sie alle gemeinsam zu haben schienen.

Chappy und Cal teilen April ebenfalls mit, wie froh sie waren, dass sie auf dem Weg der Besserung war, dann verbrachten sie viel Zeit damit, JJ damit aufzuziehen, dass er mitten in der Nacht praktisch nackt in Newton herumgelaufen war. JJ machte sich nichts aus ihren Sticheleien, denn er wusste, dass sie das Gleiche getan hätten, wenn es ihre Frau gewesen wäre.

»Ist wirklich alles in Ordnung mit ihr? Der Arztbesuch ist gut verlaufen?«, fragte Bob JJ, während sie April und Marlowe beim fröhlichen Plaudern zusahen.

»Ja, obwohl sie mir eine Heidenangst eingejagt hat«, gab er zu.

Bob nickte. »Das kann ich mir vorstellen. Als wir gehört haben, was Marlowe mit diesem Arschloch in seinem Wagen durchgemacht hat, und ich nicht dabei war, habe ich mich völlig hilflos gefühlt.«

JJ war auch besorgt und verängstigt gewesen, als Marlowes ganze Situation mit ihrem Kollegen ablief, aber er hatte das Gefühl, seinen Freund jetzt noch besser zu verstehen.

»Also ... sie erinnert sich an alles?«, fragte Bob.

»Anscheinend.«

»Und sie kommt mit eurer Beziehung klar?«

JJ löste den Blick von April und sah seinen Freund an. »Das behauptet sie, aber ... Ich weiß, ich war ein Idiot. Ich habe mich ohne guten Grund zurückgehalten und wie ein Feigling verhalten. Ich fühle mich wie ein totaler Arsch, dass ich ihr die Tiefe meiner Gefühle erst gestanden habe, nachdem sie verletzt wurde. Ich habe schreckliche Angst, dass sie meine Zurückhaltung verinnerlicht und sich einredet, dass ich mich nicht wirklich für sie interessiere. Dass ich nur wegen ihres Unfalls auf meine Gefühle reagiere.«

Bob zuckte mit den Schultern. »War es nicht so?«

JJ biss die Zähne zusammen und blickte zurück zu Marlowe und April. Sie lachten über irgendetwas, und als er das Lächeln auf Aprils Gesicht sah, entspannte er sich auf eine Weise, die er nicht verstand.

»Hör zu, ich bin kein Idiot. Ich bin schon seit langer Zeit dein Freund, JJ. Wir sind zusammen durch die Hölle gegangen und wieder zurück. Wenn du glaubst, wir hätten deine Blicke nicht gesehen, als du dachtest, dass niemand zusieht, oder wie besonders mürrisch du warst, weil du deine Gefühle nicht artikulieren konntest und deshalb so ein Arsch warst, dann liegst du falsch. Wir sind alle davon ausgegangen, dass ihr das, was euch zurückhält, irgendwann überwindet und zusammenkommt.«

»Ich will nur nicht, dass es einseitig ist«, gestand er.

Bob lachte und verpasste JJ einen Klaps auf den Hinterkopf.

»Aua! Was zum Teufel?«, beschwerte er sich, während er Bob anfunkelte.

»So wie wir die Blicke bemerkt haben, die du ihr zugeworfen hast, haben wir auch die Blicke gesehen, die sie dir zugeworfen hat, wenn du ihr den Rücken zugekehrt hast. Ganz zu schweigen davon, wie sie sich um dich sorgte, wenn du zu viel gearbeitet hast oder verletzt wurdest. Erinnerst du dich an die Zeit vor ein paar Jahren, als der Baum in die falsche Richtung fiel und deinen Kopf fast zerquetscht hätte? Sie war ein Nervenbündel, JJ. Du hast es nicht gesehen, weil sie es so gut versteckt hat, aber sie konnte vor lauter Sorge um dich nicht schlafen, hat den Rest von uns genervt, damit wir bei der Arbeit sicherer sind, und sie hat sogar Chappy gebeten, auf dich aufzupassen, als du wieder zur Arbeit zurückgekehrt bist.«

»Das hat sie getan?«, fragte JJ erstaunt. Soweit er wusste hatte sie den Vorfall gelassen hingenommen und war so ausgeglichen gewesen wie immer.

»Ja. Diese Frau liebt dich schon seit Jahren. Finde ich es

dumm, dass du so lange gewartet hast, um ihr dein Interesse zu bekunden? Natürlich. Aber *sie* hat auch gewartet. Ihr hattet beide Ballast, den ihr verarbeiten wolltet. Was soll's, wenn sie erst verletzt werden musste, damit du die Dämonen in deinem Kopf überwinden konntest, die darauf bestanden, dass du nicht gut genug bist, oder was du sonst für einen Blödsinn gedacht hast. Ihr seid jetzt zusammen ... und ihr müsst das Beste daraus machen.«

JJ sah April an und nickte. Verdammt ja, sie waren jetzt zusammen. Es juckte ihn in den Fingern, sie zu berühren. Er sehnte sich danach, sie zu sehen, wie sie von seinem Bett aus zu ihm aufblickte. »Du hast recht«, sagte er verspätet.

»Allerdings«, bestätigte Bob grinsend.

JJ verdrehte die Augen.

»Komm schon. Ich will nach Marlowe sehen. Sie hat sich heute Morgen die Seele aus dem Leib gekotzt, und ich will sicher sein, dass es ihr gut geht.«

Für JJ sah sie aus, als ginge es ihr gut, aber da er nach April sehen wollte, wie es ihrem Kopf ging, widersprach er nicht. Die beiden Männer gingen zu der Couch hinüber, auf der die Damen saßen. Bob ging direkt zu Marlowe und zog sie wortlos auf die Beine, setzte sich und holte sie dann auf seinen Schoß.

»Ich habe dort gesessen!«, rief Marlowe lachend aus.

»Und du sitzt immer noch hier«, antwortete Bob ruhig.

»Er ist so nervig«, sagte Marlowe zu April und zögerte nicht, sich an ihren Mann zu schmiegen, als sie es sich bequem machte.

JJ machte das Manöver seines Freundes nicht nach, aber er setzte sich neben April auf die Couch, sodass ihr ganzer Oberschenkel den seinen berührte. Er legte einen Arm um ihre Schultern, und zu seiner Freude lehnte sie sich an ihn.

»Oh ja, ich kann sehen, wie nervig er ist«, sagte April zu Marlowe.

Sie grinsten beide.

»Worüber habt ihr geredet, bevor wir euch so unhöflich unterbrochen haben?«, fragte Bob.

»Jetzt, da April ihre Erinnerungen zurückhat, haben wir gerade über einige unserer besseren Momente gesprochen«, sagte Marlowe.

»Zum Beispiel?«, fragte Bob.

»Da gibt es so viele«, sagte April mit einem weiteren Grinsen. »Die Mittagessen, die wir hatten, während ihr Männer geschuftet habt, wie sehr wir geweint haben, als June uns alle gebeten hat, nach Liechtenstein zu kommen, wenn sie und Cal dazu kommen, ihre königliche Hochzeit zu feiern, und einige unserer verrückteren Mädelsabende.«

»Ich habe eine Frage an dich«, sagte Marlowe zu April. »Ich wundere mich schon ewig darüber, habe aus irgendeinem Grund jedoch nie gefragt, aber es ist okay, wenn du mit der Antwort warten willst, bis wir allein sind.«

»Oh, das will ich hören«, sagte JJ grinsend.

»Ja, das war nicht die beste Einleitung, wenn deine Frage unter uns bleiben soll«, sagte April mit einem kleinen Lächeln.

»Tut mir leid. Ich meine, ich glaube nicht, dass es eine große Sache ist, aber es war damals, als Kendric und ich in Kambodscha waren. Ich habe hier angerufen, bei *Jack's Lumber*, weil es die einzige Nummer war, die ich kannte. Du bist rangegangen, April, und hast die Jungs zusammengetrommelt, um mit mir zu reden.«

»Ich erinnere mich«, sagte sie leise. »Du klangst so verängstigt.«

»Weil ich es war. Kendric war bewusstlos und verletzt, und ich hatte keine Ahnung, was ich tun sollte. Jedenfalls wolltest du irgendwann mit den anderen reden, JJ, ohne dass ich es hören konnte, also hast du April gebeten, das Telefon stummzuschalten.«

»Das habe ich«, sagte JJ. »Und um das klarzustellen, ich

habe nicht versucht, dir etwas zu verheimlichen, ich musste nur die Optionen mit meinem Team besprechen.«

»Das verstehe ich. Ich meine, ich war eine Fremde, und ich hätte genauso gut lügen und planen können, euch oder Kendric zu verletzen, sobald ihr auftaucht«, erwiderte Marlowe.

JJ stieß einen Atemzug aus. »Das haben wir überhaupt nicht gedacht«, erklärte er mit einem leichten Kopfschütteln. »Ehrlich gesagt wollte ich dich nicht noch mehr stressen, indem ich davon sprach, Bob zu holen und nicht dich. Zumindest nicht zur gleichen Zeit. Bevor wir erfuhren, dass du Bob geheiratet hast, dachten wir, es gäbe keine legitime Möglichkeit, dich in ein Flugzeug zu bringen.«

Marlowe nickte, dann wandte sie den Blick wieder zu April. »Ich hörte das Telefon piepen, aber der Lautsprecher war nicht stummgeschaltet. Meine Frage ist also – hast du das mit Absicht gemacht?«

JJ schaute April an und war überhaupt nicht überrascht, als er den verschmitzten Ausdruck auf ihrem Gesicht sah. »Ja. Wenn ich in dieser Situation gewesen wäre, hätte ich nicht gewollt, dass die Leute über mich reden und über mein Schicksal entscheiden, ohne dass ich ein Mitspracherecht habe. Ich fand, du hattest jedes Recht, zu hören, was über dich gesagt wird.«

»Aber ich habe dir gesagt, du sollst es stummschalten«, schimpfte JJ.

Sie zuckte mit den Schultern. »Ich weiß.«

Er knurrte tief in der Kehle. »Wie kommt es, dass du nie tust, was ich dir sage?«, beschwerte er sich. »Ich kann gar nicht mehr zählen, wie oft ich dir gesagt habe, du sollst an Ort und Stelle bleiben, nur um dich dann an einer Arbeitsstätte zu sehen. Oder ich sage, dass wir einen Job nicht annehmen können, und du planst ihn trotzdem.«

»Ich tue die Dinge, um die du mich bittest, die *Sinn*

machen«, sagte April, ohne zu zögern. »Wenn du mir sagst, ich soll dumme Sachen machen, ignoriere ich dich.«

JJ seufzte. »Du bist eine Nervensäge.«

April lächelte. »Jup.«

Ehrlich gesagt hatte JJ absolut kein Problem damit, wie April *Jack's Lumber* leitete. In den meisten Fällen lag sie mit ihren Entscheidungen richtig, weshalb er sie auch nie dafür zur Rechenschaft gezogen hatte, dass sie ihm nicht gehorchte.

»Und übrigens war es absolut richtig, dass ich Marlowe das Gespräch mithören ließ, denn sonst hättet ihr nicht gewusst, dass sie und Bob verheiratet sind«, sagte April mit einem süffisanten Lächeln.

Sie hatte nicht unrecht.

»Danke«, sagte Bob zu ihr. »Ernsthaft. Ich wäre wütend gewesen, wenn ich in diesem Flugzeug aufgewacht wäre und erfahren hätte, dass Marlowe zurückgelassen wurde.«

Marlowe drehte sich zu Bob und sagte etwas so leise, dass JJ es nicht hören konnte, aber er nutzte die Gelegenheit, sich an April zu lehnen. »Ich finde es toll, wie du immer an andere Menschen denkst und daran, was sie brauchen.«

April schenkte ihm ein kleines Lächeln. »Ich weiß, wie es ist, das Gefühl zu haben, dass es niemanden interessiert, was mit dir passiert. Das Leben zu leben, ohne dass jemand dich sieht. Ich wusste, dass ihr vielleicht sauer auf mich sein würdet, weil ich das Telefon nicht stummgeschaltet hatte, aber ich habe euch vertraut; ihr würdet nichts Schlechtes über Marlowe sagen, und es war mir wichtig, dass sie bei der Entscheidung, die über ihre Zukunft getroffen wird, nicht außen vor gelassen wird.«

JJ hob eine Hand und strich ihr über die Wange. Diese Frau überraschte ihn immer wieder. Sie brachte ihn dazu, ein besserer Mensch sein zu wollen. »Du wirst nie wieder erfahren, wie es ist, das Gefühl zu haben, dass es niemanden interessiert, was mit dir passiert. Ich sehe dich, April. Zweifle nie daran.

Und obwohl ich es vielleicht nicht gezeigt habe, habe ich dich in den letzten fünf Jahren gesehen.«

Sie starrte ihn einen langen Moment an, bevor sie eine Hand über seine legte, dann den Kopf drehte und seine Handfläche küsste.

JJ wünschte sich nichts sehnlicher, als sie hochzuziehen, sie auf den Parkplatz zu schleppen, in seinen Bronco zu packen und nach Hause zu fahren. Aber er wurde von Marlowe unterbrochen, die sagte: »Also, um das festzuhalten, danke. Ich war sehr erleichtert, dass ich nicht von Kendric getrennt werden musste.«

JJs Handfläche kribbelte dort, wo April sie geküsst hatte, aber er konzentrierte sich auf seine Freunde. Schwierig, wenn er immer wieder an Aprils Worte von vorhin denken musste. Wie sie ganz offen gesagt hatte, dass sie heute Nacht mit ihm zusammen sein wollte ... in seinem Bett. Sie war mutiger, als er es je gewesen war, seit sie sich kennengelernt hatten.

Das Gespräch drehte sich wie immer um die Arbeit, und die vier unterhielten sich über den Auftrag, den sie noch für das Skigebiet zu erledigen hatten, das April vor ihrem Unfall hatte begutachten wollen.

»Oh! Ich habe euch gar nicht erzählt, was gestern passiert ist!«, rief Marlowe aus.

JJ spürte, wie sich ein mulmiges Gefühl in ihm breitmachte, als Bob die Stirn runzelte. Was auch immer sie ihm mitteilen wollte, es gefiel seinem Freund nicht.

»Was?«, fragte April.

»Kendric und ich waren in dem neuen Möbelgeschäft, das in Rumford eröffnet hat, ihr wisst schon, das in dem riesigen Lagerhaus? Ich glaube, sie versuchen, so etwas wie IKEA zu sein, aber glaubt mir, sie sind überhaupt nicht vergleichbar. Jedenfalls haben wir beschlossen, uns nach Babymöbeln umzusehen, denn der kleine Kerl wird bald hier sein.«

Marlowe legte eine Hand auf ihren Bauch und JJ lächelte ein wenig, als Bob sich ihr anschloss.

»Kendric ging los, um sich Bücherregale oder so etwas anzusehen, und ich war in der Babyabteilung. Da gibt es riesige Regale, vom Boden bis zur Decke, und ich blieb stehen, um mir eines der Kinderbetten anzusehen. Die Angestellten haben von allem, was sie im Laden verkaufen, ein Exemplar aufgebaut, und das Kinderbett stand auf einem Regal in Augenhöhe, damit man sehen kann, wie es aussieht. Über und unter dem zusammengebauten Teil stapelten sich Kartons. Also … Ich sah mir das Kinderbett an und beschloss, dass es mir nicht wirklich gefiel, und war gerade ein paar Schritte gegangen, als einer der Kartons vom obersten Regal herunterfiel! Er landete genau dort, wo ich keine zwei Sekunden zuvor gestanden hatte!«

»Heilige Scheiße«, hauchte April.

»Nicht wahr? Das hat mich zu Tode erschreckt«, sagte Marlowe nickend.

»Was ist passiert?«, fragte JJ.

»Ich habe keine Ahnung. Aber der Karton ging auf und das Holz des Kinderbetts flog überall hin. Ein kleines Stück hat mein Bein getroffen, aber sonst hat mich zum Glück nichts erwischt.«

»Glaubt mir, ich habe der Geschäftsleitung die Meinung gegeigt«, knurrte Bob. »Ich weiß nicht, wie der Karton von seinem Platz fallen konnte, aber das war das letzte Mal, dass wir dieses Geschäft betreten haben, das kann ich euch sagen.«

»Es war keine große Sache«, sagte Marlowe und tätschelte Bobs Bein.

»Keine große Sache?«, fragte Bob ungläubig. »Der Karton war schwer, und er fiel aus mehreren Metern Höhe. Wenn er auf dir gelandet wäre, hättest du ernsthaft verletzt werden können.«

»Aber das ist nicht passiert«, beruhigte Marlowe ihn.

»Das ist verrückt«, sagte April kopfschüttelnd.

»Ja. So ungern ich es auch zugebe, aber es hat mich erschüttert«, sagte Marlowe.

»Es hat mich zu Tode erschreckt«, sagte Bob mit tiefer, harter Stimme. »Ich war auf der anderen Seite des Ladens und hörte den gewaltigen Aufprall, und aus irgendeinem Grund wusste ich einfach, dass Marlowe in Gefahr war.«

»Weil du paranoid bist«, neckte sie ihn.

»Ja«, stimmte Bob zu.

»Nun, ich bin froh, dass es dir gut geht, aber hast du die Möbel gefunden, die du wolltest?«, fragte April mit einem kleinen Lächeln, offensichtlich in dem Versuch, die Stimmung aufzulockern.

Marlowe kicherte. »Nein. Aber ich glaube, Kendric wäre damit einverstanden, sich ein Nest aus Decken auf dem Boden zu machen, anstatt irgendwelche Babysachen zu besorgen.«

»Verdammt richtig«, murmelte Bob, während die Frauen lachten.

JJ tat sein Freund leid. Wenn das mit April passiert wäre, wäre er ausgeflippt. Und die Geschäftsleitung würde mit Sicherheit von seinem Anwalt hören. Der Gedanke, dass sie unschuldig einkaufen waren und April beinahe ein Karton mit schwerem Holz auf den Kopf fiel, löste in ihm den Wunsch aus, sie in sein Haus zu sperren und nie wieder herauszulassen. Online-Shopping war nicht seine Lieblingsbeschäftigung, aber diese Geschichte reichte aus, um ihn ins Grübeln zu bringen.

»Und nein, ich weigere mich, unsere Lebensmittel online zu kaufen«, sagte Marlowe, als könnte sie JJs Gedanken hören. »Ich meine, es gibt eine Menge Dinge, die wir online kaufen müssen, weil wir hier draußen in einer so kleinen Stadt leben, aber ich lasse nicht zu, dass jemand anderes meine Bananen auswählt oder mein Fleisch anfasst.«

»Niemand außer dir fasst dein Fleisch an«, murmelte Bob.

April kicherte, als Marlowe die Augen über ihren Mann verdrehte.

»Und damit glaube ich, ich muss jetzt arbeiten«, sagte April kopfschüttelnd.

»Nein«, erwiderte JJ.

Sie drehte sich zu ihm um. »Was?«

»Nein. Ich muss dich nach Hause bringen, damit du dich ausruhen kannst.«

»Ich will mich nicht ausruhen«, protestierte sie.

»April, vor nicht einmal zwölf Stunden hast du mich angerufen, weil dein Kopf so wehtat, dass du nicht einmal die Augen öffnen konntest. Erst konntest du dich an die letzten fünf Jahre nicht erinnern, dann kamen alle Erinnerungen auf einmal zurück und du konntest nichts anderes mehr tun, als in meinen Armen zu stöhnen. Ich werde nicht zulassen, dass du es heute übertreibst. Der Arzt hat gesagt, dass du dich ausruhen musst, und das wirst du nicht tun, wenn du an der Rezeption sitzt, deine Akten durchgehst und versuchst herauszufinden, was wir verbockt haben könnten, während du nicht gearbeitet hast.«

Sie funkelte ihn an. »Eine Stunde«, drängte sie.

»Nein«, erwiderte JJ mit einem Kopfschütteln.

»Dreißig Minuten.«

»Nein.«

»Jack!«, protestierte sie.

»April!«, gab er zurück.

Sie drehte sich zu Bob und Marlowe um. »Sagt ihm, dass er unvernünftig ist«, flehte sie.

»Eigentlich finde ich, dass er bemerkenswert nachsichtig war, dich nach dem Arztbesuch herkommen zu lassen«, sagte Bob achselzuckend.

»Wer hat dich gefragt?«, grummelte April.

Er lachte. »Du warst es.«

»Marlowe?«, flehte April.

Doch ihre Freundin warf ihr einen mitfühlenden Blick zu. »Ich glaube, er hat recht. Du hast eine Stirnfalte, als würde dir der Kopf wehtun, und ein Nickerchen kann nicht schaden nach allem, was du durchgemacht hast. Du willst doch keinen Rückfall erleiden, dass deine Erinnerungen wieder verschwinden, wenn du versuchst, zu viel und zu früh zu tun.«

April seufzte und saß einen Moment lang still da ... dann gab sie leise zu: »Ich habe Angst, dass die Erinnerungen verschwinden, wenn ich mich schlafen lege.«

»Das werden sie nicht«, sagte JJ mit Nachdruck. »Wie wäre es damit – du kommst jetzt mit zu mir und machst ein Nickerchen, und ich fahre los und hole uns etwas von *Granny's Burgers* zum Abendessen.«

April drehte sich zu ihm um. »Versuchst du, mich zu bestechen?«

»Ja«, gestand JJ sofort.

»Verdammt. Es funktioniert«, grummelte sie.

Alle lachten.

Marlowe stand mit Bobs Hilfe auf und streckte April eine Hand entgegen. Sie nahm sie, ohne zu zögern, und Marlowe zog sie auf die Beine. Dann schlang sie die Arme um sie. »Ich bin froh, dass es dir gut geht. Ich habe mir solche Sorgen um dich gemacht.«

»Danke«, flüsterte April und erwiderte die Umarmung ihrer Freundin.

Sobald Marlowe losließ, legte JJ einen Arm um Aprils Taille und zog sie an seine Seite. Es würde lange dauern, bis er vergaß, wie sehr sie letzte Nacht gelitten hatte. Wie sie sich an ihn geschmiegt hatte, als könnte er ihr das Pochen im Kopf nehmen. Er hatte sich so hilflos gefühlt, als er sie einfach nur festhalten konnte.

»Was ist mit dem Büro?«, fragte April, als JJ sie zur Hintertür führte, wo sie ihre Jacken deponiert hatten. Der Winter hatte noch nicht Einzug gehalten, aber er würde bald kommen. Es war kälter geworden und JJ wusste genau, dass April die heißen Sommertemperaturen nicht vermissen würde.

Er hatte im Laufe der Jahre gelernt, dass sie es viel lieber kalt als heiß hatte. Er hatte die kalten Temperaturen nicht einmal bemerkt, als er in der Nacht zuvor nur mit seiner Unterhose bekleidet herumgelaufen war. Er hatte nur daran gedacht, zu April zu gelangen.

»Ich werde zurückkommen, nachdem ich Marlowe nach Hause gebracht habe«, sagte Bob. »Chappy und Cal haben einen Auftrag, und ich warte, bis sie zurückkehren, bevor ich mich auf den Weg mache. Außerdem weiß jeder hier, dass unsere Öffnungszeiten seit deiner Verletzung unregelmäßig sind. Sie werden eine Sprachnachricht hinterlassen oder uns eine E-Mail schicken, wenn sie niemanden erreichen können. Das ist schon in Ordnung.«

April seufzte. »Na gut. Aber es gefällt mir nicht.«

JJ lachte. »Zur Kenntnis genommen. Komm schon, Zeit zu gehen.«

Sie gingen alle nach draußen, und JJ schloss das Büro ab, bevor er April eine Hand auf den Rücken legte und sie zu seinem Geländewagen führte.

Marlowe rief noch einen Abschiedsgruß aus Bobs Pick-up, und April winkte ihr zu. Dann drehte sie sich zu JJ um. »Jack?«

»Ja, Schatz?«

»Danke.«

»Wofür?«

»Für alles. Dass du bei mir im Krankenhaus geblieben bist. Dass du mich nach Hause gefahren hast. Dass du mir geholfen hast, einen neuen Wagen zu bekommen. Dass ich bei dir wohnen durfte. Dass du es nicht seltsam gemacht hast, weil ich in deinem Haus und nicht in meiner Wohnung war. Dass du letzte Nacht zu mir gekommen bist. Dass du praktisch veranlagt bist ... für all das.«

JJ blieb auf der Beifahrerseite des Wagens stehen und ließ die Finger in Aprils Haar gleiten. Er strich mit dem Daumen kurz über ihre Wange. »Du brauchst mir nicht zu danken, April.«

»Doch, ich –«

»Nein, musst du nicht«, unterbrach er sie. »Denn wenn du glaubst, dass ich irgendwo lieber gewesen wäre als an deiner Seite, dann hast du nicht aufgepasst. Wenn du glaubst, ich hätte dich in deiner Wohnung allein gelassen, dann kennst du mich nicht. Aber das wirst du. Von jetzt an ... tue ich alles für dich. Ich zwinge dich sogar, nach Hause zu gehen und ein Nickerchen zu machen, wenn du nicht willst.«

»Ich bin kein Kind«, sagte April ernst.

»Nein, das bist du nicht. Du bist eine reife Erwachsene, die ihr Leben ohne jemanden an ihrer Seite gelebt hat, der sich um sie kümmert. Es ist mir nicht egal, April. Ja, du kannst deine eigenen Entscheidungen treffen, und wenn du wirklich hierbleiben und an dem verdammten Computer herumspielen wolltest, hätte ich dich nicht aufgehalten. Aber du bist in den letzten Wochen durch die Hölle gegangen und dein Kopf tut weh. Das brauchte Marlowe mir nicht zu sagen. Ich sehe es mit eigenen Augen, und es macht mich fertig. Lass dich von mir umsorgen, Süße. Lass dich von mir verwöhnen. Bitte.«

»Ich bin es nicht gewohnt, verwöhnt zu werden«, sagte sie.

Als müsste JJ das von ihr hören. »Ich weiß«, entgegnete er schlicht. »Ich habe dich gewarnt. Ich bin intensiv. Und herrisch. Und ich werde alles tun, damit du in Sicherheit bist. Wenn du das im Laden gewesen wärst, und der Karton wäre aus dem Regal gefallen und hätte dich fast getroffen ...« Er erschauderte, bevor er fortfuhr: »Sagen wir einfach, ich hätte eine Szene gemacht, die der Geschäftsführer nicht so schnell vergessen würde. Niemand tut dir weh, auch du nicht.

Du musst verstehen, dass du jetzt einen Verfechter hast, April. Und auch wenn sich das cool anhört, wird es Zeiten geben, in denen du deswegen sauer auf mich sein wirst. Ich werde dich nerven, und du wirst eines der anderen Mädchen anrufen und dich darüber beschweren, dass ich überfürsorglich bin und dich erdrücke, und du wirst dich fragen, worauf du dich da eingelassen hast. Aber dann bringe ich dir eine Tasse Kaffee mit deiner Lieblingssahne und lasse dich diese blöden Heimwerkersendungen sehen, die du so magst, und ich schlafe mit dir, und du wirst verstehen, dass ich immer für dich da bin. Wenn die Kacke am Dampfen ist, werde ich mich vor dich stellen und dich mit aller Inbrunst beschützen. Wenn es nötig ist, stehe ich hinter dir, lasse dich strahlen und dein Ding machen. Und ich werde an deiner Seite sein, wenn wir uns gemeinsam unseren Dämonen stellen müssen.«

JJ wusste, dass er übertrieb und wahrscheinlich ein wenig aggressiv war in seinem Wunsch, ihr klarzumachen, worauf sie sich einließ. Aber er musste ihr das jetzt sagen, denn wenn sie sich ihm erst einmal hingab, würde es ihn buchstäblich umbringen, sie wieder loszulassen.

»Okay«, flüsterte sie.

»Okay?«, fragte er.

»Ja. Ich hatte noch nie einen Verfechter. Ich glaube, es wird mir gefallen. Und damit du es weißt, es wird Zeiten geben, in denen ich meinen Freiraum brauche. Ich bin es gewohnt, Dinge zu tun, ohne mich mit jemandem abzusprechen, denn es gab noch nie jemanden, der sich darum geschert hat, *was* ich mache. Daran muss ich mich erst einmal gewöhnen, denke ich.

Und du musst nachsichtig mit mir sein, wenn ich etwas tue, was dir nicht gefällt. Ich kann launisch und zickig sein. Und obwohl ich es in der letzten Woche sehr genossen habe, mit dir zusammen zu sein, glaube ich nicht, dass ich die Art von Freundin sein kann, die gern an ihrem Mann klebt. Ich kann selbst fahren, einkaufen gehen und allein zu Hause abhängen. Es wird Zeiten geben, in denen ich nur eine Schüssel Müsli zum Abendessen möchte oder keine Lust habe, über irgendetwas zu reden. Ich neige dazu, meine Schuhe in jedem Zimmer herumstehen zu lassen, und ich hasse es, Geschirr zu spülen. Ich liebe es, Fotos zu machen, also wirst du dich daran gewöhnen müssen, mehr als bisher auf Bildern zu sein. Und ... so sehr ich den Gedanken liebe, dass du mich beschützen willst, du darfst dich nicht in Gefahr begeben, um mich zu retten, verstanden?«

»Alles außer den letzten Teil, ja«, sagte JJ.

April runzelte die Stirn. »Ich meine es ernst, Jack. Du bist schon oft genug durch die Hölle gegangen. Was denkst du, wie ich mich fühlen würde, wenn du verletzt würdest, um mich zu schützen? Es würde mich umbringen. Die Schuldgefühle würden mich auffressen.«

»Wie wäre es, wenn wir beide alles in unserer Macht Stehende tun, um hier in Newton ein langweiliges Leben zu führen, damit es kein Thema ist?«, fragte JJ in dem Versuch, sie abzulenken. Er würde auf keinen Fall zulassen, dass sie verletzt wurde, wenn er es verhindern konnte.

»Hört sich gut an«, sagte sie mit einem Lächeln. Dann lehnte sie den Kopf in seine Hand und schloss die Augen. »Bringst du mich nach Hause?«

»Ja«, sagte er.

Sie öffnete die Augen. »Nickerchen, Essen, Fernsehen ... und nein, ich werde dich nicht zwingen, eine meiner schrecklichen Heimwerkersendungen zu sehen«, stichelte sie, dann wurde sie wieder ernst. »Dann ins Bett. Zusammen.«

JJs Schwanz zuckte in seiner Jeans.

»Ich meine, wir haben letzte Nacht miteinander geschlafen, aber ich glaube nicht, dass das zählt.«

»Es hat gezählt«, sagte JJ nickend. »Ich habe dich im Arm gehalten, deinen Herzschlag an meinem gespürt und dich auf meiner Haut gerochen.«

»Du weißt, was ich meine«, protestierte sie. »Ich will dich, Jack. Schon seit Jahren. Ich *brauche* dich.«

»Ich brauche dich auch«, sagte er. »Aber wir werden sehen, wie dein Kopf sich anfühlt.«

April rollte mit den Augen. »Ist das einer der Momente, in denen du Entscheidungen für mich triffst, die nur zu meinem Besten sind?«

»Ja.«

»Gut. Aber ich sage dir, es geht mir gut. Ja, mein Kopf tut im Moment etwas weh, aber der Arzt hat gesagt, das sei normal. Und es ist nicht mehr so wie letzte Nacht. Ich denke, ein Orgasmus würde das Blut in Wallung bringen und mehr helfen als schaden.«

JJ verlagerte das Gewicht, sein Schwanz drückte jetzt unangenehm gegen den Reißverschluss. »Verdammt, Frau«, beschwerte er sich.

April grinste. »Bring mich nach Hause, Jack.«

JJ hatte das Gefühl, dass all seine harten Worte darüber, was das Beste für sie war, nichts bewirken würden, wenn sie sich etwas in den Kopf gesetzt hatte. Es war nicht so, als könnte er ihr irgendetwas verweigern. Und da er sie so sehr wollte, wie sie ihn offenbar wollte, war er völlig aufgeschmissen.

JJ beugte sich herunter und küsste sie. Es begann mit einer einfachen Berührung der Lippen, aber das reichte ihr nicht. Sie umklammerte seinen Nacken und drückte ihn an sich, während sie den Mund öffnete und mit der Zunge den Zugang zu seinem Mund suchte.

Als er erneut merkte, dass er ihr nichts verweigern konnte, öffnete JJ sich für sie. Sie knutschten auf dem Parkplatz von *Jack's Lumber* mehrere Minuten lang, bis er sich schließlich zurückzog und merkte, dass er keuchte.

»Warum haben wir so lange damit gewartet?«, fragte sie mit einem Glitzern in den Augen.

»Weil wir dumm sind?«, antwortete JJ.

»So in etwa. Bring mich nach Hause«, befahl sie erneut und ließ eine Hand über seine Brust gleiten.

»Ja, Ma'am«, entgegnete er gehorsam. Widerstrebend ließ er seine Hand aus ihrem Haar gleiten.

»Ich schätze, ich weiß, wie ich dich dazu bringen kann, das zu tun, was ich will«, sagte sie mit einem verschmitzten Lächeln.

»Ich schätze, das weißt du«, stimmte JJ zu. Dann küsste er sie erneut, hart und schnell, und ließ sich diesmal nicht von ihr zu mehr überreden, bevor er ihr in den Wagen half, ihr den Sicherheitsgurt reichte und wartete, bis sie ihn angelegt hatte. Er schloss ihre Tür, atmete tief durch und ging dann um den Geländewagen herum zur Fahrerseite.

Ryan Johnson sah von den Bäumen am hinteren Ende des Parkplatzes hinter *Jack's Lumber* zu. Er hatte viele Stunden damit verbracht, dort zu sitzen und Pläne zu schmieden. Er sah zu, wie Marlowe und Kendric Evans wegfuhren und April und Jackson ewig redeten, bevor sie knutschten. Als sie sich küssten, verfinsterte sich seine Miene. »Genieße es, solange du noch kannst, Arschloch.«

Ryan hatte so viele Jahre damit verbracht, seine Rache zu planen, nichts würde ihn jetzt aufhalten.

Er wollte heute Abend nach Colorado fahren, um sich auf den letzten Showdown zwischen ihm und den vier Männern vorzubereiten. Er war im letzten Jahr mehrmals dort gewesen, um bestimmte Dinge vorzubereiten, sodass es nur ein oder zwei Tage dauern sollte, bis er fertig war. Dann würde er direkt nach Newton zurückkehren und den Anfang vom Ende einleiten.

Früher hätte er ein schlechtes Gewissen gehabt, dass die Frauen in den Mittelpunkt seiner Rache gerieten ... aber Ryan hatte schon vor langer Zeit aufgehört, etwas anderes als Hass zu empfinden. Die Frauen waren für ihn notwendig geworden, um sein Ziel zu erreichen. Ihr Tod war nun das Sahnehäubchen.

Riggs, Callum, Kendric und Jackson würden genauso leiden, wie er es getan hatte. Sie würden denselben Schmerz empfinden wie Ryan, nachdem er vom Tod seines Bruders erfahren hatte.

Sein Bruder, der Mensch, den er über alles geliebt hatte, war rücksichtslos getötet und weggeworfen worden, als sei er nichts weiter als ein Stück Abfall.

Aber das war er nicht. Er hatte sich an die Anweisungen gehalten und versucht, ein besseres Leben für sich und Ryan zu schaffen. Er war erst vierzehn gewesen, als sein Bruder getötet worden war ... als die vier Amerikaner als Geiseln genommen worden waren ... aber er fühlte sich jetzt wesentlich reifer.

Er hatte seinen Bruder angefleht, mit ihm in die Berge gehen zu dürfen. Er wollte an den Verhören der amerikanischen Soldaten teilnehmen und seinen Teil dazu beitragen, das Leben zu sichern, das sie beide suchten. Aber er durfte nicht. Ihm wurde gesagt, er solle zu Hause bleiben. Auf Anweisungen warten.

Das hatte er getan. Und er hatte seinen Bruder nie wiedergesehen.

Seinem Vater war es egal, und seine Mutter war ebenso nutzlos. Nur Ryan hatte sich geschworen, die Amerikaner leiden zu lassen. Er würde nicht eher ruhen, bis sie die gleiche Verzweiflung und die gleichen Ängste verspürten, die Ryan immer noch ertrug.

Und der Zeitpunkt rückte immer näher. Währenddessen hatte er mehr Spaß als erwartet. Den Karton genau im richtigen Moment aus dem Regal fallen zu lassen war knifflig gewesen, und obwohl er Marlowe nicht getroffen hatte, war Kendrics Zorn es wert gewesen. Er hatte das Miststück verletzen, vielleicht sogar dafür sorgen wollen, dass sie das Kind verlor. *Das* hätte ihren Mann gequält. Aber jetzt, da er darüber nachdachte, war es besser, dass sie knapp davongekommen war.

Er hatte noch zwei weitere Zwischenfälle geplant, bevor er zum Hauptereignis überging. Eigentlich hatte er vorgehabt, die beiden anderen Frauen wie April ins Krankenhaus zu befördern, aber mit der Zeit wurde ihm klar, dass drei »Unfälle« samt Krankenhausaufenthalt die Männer nur misstrauisch machen würden. Wenn sie dachten, die Frauen könnten in Gefahr sein, würden sie zusammenrücken, und er würde nie an sie herankommen.

Nein. Es war besser, sie zu erschrecken. Seltsame Ereignisse zu arrangieren, über die die Männer nicht zweimal nachdenken würden, bei denen sie nicht eins und eins zusammenzählten und erkannten, dass da draußen ein Feind war, der sie beobachtete und wartete.

Ryan lachte. Ein leises, erschreckendes Geräusch. Er beobachtete, wie Jackson den Blick über den Parkplatz schweifen ließ, aber er machte sich keine Sorgen, entdeckt zu werden. Er war tief im Wald und hatte dort schon oft gesessen, ohne gesehen zu werden. Die Soldaten dachten, sie seien hier im Nirgendwo in Maine sicher. Sie ahnten nicht, dass die Gefahr direkt vor ihrer Nase lauerte.

Er konnte es kaum erwarten, sie durcheinanderzubringen. Das würde so viel Spaß machen! Sie würden sich zu Tode erschrecken, und er würde jede Sekunde genießen. Sie würden zusehen, wie ihre Frauen und ungeborenen Kinder starben, ohne etwas dagegen tun zu können.

Sie würden ihren Anteil an dem, was vor fünf Jahren geschehen war, zutiefst bereuen – und dann würden die Männer selbst sterben. Ryan würde Gerechtigkeit für seinen Bruder bekommen und die Genugtuung, zu wissen, dass die Soldaten mit der Last auf ihren nutzlosen Seelen starben, ihre Familie nicht beschützt zu haben.

Er wollte weitermachen. Seine letzten Pläne sofort in die Tat umsetzen. Aber er musste geduldig sein. Zuerst – zwei weitere Unfälle. Dann würde er zuschlagen.

Ryan richtete sich auf und ging durch den Wald, weg von *Jack's Lumber*, bis er in eine ruhige Wohnstraße einbog, wo er seinen schwarzen Pick-up abgestellt hatte. Er setzte sich hinter das Lenkrad und fuhr zu dem heruntergekommenen Haus, das er gemietet hatte. Im Sommer war es in Ordnung, aber jetzt, da der Winter nahte, war es noch offensichtlicher, was für eine Bruchbude das Haus war, wo die Kälte in jede Ritze drang.

»Ich hasse Maine, verdammt. Den Schnee. Amerika. Diese verdammte Stadt!«, murmelte Ryan, als er in die kleine Garage fuhr und die Tür hinter seinem Wagen schloss. Wenn er mehr Zeit hätte, würde er seinen Hass auch auf den Mann richten, dem das schrottreife Mietobjekt gehörte. Ihn langsam leiden lassen. Stattdessen würde er das Haus einfach niederbrennen, bevor er ging.

Lächelnd spürte Ryan, wie die Vorfreude in ihm wuchs, betrat das Haus und ging direkt in das Schlafzimmer, das er in einen Arbeitsbereich verwandelt hatte. Der meiste Sprengstoff war bereits nach Colorado gebracht worden und lag an seinem Platz, aber er dachte sich ... je mehr, desto besser. Und die Herstellung von Sprengsätzen, Landminen und anderen Überraschungen, auf die die Soldaten bei dem Versuch stoßen würden, ihre Frauen zu retten, hielt Ryan beschäftigt, während er geduldig zu sein versuchte.

Essen hatte keinen Reiz. Genauso wenig wie Schlaf. Ryan wollte nur immer mehr Waffen herstellen, um die vier Männer zur Strecke zu bringen, die ihm seinen Bruder genommen hatten. Die Uhr tickte, genau wie die Bomben, die er herstellte, und bald würde er die Timer einschalten.

KAPITEL NEUN

April dachte, sie sollte nervös sein, aber aus irgendeinem Grund war sie es überhaupt nicht. Jahrelang hatte sie auf diesen Moment gewartet, und die Tatsache, dass er endlich da war, brachte sie vor lauter Vorfreude zum Kribbeln. Die Rückkehr ihrer Erinnerungen war ein Wunder. Und für einen Moment, als sie in ihrer Wohnung in Jacks Armen gelegen hatte, hätten all die Sorgen der vergangenen Jahre sie fast überwältigt.

Aber sie hatte sie beiseitegeschoben. Sie waren Blödsinn. Ihr Alter, die Tatsache, dass Jack ihr Chef war ... das waren nur Ausreden. Sie wollte ihn, und es war offensichtlich, dass er sie auch wollte. Sie wollte nicht länger warten. Ja, Jack war intensiv. Und er hatte nicht unrecht, sie würde sich wahrscheinlich oft über ihn ärgern, wenn er zu heftig wurde.

Aber sie hatte zu viele Jahre mit einem Mann verbracht, der ihre Existenz kaum zur Kenntnis nahm. Wahrscheinlich hätte sie ihrem Ex ankündigen können, dass sie auf einem Drahtseil über den Grand Canyon laufen würde, und er hätte nicht einmal von dem aufgeschaut, was er gerade tat.

Wenn April Jack erzählte, dass sie Fallschirmspringen,

Bungee-Jumping oder eines der anderen Dinge machen würde, die sie einmal in ihrem Leben hatte tun wollen, wusste sie ohne Zweifel, dass er bei allem sein Veto einlegen würde. Aber wenn sie darauf bestand, würde er einlenken – nachdem er die gesamte Ausrüstung persönlich inspiziert, den dafür Zuständigen befragt und das Unternehmen äußerst gründlich überprüft hatte. Selbst dann würde er höchstwahrscheinlich darauf bestehen, alles mit ihr zu machen. Er wäre der Mann, an den sie geschnallt wurde, wenn sie aus einem Flugzeug sprang oder der mit ihr den Bungee-Sprung wagte.

Und das schreckte sie nicht ab. Ganz und gar nicht. Warum sollte es auch?

April lächelte vor sich hin und starrte in den Spiegel in Jacks Badezimmer. Er hatte sie zu sich nach Hause gebracht und sie ins Bett gesteckt, und sie hatte zwei Stunden lang geschlafen wie ein Stein. Als sie aufgestanden war, hatte er eine köstliche Truthahnsuppe im Schongarer zubereitet. Während des Essens hatten sie über Dinge gelacht, die im Laufe der Jahre im Büro passiert waren, und dann eine paranormale Sendung über die Suche nach Bigfoot irgendwo im Südwesten Virginias gesehen.

Als es vorbei war, hatte sie sich entschuldigt, um sich bettfertig zu machen ... und jetzt starrte sie ihr Spiegelbild an und ließ sich von der Vorfreude auf das übermannen, was hoffentlich gleich passieren würde. Sie betrachtete ihr Gesicht und versuchte, sich nicht von den Falten um die Augen und der Tatsache, dass ihre Haut mit jedem Jahr ein bisschen schlaffer wurde, irritieren zu lassen.

Stattdessen konzentrierte sie sich auf das, was sie an sich selbst mochte. Sie war groß für eine Frau, eins fünfundsiebzig, und von normaler Statur, weder dünn noch übergewichtig. Ihre Brüste waren nicht mehr so prall wie früher, aber sie waren voll und rund. Sie hatte schönes Haar ... sie hatte immer die braune Farbe mit den natürlichen blonden Strähnen geliebt, die ihm Tiefe verliehen.

Wenn sie die Augen zusammenkniff, konnte sie das eine oder andere graue Haar entdecken, aber sie machte sich keine allzu großen Sorgen darüber. Immerhin war sie fast fünfzig. Okay, sie hatte noch ein paar Jahre vor sich, bis sie diesen Meilenstein erreichte, aber so oder so, fünfzig war nur eine Zahl. Sie hatte noch etwa die Hälfte ihres Lebens vor sich. Und wenn sie diese Jahre mit Jack verbringen konnte, wäre sie eine sehr glückliche Frau.

Ihre blauen Augen funkelten vor Vorfreude, und obwohl sie sich wünschte, sie hätte ihr Nachthemd vom Vorabend anstelle des übergroßen T-Shirts, das sie sich von Jack geliehen hatte, verwarf sie den Gedanken. Es war ja nicht so, als sei sie überhaupt lange bekleidet ... zumindest hoffte sie das.

Sie lächelte bei dem Gedanken, wie sie an jenem Morgen aufgewacht war und Jack nur in seiner Unterhose vorgefunden hatte. Der Mann war praktisch nackt in die kalte Nacht hinausgelaufen, weil er unbedingt zu ihr wollte. Ja, vielleicht wäre sie in Zukunft von ihm genervt, aber sie musste sich nur an die letzte Nacht erinnern und hatte das Gefühl, dass jeglicher Ärger vergehen würde. Er hatte nicht einmal innegehalten, um sich eine Hose oder Schuhe anzuziehen. Er war einfach zu ihr geeilt, weil sie ihn gebraucht hatte.

April schloss die Augen und holte tief Luft. Jack war überwältigend, aber auf wundervolle Art und Weise.

»April?« Seine tiefe Stimme kam aus dem Schlafzimmer.

Sie öffnete die Augen und lächelte wieder. Sie drehte sich um und öffnete, ohne zu zögern, die Tür.

Jack stand in der Mitte des Zimmers und sah ein wenig unsicher aus, was er als Nächstes tun sollte. Es war fast ... niedlich. Jackson Justice war kein Mann, der sich über irgendetwas unsicher war. Er war es gewohnt, Entscheidungen zu treffen – als Leiter seines Delta-Force-Teams, in Notfällen und in Bezug auf sein Unternehmen. Ihn verletzlich in seinem eigenen Schlafzimmer stehen zu sehen brachte April dazu, ihn umso mehr zu lieben.

Ja, sie liebte diesen Mann. Jetzt, da ihre Erinnerungen zurück waren, wusste sie das ohne jeden Zweifel. Sie wusste alles, was es über ihn zu wissen gab. Und sie bewunderte alles. Der Grund, warum sie sich bei ihm so sicher gefühlt hatte, obwohl sie sich nicht mehr an ihn erinnern konnte, ergab jetzt einen klaren Sinn. Tief in ihrem Inneren sehnte sie sich durch ihre unbestreitbare Liebe für Jack nach seiner Nähe, ob er nun ein Fremder war oder nicht.

»Geht es dir gut?«, fragte er, als sie einfach in der Badezimmertür stand und ihn anstarrte.

»Mir geht es bestens«, antwortete sie mit einem Gefühl der Ruhe. Sie wollte das. Ihn.

Sie ging langsam auf ihn zu und blieb erst stehen, als sie an seinen Körper gepresst war und die Arme in seinem Nacken verschränkt hatte. Er umfasste automatisch ihre Taille und hielt sie fest.

»Geht es *dir* gut?«, fragte sie.

Seine Lippen zuckten. »Ja. Aber ich bin nicht derjenige, der die Kopfschmerzen hat.«

»Nun, mein Kopf fühlt sich im Moment ganz gut an.«

»Bist du sicher?«

April merkte, dass er nicht nur danach fragte, wie es ihrem Kopf ging. »Ich bin mir sicherer darüber, hier zu sein und mit dir zu schlafen, als über alles andere, was ich je in meinem Leben getan habe. Um ehrlich zu sein, hätte ich nie gedacht, dass wir so weit kommen würden. Ich will mit dir zusammen sein, Jack. Ich wollte das immer. Ich wollte immer *dich*.«

Sie sah und spürte die Erleichterung, die ihn durchströmte. Er spannte die Arme an, während der Rest von ihm sich entspannte. Nun, alles außer dem Teil, der gegen ihren Bauch drückte. Sein Schwanz war hart, und der Gedanke, ihn endlich zu sehen, ihn zu berühren, ihn in sich zu haben, steigerte Aprils Ungeduld.

Ohne zu zögern, griff er nach dem Saum des T-Shirts, das sie trug, und zog es ihr mit einer Bewegung, die seine Entschlossenheit unterstrich, über den Kopf. Er wartete nicht. Er ging es nicht langsam an. Jetzt, da sie hier und im Begriff waren, miteinander zu schlafen, wollte er keine weitere Sekunde mehr verschwenden.

April errötete, als sie sich zwang, unter seinem intensiven Blick stillzustehen. Sie trug nichts unter seinem Hemd, und es kostete sie jedes Quäntchen Kraft, sich von Jack betrachten zu lassen.

Das Deckenlicht war immer noch an, und jeder ihrer Makel war deutlich zu sehen.

»Verdammt, Frau ... du bist so schön«, murmelte Jack, bevor er nach seinem eigenen Hemd griff. Innerhalb von Sekunden stand er genauso nackt da wie sie. Er sah so gut aus, dass es April den Atem raubte.

Sie standen nur wenige Zentimeter voneinander entfernt, atmeten schwer und nahmen den jeweils anderen in sich auf.

Dann verblüffte Jack sie, indem er eine Hand hob und nahe an ihr Gesicht hielt ... sie aber nicht anfasste. »Darf ich?«, fragte er und bat um Erlaubnis, sie zu berühren.

Jeder andere Mann hätte sich schon auf sie gestürzt. Hätte ihr an die Brüste gefasst. Hätte eine Hand zwischen ihre Beine geschoben. Aber nicht Jack. Er wollte sicher sein, dass sie das wollte.

Als Antwort nahm April seine Hand in ihre und legte sie an ihre Wange. »Ja. Bitte, Jack. Ich brauche dich.«

Er machte einen Schritt nach vorn und presste seinen Körper an ihren. Sie spürte seinen harten Schwanz an ihrem Bauch, jetzt Haut an Haut, und atmete tief ein. Seine andere Hand ruhte auf ihrem Rücken und er zog sie grob näher an sich heran.

Dieser kleine Kontrollverlust brachte April zum Lächeln. Genau so wollte sie diesen Mann haben. Nicht kontrolliert und methodisch, sondern außer sich vor Lust. Denn genau so empfand sie für ihn.

»Ich habe Angst, etwas zu tun, das dir Angst macht. Dich abschreckt«, sagte er mit tiefer, fast gequälter Stimme.

»Du machst mir keine Angst, und du schreckst mich definitiv nicht ab«, beruhigte sie ihn. »Mach mich zu der Deinen, Jack.«

»Du *gehörst* mir«, gab er zurück. »Schon seit Jahren, auch wenn ich zu feige war, es zuzugeben.«

Gott, April liebte es, das zu hören. Sie ließ eine Hand zu seinem Hintern wandern, die andere gegen seinen Rücken gepresst. Sie drückte seinen Hintern und lächelte zu ihm hoch. »Das wollte ich schon immer mal machen. Du hast einen tollen Arsch.«

Er grinste. Im Gegenzug ließ er eine Hand zu ihrer Brust gleiten und drückte sie. »Das wollte ich schon seit Jahren tun. Du hast tolle Titten.«

April lachte. Als sie sich vorgestellt hatte, wie es sein würde, wenn sie und Jack jemals zusammenkämen, hätte sie bei seiner konzentrierten, fast schon mürrischen Art nie vermutet, dass sie so miteinander lachen würden.

Er rollte ihre Brustwarze mit den Fingern und zwickte sie sanft. Der leichte Schmerz wanderte direkt zwischen ihre Beine und sie spürte, wie sie für ihn feucht wurde. April wölbte den Rücken in seine Berührung und grub die Fingernägel in seine Pobacke. »Bitte, Jack ... bitte.«

»Du musst um nichts betteln, Süße«, sagte er, den Blick auf ihren Oberkörper gerichtet, wo er mit ihrer Brustwarze spielte. Er begann, sie rückwärts zum Bett zu führen. »Ich werde dich so sehr lieben«, versprach er, »dass du nie wieder einen anderen Mann wollen wirst. Du wirst nicht einmal in der Lage sein, an einen anderen zu *denken*.«

Eine Gänsehaut machte sich auf ihren Armen breit. Wenn ein anderer Mann so mit ihr gesprochen hätte, hätte sie wahrscheinlich mit den Augen gerollt und ihm gesagt, er habe ein aufgeblasenes Ego. Aber dies war Jack, und sie hatte den Verdacht, dass er recht hatte.

Ihre Kniekehlen berührten die Matratze, und Jack ließ sie los und wies auf das Bett. »Rutsch hoch.«

Den Blick auf sein Gesicht gerichtet, tat sie wie befohlen und bewegte sich schnell rückwärts, bis sie in der Mitte seines Doppelbetts saß. Dasselbe Bett, in dem sie während der letzten Woche geschlafen und davon geträumt hatte, wie er sich zu ihr unter die Decke legte.

Jack bewegte sich wie ein Panther, anmutig und geschmeidig. Er legte ein Knie auf das Bett, dann das andere, während er näher kroch. Als er sich über ihr aufrichtete, legte April sich hin. Er umschloss sie und senkte seinen nackten Körper auf ihren. Sein Schwanz streifte ihren Oberschenkel und verbrannte sie mit seiner Hitze, als er auf ihrem Bauch ruhte.

Sie griff nach seinem Bizeps, der sich unter seinem Gewicht anspannte, während er auf sie herabstarrte. Einen langen Moment sagte er nichts.

»Jack?«, fragte sie zaghaft, nicht sicher, worauf er wartete.

»Ich habe Kondome«, sagte er, scheinbar aus heiterem Himmel. »Aber ich war seit Jahren nicht mehr mit einer Frau zusammen. Nicht seit ich dich getroffen habe.«

Die Andeutung in seinen Worten verstärkte Aprils Liebe für ihn noch mehr.

»Es warst immer du«, fuhr er fort. »Selbst als ich es nicht zugeben wollte. Selbst als ich mir eingeredet habe, dass nichts passieren durfte, weil ich zerbrechen würde, wenn du weggehst. Ich war trotzdem dein.«

»Mein Ex war der zweite Mann, mit dem ich je zusammen war, und wir hatten über ein Jahr lang keinen Sex, bevor wir uns trennten.«

Jack blinzelte sie an. »Ernsthaft?«

April nickte. »Ja.«

Er holte tief Luft und schloss die Augen. Dann öffnete er sie, und April hätte schwören können, dass sie noch dunkler waren als zuvor. »Ich kann nicht glauben, dass es nicht jede Menge Männer gab, die da rein wollten.«

Es war eine grobe Aussage, aber April nahm es ihm nicht übel. »Ich bin nicht gerade eine Kardashian«, sagte sie achselzuckend.

»Nein, du bist eine Marilyn Monroe.« Er verlagerte das Gewicht und strich mit einer Hand langsam an ihrem Körper entlang. »Du bist kurvenreich, geheimnisvoll und wunderschön ... und gehörst ganz mir.«

April zitterte und umklammerte seinen Bizeps fester. »Wenn du aufhören würdest zu reden und anfängst, etwas zu tun, dann täte ich das«, sagte sie frech, während ihr Körper praktisch vor Erwartung vibrierte.

Er grinste, dann wurde er ernst. »Wie stehen wir zum Thema Schwangerschaft?«

April fiel die Kinnlade herunter. Hatte er sie wirklich gefragt, ob sie Kinder wollte? *Jetzt?* Außerdem dachte sie, sie hätten bereits darüber gesprochen. »Was?«

»Wie kann ich dich schützen?«

Oh! Er fragte sie nicht wörtlich nach ihren Zukunftsplänen für Kinder. Gott sei Dank. Er war ein verantwortungsbewusster Erwachsener, der über Verhütung sprach.

»Ich hatte eine Eierstockzyste ... als ich in meinen Zwanzigern war«, erklärte sie stockend. »Ich musste sie entfernen lassen, zusammen mit meinem Eierstock und dem Eileiter. Nur auf dieser einen Seite, aber als im Jahr darauf eine weitere Zyste an meinem verbliebenen Eierstock gefunden wurde, verschrieb mein Arzt mir die Pille. Ich nehme sie nun schon seit über zwanzig Jahren. Es ist höchst unwahrscheinlich, dass ich schwanger werden kann, wegen meines Alters und all der anderen Faktoren.« Sie plapperte jetzt, aber das war ein bisschen peinlich. Sie hatte noch nie mit einem Mann über Verhütung gesprochen, weil sie verheiratet gewesen war und James alles über ihre medizinische Vorgeschichte wusste.

»Geht es dir gut? Diese Zysten werden nicht wiederkommen?«

Ihr Herz schmolz dahin. Einfach typisch. Er lag nackt auf ihr, während sie sich auf den hoffentlich besten Sex ihres Lebens freute, und sobald er hörte, dass sie ein medizinisches Problem gehabt hatte, war seine ganze Aufmerksamkeit auf ihr Wohlbefinden gerichtet. »Es geht mir gut.«

Jack nickte. »Wie ich schon sagte, habe ich Kondome.«

»Latex macht mir Probleme«, platzte sie heraus. »Ich weiß nicht, ob ich allergisch darauf reagiere, aber jedes Mal, wenn ich Sex mit Kondom hatte – und das war nur mit einem Kerl, aber immerhin –, habe ich eine Harnwegsinfektion bekommen. Wenn du mir vertraust, würde ich es vorziehen, es ohne zu machen. Wenn das okay ist«, fügte sie hinzu, weil sie nervös war und Jacks Gesichtsausdruck nicht deuten konnte.

»Fragst du mich ernsthaft, ob es *okay* ist, wenn ich dich ohne Kondom nehme?«, fragte er.

»Ähm ... ja?«, sagte April unsicher.

»Es ist nicht nur okay, es ist ein wahr gewordener Traum«, brummte Jack. »Darf ich in dir kommen?«

April leckte sich über die Lippen und nickte, unglaublich erregt von seinen Worten.

Jack beugte sich vor und legte die Stirn an ihre. Dann rührte er sich mehrere Sekunden lang nicht.

»Jack?«

»Gib mir eine Minute«, flüsterte er.

April war sich nicht sicher, was mit ihm los war, aber sie tat, worum er sie bat, und strich mit den Händen beruhigend über seinen Rücken. Nach einem Moment richtete er sich auf und stützte sich mit den Händen neben ihr auf der Matratze ab. Er ließ den Blick an ihrem Körper hinunterwandern und sah sie so anbetend an, dass April sich unter ihm wand.

»Ich hätte vor all den Jahren nie gedacht, dass ein einfaches Glücksspiel mir das Wichtigste in meinem Leben bringen würde. Dass es sich als ein solches Geschenk erweisen würde.«

Bei seinen Worten traten April Tränen in die Augen. Er ließ ihr keine Zeit, darauf zu antworten.

»Ich werde heute Abend jeden Zentimeter deines Körpers lieben, April. Dich anbeten. Dir zeigen, wie viel du mir bedeutest. Ich verdiene dich nicht, aber ich werde dich mit verdammter Sicherheit für jeden anderen Mann ruinieren.«

»Damit habe ich kein Problem, solange ich dasselbe tun kann«, erwiderte sie.

Daraufhin grinste er. »Das wird lustig«, sagte er – bevor er sich schnell sinken ließ und eine Brustwarze mit den Lippen umschloss.

April quietschte und krümmte sich zu ihm. Er ließ in seiner Liebkosung nicht locker. Er saugte heftig an der steifen Spitze und drehte sich so, dass er ihre Brust mit einer Hand umfassen konnte.

»Jack!«, rief sie aus, während sie sich unter ihm wand.

Seine Lippen machten ein ploppendes Geräusch, als er ihre Brustwarze losließ, und er grinste sie an. Er ließ die Finger zu der Brustwarze gleiten, mit der er sich gerade beschäftigt hatte, rollte und zwickte sie leicht. Wieder schoss Strom in die sehnsüchtige Stelle zwischen ihren Beinen.

Jack sprach nicht, sondern wandte die Aufmerksamkeit nur ihrer anderen Brustwarze zu und senkte den Kopf.

Wie lange er ihre Brüste anbetete, wusste April nicht. Sie hatte auch nicht geahnt, dass sie so empfindlich war. Noch nie hatte sie einen Mann erlebt, der ihrer Brust so viel Aufmerksamkeit schenkte wie Jack. Ihre Muschi war nass, und er hatte sie dort noch nicht einmal berührt.

»Jack, bitte«, stöhnte sie und griff nach einer Handvoll seiner Haare.

»Bitte was?«, fragte er, bevor er auf ihre steife Brustwarze blies.

»Berühr mich!«

»Das tue ich«, gab er zurück, wobei er äußerst selbstzufrieden klang, während er jetzt mit beiden Brustwarzen spielte.

April gab ein leises Knurren von sich und versuchte, ihn auf den Rücken zu drücken. Aber natürlich konnte sie ihn nicht bewegen. Als sie ein unzufriedenes Grummeln ausstieß, gab er nach und drehte sie.

Aber kaum war sie oben, griff Jack nach ihren Hüften und zog sie an seine Brust.

April war peinlich berührt. Sie wusste, dass er spüren konnte, wie feucht sie war, da ihre Beine so weit über seine Brust gespreizt waren, dass sie eine Spur auf seiner Haut hinterließ. Sie war nicht sicher, was er vorhatte, als er sie weiter nach vorn zog, wobei seine Absicht ihr erst dämmerte, als sie über seinem Gesicht schwebte.

Zu ihrer Verteidigung sei gesagt, dass das noch nie ein Mann mit ihr gemacht hatte. Ja, ihr Ex hatte sie oral befriedigt, vor allem zu Beginn ihrer Ehe, aber es war offensichtlich, dass er den Akt nie genossen hatte, also hatte sie ihn nicht dazu gedrängt.

Die Art und Weise, wie Jack sie anstarrte und sich über die Lippen leckte, ließ ihre Schenkel vor Erwartung verkrampfen. Er schnappte sich ein Kissen und schob es unter seinen Kopf, um seinen Mund näher an ihre Muschi zu bringen.

»Von diesem Moment habe ich schon immer geträumt. Magst du es oral, Schatz?«

Sie zuckte mit den Schultern und starrte auf ihn herab, sein Blick wie ein Brandzeichen.

Er grinste. »Ich schätze, wir werden es herausfinden.« Und

damit hob er den Kopf, ohne den Blick von ihr zu nehmen, während er über den Schlitz zwischen ihren Beinen leckte.

April zuckte in seinem Griff zusammen und stützte sich am Kopfteil ab.

»Ja, halt dich fest, Süße.«

Dann sprach Jack nicht mehr, als er begann, sie praktisch zu verschlingen.

Mein Gott, so etwas hatte April noch nie erlebt. Seine Hände auf ihren Oberschenkeln, um sie zu spreizen; seine Zunge, mit der er erst langsam, dann schneller leckte; die Art, wie er an ihrer Klitoris saugte; die Geräusche, die er machte, während er sich an ihr labte.

Es dauerte nicht lange, bis ihre Schenkel unter ihrem Gewicht zitterten. April hatte Angst, dass sie ihn irgendwie erdrücken würde, also versuchte sie, sich weit über seinem Gesicht zu halten. Aber das ließ er nicht zu. Er knurrte, und das Geräusch hallte durch ihre Muschi, durch ihren ganzen Körper, als er sie grob nach unten zog und ihre Beine weiter spreizte.

Alle Gedanken daran, Jack zu schützen, verschwanden aus ihrem Kopf, als sie sich dem Orgasmus näherte. Sie bemerkte kaum, dass sie begonnen hatte, sich an ihm zu reiben, auf der Suche nach einer direkteren Stimulation ihrer Klitoris. Ein frustrierter Laut kam ihr über die Lippen, als sie nicht bekam, was sie brauchte, um zu kommen. Seine Zunge fühlte sich fantastisch an, aber sie brauchte mehr.

»Zeig es mir«, befahl Jack. »Berühre dich selbst. Zeig mir, was du brauchst, um zu kommen.«

Wäre April nicht so erregt gewesen, so verloren in dem Vergnügen, das Jack ihr bereitete, hätte sie auf keinen Fall den Mut gehabt, sich selbst anzufassen. Aber sie wollte unbedingt kommen und war in diesem Moment völlig enthemmt.

Sie löste eine schmerzhaft verkrampfte Hand vom Kopfteil des Bettes und fuhr damit an ihrem Körper hinunter. Verzweifelt strich sie über ihre Klitoris, so wie es ihr am besten gefiel, während sie dem Orgasmus hinterherjagte, der knapp außerhalb ihrer Reichweite schien.

»Heilige Scheiße, ist das heiß«, sagte Jack. Seine Hände waren um ihre Schenkel geklammert, hielten sie praktisch hoch, und sie spürte seine Zunge an ihren Schamlippen, während sie sich berührte. Ihre inneren Muskeln zogen sich um die Leere herum zusammen, als sie sich ihrem Höhepunkt näherte, und April wimmerte. Sie wollte ausgefüllt werden, aber ihr Orgasmus war nicht mehr aufzuhalten.

Sie rieb sich weiter, während Jack die Erregung leckte und saugte, die aus ihrem Körper tropfte. Jeder einzelne ihrer Muskeln spannte sich an, als sie am Abgrund stand.

»Komm für mich, Schatz. Ich will es sehen. Mach mein Gesicht nass«, befahl Jack.

April hörte die Worte kaum, da sie bereits über den Abgrund stürzte.

Sie bebte, zitterte und spürte, wie Jack verzweifelt über ihr Fleisch leckte, als sie zum Orgasmus kam, sein Stöhnen laut und tief. Sie zog ihre Hand zwischen den Beinen zurück, und Jack griff sofort nach ihrer Klitoris. Sie schrie auf und versuchte, sich loszureißen, aber er hatte ihre Beine fest im Griff und sie konnte sich nicht bewegen.

Was ein fantastischer Orgasmus gewesen war, verwandelte sich in etwas fast Schmerzhaftes, auf eine gute Art und Weise, als Jack fortfuhr, ihr übermäßig empfindliches Nervenbündel zu stimulieren.

Sie wurde fast ohnmächtig und hätte schwören können, dass sie spürte, wie die Welt um sie herum schwankte, bis sie merkte, dass es Jack war, der sich aufsetzte und sie mit einer einzigen Bewegung nach hinten warf. Dann lag er zwischen ihren Beinen und sie spürte, wie sein Schwanz gegen ihre extrem empfindlichen Schamlippen stieß.

»Ich brauche dich«, knurrte er.

April fragte sich, worauf er verdammt noch mal wartete,

denn sie wollte ihn mehr in sich haben, als sie atmen wollte – dann wurde ihr klar, dass er wieder einmal auf die Erlaubnis wartete.

»Ja! Bitte, Jack. In mir. Jetzt!«

Das war alles, was er hören musste. In der einen Sekunde war sie leer, und in der nächsten war sie so voll, dass es fast schmerzhaft war.

Jack senkte den Kopf und küsste sie. Hart und innig, fast verzweifelt, während er in ihrem Körper stillhielt, damit sie sich anpassen konnte. April konnte sich selbst auf seinen Lippen schmecken und ihre Erregung auf seinem Gesicht spüren. Sex war für sie noch nie so gewesen. Verzweifelt, chaotisch und so verdammt leidenschaftlich, dass es sich anfühlte, als würde sie von innen heraus verbrennen.

JJ fühlte sich, als würde er in Flammen aufgehen. Er hatte es immer geliebt, oral zu befriedigen, aber mit April war es eine ganz neue Erfahrung. Zu sehen, wie sie nur wenige Zentimeter von seinem Gesicht entfernt masturbierte, zu spüren, wie ihre Finger seine Zunge berührten, als er sie leckte, während sie ihre Klitoris streichelte ... das war heißer und intimer als alles, was er je zuvor erlebt hatte.

Als sie kam, konnte er förmlich sehen, wie ihre inneren Muskeln sich anspannten, da sie direkt vor seinem Gesicht so weit gespreizt war. Als er sah, wie ihre Erregung aus ihrer Muschi lief, zu wissen, dass ihr Körper feucht und bereit für ihn war – er verlor jegliche Kontrolle.

Er hatte sie auf den Rücken geworfen, als sie immer noch kam, und seinen Schwanz bereits an ihrer Öffnung platziert, bevor er in letzter Sekunde wieder zur Besinnung kam. Er hatte noch nie eine Frau ohne ihre Zustimmung genommen, und er würde auch jetzt nicht damit anfangen.

Als sie Ja gesagt hatte, schoben JJs Hüften sich vorwärts, ohne dass sein Verstand es anordnete. In der einen Sekunde keuchte er vor Verlangen, dann war er in der heißesten, feuchtesten und engsten Muschi vergraben, die er je gehabt hatte.

Seine Brustwarzen waren hart, er konnte ihre Erregung überall auf seinem Gesicht und Hals riechen, und er brauchte trotzdem noch mehr. In dem Wissen, dass es für sie eine lange Zeit gewesen war – sogar noch länger als für ihn –, küsste er April weiter und versuchte, nicht zu stoßen.

Es funktionierte nicht. Zu spüren, wie ihre Zunge sich mit seiner duellierte, steigerte seine Verzweiflung nur noch.

JJ hob den Kopf und starrte auf die Frau hinunter, ohne die er nicht leben konnte, von der er sich nicht vorstellen konnte, auch nur einen Tag ohne sie zu verbringen, und er zwang sich zur Ruhe. Er wollte es für sie gut machen.

Zu seinem Erstaunen lächelte April. Sie ließ die Hände von seinem Hals zu seiner Brust wandern, wo sie ihn streichelte, an seinen Brustwarzen hängenblieb und ihn erschaudern ließ.

»Du bist groß«, flüsterte sie.

JJ lächelte, konnte aber seinen Kiefer nicht weit genug entspannen, um zu antworten.

Dann bewegte sie ihre Hüften. Es war nur winzig, aber genug, um seinen Schwanz tief in ihrem Körper zucken zu lassen. Er wusste, dass er ein paar Tropfen verlieren würde, und die Vorstellung in seinem Kopf, wie er ihren Kanal mit seiner Essenz benetzte, war so erotisch, dass er sich wunderte, dass er nicht auf der Stelle explodierte.

»Beweg dich, Jack. Ich brauche mehr!«

Langsam hob er seine Hüften an. Der Verlust ihrer Wärme um seinen Schwanz war fast schmerzhaft. Darauf bedacht, sie nicht zu verletzen, sank er langsam in ihre einladende Muschi zurück.

»Mehr«, stöhnte April wieder und versuchte, ihm entgegenzukommen.

JJ nahm einen tiefen Atemzug. »Ich versuche, es langsam anzugehen«, stieß er hervor.

»Nun, hör auf!« schimpfte sie. »Ich will es nicht langsam. Ich will *dich*. Ungehemmt. Wild. Ich will, dass du mich so sehr willst wie ich dich.«

JJ schnaubte, als er auf April hinunterstarrte. »Unmöglich«, sagte er. Dann fügte er hinzu: »Warte mal.«

April grinste.

Wenn sie wollte, dass er die Kontrolle verlor, dann sollte sie ihren Wunsch bekommen.

JJ rutschte auf der Matratze ein wenig nach oben und legte ihre Knie in seine Ellbogen, bevor er die Handflächen auf der Matratze abstützte. Sie war jetzt für ihn weit gespreizt, und JJ konnte nicht anders, als nach unten zu schauen, wo sie verbunden waren. Sein Schwanz steckte so tief in ihr, dass er nur ihre miteinander verwobenen Schamhaare sehen konnte. Er bewegte die Hüften und wurde mit dem Anblick seines mit ihrer Erregung bedeckten Schwanzes belohnt, als er zwischen ihren Schamlippen erschien.

Es war fleischlich und erotisch und brach den letzten Rest von JJs Kontrolle.

Er stieß wieder in sie und registrierte kaum ihr gemeinsames Stöhnen. Jetzt konnte er nicht aufhören. Sie hatte die Bestie entfesselt, und sein einziges Ziel war es, sie hart und schnell zu ficken.

Seine Hüften wurden schneller, sein Schwanz stieß in ihre Muschi und wieder heraus. Das Geräusch ihrer Körper, die mit seinen Bewegungen aneinanderklatschten, machte ihn noch mehr an. Er wollte nicht, dass es zu Ende ging. Er wollte stundenlang mit ihr Liebe machen.

Sie versuchte, ihm mit den Hüften entgegenzukommen, als er in sie eindrang, aber da er ihre Beine spreizte, konnte sie nicht viel ausrichten. April ließ die Hände zu ihren Brüsten gleiten und begann, ihre Brustwarzen zu kneifen, was ihn noch härter machte. Sie war so verdammt sexy, dass er es kaum ertragen konnte.

»Berühr dich selbst«, befahl er.

»Was?«, keuchte sie, ihr Blick unfokussiert.

»Ich will spüren, wie du an meinem Schwanz kommst. Berühr dich selbst«, wiederholte er.

Ohne zu zögern, ließ sie eine Hand zwischen ihre Beine wandern.

»Sieh zu, wie ich dich nehme«, befahl er ihr. JJ wusste, dass er herrisch war, aber er konnte nicht anders. Sie sollte sehen, wie schön sie zusammen waren.

Sie griff mit der freien Hand nach einem Kissen und schob es sich unter den Kopf, was ihr die nötige Höhe verschaffte, um zu sehen, wo sie miteinander verbunden waren.

Sie bewegte die Finger auf ihrer Klitoris und streifte seinen Schwanz jedes Mal, wenn er sich zurückzog, und JJ musste sich zusammenreißen, um nicht auf der Stelle zu kommen. Aber er biss die Zähne zusammen und hielt durch. Er wollte wirklich spüren, wie sie an seinem Schwanz kam.

In ihren Körper einzudringen fühlte sich fantastisch an, und als sie sich selbst befriedigte, spannten ihre inneren Muskeln sich um ihn herum an, sodass JJ innehielt, als er so tief wie möglich in ihr war. Er schaute auf die Frau unter ihm hinunter, und die Liebe überwältigte ihn fast.

Sie hatte keine Angst vor ihrer Sexualität. Sie berührte sich vor ihm mit völliger Hemmungslosigkeit. Sie war kein bisschen schüchtern, wenn sie so zusammen waren, und er liebte es verdammt noch mal.

Wie zuvor, als sie auf seinem Gesicht gesessen hatte, begannen ihre Muskeln, heftig zu zucken, als sie sich ihrem Höhepunkt näherte. Er erlebte ihren Orgasmus, als ihre inneren Muskeln sich um seinen Schwanz verkrampften. So etwas hatte er noch nie erlebt, und es war ebenso faszinierend wie erregend.

Sein Körper bewegte sich erneut ohne bewusste Gedanken. JJ fickte sie härter und liebte es, wie er sich durch die krampfenden Muskeln ihrer Muschi kämpfen musste, während sie weiter kam.

»Ja, Jack! Oh ja!«, keuchte sie, während sie sich unter ihm wand und ihn immer näher an den Rand des Abgrunds trieb. April würde nie die Art von Liebhaberin sein, die schlaff unter ihm lag, während er zum Höhepunkt kam. Nein, sie bot ihm Paroli; selbst jetzt griff sie nach seinem Hintern und drängte ihn, sie noch härter und schneller zu nehmen.

Sein Orgasmus überrollte ihn ohne Vorwarnung. In der einen Sekunde genoss er, wie ihr Körper sich um seinen Schwanz herum anfühlte, und in der nächsten hatte er in sie hineingestoßen und seine Ladung freigesetzt.

Er stöhnte und die Welt wurde dunkel, als er kam. Ein Strahl nach dem anderen ergoss sich aus seinem Schwanz, als er zum ersten Mal in seinem Leben ungeschützt in einer Frau zum Orgasmus kam. Er spürte tatsächlich, wie die Wärme seiner eigenen Erlösung seinen Schwanz umgab, als er sie ausfüllte. Die Kraft in seinen Armen ließ nach, und er brach auf April zusammen, konnte aber in letzter Sekunde verhindern, dass er sie erdrückte.

Er lag keuchend da und versuchte, sein Gleichgewicht wiederzuerlangen. Sein Orgasmus hatte ihn von innen nach außen gekehrt, aber kaum war er wieder zu sich gekommen, wollte er es schon wieder tun.

Er hob den Kopf und blickte auf April hinunter.

Sie hatte ein zufriedenes Lächeln im Gesicht und grinste zu ihm hoch. »Hey«, sagte sie träge.

JJ machte sich nicht die Mühe zu antworten, sondern ließ den Kopf sinken und küsste sie. Diesmal war es eine langsame, intensive Begegnung von Lippen und Zungen. Er wollte sich bei ihr bedanken. Sie wissen lassen, wie sehr er sie liebte. Sie anbetete.

Als er schließlich den Kopf hob, leckte sie sich über die Lippen und er spürte, wie ihre inneren Muskeln sich um seinen Schwanz anspannten, der immer noch in ihr vergraben war.

»Erdrücke ich dich?«

»Nein«, sagte sie, obwohl sie nickte.

JJ legte ihr eine Hand auf den Hintern und presste sie an sich, dann drehte er sich, bis sie auf ihm lag. Zu seiner großen Erleichterung wackelte sie ein wenig, um es sich bequem zu machen, dann legte sie den Kopf auf seine Schulter. Er spürte, wie ihre gemeinsamen Säfte aus der Stelle, an der sie miteinander verbunden waren, auf seine Hoden und das Laken tropften, aber das war ihm egal. Nichts war wichtiger, als seine Frau zu halten.

»Wie geht es deinem Kopf?«, fragte er nach einem Moment.

»Welcher Kopf?«, murmelte sie.

JJ lachte. Dann wurde er nüchtern. Mein Gott, er war so grob mit ihr gewesen. Es war noch gar nicht so lange her, dass sie im Krankenhaus gelegen hatte.

»Nein«, sagte April in demselben trägen Ton.

»Nein was?«, fragte JJ.

»Nein, du darfst den besten Sex, den ich je in meinem Leben hatte, nicht infrage stellen.«

Er entspannte sich. »Woher wusstest du, was ich denke?«

»Weil ich dich kenne, Jackson Justice. Du bist ein Schwarzseher. Du machst dir Sorgen um deine Freunde, um das Geschäft, und jetzt machst du dir Sorgen, dass das, was wir gerade getan haben, zu hart war. Damit das klar ist, das war es nicht.« Sie hob den Kopf und starrte ihn an. »Es sei denn, du bereust es. Es sei denn, ich war zu ... ungehemmt.«

JJ konnte nicht anders, er lachte. »Ich bereue nur, dass es vorbei ist. Du warst perfekt, Süße.«

Sie seufzte erleichtert und ließ den Kopf wieder auf seine Schulter sinken. »Uff! Ich weiß nicht, woher das alles kam. So war ich noch nie. Aber es schien dir nichts auszumachen, also habe ich einfach getan, was sich gut anfühlt.«

»Ich möchte, dass du immer so mit mir bist«, sagte JJ.

»Das werde ich. Und das gilt auch für dich. Du bist so unfassbar sexy. Ich kneife mich immer noch, dass du mit mir zusammen bist. Ich habe allerdings eine Beschwerde ...« Sie verstummte.

JJ versteifte sich. »Und die wäre?«

»Ich bin nicht dazu gekommen, dich zu erkunden. Dich zu kosten.«

Diesmal versteifte sein Körper sich aus einem anderen Grund. »Willst du das?«

»Na klar«, sagte sie, und er spürte ihr Lächeln auf seiner Haut.

»Sobald ich die Kraft habe, mich aus deinem warmen, weichen Körper zurückzuziehen, werde ich dir vielleicht eine Gelegenheit dazu geben.«

Sie lachte, und er spürte es in seinem Schwanz. »Du kannst nicht ewig da drin bleiben.«

»Willst du wetten?«, erwiderte er. Es war ein dummes Gegenargument, aber es war ihm egal, und April anscheinend auch, denn ihre inneren Muskeln krampften sich um ihn zusammen.

»Vorsichtig, Liebes«, flüsterte er, als er spürte, wie sein weicher Schwanz aus ihrer Muschi glitt.

»Mist«, murmelte sie.

JJ grinste und schüttelte den Kopf.

»Jack?«

»Ja?«

»Ich liebe dich.«

JJ hätte schwören können, dass sein Herz stehen blieb, als er diese Worte hörte.

»Ich sage das nicht, um dich zu etwas zu drängen. Aber das Leben ist kurz. Das habe ich auf die harte Tour gelernt, und ich wollte nicht noch einen Tag vergehen lassen, ohne es dir zu sagen. Es muss sich nichts ändern, ich will nur –«

JJ drehte sich erneut. Er umfasste ihren Kopf und starrte auf sie herab. »Du irrst dich. Alles hat sich geändert.«

Sie biss sich auf die Lippe, während sie ihn anstarrte.

»Weil ich dich auch liebe. Du bist mutiger, als ich es *jemals* sein werde, weil du es zuerst gesagt hast.«

»Wie auch immer«, flüsterte sie, aber er sah, wie ihr Tränen in die Augen traten.

»Und wie gesagt, das ändert alles. Ich habe dich zuvor gewarnt, dass ich noch beschützender und herrischer werden würde, wenn wir das tun. Und jetzt ist es eine beschlossene Sache. Zu wissen, dass du mich liebst? Ich habe mir nie etwas sehnlicher gewünscht, als diese Worte zu hören. Ich werde dich in Luftpolsterfolie einwickeln und dich in einem Orgasmusnebel halten, genau hier in meinem Bett, damit dir nie wieder etwas passieren kann.«

JJ machte sich lächerlich, aber er konnte es nicht lassen.

April verdrehte nur die Augen. »Ich habe nichts dagegen, dass du mich beschützen willst, aber mich als Geisel in deinem Bett zu halten ist doch etwas extrem, findest du nicht?«

»Nein.«

Sie kicherte, aber das Geräusch verstummte, als JJ sich bewegte und sie seinen härter werdenden Schwanz an ihrem Oberschenkel spürte.

»Schon wieder?«, fragte sie und hob überrascht eine Augenbraue.

»Ja«, sagte er, griff nach unten, nahm seinen Schwanz in die Hand und führte ihn wieder in ihren Körper ein.

April stöhnte und krümmte den Rücken, aber ihre Beine öffneten sich weiter, um ihn willkommen zu heißen.

Diesmal war ihr Liebesspiel langsam und sanft ... größtenteils. Erst als JJ sich auf die Fersen zurücksetzte und April auf seinem Schoß hielt, ihre Klitoris streichelte und spürte, wie sie erneut an ihm explodierte, verlor er die Kontrolle.

Nachdem er sie ein zweites Mal mit seinem Samen gefüllt hatte, drehte er sie um, sodass sie richtig auf dem Bett lagen, und sie schlief auf seiner Brust ein.

Noch immer wach, nahm JJ einen tiefen Atemzug. Wahrscheinlich dachte sie, dass er mit der Beschützersache einen Scherz machte, aber er war oft genug durch die Hölle gegangen, um zu verstehen, wie unsicher das Leben war. Er durfte sie nicht verlieren. Es würde ihn buchstäblich umbringen.

JJ drehte den Kopf und küsste Aprils Stirn. Sie murmelte im Schlaf und umklammerte ihn fester, während sie sich an ihn kuschelte. Das Deckenlicht war immer noch an, das Laken war unter seinem Hintern zusammengeschoben, April nahm die Decke in Beschlag und er konnte die Klebrigkeit ihrer Höhepunkte zwischen seinen Beinen, auf seinem Gesicht und an der feuchten Stelle unter ihm spüren. Aber JJ hatte sich noch nie so wohl gefühlt.

Es würde die schwierigste Aufgabe seines Lebens werden, April nicht in seinem Haus einzusperren, wie er es angedroht hatte. Er wollte sie nicht erdrücken, und verdammt, *Jack's Lumber* brauchte sie. Aber sie würde sich einfach daran gewöhnen müssen, dass er ihr von jetzt an nicht von der Seite wich. Sie war wie eine kostbare Glasblume inmitten eines Feldes von Felsbrocken. Er würde ihr Kraftfeld sein und dafür sorgen, dass nichts und niemand sie berührte. Und Gott helfe jedem, der das zu verletzen versuchte, wonach er sein ganzes Leben lang gesucht hatte.

KAPITEL ZEHN

»Ich habe JJ noch nie so … seltsam erlebt«, sagte Carlise, während sie einen Schluck von ihrem Orangensaft nahm.

April nickte. »Ich weiß, es ist lächerlich.« Aber sie lächelte, als sie es sagte. Sie und die anderen Frauen waren im Haus von Marlowe und Bob und machten einen Mädelsabend. Anderthalb Wochen waren vergangen, seit sie und Jack miteinander geschlafen hatten, und es waren unglaubliche zehn Tage gewesen.

Jeden Abend hatten sie zusammen gekocht … gelacht, geredet, manchmal ferngesehen. Dann machte er Liebe mit ihr. Oft schnell und hart, manchmal langsam, wobei Jack sie gnadenlos reizte, bevor er sie kommen ließ. Erst vor ein paar Tagen hatte sie ihn endlich davon überzeugt, sich von ihr einen Blowjob geben zu lassen, und als sie eingeschlafen waren, waren sie beide völlig erschöpft gewesen.

Und die Überfürsorglichkeit hatte offiziell begonnen. Ursprünglich hatten die Frauen geplant, für ihren Mädelsabend zur *Sunday River Brewing Company* zu fahren, die etwa fünfzehn Kilometer südlich von Newton lag. Und obwohl Cal ihnen angeboten hatte, sie dorthin zu fahren und abzuholen, legte Jack sein Veto ein. Er hatte gesagt, es sei zu weit weg, die Frauen seien zu schwanger, und es könnte dort »ruchlose Leute« geben.

Es war lächerlich, und Jack übertrieb maßlos, aber da es April egal war, wo sie Zeit mit ihren Freundinnen verbrachte, ließ sie sich überreden, in Marlowes Haus abzuhängen. Aber als Jack ihr erzählte, dass er und die anderen Jungs auch da sein würden, hatte sie ein Machtwort gesprochen.

»Ich habe ihm gesagt, dass es kein Mädelsabend ist, wenn die Jungs hier sind«, sagte April zu ihren Freundinnen.

»Das ist doch irgendwie süß«, erwiderte June achselzuckend.

»Oder? Ich meine, wir wussten alle, dass du und JJ euch mögt, aber ich glaube nicht, dass eine von uns erwartet hat, dass er so ...« Marlowe verstummte, als sie versuchte, ein passendes Wort zu finden.

»Besorgt ist?«, bot Carlise an.

»Beschützend?«, sagte June.

»Weich«, sagte Marlowe grinsend.

Alle lachten.

»Ich meine, Cal ist übermäßig wachsam, vor allem, je weiter meine Schwangerschaft voranschreitet, aber im Vergleich zu JJ wirkt er wie der nachlässigste Ehemann der Welt«, sagte June grinsend.

»Stört dich das?«, fragte Carlise. »Ich meine, neulich, als du das Büro verlassen hast, um bei *Granny's Burgers* zu Mittag zu essen, kam er zurück, während du weg warst, und flippte aus, weil er nicht wusste, wo du warst.«

April zuckte mit den Schultern. »Ganz ehrlich? Nein. Ich denke, die Dinge sind noch neu zwischen uns, er wird sich schon wieder beruhigen.«

»Da wäre ich mir nicht so sicher«, warnte Marlowe. »Er ist

der intensivste von den Jungs. Und ich glaube, er fühlt sich für uns alle verantwortlich. Das macht Sinn; er war der Teamleiter, als sie in der Armee waren, und ich habe das Gefühl, dass er sich die Schuld für ihre Gefangennahme und die anschließende Folterung aller gibt. Aber er *liebt* dich, also ist es nur natürlich, dass er besonders vorsichtig ist.«

»Ich kann immer noch nicht glauben, dass ihr endlich zusammen seid«, sagte June seufzend. »Wir dachten schon, es würde nie passieren.«

»Ja. Carlise war kurz davor, euch in ein Zimmer zu sperren und euch zu zwingen, ein Bett zu teilen ... du weißt schon, weil wir das im Grunde alle gemacht haben und am Ende verheiratet waren«, sagte Marlowe grinsend.

»Es war kein Zwang im Spiel«, informierte April ihre Freundinnen, während sie an ihrem Glas Wein nippte. Sie war die Einzige, die Alkohol trank, aus offensichtlichen Gründen. »Und ich war tatsächlich in seinem Bett, als wir aus dem Krankenhaus nach Hause kamen. Das muss doch zählen. Irgendwie.«

Alle kicherten.

»Nun, ich freue mich für euch«, sagte Marlowe. »Ich kenne dich und JJ noch nicht so lange wie alle anderen, aber es ist offensichtlich, dass ihr euch liebt, und ihr passt auch perfekt zueinander. Du kommst mit seinem Beschützerinstinkt gut klar, und wenn er sich lächerlich verhält, hast du kein Problem damit, ihn darauf anzusprechen. Ich glaube, ihr werdet gut miteinander auskommen. Außerdem hat es etwas für sich, einen beschützenden Mann an seiner Seite zu haben.«

»Stimmt«, sagte Carlise.

»Finde ich auch«, fügte June hinzu.

»Apropos Beschützer«, sagte Carlise, »habe ich euch schon erzählt, was vor zwei Tagen passiert ist?«

»Oh Gott, was jetzt?«, fragte June lachend.

»Ich war auf dem Rückweg von Rumford, nachdem ich

mich mit ein paar Sachen aus dem Großmarkt eingedeckt hatte. Ich war ganz in Gedanken und sang aus voller Kehle Cyndi Laupers ›Girls Just Want to Have Fun‹, als ich spürte, wie mich etwas am Arm streifte. Ich schaute nach unten – und da war eine verdammte *Tarantel*, die auf mir herumkroch!«

»Was?«

»Heilige Scheiße!«

»Machst du Witze?«

Alle drei Frauen sprachen auf einmal.

»Nein! Ich mache keine Witze! Ich bin komplett ausgeflippt. Ich hatte Glück, dass auf der anderen Seite niemand kam. Ich bin über den Mittelstreifen gefahren, bevor ich wieder auf meine Seite kam. Ich schwöre, dass mein Jeep auf zwei Räder hochging, so heftig habe ich gelenkt. Ich hielt mitten auf der verdammten Landstraße an, sprang aus dem Wagen und kreischte wie eine Verrückte. Ich wurde das Gefühl nicht los, dass dieses Ding auf mir herumkrabbelte.«

»Heilige Scheiße, wie ist sie dahin gekommen? Moment, gibt es in Maine überhaupt Taranteln? Ich dachte, es gäbe gar keine giftigen Spinnen in diesem Bundesstaat«, sagte Marlowe.

»Nein, das sind Schlangen«, erklärte Carlise. »Obwohl Taranteln normalerweise in der Wüste vorkommen, und wir alle wissen, dass Maine *nicht* die Wüste ist.«

»Was ist also passiert? Und wie zum Teufel ist eine in deinen Wagen gekommen?«, fragte April stirnrunzelnd.

»Nun, ein älterer Mann, der anhielt, als ich mitten auf der Straße tanzte und mir die Lunge aus dem Hals schrie, hat mich beruhigt und das Ding tatsächlich in meinem Wagen gefunden. Er sagte, sie schien ziemlich friedlich zu sein. Die Polizei tauchte auf, was mir sehr peinlich war, und die Beamten sagten, es müsse jemandes Haustier sein, das entlaufen sei. Wahrscheinlich ist sie in meinen Wagen gekrochen, weil es da drin von der Sonne warm war«, erklärte Carlise.

»Was hat Chappy gemacht, als er hörte, was passiert ist?«, fragte June.

»Da kommt der beschützende Teil ins Spiel – er hat buchstäblich fünf Stunden lang nicht mit mir gesprochen. Nicht weil er wütend war, sondern weil er so verängstigt und verzweifelt war, dass mir etwas hätte zustoßen können. Wenn auf der anderen Spur ein Fahrzeug gewesen wäre, hätte ich es frontal treffen können. Oder ich hätte in einem Graben auf der anderen Straßenseite landen können.

Jedenfalls ging er hinaus und nahm meinen Jeep von oben bis unten unter die Lupe. Er benutzte sogar eine Art Schaumstoff, um die praktisch nicht vorhandenen Löcher abzudichten, damit keine Viecher mehr eindringen konnten. Und er hat mir gesagt, dass er mich ab sofort fährt, wenn ich nach Rumford will – oder sonst wohin. Das ist zwar ein bisschen nervig, aber da ich fast im dritten Trimester bin und sowieso nicht mehr gut hinter das Steuer passe, ist mir das eigentlich egal.«

»Wow, du hattest Glück«, sagte Marlowe.

»Fast so viel Glück wie du, als der Karton nicht auf deinem Kopf gelandet ist«, stimmte Carlise zu.

»Fast so viel Glück wie *ich*, dass mein Gedächtnis zurückgekehrt ist«, warf April ein.

»Wir sind wirklich ein Haufen Glückspilze«, sagte Carlise. »Wir haben gesunde Babys auf dem Weg, außer dir, April, aber da du keine willst, ist das okay, und wir haben Männer, die alles für uns tun würden.«

»Darauf trinke ich«, sagte Marlowe und hielt ihren Becher mit Apfelsaft hoch.

April hob ihr Glas zu den anderen und lächelte, als sie anstießen.

Jeder nahm einen Schluck, und das Gespräch drehte sich um das Geschäft, die Schwangerschaft und die Pläne der Jungs, sich nach der Geburt ihrer Kinder eine Auszeit von der Arbeit zu nehmen. April hörte den anderen zu, wie sie sich unterhielten und lachten, und konnte nicht umhin, daran zu denken, wie gesegnet sie war. Sie hatte tolle Freunde und würde bald Ehrentante werden, und sie hatte endlich den Mann, den sie liebte.

»April sitzt da drüben und lächelt, als würde sie etwas Böses planen«, bemerkte Carlise nach einer Weile.

»Ich schmiede keine Pläne, ich bin nur dankbar für alles, was ich habe. Euch, einen Job, den ich liebe, und einen Mann, der sich dafür interessiert, was ich denke und tue.«

»Du sprichst nicht viel über deinen Ex«, sagte June zaghaft. »War deine Ehe schrecklich?«

April dachte einen Moment lang über die Frage nach und zuckte dann mit den Schultern. Sie hatte nie wirklich mit jemandem über James gesprochen. Nicht weil sie traumatisiert war, sondern eher, weil es ihr peinlich war. Vielleicht lag es am Alkohol, vielleicht an den vielen Orgasmen, die sie in letzter Zeit gehabt hatte; was auch immer es war, sie öffnete sich zum ersten Mal.

»Sie war nicht schrecklich«, sagte sie. »Sie war einfach irgendwie ... da. Wir haben einfach koexistiert. Es war mechanisch. James war es egal, was ich tat, wo ich war, wie ich mich fühlte. Und ehrlich gesagt, am Ende war er mir auch egal. Wir sahen uns im Vorbeigehen, und das war's. Ich schäme mich ein bisschen, dass ich unsere Beziehung so weit habe kommen lassen, bevor ich sie beendet habe.«

Carlise hob eine Hand und schüttelte den Kopf. »Nein, so darfst du nicht denken.«

April runzelte die Stirn. »Wie?«

»Als sei es deine Schuld. Ihr wart zu zweit in dieser Ehe, und dein Ex hätte sich mehr Mühe geben können, eine Beziehung zu dir aufzubauen.«

»Genauso wie ich mich mehr um eine Beziehung zu ihm hätte bemühen können«, konterte April.

»Vielleicht«, räumte Carlise ein. »Aber eine Ehe ist eine

Menge Arbeit. Es gibt nicht nur Sonnenschein, Rosen und Orgasmen.«

Aus irgendeinem Grund errötete April bei diesem Satz.

Die anderen Frauen grinsten alle.

»Okay, die Orgasmen sind großartig, und ich bin voll dafür«, ruderte Carlise zurück. »Aber im Ernst. Es gibt Meinungsverschiedenheiten, schwierige Phasen, die man durchstehen muss, all das.«

»Aber das ist es doch. Wir *hatten* keine Meinungsverschiedenheiten. Wir hatten keine schwierigen Phasen. Wir sind einfach dahingetrieben«, beharrte April.

»Was verdammt langweilig war«, sagte Marlowe sanft. »Stimmt's?«

April nickte.

»Und ich denke, JJ wird niemals langweilig sein. Ich bin zwar erst seit Kurzem dabei, aber ich habe gehört, dass ihr wirklich aufeinander losgeht, wenn ihr nicht einer Meinung seid.«

»Was nichts Schlechtes ist«, warf June ein. »Ich meine, ihr seid zwar unterschiedlicher Meinung, aber ihr seid immer respektvoll, wenn ihr euch streitet, und ihr scheint euch immer einigen zu können.«

»So sollte eine Ehe sein«, sagte Carlise nickend. »Voller Leidenschaft und Lachen und mit echter Sorge um die andere Person. Was hätte dein Ex getan, wenn du nach Hause gekommen wärst und gesagt hättest, dass du deinen Wagen fast zu Schrott gefahren hättest, weil eine giftige Ente drin war, die dir Angst gemacht hat?«

»Giftige Ente?«, fragte April lachend.

Die anderen lachten ebenfalls, und Carlise sagte: »Wie auch immer. Etwas Unerwartetes, das nicht hätte da sein dürfen und dich erschreckt hat.«

April zuckte mit den Schultern. »Er hätte wahrscheinlich gefragt, was es zum Abendessen gibt.«

Carlise sah selbstgefällig aus. »Und JJ? Wenn du mit der Spinne im Jeep gesessen hättest, was hätte er dann getan?«

»Den Jeep verkauft, mich gezwungen, zum Arzt zu gehen, um sicherzugehen, dass ich nicht gebissen wurde, und eine Kampagne gestartet, um alle Taranteln auf der Welt zu töten«, antwortete April, ohne zu zögern.

»Ganz genau. Du hast keinen Grund, dich für deine Ehe zu schämen. Du bist raus. Du hast das Richtige getan«, sagte Carlise mit Nachdruck.

»Und jetzt bist du mit JJ zusammen«, fügte June hinzu.

»Und wahnsinnig glücklich«, sagte Marlowe.

April lächelte. »Das bin ich. Aber –«

»Kein Aber!«, rief Carlise aus.

Die anderen kicherten.

»Übrigens, um mal das Thema zu wechseln, was ist mit den Hintern unserer Ehemänner? Können wir über die sprechen?«, fragte June. »Cals Hintern ist zum Niederknien.«

»Tut mir leid, ich liebe dich, aber er ist kein Vergleich zu Riggs' Hintern«, sagte Carlise süffisant.

»Moment mal, Kendrics Hintern stellt *all* die Hintern eurer Jungs in den Schatten«, argumentierte Marlowe.

April hörte zu, wie ihre Freundinnen sich darüber stritten, welcher ihrer Männer den besten Hintern hatte, und war nicht darauf vorbereitet, als Carlise sich ihr zuwandte. »Und?«, schnaubte sie.

»Und was?«, fragte April.

»Willst du uns nicht sagen, dass wir alle falschliegen? Dass JJ den besten Hintern hat?«

»Nein«, sagte April, die ihr Bestes tat, um ihr Lächeln zu verbergen, während sie einen weiteren Schluck Wein nahm.

»Wow, das ist überraschend«, sagte June mit einer hochgezogenen Augenbraue.

»Es hat keinen Sinn, mit jemandem zu streiten, der im Unrecht ist«, fügte April fast wie nebenbei hinzu.

April war sich nicht sicher, wer das erste Kissen geworfen hatte, aber ehe sie sichs versah, veranstalteten sie eine riesige Kissenschlacht. Keiner schlug sehr fest zu, da sie sich bewusst waren, dass drei kostbare Babys beschützt werden mussten, und April war nicht sehr koordiniert, da sie den Nachteil hatte, beschwipst zu sein, aber als sie fertig waren, atmeten alle vier schwer und ihre Bäuche schmerzten vom vielen Lachen.

»Ein Punkt für JJ, weil er darauf bestanden hat, dass wir unseren Mädelsabend hier machen«, sagte June, während sie sich in ihrem Sessel zurücklehnte. »In der Kneipe hätten wir keine Kissenschlacht machen können.«

April grinste sie an und platzte heraus: »Ich liebe euch, Leute.«

Alle drehten sich zu ihr um.

»Ich meine es ernst. Als mein Gedächtnis weg war, wart ihr so nett zu mir. Ihr seid abwechselnd nach Bangor gekommen. Ihr habt mich nicht anders behandelt, auch wenn ich mich nicht mehr an euch erinnern konnte. Und ihr hattet keinen Zweifel daran, dass mein Gedächtnis zurückkehren würde. Ihr wisst nicht, wie viel mir das bedeutet.«

»Ehrlich gesagt bist du der Klebstoff, der uns alle zusammenhält«, sagte Carlise. »Als ich dich in der Hütte in den Bergen das erste Mal traf, hatte ich Todesangst davor, was du von mir denken würdest, da JJ vermutete, ich hätte Riggs unter Drogen gesetzt oder so. Aber du warst freundlich und mütterlich, und es war mir schon damals klar, wie sehr die Jungs dich respektieren und sich an dir orientieren.«

April zuckte zusammen. »Ja, mütterlich, das will ich sein.«

»Ich habe das nicht böse gemeint. Es ist nur so, es war offensichtlich, dass du nett und fürsorglich bist. Chappy hat mir später erzählt, dass du *Jack's Lumber* zum Erfolg verholfen hast. Er war sich sicher, dass sie ohne dich innerhalb von zwei Jahren das Geschäft hätten aufgeben müssen.«

»Cal sagt das Gleiche«, stimmte June zu. »Und du hast keine

Ahnung, was *du uns* bedeutest. Ich habe schreckliche Angst, dieses Baby zu bekommen. Ich habe keine Ahnung vom Muttersein, aber ich weiß, dass ich mich mit eurer Hilfe durchschlagen kann.«

»Und ich hatte Angst, dass *ihr alle* denken würdet, ich hätte das getan, was mir damals in Thailand vorgeworfen wurde«, gab Marlowe zu. »Dass ihr mich nicht akzeptieren würdet. Aber April, du warst der erste Mensch, der mich willkommen geheißen und mir das Gefühl gegeben hat, zu Hause zu sein. Es war nicht schwer, dich abwechselnd zu besuchen, als du im Krankenhaus lagst.«

»Ich gehe noch einen Schritt weiter und sage das«, fügte Carlise hinzu, beugte sich vor und fixierte April mit ihrem Blick. »Selbst wenn du dein Gedächtnis nicht wiedererlangt und dich nie an uns erinnert hättest, oder an die guten *und* schlechten Zeiten, die wir in der Vergangenheit zusammen hatten, wäre es egal gewesen. Du wärst in vielerlei Hinsicht immer noch unsere Freundin und Mentorin gewesen, und wir hätten einfach neue Erinnerungen geschaffen, um die zu ersetzen, die du nicht mehr hast.«

Aprils Augen füllten sich mit Tränen. Sie wusste nicht, was sie in ihrem Leben getan hatte, um diese Frauen zu verdienen. Oder Jack. Oder die anderen Jungs. »Wir werden ein paar tolle Mädchen und Jungen großziehen«, brachte April hervor.

»Verdammt ja, das werden wir«, stimmte Carlise zu.

»Starke kleine Mädchen, die ihre Meinung sagen und sich von niemandem etwas gefallen lassen«, sagte June.

»Beschützende Jungs, die Mädchen respektieren und nicht denken, dass sie schwächer sind als sie selbst«, fügte Marlowe hinzu.

April lächelte alle an, dann seufzte sie und schloss die Augen. Der Raum drehte sich, auf eine gute Art und Weise. Es war schon lange her, dass sie sich so entspannt hatte wie heute Abend, und es fühlte sich großartig an. Sie hörte die anderen flüstern, aber sie fühlte sich zu wohl, um die Augen zu öffnen und sich an dem Gespräch zu beteiligen.

Erst als sie beim Geräusch einer sich schließenden Tür zusammenzuckte, merkte sie, dass sie tatsächlich eingenickt war.

April setzte sich auf und sah sich um. Die Mädchen waren nicht im Zimmer – aber Jack war da. Er lehnte an einem Türpfosten und starrte sie mit einem kleinen Lächeln an.

Er sah so gut aus wie immer, und April musste sich wieder einmal kneifen, um sich daran zu erinnern, dass er ihr gehörte.

Als er sah, dass sie wach war, stieß er sich von der Tür ab und kam auf sie zu. Er kniete vor dem Sofa nieder und legte eine Hand auf ihr Knie. »Hey.«

»Hi«, sagte sie mit einem kleinen Lächeln.

»Bereit, nach Hause zu gehen?«

April runzelte die Stirn und sah sich noch einmal um. »Wie spät ist es? Wo sind die anderen?«

»Als du eingeschlafen bist, hat Carlise Chappy angerufen. Da er bei mir und den anderen Jungs war, sind wir alle gekommen, um unsere Frauen abzuholen.«

»Ich war noch nicht fertig mit dem Mädelsabend«, sagte April schmollend.

Jack lachte. »Falls es dich beruhigt, die schwangeren Frauen waren genauso müde wie du. Marlowe lag schon schnarchend im Bett, als wir ankamen, und Carlise und June dösten vor sich hin.«

»Oh, okay«, sagte April mit einem Nicken, als sei es völlig normal, am Ende ihres Mädelsabends einzuschlafen.

Jack lächelte wieder, dann stand er auf und reichte ihr eine Hand. April nahm sie, ohne zu zögern, und seufzte glücklich, als er sie an seine Seite zog und einen Arm um ihre Taille legte.

Als sie stolperte, während sie zur Tür gingen, fragte er: »Wie viel hast du getrunken?«

April zuckte mit den Schultern. »Ein paar Gläser.«

»Wie groß waren die Gläser?«, stichelte Jack.

April grinste.

Bob erschien auf der Treppe und umarmte sie kurz. »Danke, dass du vorbeigekommen bist und Marlowe Gesellschaft geleistet hast«, sagte er zu ihr.

April verdrehte die Augen. »Du sagst das so, als hätten wir eine Wahl gehabt. Ich meine, wir wollten in eine Kneipe gehen.«

»Mh-hm«, sagte Bob grinsend.

»Ihr habt alle mit dringesteckt, oder?«, fragte sie misstrauisch. »Ihr habt Jack einfach den Bösewicht spielen lassen, und als ich gesagt habe, dass es okay ist, wusstet ihr, dass die anderen Frauen bei dem Plan mitmachen würden.«

»Ich wusste immer, dass du schlau bist«, sagte Bob, der immer noch lächelte.

»Wie auch immer«, sagte sie, obwohl keine Hitze dahinterlag. Ehrlich gesagt genoss sie es, Jogginghose und T-Shirt tragen zu können, anstatt sich für einen Kneipenbesuch in Schale zu werfen.

»Danke, Bob. Wir sehen uns morgen im Büro«, sagte JJ.

»Ja, ihr habt den Job in der neuen Wohnsiedlung«, sagte April nickend. »Da gibt es viele Bäume zu fällen.«

»Jawohl, Ma'am«, sagte Bob mit einem kurzen Salut.

»Halt die Klappe«, sagte April zu ihm.

»Komm, ich bringe dich nach Hause und gebe dir ein paar Aspirin, damit du morgen nicht mit Kopfschmerzen aufwachst.«

Jack führte sie nach draußen, wo sie sich umdrehte und Bob noch einmal zuwinkte. Dann rief sie ihm zu, er solle sich bei Marlowe für den Abend bedanken und ihr sagen, dass sie sich später sehen würden. Sie drehte sich um, war überrascht, als sie sah, dass die beiden anderen Damen immer noch von ihren Ehemännern in die Fahrzeuge verfrachtet wurden, und rief Carlise und June dasselbe zu. Beide winkten ihr zu, und

Sekunden später lächelte April Jack an, als er sie vorn in seinem Bronco anschnallte.

Als sie auf dem Weg zu seinem Haus waren, drehte sie träge den Kopf und starrte ihn an.

»Was?«, fragte er nach einem Moment.

»Nichts. Ich finde nur, dass du wirklich gut aussiehst.«

Seine Lippen zuckten.

»Und dein Arsch ist der beste, egal was die anderen Mädchen sagen.«

Darüber lachte er lauthals. »Du hast dich heute Abend gut amüsiert, nehme ich an.«

»Jup«, sagte sie, wobei sie das *p* betonte.

»Gut.«

»Du hattest recht.«

»Womit?«, fragte er.

»Nicht in die Kneipe zu gehen. Es wäre zu laut gewesen, und die Mädchen dürfen sowieso nicht trinken, und wir hätten keine Kissenschlacht machen können.«

»Ihr habt eine Kissenschlacht gemacht?«, fragte Jack mit hochgezogener Augenbraue.

»Mh-hm. Darüber, wessen Mann den besten Arsch hat.«

Jack schüttelte grinsend den Kopf. »Ich werde Frauen nie verstehen.«

»Gut. Wir haben gern ein paar Geheimnisse«, entgegnete April.

Jack griff nach ihrer Hand und nahm sie in seine. Sie schloss die Augen, während sie fuhren. Nach einer Minute öffnete sie die Augen wieder und fragte: »Was hättest du getan, wenn ich mein Gedächtnis nicht wiedererlangt hätte?«

»Das hast du aber, also ist die Frage überflüssig.«

»Aber was wäre, wenn ich es nicht zurückbekommen hätte?«

»April, du *hast* es zurück.«

»Tu mir den Gefallen, Jack. Hättest du mich geliebt?«

Als er sich drehte, um sie anzusehen, sog April angesichts der Emotionen in seinen Augen den Atem ein. »Ich habe dich bereits geliebt, April. Ich hätte dir Zeit gegeben, mich kennenzulernen, und dich irgendwie dazu gebracht, mich auch zu lieben. Ich wollte dich nicht verlieren, nicht wenn ich schon mal ein Idiot war und meine Chance von vornherein vermasselt hatte.«

April lächelte und drückte seine Hand. »Okay.«

»Okay?«, fragte er.

»Mh-hm. Und fürs Protokoll ... du hättest dich nicht allzu sehr anstrengen müssen, um mich dazu zu bringen, deine Liebe zu erwidern. Mein Verstand mag es vergessen haben, aber mein Herz nicht. Es gehörte immer dir.«

Sie sprachen erst wieder, als Jack den Wagen geparkt hatte, zu ihr kam, ihre Hand nahm und sie ins Haus führte. Er begleitete sie direkt ins Schlafzimmer, wo er sagte: »Du hast drei Minuten, um dich bettfertig zu machen. Ich hole dir ein Glas Wasser und eine Aspirin. Dann werde ich dir zeigen, wie viel mir deine Worte bedeuten.«

April lächelte. »Ich wollte schon immer mal betrunkenen Sex haben.«

Jacks Lächeln war geradezu schmutzig. »Dein Wunsch wird dir gleich erfüllt, Süße.«

»Juhu«, flüsterte sie.

»Zweieinhalb Minuten«, mahnte er, während er sich zur Tür zurückzog.

Dann beeilte April sich und fummelte an ihrer Hose herum. Sie stolperte fast darüber, als sie sie sich beim Betreten des Badezimmers über die Hüften schob. Sie musste pinkeln, Zähne putzen und sich ausziehen, bevor er zurückkam.

Sie schaffte es nicht ganz rechtzeitig, aber Jack schien es nichts auszumachen, dass er derjenige war, der ihr das Hemd über den Kopf zog und sie von ihrer Unterwäsche befreite. Er wartete, bis sie die mitgebrachten Tabletten geschluckt hatte, bevor er sie auf das Bett drückte und ihr die Vorzüge von betrunkenem Sex zeigte.

Als sie eine ganze Weile später erschöpft auf ihm lag, sein Schwanz noch immer tief in ihrem Körper vergraben, glaubte April, ihn flüstern zu hören: »Mein Herz gehörte auch immer dir«, bevor sie in einen tiefen, zufriedenen Schlaf fiel.

KAPITEL ELF

JJ verbarg ein Grinsen, als er sah, wie April zusammenzuckte, als die Glocke über der Tür bei seinem Eintreten bimmelte. Sie war an diesem Morgen mit einem Kater aufgewacht, trotz Aspirin. Sie hatte gemeckert, dass sie *nie* verkatert war, und als JJ sie fragte, wie oft sie sich in letzter Zeit betrunken hatte, hatte sie vor sich hin gemurmelt, dass sie sich nicht an das letzte Mal erinnern konnte, vielleicht während ihrer Zeit auf dem College.

Seine Frau war hinreißend, wenn sie wegen zu viel Wein Kopfschmerzen hatte. Er mochte es nicht, wenn sie wegen des Unfalls Schmerzen hatte, aber das? Das war ein bisschen komisch. Vor allem weil sie mürrisch und verstimmt war, aber als er sie zum Abschied küsste, bevor er sich auf den Weg zur Baustelle der neuen Wohnsiedlung machte, schmolz sie in seinen Armen dahin.

Er und der Rest der Jungs hatten hart gearbeitet, um zu planen, welche Bäume wann gefällt werden mussten, um den Bedürfnissen der Häuser, die gebaut werden sollten, gerecht zu werden. Es war eine große Aufgabe, aber Jack war stolz darauf, daran zu arbeiten. Sie hatten den Bauträger überredet, so viele

Bäume wie möglich zu erhalten, um dem Viertel ein älteres Aussehen zu geben, anstatt einfach alle Bäume auf dem gesamten Gelände zu fällen.

Er wäre schon früher ins Büro zurückgekehrt, aber Marlowe hatte Bob angerufen und gesagt, sie sei mit zwei platten Reifen in der Bibliothek. JJ fuhr seinen Freund in die Stadt, und sie entdeckten zwei riesige Nägel in den hinteren beiden Reifen von Bobs Pick-up. Es war ärgerlich, aber zum Glück hatte Marlowe den Wagen ihres Mannes nur ausgeliehen, um an diesem Tag zur Bibliothek zu fahren, anstatt mit June nach Bangor zu fahren, um dort Möbel einzukaufen, wie es ihr ursprünglicher Plan gewesen war.

June war mit seltsamen Krämpfen aufgewacht, und Cal hatte ein Machtwort gesprochen und nicht zugelassen, dass sie ihre Gesundheit oder die ihres Kindes für etwas so Triviales wie einen Einkauf riskierte. Also war Marlowe zu ihrer Freundin gefahren und dann in die Bibliothek, um sich ein paar Bücher auszuleihen.

Neue Reifen zu besorgen war ein kleines Ärgernis, aber es wäre eine Katastrophe gewesen, wenn die Frauen auf der Autobahn unterwegs gewesen wären, als die Reifen Luft verloren oder, schlimmer noch, sich vollständig auflösten.

»Wie geht's dem Pick-up?«, fragte April, als die Tür hinter JJ ins Schloss fiel. Er hatte sie angerufen, um ihr mitzuteilen, dass er sich verspätete und zum Mittagessen zurück ins Büro kommen würde.

»Zwei platte Reifen. Das wird schon wieder.«

Sie rümpfte die Nase. »Das ist beschissen.«

JJ zuckte mit den Schultern, ging um den Schreibtisch herum, schob ihren Stuhl zurück und lehnte sich vor ihr gegen den Schreibtisch.

»Ähm, du bist mir im Weg«, sagte sie mit einem Lächeln.

»Ich weiß. Es ist Zeit für die Mittagspause.«

April schaute auf die Uhr. »Eigentlich ist die Mittagspause schon längst überfällig.«

»Hast du schon gegessen?«, fragte er, obwohl er die Antwort bereits kannte.

»Nein. Aber ich hätte es tun können.«

»Ich weiß. Und ich erwarte nicht, dass du auf mich wartest, wenn ich zu spät komme, Schatz. Wenn du Hunger hast, isst du.«

»Ehrlich gesagt hatte ich null Appetit, bis kurz bevor du gekommen bist. Ich muss daran denken, dass ich nicht mehr zweiundzwanzig bin und offenbar nicht mehr so gut mit Alkohol umgehen kann wie früher.«

»Ich glaube, du bist gestern Abend gut damit umgegangen, genau wie mit mir«, sagte er, da er sich die Anspielung nicht verkneifen konnte.

Sie tat ihr Bestes, um ihr Lächeln zu unterdrücken, aber es gelang ihr nicht. »*Das* hat Spaß gemacht, nicht wahr?«

Spaß war nicht das Wort, das JJ benutzt hätte. Seine Frau war immer leidenschaftlich und sexuell, aber letzte Nacht, als ihre Hemmungen durch den Alkohol noch weiter gesunken waren, war sie unersättlich gewesen.

»Ja, das war es«, stimmte er sofort zu. »Obwohl ich nicht will, dass du dich regelmäßig betrinkst, nur um dann Sex zu haben«, sagte er.

April zuckte mit den Schultern. »Dito. Ich meine, letzte Nacht hat mir gefallen, aber ich mag *alles*, was wir zusammen machen. Es hat schon etwas für sich, wenn wir einfach nur kuscheln oder entspannt Liebe machen, anstatt ... du weißt schon.«

»Anstatt dass du versuchst, mich ganz zu schlucken und mich dann bis zur Besinnungslosigkeit zu ficken, bevor du darauf bestehst, dass ich das Gleiche mit dir mache, als seist du der beste Pornostar, den es gibt?«

Er liebte die Röte, die sich auf ihren Wangen ausbreitete. »Ja, das.«

»Verdammt, ich liebe es, dich zu necken. Aber jetzt muss ich dir erst mal etwas zu essen besorgen. Wie ist der Morgen gelaufen?«, fragte er.

»Gut. Ich habe zwei neue unterschriebene Verträge zurückbekommen, die Fühler nach dem Hochseilgarten ausgestreckt, den Bob betreiben will, und mich mit dem Forstamt von Maine in Verbindung gesetzt, um den Mitarbeitern mitzuteilen, dass wir an einem Such- und Rettungstraining mit ihnen interessiert wären.«

JJ schüttelte den Kopf. April beeindruckte ihn immer wieder aufs Neue. Wenn sie all das tun konnte, während sie verkatert war, dann war nicht abzusehen, was sie sonst noch zustande bringen konnte.

»Gut, also musst du nach all dem ausgehungert sein. Willst du ausgehen oder nach Hause fahren?«

»Nach Hause«, sagte sie, ohne zu zögern. »Wir haben noch Reste, die wir essen können.«

Und vernünftig war sie auch. Er wollte sie verwöhnen und hatte das Gefühl, dass sie ihm das schwer machen würde. Sie war praktisch und bodenständig und noch so viel mehr. Ehrlich gesagt alles, was er sich je von einer Partnerin gewünscht hatte. Warum er so lange gebraucht hatte, in die Gänge zu kommen und sie um eine Verabredung zu bitten, würde er nie erfahren. Er hatte vor nichts Angst gehabt.

»Aber du musst dich bewegen, damit ich den Computer herunterfahren kann«, sagte sie mit einem Grinsen.

JJ beugte sich herunter und küsste sie, bevor er aufstand und ihr aus dem Weg ging. Er beobachtete, wie sie effizient tat, was sie tun musste, um den Computer und die Dateien zu sichern, an denen sie gearbeitet hatte, bevor sie aufstand und ihn ansah.

»Ich bin bereit.«

Es kostete JJ alles, um sie nicht ins Hinterzimmer zu ziehen und auf die Couch zu werfen. Zwei Dinge hielten ihn davon ab – erstens würde sie sich wahrscheinlich darüber aufregen, dass sie eine der Couchen schmutzig gemacht hatte, und es wäre ihr peinlich, wenn andere sich darauf setzten, nachdem sie Sex gehabt hatten; und zweitens wollte er ihr wirklich etwas zu essen besorgen. Sie würde sich besser fühlen, wenn sie etwas anderes zu sich nahm als die Cracker, die sie an diesem Morgen verschlungen hatte.

Also nahm JJ stattdessen ihre Hand und führte sie aus dem Gebäude. Er hatte draußen geparkt und wartete nun geduldig, bis sie das Büro abgeschlossen hatte, bevor er sie zu seinem Bronco führte.

Es war an der Zeit.

Ryan war lange genug geduldig gewesen.

Er hatte sich etwas mit den anderen Frauen angelegt. Er war ein wenig enttäuscht, dass sie wegen seiner Tricks nicht verletzt worden waren, aber letztlich war er froh, dass er ihre Männer nicht alarmiert hatte. Wenn sie auch nur einen Moment lang dachten, dass jemand da draußen absichtlich versuchte, ihren Frauen zu schaden, könnte er auffliegen, was es fast unmöglich machen würde, an die Soldaten heranzukommen.

Aber er hatte zumindest seinen Spaß gehabt. Jetzt war es an der Zeit, dass die Hauptshow begann. Und er wusste genau, wie er alle Frauen zusammenbringen würde.

Bis die Soldaten merkten, dass ihre Frauen weg waren, wäre es zu spät. Das Spiel würde beginnen. Und es *war* ein Spiel. Zumindest für Ryan. Ein tödliches. Ein Spiel, das seine jahrelangen Pläne beenden würde. Ein Spiel, das mit dem Tod der vier Männer enden würde, die er mit jeder Faser seines Seins hasste ... und der Frauen, die sie liebten.

Ein Spiel, das seinem Kummer ein Ende setzen würde.

Nachdem er denjenigen das Leben genommen hatte, die für den Tod seines Bruders verantwortlich waren, würde Ryan sich ihm im Jenseits anschließen. Es gab nichts, was ihn hier auf Erden hielt.

KAPITEL ZWÖLF

Am nächsten Nachmittag legte April den Hörer auf und lehnte sich mit einem Seufzer in ihrem Bürostuhl zurück. Jack hatte sie angerufen, um ihr mitzuteilen, dass das Treffen wegen des Hochseilgartens, an dem er und die anderen Jungs mit dem Stadtrat, ihrem Anwalt und der Versicherungsgesellschaft teilnahmen, länger dauerte, weshalb er vielleicht nicht vor siebzehn Uhr zurück im Büro sein würde.

Jack's Lumber hatte ein Grundstück in der Nähe von Newton gekauft, und sie hatten große Pläne, es zu einem Freizeitziel für Touristen und Einheimische sowie zu einem Rückzugsort für Unternehmen zu machen, an dem Teamarbeit und Vertrauen im Vordergrund standen. Und das Beste daran war, zumindest in Aprils Augen, dass es im Winter in einen Spielplatz verwandelt werden konnte. Mit Schlittenhügeln, Rodelbahnen und sogar einem Bereich, in dem behinderte Kinder – und natürlich auch Erwachsene – in einer sicheren, freundlichen Umgebung ihren Spaß haben konnten.

April war unglaublich stolz auf Riggs, Chappy und Jack. Anstatt Bobs Bedürfnis nach Aufregung abzutun – der Grund, warum er hinter dem Rücken aller mit dem FBI an sehr gefährlichen Rettungsmissionen gearbeitet hatte –, hatten sie es angenommen und mit ihm zusammen nach Möglichkeiten gesucht, wie er hier in Newton zufrieden sein und trotzdem den Adrenalinstoß bekommen konnte, nach dem er sich gelegentlich sehnte.

Jack hatte am Telefon müde geklungen, aber auch begeistert von den Möglichkeiten. *Jack's Lumber* ging es finanziell gut, aber es gab nur eine begrenzte Anzahl von Bäumen, die sie für Bauunternehmen abholzen konnten, und auch ihren kleinen Aufträgen waren Grenzen gesetzt. Der Park war eine gute Möglichkeit, ein Vermächtnis für die Kinder ihrer Freunde zu schaffen und die Jungs in der Gemeinschaft zu beschäftigen.

Vier Wochen waren seit Aprils Unfall vergangen, und obwohl sie es hasste, was ihr passiert war, und es extrem beängstigend gewesen war, war sie mehr als begeistert davon, wie es ihre und Jacks Beziehung in Gang gebracht hatte. Sie war ein wenig besorgt, dass sie sich zu schnell in eine Beziehung gestürzt hatten. April war seit der schicksalhaften Nacht, in der sie ihr Gedächtnis zurückerhalten hatte, nicht mehr in ihre Wohnung zurückgekehrt, aber sie vermisste sie nicht.

Wie könnte sie auch, wenn Jack praktisch all ihre Sachen in sein Haus gebracht hatte? Sie war im Gespräch mit ihrem Vermieter, um den Mietvertrag aufzulösen, und verspürte nicht die geringsten Bedenken, mit dem Mann zusammenzuziehen, den sie jahrelang heimlich geliebt hatte.

Er war alles, was sie sich je in einer Beziehung gewünscht hatte. Nein, die Dinge liefen nicht immer glatt, sie waren zwei Erwachsene, die es gewohnt waren, allein zu leben, aber ihre Beziehung zu Jack war nicht mit ihrer Ehe zu vergleichen.

Zum einen schien Jack sich immer zu freuen, sie zu sehen, egal ob sie zwei Minuten oder zehn Stunden voneinander getrennt gewesen waren. Sie teilten sich die Aufgaben im Haus. Er erwartete nicht von ihr, dass sie kochte, putzte, die Wäsche wusch und alles andere machte, was normalerweise als »Frauenarbeit« bezeichnet wurde. Genauso wenig erwartete sie von ihm, dass er sich immer um den Müll, den Garten oder andere männlich konnotierte Aufgaben kümmerte. Sie waren ein Team, arbeiteten zusammen, um die Dinge zu erledigen, und das war ein großartiges Gefühl.

Aber es war natürlich nicht nur das. Es waren die Gefühle, die Jack in ihr auslöste. Als sei sie der wichtigste Mensch in seinem Leben. Wenn sie redete, sah er ihr in die Augen und *hörte zu*, und sie konnten über alles reden, angefangen bei intellektuellen Themen wie der Raumfahrt und wie sie in der Zukunft aussehen könnte bis hin zu lächerlichen Themen ... wie der Frage, ob die Spinne, die es sich auf ihrer Veranda gemütlich gemacht hatte, den Namen Eric oder Thomas lieber mochte.

Er brachte sie zum Lachen, und sie konnte es kaum erwarten, ihn am Ende eines jeden Tages zu sehen, was sie von James gegen Ende ihrer Ehe nicht hätte behaupten können. Außerdem kümmerte er sich besser um sie, als sie sich um sich selbst kümmerte, und achtete auf die kleinsten Details.

April hatte keine Ahnung, warum sie jemals gedacht hatte, dass das mit ihr und Jack keine gute Idee sei. Natürlich war es noch frisch, und es bestand die Möglichkeit, dass es am Ende nicht klappen würde, aber darüber machte sie sich mit jedem Tag weniger Sorgen. Jetzt, da sie beide sich ihre Gefühle füreinander eingestanden hatten, war sie zuversichtlich, dass sie auf Dauer zusammenbleiben würden.

Und dann war da noch der Sex.

Sie wäre die Erste, die behaupten würde, dass zu einer erfolgreichen Beziehung mehr gehörte als Sex. Aber *Gott*, Jack war gut darin. Er sorgte immer dafür, dass sie zuerst kam. Er sorgte dafür, dass sie sich im Bett wie die schönste Frau der Welt fühlte, obwohl sie wusste, dass das definitiv nicht der Fall war. Und er hatte die Fähigkeit, sie in jemanden zu verwandeln, den sie nicht einmal erkannte. Jemanden, der leidenschaftlich war, manchmal fast verzweifelt.

Sie liebte Jack so sehr und konnte sich ein Leben ohne ihn nicht vorstellen. Er war klug, extrem loyal gegenüber denen, die ihm wichtig waren, intensiv, beschützend, sehr fleißig, manchmal geistesabwesend, wenn er in einer Aufgabe versunken war, irgendwie unordentlich und ein vorsichtiger Fahrer, und wenn er sich entspannte, war sein Lachen ansteckend.

Kurzum, Jackson Justice war noch besser, als April es sich hätte vorstellen können, und sie fühlte sich wie die glücklichste Frau der Welt. Sie würde alles tun, was in ihrer Macht stand, um jemand zu sein, auf den er sich verlassen und auf den er stolz sein konnte.

Der Summer an der Hintertür ließ April überrascht zusammenzucken und riss sie aus ihren Grübeleien heraus. Sie lachte schnaubend. Sie war so in Gedanken an Jack versunken gewesen, dass ein UFO vor der Haustür hätte landen können und sie es wahrscheinlich nicht bemerkt hätte.

Sie war sich nicht sicher, wer da draußen war, da sie heute keine Lieferungen erwarteten, aber sie schob ihren Stuhl vom Schreibtisch zurück, um denjenigen zu begrüßen.

Als April die Hintertür aufschloss, hatte sie ein leichtes Lächeln im Gesicht.

Dieses Lächeln erstarb, als der Mann, der dort stand – und Junes Oberarm festhielt –, eine Pistole auf sie richtete und knurrte: »Tritt zurück. Sofort.«

Überrascht befolgte April den Befehl und stolperte rückwärts, während ihr Gehirn zu begreifen versuchte, was passierte. Der Mann betrat *Jack's Lumber* und schlug die Tür hinter sich zu. Dann verzog er die Lippen zu einem unheimlichen, bösen Lächeln, als er sagte: »Hallo April. Ich freue mich, dass es dir nach deinem *Unfall* so gut geht.«

Seine Worte waren höflich, aber die Andeutung darin ließ sie erschaudern.

April legte den Kopf schief und versuchte zu erkennen, wo sie den Mann gesehen hatte. Dann fiel es ihr ein. »Sie waren schon einmal hier. Sie kamen herein und wollten einen Kostenvoranschlag von *Jack's Lumber*.«

»Ja«, sagte er, scheinbar unbesorgt, dass sie ihn erkannte.

Obwohl Aprils Gedächtnis vor ein paar Wochen größtenteils zurückgekehrt war, kamen ihr hin und wieder immer noch Dinge in den Sinn, die in den letzten fünf Jahren passiert waren, Dinge, an die sie sich nicht sofort erinnert hatte. Die meisten davon waren trivial, und der Arzt sagte, ihr Gehirn sei noch in der Heilungsphase, weshalb er nicht überrascht sei, wenn sie noch wochenlang kleine Flashbacks hatte.

Genau in diesem Moment hatte sie einen, als sie den Mann anstarrte, der ihr aus mehr als einem Grund bekannt vorkam.

Keuchend sagte April: »Sie waren da.«

Seine Augen funkelten bei ihren Worten. »Bei deinem Unfall? Das war ich.«

»Der schwarze Pick-up«, flüsterte April. »Sie haben alles gesehen, sind aber weggefahren, ohne mir zu helfen.«

»Warum sollte ich dir helfen? Ich habe deinen Unfall nicht verursacht, aber er hat mich trotzdem glücklich gemacht.«

Aprils Magen drehte sich. Wer sagte denn so etwas?

»Die Sache ist die ... Ich habe sehr lange auf diesen Tag gewartet. Jahrelang, um genau zu sein.«

»Ich verstehe das nicht«, flüsterte April. Der Schreck ließ ihren Geist träge werden, was wiederum das Denken erschwerte.

»Das wirst du mit der Zeit.«

»Wer sind Sie? Was wollen Sie von mir? Wir bewahren hier kein Geld auf.«

Er lachte. »Ich will kein Geld«, informierte er sie. Dann schüttelte er die Pistole, die er immer noch auf sie gerichtet hatte, und sagte: »Ich möchte, dass du Carlise und Marlowe eine SMS schickst. Sag ihnen, dass sie herkommen sollen.«

Entsetzt schreckte April zurück. »Nein!«, rief sie aus. Auf keinen Fall wollte sie ihre Freundinnen in das Geschehen hier hineinziehen. Es war schon schlimm genug, Junes blasses Gesicht und die Tränen in ihren Augen zu sehen.

Der Mann mit der Waffe machte ein abfälliges Geräusch und zuckte mit den Schultern. Dann drehte er sich zu June um, die die ganze Zeit über geschwiegen hatte, und rammte ihr die Pistole in den Bauch, woraufhin sie vor Schmerz stöhnte. »Willst du es dir noch einmal überlegen?«, fragte er mit zusammengekniffenen Augen.

Übelkeit drehte April den Magen um. Sie schluckte die Galle hinunter, die sich ihren Weg in die Kehle bahnte. Mit Gewalt gegen sich selbst konnte sie umgehen. Aber auch wenn sie diesen Mann nicht kannte oder nicht wusste, was er wollte, hatte sie keinen Zweifel daran, dass er tun würde, was er androhte. Er würde June in den Bauch schießen und ihr ungeborenes Kind töten. Das Böse und die Leere in seinen Augen bestätigten das ohne jeden Zweifel.

»Bitte tun Sie ihr nichts«, flüsterte sie und hasste es, wie hilflos sie sich fühlte.

»Schick ihnen eine SMS«, sagte der Mann in einem tiefen, bedrohlichen Ton, während er mit dem Kopf auf ihre Hand deutete.

Erst in dieser Sekunde bemerkte April, dass sie ihr Handy in der Hand hatte. Kurz keimte Hoffnung auf. Vielleicht könnte sie so tun, als würde sie einer der anderen Frauen eine SMS schreiben und stattdessen den Notruf wählen.

Aber der Mann kam nahe genug heran, um das Handy in ihrer Hand zu sehen, und zog June mit sich. »Halte es so, dass ich sehen kann, was du tippst«, sagte er zu ihr.

Da der Mann so nahe war, hatte sie keine Möglichkeit, etwas anderes zu tun als das, was er befahl. Einen Moment lang überlegte sie, ob sie versuchen sollte, ihn zu überwältigen. Sie waren zu zweit, sie und June, und er war allein. Er war nicht sehr groß, etwas kleiner als sie, aber er war ziemlich muskulös. Und er hatte den Wahnsinn auf seiner Seite.

Ratlos, wie sie am besten vorgehen sollte, zögerte April. Chappy und Bob würden ihr nie verzeihen, dass sie ihre Frauen in die Geschehnisse verwickelt hatte, aber sie wusste nicht, was sie sonst tun sollte. Laut Jack wären die Jungs noch ein paar Stunden mit ihrem Treffen beschäftigt. Sie rechnete nicht damit, dass jemand vorbeikommen würde. Sie konnte es nicht stundenlang hinauszögern, nicht mit dem entschlossenen Blick in den Augen des Mannes. Was immer er auch vorhatte, er war offensichtlich in dem Wissen hergekommen, dass er Zeit hatte, es zu erledigen.

Sie zögerte zu lange. Der Mann holte aus und schlug June mit der Waffe ins Gesicht.

Sie schrie und fiel wie ein Stein zu Boden. Der Mann ließ sie nicht dort liegen. Er zerrte sie mit einer Hand hoch und schlug sie erneut. Diesmal ließ er sie zusammengekauert auf dem Boden liegen, wo sie mit einer Hand ihr Gesicht und mit der anderen ihren schwangeren Bauch hielt.

April war einen Moment lang entsetzt ... dann war sie empört. Dieser Mann *wagte* es, ihre Freundin anzurühren. Sie *zweimal* zu schlagen!

Klarheit traf sie. Er bluffte nicht. Er würde June, ohne zu zögern, umbringen – aber das hatte er noch nicht getan.

Das bedeutete, dass er sie brauchte. Solange sie taten, was er sagte, würde er sie am Leben lassen. Und je länger sie atmeten, desto mehr Zeit hätten Jack und die anderen, sie zu retten.

April hatte die schlimmsten Tage ihrer Freundinnen miterlebt. Wie June angeschossen, Carlise bei einer Lawine unterirdisch begraben wurde und wie Marlow beinahe durch Strangulation gestorben wäre. Sie hatte sich immer gefragt, wie sie reagieren würde, wenn sie sich in einer ähnlichen Situation befände, und sie hatte sich ausgemalt, dass sie ein Nerven-bündel wäre. Sie würde weinen und völlig zusammenbrechen. Aber nein. In diesem Moment strömte Entschlossenheit durch ihre Adern. Niemand hatte das Recht, das zu tun, was dieser Mann tat. Sie wusste nicht, was er vorhatte, aber sie würde mitspielen und ihm nicht die Genugtuung geben, ihre Angst zu zeigen. Dass sie tief in ihrem Inneren schrie und weinte und sich zu einer nutzlosen kleinen Kugel zusam-menrollte.

»Schlagen Sie sie nicht noch einmal«, sagte sie mit gleich-mäßiger Stimme, die sie kaum wiedererkannte. »Ich werde Carlise und Marlowe eine SMS schicken.«

»Tu das«, knurrte der Mann und richtete die Waffe auf Junes Bauch. Der Mistkerl hatte im Moment alle Trümpfe in der Hand. Und er wusste es.

Schnell schickte sie getrennte SMS an ihre Freundinnen. Sie hielt sich kurz und schrieb, dass sie sie bei *Jack's Lumber* brauchte und sie so schnell wie möglich zum Hintereingang kommen sollten.

April war nicht überrascht, als beide Frauen sofort antwor-teten, dass sie auf dem Weg seien. Solche Freundinnen waren sie eben. Wenn jemand etwas brauchte, ließen sie alles stehen und liegen, um zu helfen.

Ihre Übelkeit hatte nicht nachgelassen. Wenn überhaupt, dann war sie jetzt schlimmer als zuvor. Aber April blieb stand-haft und funkelte den Mann an, als er sie angrinste und ihr Handy einsteckte.

Die Zeit schien schrecklich langsam zu vergehen, während sie auf die Ankunft von Carlise und Marlowe warteten. April hatte in ihrem ganzen Leben noch nie so sehr auf einen platten Reifen oder darauf gehofft, dass einem ihrer Fahrzeuge das Benzin ausgegangen war.

Aber als es das erste Mal an der Hintertür klopfte, wusste sie, dass ihre Gebete umsonst gewesen waren.

»Aufmachen«, befahl der Mann. Als April zögerte, zog er einen Fuß zurück, als wollte er June treten, und April sagte schnell: »Ich gehe ja schon! Tun Sie ihr nicht weh.«

Mit dem Gefühl, als seien ihre Schuhe mit Beton gefüllt, ging sie zur Tür und öffnete sie. Carlise stand mit besorgter Miene dort. »Ist alles in Ordnung mit dir? Ich bin so schnell gekommen, wie ich konnte.«

April trat zurück – und sah den Moment, in dem Carlise den Mann mit der Pistole entdeckte. »Was zum Teufel?«

»Komm rein und feiere mit«, sagte der Mann, wieder mit diesem widerlichen Lächeln im Gesicht.

Einen Moment lang sah Carlise so aus, als wollte sie sich umdrehen und weglaufen – aber der Mann drehte sich einfach zu June um und feuerte die Waffe ab.

Zu Aprils Überraschung war es gar nicht so laut, und erst da wurde ihr klar, dass er eine Art Schalldämpfer am Ende der Waffe hatte.

Carlise kreischte vor Überraschung, und April blieb fast das Herz stehen.

Aber er hatte June nicht getroffen. Er hatte direkt neben ihr in den Boden geschossen.

»Komm rein, oder die nächste Kugel geht in ihren Bauch«, drohte der Mann.

Carlise trat durch die Tür, und April schloss sie hinter ihr.

»Es tut mir so leid«, flüsterte sie ihrer Freundin zu.

Aber Carlise schien es nicht zu hören. Ihr Blick war auf das kleine Loch im Boden fixiert, das die Kugel verursacht hatte.

»Jetzt warten wir, bis die Letzte kommt, und dann können wir gehen.«

Gehen? Wohin gehen? Aber April fragte nicht. Sie glaubte sowieso nicht, dass der Mann ihr antworten würde.

»Bitte, kann Carlise zu June gehen?«, fragte April stattdessen.

»Nein.«

»Sie blutet. Es wird nichts an Ihrem Vorhaben ändern, wenn Sie ihr gestatten, ihr zu helfen«, drängte April.

Der Mann starrte sie einen Moment lang an, bevor er einmal nickte. »Also gut. Aber keine faulen Tricks. Sonst geht die nächste Kugel durch den Kopf eines Babys.«

April hasste diesen Mann mit jedem Wort mehr, das er sagte, aber sie ließ sich ihre Gefühle nicht anmerken. »Geh schon«, sagte sie zu Carlise und stupste sie an. »Sieh nach June.«

Carlise war in ihrer Schwangerschaft fast so weit wie June, nur etwa einen Monat hinter ihr, und sie war an dem Punkt angelangt, an dem ihr Bauch mit jedem Tag größer zu werden schien. Außerdem hatte sie begonnen, beim Gehen ein wenig zu watscheln. Noch am Vortag hatten die beiden Frauen sich über ihre unbeholfenen Bewegungen lustig gemacht.

Aber jetzt, als Carlise mit hocherhobenem Kopf auf June zuging, hätte April nicht stolzer sein können. Carlise war offensichtlich verängstigt und verwirrt. Sie hatte sich in eine Situation begeben, in der sie keine Ahnung hatte, was passierte, aber sie tat ihr Bestes, um die Fassung zu bewahren.

April beobachtete, wie sie es schaffte, neben June auf die Knie zu gehen und sie in eine lange Umarmung zu ziehen. Dann tupfte sie mit dem Ärmel ihres Hemdes das Blut auf Junes Stirn weg, wo sie geschlagen worden war.

»Wie heißen Sie?«, fragte April leise, die immer noch an der Tür stand. Wenn sie diesen Mann dazu bringen konnte, sie und die anderen als Menschen zu sehen und nicht als Objekte für die ruchlosen Pläne, die er ausgeheckt hatte, konnte sie vielleicht einen Funken Mitgefühl aus ihm herausquetschen.

»Ryan Johnson.«

April blinzelte. Der Name war so ... gewöhnlich. Sie war nicht sicher, was für einen Namen sie von jemandem erwartet hatte, der so böse war, aber das war es nicht.

»Es ist schön, dich kennenzulernen, Ryan. Darf ich Du sagen?«, sagte sie, ihre Lippen taub.

Er lachte. Lautstark. Ein Geräusch, das an Aprils Nerven zerrte. »Nein, das ist es nicht. Du meinst kein Wort davon ernst. Und ich weiß, was du vorhast. Es wird nicht funktionieren. Dein Weg ist vorgezeichnet. Nichts, was du sagst oder tust, wird das Ergebnis ändern. Egal wie sehr du versuchst, dich und deine Freundinnen zu vermenschlichen, ihr seid alle nur Figuren in diesem Spiel.«

»Heißt das, du lässt uns gehen?«

Er lächelte, und es war alles andere als beruhigend. »Wenn ihr tut, was ich euch sage, und mir keine Probleme macht, werdet ihr und die Bälger, die ihr in euch tragt, bis zu unserem nächsten Ziel weiterleben.«

Das hörte sich für April nicht gut an. Sie schluckte ihre Angst hinunter und fragte: »Und wo ist das?«

Doch bevor Ryan antworten konnte, klopfte es an der Tür ... nicht dass April glaubte, er würde ihr wirklich sagen, wohin er sie zu bringen gedachte.

»Lass sie rein«, sagte Ryan, drehte sich um und richtete die Waffe auf June und jetzt auch auf Carlise, die sich auf dem Boden zusammenkauerten.

Mit einem tiefen Atemzug öffnete April widerwillig die Tür für Marlowe.

»Hey, Mädchen, was gibt's?«

Und genau wie Carlise sah Marlowe Ryan im Zimmer und die beiden anderen Mädchen auf dem Boden, und ihre Augen wurden groß.

»Komm rein«, befahl Ryan ihr mit schroffer Stimme.

Diesmal war es April, die in Erwägung zog, durch die offene Tür zu laufen. Sie konnte sich viel schneller bewegen als ihre schwangeren Freundinnen. Sie könnte Hilfe holen. Aber kaum hatte sie den Gedanken, verwarf sie ihn wieder. Ryan würde sehr wahrscheinlich jemanden erschießen, wenn sie ging. Sie könnte nicht damit leben, wenn das passierte.

Also schloss sie in aller Ruhe die Tür hinter Marlowe und wartete ab, was er als Nächstes tat.

Es dauerte nicht lange. Ryan beugte sich hinunter und packte June erneut am Arm. Sie wimmerte, als er sie auf die Beine zerrte. Auch Carlise schaffte es nur mit Mühe, auf die Beine zu kommen. Ryan rammte den Lauf der Pistole wieder in Junes Bauch und sagte:»So wird es jetzt ablaufen. Ihr gebt mir eure Handys, und dann geht ihr alle ganz ruhig nach draußen und steigt in meinen Wagen. Wenn ihr sprecht, schreit oder irgendetwas tut, was Aufmerksamkeit auf euch lenkt, werde ich den Fötus erschießen. Habt ihr verstanden?«

Alle starrten ihn an, ohne sich zu bewegen.

»Verstanden?«, rief er.

Schnell nickten sie alle.

»Gut«, sagte er wieder mit normaler Stimme.

Der Mann war wahnsinnig, und April wurde wieder einmal klar, wie sehr sie alle in Schwierigkeiten steckten.

»Wenn ihr tut, was ich euch sage, wird euch nichts passieren«, sagte er mit fast sanfter Stimme. »Ihr seid nicht meine Sorge. Ihr seid alle nur ein Mittel zum Zweck. Also seid brave Mädchen, und ihr und eure ungeborenen Bälger werden am Leben bleiben. Widersetzt ihr euch mir, versucht zu fliehen oder geht mir auf die Nerven, werde ich eure Bäuche für Schießübungen benutzen. Ihr überlebt vielleicht, aber eure Babys nicht. Habt ihr verstanden?«

Wieder nickten sie alle.

Marlowe und Carlise händigten ihre Handys aus, und April nahm an, dass Ryan das von June bereits konfisziert hatte. Sie betete, dass er nicht verstand, dass die Telefone geortet werden konnten und er sie eingeschaltet lassen würde, aber sie hatte das Gefühl, dass er ihnen in dieser Hinsicht weit voraus war.

Dass die Handys ihren Männern oder der Polizei nicht helfen würden, sie zu finden.

April hasste die Angst in den Gesichtern ihrer Freundinnen. Sie konnte nichts tun, um ihnen zu helfen. Sie waren alle gleichermaßen hilflos.

»Mach die Tür auf, April«, sagte Ryan.

Sie fragte sich, woher dieser Mann ihren Namen und die Namen ihrer Freundinnen kannte, aber sie nahm an, dass es im Moment keine Rolle spielte.

Sie öffnete die Tür und sah zu, wie ihre drei Freundinnen hindurchschlurften.

»Schließ hinter uns ab«, sagte Ryan zu ihr, und April tat wie befohlen. Sie wusste, dass die Vordertür noch offen war, und wenn jemand vorbeikam und das Büro unverschlossen und leer vorfand, würde er vielleicht die Polizei benachrichtigen oder einen der Jungs anrufen. Sie musste sich an diese Hoffnung klammern.

Ryan führte sie zu einem schwarzen Pick-up, derselbe, von dem April sich schließlich erinnerte, dass er von der Unfallstelle weggefahren war. Diesmal war hinten ein geschlossener Anhänger befestigt.

»Nein«, flüsterte Carlise entsetzt.

»Mach ihn auf«, befahl Ryan April.

Sie wusste, dass Carlise sich an das Loch im Boden erinnerte, in das sie sich geflüchtet hatte, als die Lawine sie fast lebendig begraben hätte. Infolgedessen hatte sie immer noch Probleme mit kleinen, dunklen Räumen. Aber auch hier hatte im Moment keiner von ihnen eine Wahl.

Sie öffnete die Rückwand des Anhängers und spähte hinein. Er war völlig leer, bis auf einen Eimer in einer Ecke. Die Frage, wofür dieser Eimer war, ließ ihren bisherigen Entschluss, stark zu sein, ins Wanken geraten.

»Einsteigen«, befahl Ryan.

April sah den Trotz sowohl in Marlowe als auch in Carlise

aufblitzen. Und das jagte ihr eine Heidenangst ein. Sie und June hatten bereits gesehen, zu welcher Gewalt ihr Entführer fähig war.

Noch während April unauffällig den Kopf schüttelte, flog Marlowe plötzlich nach vorn. Sie fiel direkt hinter dem Anhänger auf die Knie, wobei ihr Kopf durch den Schwung nach vorn geschleudert wurde und auf den Metallboden der übergroßen Kiste aufschlug.

April drehte sich rechtzeitig um, um zu sehen, wie Ryans Fuß auf den Boden sank. Das Monster hatte Marlowe in den Rücken getreten! Schnell eilte sie ihrer Freundin zu Hilfe und konnte nicht umhin zusammenzuzucken, als sie die Kratzspuren auf Marlowes Hose und die riesige Beule, die sich bereits auf ihrer Stirn bildete, sah.

»Einsteigen«, befahl Ryan erneut.

Da sie keine Wahl hatten, taten die Frauen, was ihnen gesagt wurde.

Das Geräusch der Türen, die sich hinter ihnen schlossen, hallte in Aprils Kopf wider. Sie alle hörten das unverwechselbare Klicken eines Schlosses, und die pechschwarze Dunkelheit schien sich wie ein bösartiger Nebel um sie zu schließen.

Jemand wimmerte, und das riss April aus dem Abgrund der Verzweiflung, in den sie zu stürzen drohte.

»Kommt her, Leute«, sagte sie leise und stützte sich an der Seite des Anhängers ab. Sie hörte ein Schlurfen, als die anderen sich bewegten. Als sie spürte, dass jemand sie berührte, ergriff sie vorsichtig einen Arm. Innerhalb von Sekunden waren die vier zusammengerückt und hatten die Arme umeinandergelegt, während sie vor Angst und Schock zitterten.

Die plötzliche Bewegung des Anhängers ließ sie fast alle zu Boden gehen. »Setzt euch alle hin, damit wir nicht fallen.«

Sie bewegten sich gemeinsam, ohne einander loszulassen.

»Es tut mir leid! Es tut mir so leid!« sagte April, als der Anhänger sich schneller zu bewegen begann.

»Nein, *mir* tut es leid«, schniefte June. »Er kam zu mir nach Hause und ich habe die Tür geöffnet. Ich wusste es besser! Nach allem, was mir passiert ist, hätte ich nicht an die Tür gehen sollen, wenn Cal nicht da ist, vor allem wenn ich niemanden erwartet habe.«

»Es ist nicht deine Schuld«, beruhigte April sie. »Wie konntest du wissen, dass ein verrücktes Arschloch dich entführen würde?«

»June, geht es dir gut?«, fragte Carlise.

»Ich glaube schon«, antwortete June. »Es tut weh.«

»Was tut weh?«, fragte Marlowe.

»Alles. Mein Arm, wo er mich gepackt und herumgezerrt hat. Mein Kopf, wo er mich mit der Pistole geschlagen hat. Meine Hüfte, wo ich gefallen bin.«

April schloss die Augen, was dumm war, denn es war genauso schwarz, ob sie nun offen oder geschlossen waren, aber irgendwie hatte sie das Gefühl, dass sie durch das Schließen der Augen den Schmerz ausblenden konnte, den sie in der Stimme ihrer Freundin hörte.

»Was zum Teufel ist hier los?«, flüsterte Marlowe.

»Der Summer an der Hintertür hat ausgelöst, und als ich aufmachen wollte, stand der Typ da und hatte seine Waffe auf June gerichtet. Ich hätte nie getan, was er mir befohlen hat, und euch eine SMS geschickt, wenn er June nicht geschlagen und seine Waffe auf ihren Bauch gerichtet hätte«, erklärte April ihren Freundinnen.

»Das wissen wir«, sagte Carlise, und April spürte, wie jemand einen Arm um ihre Taille legte. »Aber wo bringt er uns hin? Und warum?«

»Ich habe keine Ahnung«, gab April zu. »Aber ich habe ihn schon einmal gesehen. Er kam zu *Jack's Lumber*, bevor ich meine Erinnerungen zurückbekam.«

Bevor jemand etwas erwidern konnte, holperte der Anhänger, als sie an Fahrt gewannen, und April zuckte zusammen, als sie daran dachte, wie June sich wohl fühlen mochte, als sie alle durcheinandergeschüttelt wurden.

Je länger sie fuhren, desto kälter wurde es in dem unisolierten Anhänger. Der Boden war ungemütlich, und April wusste, dass es den drei schwangeren Frauen noch schlechter gehen musste als ihr selbst.

Während sie einem ungewissen Schicksal entgegenfuhren, brach eine Frau nach der anderen um April herum zusammen. Sie begannen, zu weinen und noch stärker zu zittern. Aber Aprils Augen waren trocken. Sie war genauso verängstigt wie die anderen. Genauso verunsichert. Aber sie war auch wütend. Dieser Ryan hatte kein Recht zu tun, was er da tat! Sie hatte keine Ahnung, was sein Problem war, aber sie zu entführen und die ungeborenen Kinder ihrer Freundinnen zu bedrohen war geradezu sadistisch, und April würde alles in ihrer Macht Stehende tun, um Ryans Plan zu vereiteln – was auch immer dieser war.

»Hört zu, meine Damen. Hört gut zu. Wir werden hier rauskommen.«

»Das weißt du doch gar nicht«, flüsterte Marlowe.

»Doch«, sagte April, deren Zuversicht und Wut mit jedem Wort wuchs, das aus ihrem Mund kam.

»Wie?«, fragte June.

»Carlise, als du in der Lawine vermisst wurdest, hat Chappy nicht aufgehört, bis er dich gefunden hatte. Er grub sich mit bloßen Händen durch den Schnee, bis sie völlig wund waren, und scherte sich kein bisschen um seinen eigenen Schmerz. Sein einziges Ziel war es, zu dir zu gelangen.

Und June, als du angeschossen wurdest, habe ich noch nie einen Mann gesehen, der so entschlossen war, die Leute, die diesen Anschlag angeordnet hatten, teuer bezahlen zu lassen. Wenn er nicht an deiner Seite im Krankenhaus war, hing er am

Telefon und nutzte jeden Kontakt, der ihm zur Verfügung stand, um dafür zu sorgen, dass du Gerechtigkeit bekommst.

Marlowe, Bob hat dich aus einem *verdammten Gefängnis* befreit. Du hast uns erzählt, wie er sich geweigert hat, deinen Körper mit dem ekligen Abflusswasser in Berührung kommen zu lassen, und wie er trotz der Schürfwunden auf seinem Rücken im dreckigen Stroh geschlafen hat, damit du es nicht tun musst. Glaubt ihr wirklich, dass unsere Männer sich zurücklehnen und darauf warten, dass jemand anderes uns findet? Glaubt ihr nicht, dass sie alles in ihrer Macht Stehende tun werden, um uns zurückzuholen?«

»Aber wie?«, fragte Carlise, womit sie Junes Frage mit bebender Stimme wiederholte.

»Ich weiß es nicht. Aber sie werden es tun. Jack hat mir gesagt, dass er nie zulassen würde, dass mir jemand wehtut. Ich glaube ihm. Wir müssen nur stark bleiben«, sagte sie entschlossen. »Wir dürfen nicht zusammenbrechen. Wir müssen wachsam bleiben, beobachten, was um uns herum passiert, alles katalogisieren, damit wir, wenn es so weit ist, die Informationen haben, die wir brauchen, um entweder uns selbst zu retten oder unseren Männern zu helfen, uns zu retten. Habt ihr verstanden?«

Die Frauen, die alle noch neben ihr kauerten, schnieften, aber sie stimmten zu.

»Und wir müssen aufeinander aufpassen. Keine Geheimnisse. Wenn ihr verletzt seid, meldet euch. Wenn ihr kurz davor seid durchzudrehen, lasst es uns wissen, und wir halten euch fest, bis ihr euch stark genug fühlt, um weiterzumachen. Wir müssen uns gegenseitig warm, bequem und ruhig halten. Wir müssen einander vertrauen«, fuhr April fort.

»Ryan wird wollen, dass wir zusammenbrechen. Ich habe das Gefühl, dass er sich daran erfreuen wird, uns zu erschrecken und unsere Tränen zu sehen. Wir dürfen ihn nicht an uns heranlassen. Aber wir dürfen auch keine Dummheiten machen. Wir müssen tun, was er uns sagt, um uns und unsere Kinder zu schützen.«

April hörte, wie jemand tief einatmete, dann sagte Carlise: »Du hast recht. Wir können das schaffen. Wir sind zähe Miststücke. Seht nur, was wir schon durchgestanden haben.«

»Ja«, stimmte Marlowe zu.

April wartete darauf, dass June etwas sagte, und als sie es nicht tat, fragte sie: »June?«

»Ich habe Angst«, flüsterte die andere Frau.

»Ich weiß. Ich auch«, sagte April zu ihr.

»Du hörst dich aber nicht so an«, wandte sie ein.

April stieß ein Schnauben aus. »Ich habe Angst, aber im Moment bin ich eher wütend. Wütend auf diesen Idioten, der meine Liebe zu meinen Freunden gegen mich verwendet hat. Gegen uns alle. Wütend, dass ein Psychopath eine Waffe bekommen konnte. Wütend auf den Gesetzgeber, wütend auf die Leute, die diese blöde Tür bei *Jack's Lumber* ohne Spion gebaut haben. Ich bin sogar ein bisschen wütend auf unsere Jungs, weil sie bei einem Treffen waren, als wir sie am meisten brauchten, so irrational das auch klingt. Ich bin wütend auf die ganze verdammte Welt – und im Moment hilft diese Wut mir weiter. Zweifellos habe ich Angst, June, aber ich versuche, das Wissen darauf zu kanalisieren, was unsere Jungs denken und fühlen werden. Sie werden jeden Stein umdrehen, um uns zu finden. Und sie werden dieses Arschloch Ryan dafür bezahlen lassen.«

»Was ist, wenn er Leute hat, die ihm helfen?«, fragte Carlise.

»Dann werden unsere Jungs sie auch bezahlen lassen«, antwortete April, ohne zu zögern.

»Ich habe Krämpfe«, sagte June mit so leiser Stimme, dass sie fast nicht zu hören war.

»Was?«, fragte Marlowe.

»Ich glaube, es sind Krämpfe ... aber was ist, wenn es keine sind? Was, wenn ich das Baby verliere? Oder ... die Wehen einsetzen?«

Zum ersten Mal verflüchtigte Aprils Wutblase sich ein wenig und sie geriet fast in Panik. Erstens war es ein bisschen zu früh für Junes Baby, aber zweitens ... konnte sie in dieser beschissenen Situation kein Baby bekommen. Sie hatten weder Medikamente noch Ärzte, nichts, um sicherzustellen, dass ihr kleiner Junge gesund zur Welt kam.

Sie atmete tief durch. Nein. Sie durfte nicht in Panik geraten. Ihre Freundinnen verließen sich darauf, dass sie die Starke war. Sie war die Herbergsmutter, sie musste sich auch so verhalten.

»Nimm einen tiefen Atemzug«, befahl April June. »Und jetzt noch einen. Gut so. Du musst ruhig bleiben. Du bist hier bei uns. Wir werden nicht zulassen, dass dir oder deinem Baby etwas passiert.«

»Ich glaube, ich habe Wehen. Was ist, wenn die Geburt einsetzt?«, fragte June.

»Dann kümmern wir uns darum«, sagte April sachlich, während sie innerlich ausflippte.

»Wir machen das schon«, stimmte Carlise zu.

»Ja, wer könnte dir besser bei der Geburt helfen als zwei Frauen, die mit ihren eigenen Kindern schwanger sind?«, sagte Marlowe ein wenig zittrig.

»Zwei schwangere Frauen und eine knallharte Kriegerin«, sagte Carlise mit einem kleinen Lachen.

April fühlte sich geschmeichelt, dass sie so über sie dachte, aber es machte ihr auch Angst. Es setzte sie sehr unter Druck. Sie schob diese Gefühle erst einmal beiseite.

»Kommt, machen wir es uns bequemer. Legt euch hin. So können wir die Körperwärme besser teilen«, sagte April.

Alle bewegten sich, und April sorgte dafür, dass sie an die Seite des Anhängers gelehnt war. Die Wand klapperte und war kalt an ihrem Rücken, als sie sich an June schmiegte. Sie legte eine Hand auf den runden Bauch ihrer Freundin und schluckte schwer, als June ihre Hand mit ihrer eigenen bedeckte. Die beiden anderen Frauen kuschelten sich ebenfalls an sie, und während die Kilometer unter ihnen vorbeizogen in Richtung des Ziels, das Ryan im Sinn hatte, schloss April die Augen und dachte an Jack.

Finde uns, dachte sie. *Bitte, du musst der knallharte, wütende Freund sein, von dem du mir versprochen hast, dass du es sein würdest, wenn jemand mich anrührt.*

Allein der Gedanke an Jack ließ sie ein wenig entspannen. Sie hatte nicht den geringsten Zweifel daran, dass Jack Himmel und Hölle in Bewegung setzen würde, um sie zu finden, sobald er herausfand, dass sie und die anderen vermisst wurden. Und Gott stehe Ryan bei, wenn er das tat. Jack würde keine Gnade kennen ... und da sie im Moment ein wenig blutrünstig war, war April froh darüber.

KAPITEL DREIZEHN

JJ legte auf, ohne eine weitere Nachricht für April zu hinterlassen. Er hatte sie zweimal angerufen, aber sie hatte nicht abgenommen, was nicht ihre Art war. Unbehagen breitete sich in seinem Bauch aus. Seine rationale Seite sagte ihm, dass sie wahrscheinlich mit einem Kunden beschäftigt war, aber sie hatte ihn noch nie *nicht* zurückgerufen, nachdem sie eine Nachricht erhalten hatte. Schon bevor sie zusammen waren, hatte sie seine Anrufe gewissenhaft beantwortet.

Und es war nicht so, als hätte *Jack's Lumber* besonders viel Laufkundschaft. Ja, sie bekam einen ständigen Strom von E-Mails und Anrufen von aktuellen und potenziellen Kunden, aber das hielt sie nicht davon ab, ihn zurückzurufen.

»Was ist los?«, fragte Bob, als er neben JJ auftauchte. Sie waren immer noch in ihrer Besprechung, machten jedoch eine kurze Pause, und JJ war mehr als bereit, fertig zu werden. Bob sah energiegeladen aus und erfreut über die Möglichkeiten, über die sie gesprochen hatten, und JJ war froh darüber. Aber er konnte trotzdem nicht aufhören, sich Sorgen zu machen.

»April geht nicht an ihr Telefon, und sie hat mich weder

zurückgerufen noch mir eine Nachricht hinterlassen«, sagte JJ zu seinem Freund.

»Ich bin sicher, sie ist nur beschäftigt«, erwiderte Bob achselzuckend.

»Ich weiß nicht ...«, gab JJ zu.

»Willst du, dass ich Marlowe anrufe und frage, ob sie sie erreichen kann?«, fragte Bob.

»Würde es dir etwas ausmachen?«

»Natürlich nicht.« Bob griff nach seinem Telefon und tippte auf den Namen seiner Frau. Er runzelte die Stirn, als einige Sekunden verstrichen und sie nicht abnahm. »Hm«, sagte er. »Sie ist nicht rangegangen.«

JJs Instinkt ging auf höchste Alarmstufe. Er drehte sich zu Chappy und Cal um, die gerade mit dem Bürgermeister von Newton sprachen, und stieß einen Pfiff aus.

Beide Männer drehten sofort den Kopf und kamen in seine Richtung. Als sie nahe genug waren, sagte JJ ohne Erklärung: »Ruft Carlise und June an. Findet heraus, ob ihr sie erreicht.«

Die Haare in seinem Nacken stellten sich auf und JJ wusste bis ins Mark, dass irgendetwas nicht stimmte. Er wusste nicht, woher er das wusste, er tat es einfach. Andere würden ihm vielleicht vorwerfen, paranoid zu sein, dass seine Zeit bei der Armee ihn übermäßig vorsichtig gemacht hatte – aber damit lägen sie falsch.

Sowohl Chappy als auch Cal zückten ihre Handys, ohne zu fragen.

Und als keine der beiden Frauen antwortete, wurde JJ schlecht in dem Wissen, dass sein Bauchgefühl richtig war.

»Was zum Teufel ist hier los?«, fragte Chappy, während JJ sich sofort zur Tür wandte, seine Freunde auf den Fersen.

»Ich weiß es nicht. Aber April hat auch nicht abgenommen und mich nicht zurückgerufen«, sagte JJ im Gehen.

»Sie könnten zusammen sein und eine Art Mädchenspa-Tag oder so etwas machen«, warf Bob ein.

Aber es war Cal, der den Kopf schüttelte und sagte: »Auf keinen Fall. June würde mir das nicht antun. Sie weiß, dass ich mir umso mehr Sorgen um sie mache, je näher ihr Geburtstermin rückt. Sie würde niemals ihr Telefon vergessen oder es ausschalten.«

»Das Gleiche gilt für Carlise«, stimmte Chappy zu.

»Also ... was? Wie kann es sein, dass alle vier Frauen zur gleichen Zeit nicht erreichbar sind?«, fragte Bob.

JJ drehte sich der Magen um. Er kannte die Antwort auf die Frage seines Freundes nicht, aber die Möglichkeiten brachten ihn um. Sie könnten alle im Büro zu Besuch gewesen und von Kohlenmonoxid überwältigt worden sein. Vielleicht gab es ein Feuer. Vielleicht waren sie alle zusammen essen gegangen und hatten einen Autounfall gehabt.

Er wusste es nicht. Sein Bauchgefühl sagte ihm einfach, dass April in Schwierigkeiten steckte.

Auf dem Parkplatz stieg Chappy in Cals Geländewagen, während Bob sich auf den Beifahrersitz von JJs Bronco setzte. Sie fuhren viel zu schnell durch die Stadt und in Richtung von *Jack's Lumber*.

Alle vier Fahrzeuge der Frauen auf dem Parkplatz zu sehen hätte JJ eigentlich beruhigen müssen, aber stattdessen wurde seine Angst noch größer. Er machte sich nicht die Mühe, die Zündung auszuschalten, bevor er aus dem Wagen stieg und auf die Hintertür zusteuerte. Als er den Knauf drehte, war sie verschlossen. Dadurch fühlte er sich ein klein wenig besser, denn er hatte April immer wieder ermahnt, die Türen abzuschließen, wenn sie allein war.

Chappy war mit seinem Schlüssel da, bevor JJ zu seinem Wagen zurücklaufen und seinen Schlüsselbund holen konnte. Er stieß die Tür auf und JJ erwartete ehrlich gesagt das Schlimmste.

Zu seiner Überraschung wurden sie von Stille begrüßt. Es war niemand da.

Cal ging zur Tür, die zum vorderen Teil des Büros führte, und war im Handumdrehen wieder da, wobei er den Kopf schüttelte.

»Wo sind sie?«, fragte Bob rhetorisch.

»All ihre Fahrzeuge sind hier. Wenn sie irgendwo hingefahren sind, muss jemand gefahren sein«, stimmte Chappy zu.

JJs Sinne waren immer noch in höchster Alarmbereitschaft. Die Haare in seinem Nacken standen weiterhin aufrecht. Er war jetzt genauso angespannt wie zu Beginn, als er April nicht erreichen konnte. »Alle stehen bleiben. Nicht bewegen«, befahl er, während er die Umgebung betrachtete.

Auf den ersten Blick sah alles normal aus. Nichts war fehl am Platz. Die Kaffeekanne auf dem Tresen war halb voll, die Kissen auf der Couch lagen genau dort, wo April sie haben wollte. Alles sah so aus, wie es immer war.

Dann blähte JJ die Nasenflügel auf, als er tief einatmete. »Riecht das noch jemand?«, fragte er.

Seine Freunde verkrampften sich sofort, und er sah, wie sie ein wenig den Kopf hoben, als sie die Luft schnupperten.

»Verdammt – ist das *Schießpulver*?«, fragte Bob.

JJ blickte zu Boden. Wenn jemand verwundet worden war, gäbe es Beweise. Aber der Boden war so sauber wie immer. Es gab keine Blutflecke, nichts, was auf etwas Schändliches hinwies. Trotzdem wusste JJ so gut, wie er seinen Namen kannte, dass hier etwas geschehen war. Etwas Schreckliches.

»War das Loch im Boden schon immer da?«, fragte Cal, der auf einen kleinen Makel im Boden deutete.

JJ schritt zu der Stelle, auf die Cal zeigte, und hockte sich hin. Er streckte eine Hand aus und berührte das kleine Loch. »Nein«, sagte er, wobei er den Klang seiner eigenen Stimme nicht wiedererkannte.

»Scheiße! Das sieht aus wie Blut«, sagte Chappy, der einen dunklen Fleck auf dem Boden nicht weit von dem Loch entfernt inspizierte. JJ hatte es übersehen, weil es sich so gut in das dunkle Holz einfügte.

Ohne ein Wort ging er zur Hintertür. Seine Aufmerksamkeit war jetzt hyperfokussiert, wie sie es bei Missionen immer gewesen war. Er hatte sich seit Jahren nicht mehr so gefühlt, hatte das Gefühl fast ganz vergessen. Aber alle seine Sinne waren sofort geschärft.

Sein Leben, das Leben seiner Teamkameraden und das Leben ihrer Frauen hing davon ab, dass er nichts übersah.

Er betrachtete den kleinen Parkplatz hinter dem Büro. Die Fahrzeuge der Frauen waren alle da, ebenso wie sein Bronco und Cals Rolls-Royce. Er suchte den kiesigen Parkplatz sorgfältig ab, bis er sah, wonach er suchte. »Dort«, sagte er und deutete mit dem Kinn auf den hinteren Teil des Parkplatzes, in die Nähe der Bäume. Reifenspuren von etwas, das wie ein kleinerer Geländewagen oder Pick-up aussah ... und eine Art von Anhänger. Die Spuren hinter dem Fahrzeug lagen dichter beieinander und hatten nicht viel Profil.

»Verdammte Scheiße!«, fluchte Cal.

»Willst du mich verarschen?«, rief Chappy aus.

»Wenn meiner Frau auch nur ein Haar gekrümmt wird, wird jemand sterben«, sagte Bob mit bösartiger Stimme.

JJ sagte kein Wort. Seine Zähne waren so fest zusammengebissen, dass er sicher war, es könnte einer abbrechen. Er holte tief Luft, als seine Freunde weiter fluchten.

»Genug«, befahl er entschieden. »Es hilft nicht, wütend zu sein.«

»Wie kannst du nur so verdammt ruhig sein?«, brüllte Cal.

»Die Beweise deuten darauf hin, dass jemand unsere verdammten Frauen entführt hat, und du sagst uns, wir sollen *nicht* wütend sein?«, schimpfte Chappy.

»Scheiß drauf«, murmelte Bob.

»Ich bin wütend«, sagte JJ zu seinen Teamkameraden.

»Aber wütend zu sein wird ihnen nichts nützen. Schnallt eure Stiefel an, Deltas – wir haben zu arbeiten.«

Seine Worte verfehlten ihre Wirkung nicht, und seine Freunde konzentrierten sich augenblicklich wie die gut ausgebildeten Soldaten, die sie waren. Dann nickten alle und sahen zu JJ, der sie anleitete.

»Wie lautet der Plan?«, fragte Chappy.

»Die Polizei anrufen. Ihre Handys orten, mal sehen, ob wir genau feststellen können, wann etwas passiert ist«, sagte JJ.

»Und was dann?«, fragte Cal.

JJ lächelte. Es war die Art von Lächeln, die April noch nie auf seinem Gesicht gesehen hatte. Ein berechnendes, tödliches, entschlossenes Grinsen, das seine Teamkameraden erkannten. »Dann gehen wir jagen«, antwortete er.

Seine Erklärung schien die anderen noch mehr zu beruhigen.

»Und ich sage euch gleich, dass ich jeden Gefallen einfordern werde, den wir haben. Angefangen bei Tex. Wir kennen Leute«, sagte JJ. »Wir müssen jede einzelne Verbindung nutzen, die wir je hergestellt haben. Ehemalige Deltas, Spezialeinheiten ... zur Hölle, sogar Zivilisten. Jemand hat unsere Frauen, und es ist mir egal warum, aber derjenige wird es bereuen, sie angerührt zu haben. Merkt euch meine Worte.«

»Ich werde den Polizeichef anrufen«, sagte Bob.

»Ich rufe Tex an«, fügte Chappy hinzu.

»Und ich rufe die Telefongesellschaft an und versuche, die Mitarbeiter dort zu überreden, die Handys zu orten«, sagte Cal. »Dann werde ich mich mit meinen Eltern in Verbindung setzen.«

JJ nickte. Er hatte keine Ahnung, wie die liechtensteinische Königsfamilie helfen konnte, aber er hatte kein Problem damit, ihre Verbindungen zu nutzen, wenn es darum ging, April und die anderen zu finden. Angst pochte in seinem Bauch, aber er hatte vor langer Zeit gelernt, diese Angst in Taten umzuwandeln. Dies war die wichtigste Mission seines Lebens, und er würde nicht versagen. Nicht wenn seine Zukunft davon abhing.

April wusste nicht, wie viel Zeit vergangen war; es war schwer zu sagen, wenn man sich in einer pechschwarzen Kiste befand, aber irgendwann fühlte es sich an, als würden sie langsamer werden. Sie hatten jetzt schon ein paarmal angehalten, und jedes Mal überlegte April, ob sie an die Seite des Anhängers klopfen und versuchen sollten, jemandes Aufmerksamkeit zu erregen.

Aber nachdem sie es mit den anderen besprochen hatten, beschlossen sie alle, dass es am besten war, sich zu fügen ... vorerst. Erst als Ryan nicht das bekam, was er wollte, hatte er June geschlagen. Und niemand wollte sehen, ob er seine Drohungen wahr machen würde, wenn sie ihn verärgerten. Also saßen sie dicht gedrängt beieinander und warteten ab, was passieren würde.

Jedes Mal wenn sie anhielten, machten sie sich innerhalb weniger Minuten wieder auf den Weg. Ryan hatte die Tür des Anhängers nicht geöffnet, und er hatte auch sonst nicht mit ihnen kommuniziert. Letztendlich mussten sie den Eimer in der Ecke benutzen, um ihr Geschäft zu verrichten. Es war schwierig und peinlich, aber April erinnerte alle daran, dass sie tun mussten, was nötig war, und wenn es ums Überleben ging, gab es nichts Peinliches.

Als sie dieses Mal anhielten, schien etwas anders zu sein. Zum einen fuhren sie nicht sofort wieder los.

»Was glaubt ihr, wo wir sind?«, flüsterte Carlise.

»Keine Ahnung«, sagte April. »Aber ich glaube, wir waren auf der Autobahn. So wie der Anhänger klapperte und vom Wind getrieben wurde, sind wir ziemlich schnell gefahren.«

»Irgendwann muss er doch schlafen, oder?«, fragte Marlowe.

April nickte. »Ja, da hast du recht. Vielleicht tut er das jetzt. Er macht eine Pause, um eine Weile zu schlafen. Wie geht es dir, June? Hast du immer noch Wehen?«

Es gab eine kleine Pause, bevor June seufzte. »Ja.«

»Sind sie dichter zusammen?«, fragte Carlise.

»Ein bisschen.«

»Scheiße«, fluchte Marlowe leise.

»Es ist in Ordnung. Wenn June ihr Baby bekommt, können wir damit umgehen«, sagte April entschlossen.

Keiner reagierte, bis Carlise trocken sagte: »Ich weiß, wir sollen positiv denken, und April, wir haben uns immer an dich gewandt, aber ich muss schon sagen ... du redest einen Haufen Blödsinn.«

April blinzelte überrascht – dann lächelte sie. Dann lachte sie tatsächlich laut auf. »Gut, lassen wir alles raus. Wer will sonst noch meckern?«

»Mein Rücken bringt mich um«, sagte June. »Dieser Boden ist so hart.«

»Ich mag es in Riggs' Hütte, aber in einen Eimer zu pinkeln ist scheiße«, fügte Carlise hinzu.

»Und es stinkt hier drin«, sagte Marlowe. »Es erinnert mich zu sehr an dieses Gefängnis in Thailand.«

»Ich habe Angst«, gab June leise zu.

»Ich auch«, stimmte Carlise zu.

»Schreckliche Angst«, sagte Marlowe. »Wir wissen nicht, was dieser Kerl will oder was er mit uns vorhat, wenn wir am Ziel ankommen.«

»Ganz zu schweigen davon, dass wir hier eingesperrt sind. Was, wenn er einen Unfall baut? Was, wenn er beschließt, den Anhänger einfach irgendwo stehen zu lassen?«, fragte Carlise.

»Und er hat uns weder Wasser noch Nahrung noch sonst etwas gegeben«, schimpfte June.

»Ich mache mir Sorgen darüber, was unsere Jungs denken und tun. Sie müssen mittlerweile ausflippen«, sagte Carlise leise.

Als sie aufhörten zu reden, fragte April: »War es das? Kommt schon, jetzt ist es an der Zeit zu sagen, was ihr denkt.«

Es blieb still im Anhänger, und April atmete tief durch. Jetzt war sie an der Reihe. »Ich habe Angst, dass ihr mich hasst, weil ich euch da reingezogen habe. Ich habe Angst, dass June ihr Baby bekommt, und ich weiß nicht, was ich tun soll. Ich will nicht, dass jemand von euch verletzt wird, und ich habe solchen Hunger, dass mir schwindelig ist. Aber wisst ihr was? Es könnte schlimmer sein.«

Jemand schnaubte.

»Ich meine es ernst«, beharrte April. »Dieses Arschloch Ryan hätte June im Büro erschießen können. Oder wir könnten allein sein. Dass ihr hier seid, macht die Sache irgendwie besser. Nicht einfach, aber einfacher. Wir sind kluge Frauen. Wir können herausfinden, wie wir das überleben können.«

»Wir sind zu viert. Was, wenn wir uns auf ihn stürzen, wenn er das nächste Mal die Klappe öffnet?«, fragte Carlise.

»Oder vielleicht finden wir eine verrostete Stelle oder etwas, das nach draußen führt, und wir können ein Stück Stoff aus dem Loch stecken, um zu versuchen, jemandem ein Signal zu geben?«, fügte Marlowe hinzu.

»Und wir haben alle genügend Babybücher darüber gelesen, was uns erwartet. Wenn ich dieses Kind bekomme, vertraue ich darauf, dass ihr mir helft. Wir können das schaffen«, sagte June mit festerer Stimme.

April wollte weinen, so dankbar war sie, dass ihre Freundinnen hart daran arbeiteten, ihre Angst zu überwinden.

»Wer ist dieser Typ?«, fragte Marlowe. »Warum wir?«

»Nach dem zu urteilen, was ich von ihm erfahren habe, denke ich, dass es mehr mit unseren Männern zu tun hat«, sagte April.

»Ich stimme zu«, sagte June. »Er hätte uns schon längst alle erschießen können. Uns vergewaltigen. Er hätte mehr tun können, als uns nur in diese Kiste zu stecken und loszufahren.«

»Das macht aber keinen Sinn«, erwiderte Carlise verärgert.

»Doch, wenn er etwas im Voraus geplant hat«, sagte June. »Etwas, um unsere Männer anzulocken.«

»Oh Scheiße«, murmelte April. June hatte recht. Das machte durchaus Sinn. Aber die Frage war ... wo?

»Aber warum?«, überlegte Marlowe.

»Ist das wichtig?«, fragte Carlise nüchtern. »Vielleicht hat Riggs ihn falsch angesehen. Vielleicht hasst er die Liechtensteiner Königsfamilie. Oder Bob hat etwas Sarkastisches gesagt, oder er ist hinter JJ her, weil er ein konkurrierendes Baumgeschäft hat, das wegen *Jack's Lumber* nicht gut läuft. Vier Frauen zu entführen ist extrem, also was auch immer sein Grund ist, er hat es offensichtlich in seinem Kopf gerechtfertigt.«

Sie hatte nicht unrecht. April nickte vor sich hin. »Wir müssen ihn dazu bringen, diese Tür zu öffnen«, sagte sie entschlossen.

»Ich bin mir nicht sicher, ob das eine gute Idee ist«, sagte Marlowe mit zitternder Stimme.

»Als er ins Büro kam, mochte er es, als ich ihn anflehte. Als ich alles getan habe, was er von mir verlangt hat. Ich kann das Gleiche versuchen. Mal sehen, ob es hilft, wenn ich ihn anflehe.«

»Zum Beispiel, dass er uns gehen lässt?«, fragte June.

»Ich glaube nicht, dass er das jemals tun wird«, seufzte April. »Aber ihr hattet nicht unrecht. Es ist furchtbar hier drin. Kalt. Der Boden ist viel zu hart und der Eimer ist ekelhaft. Vertraut ihr mir?«

Alle drei Freundinnen bejahten sofort, was Aprils Herz höherschlagen ließ, während ihr Tränen in den Augen brannten. »Gut, dann werde ich unsere Sprecherin sein. Er ist arrogant und denkt, er hätte alles im Griff. Ich werde mit ihm reden und sehen, ob ich ihn überzeugen kann, uns zu helfen.«

»Sei vorsichtig, April«, sagte Carlise. »Wir können das nicht ohne dich machen.«

April streckte die Hand aus und tätschelte blind die Stelle, die sie für ein Bein ihrer Freundin hielt. »Doch, das könnt ihr und das werdet ihr. Eure Männer verlassen sich darauf, dass ihr alle stark seid und durchhaltet, bis sie herkommen.«

»Glaubst du wirklich, dass sie uns finden werden?«, fragte June.

»Ja.« Es war Marlowe, die antwortete. »Kendric hat es geschafft, mich aus einem thailändischen Gefängnis zu befreien. Uns zu finden und diesen Ryan dafür bezahlen zu lassen? Ein Kinderspiel, vor allem weil wir vier zusammenarbeiten werden.«

»Du hast recht«, sagte June in einem Tonfall, der stärker klang als noch vor einem Moment.

»Verdammt ja, sie werden uns finden«, stimmte Carlise zu.

April dachte an die Zeit zurück, als Jack einige seiner sogenannten Fehler aufzählte. Wie er geschworen hatte, die Erde zu versengen, um sie zu beschützen. Damals war es übertrieben gewesen, aber jetzt? Die Vorstellung, wie er im Soldatenmodus dieses Arschloch Ryan dafür bezahlen ließ, sie jemals angerührt zu haben, klang verdammt gut.

»Wir schaffen das, Mädels«, sagte April, die erleichtert war, dass ihre Freundinnen sich irgendwie aus ihrem Rückfall in die Hoffnungslosigkeit befreit hatten.

KAPITEL VIERZEHN

JJ war so konzentriert wie noch nie. »Lagebericht«, blaffte er, als er das Hinterzimmer von *Jack's Lumber* betrat. Sie hatten beschlossen, es als Basis zu benutzen. Dort fühlten sie sich ihren Frauen näher, denn dort hatten sie sie zuletzt gesehen. Es war schon spät am Abend, draußen war es dunkel, aber niemand war müde. Nicht einmal ein bisschen.

»Der Polizeichef hat ein paar Suchtrupps organisiert, aber wir alle wissen, dass sie hier nichts finden werden. Wer auch immer unsere Frauen entführt hat, ist längst weg«, sagte Bob.

»Meine Eltern haben sich mit dem König und der Königin in Verbindung gesetzt, und ihre besten Technikexperten sind dabei herauszufinden, ob sie irgendeine digitale Spur finden können, wer das getan haben könnte«, erklärte Cal. »Aber noch wichtiger ist, dass die Mitarbeiter der Telefongesellschaft dank der Hilfe von Polizeichef Rutkey endlich daran arbeiten, ihre Handys zu orten. Sie sollten sich bald wieder bei mir melden.«

»Ich habe mit Tex gesprochen. Er ist wütend. *Richtig* wütend. Er kontaktiert einige Männer, die er kennt und die in Indianapolis leben«, informierte Chappy sie.

»Wer sind sie und wie können sie helfen?«, fragte JJ.

»Ich bin mir nicht sicher. Ich weiß nur, dass sie ein Abschleppunternehmen namens Silverstone haben.«

Ärger übermannte JJ. Sie konnten nicht irgendwelche Typen ohne Ressourcen gebrauchen. Allein sie auf den neuesten Stand zu bringen war wertvolle Zeit, die sie brauchten, um ihre Frauen zu finden.

»Heilige Scheiße! Silverstone?«, fragte Bob.

»Du kennst sie?«, fragte JJ etwas schärfer als beabsichtigt.

»Sie haben mit Willis zusammengearbeitet, dem FBI-Kontakt, mit dem ich auch bei meinen Missionen zusammengearbeitet habe. Er hat den Namen ihres Unternehmens nicht erwähnt, sondern nur gesagt, dass er mit einer Gruppe ehemaliger Soldaten einer Spezialeinheit zusammenarbeitet, die ein Abschleppunternehmen in Indiana betreiben. Sie nahmen Aufträge an, um ... böse Jungs zu eliminieren.«

»Auftragskiller?«, fragte Cal mit hochgezogenen Augenbrauen.

»Anscheinend«, sagte Bob mit einem Nicken. »Ich habe nur gute Dinge gehört. Willis war sehr verärgert, sie zu verlieren. Sie haben aufgehört, Aufträge anzunehmen, nachdem sie geheiratet und Familien gegründet hatten. Jetzt sind sie völlig legal und leiten Silverstone, aber sie sind das einzig Wahre.«

JJ nickte zögernd. Ein weiteres ehemaliges Team einer Spezialeinheit an ihrer Seite wäre großartig.

»Haben wir eine Ahnung, wer der Täter ist?«, fragte Bob. »Wer hat unsere Frauen und warum?«

»Das wissen wir zurzeit nicht, aber Tex arbeitet daran«, antwortete Chappy.

In Anbetracht einiger der gewalttätigen Dinge, die sie im Laufe ihres Dienstes für ihr Land getan hatten, war Tex buchstäblich der einzige Mensch, bei dem es JJ *keine* Sorgen machte, wenn er in seiner Vorgeschichte grub.

In diesem Moment klingelte Cals Telefon und er stellte das Gespräch auf Lautsprecher. »Callum Redmon«, sagte er.

»Mr. Redmon, hier ist Alice von der Telefongesellschaft.«

»Was haben Sie herausgefunden? Wo ist sie?«, fragte er, ohne um den heißen Brei herumzureden.

»Nun, es sieht so aus, als sei das Handy Ihrer Frau in Kanada.«

Die vier Männer tauschten verwirrte Blicke aus.

»Wie bitte?«, fragte Cal die Dame.

»Es wird gerade von einem Sendemast in Montreal angefunkt. Und um das klarzustellen, sie hat keinen internationalen Tarif, bei dessen Aktivierung ich Ihnen jedoch helfen kann. Vertrauen Sie mir, das spart Ihnen Hunderte von Dollar.«

»Was ist mit den anderen?«, blaffte Cal, offensichtlich nicht an einem Verkaufsgespräch interessiert. »Sind die auch in Montreal?«

JJ verkrampfte sich, als er die Finger der Frau auf einer Tastatur klicken hörte. »Nein. Die anderen drei Nummern, die Sie mir gegeben haben, sind an drei verschiedenen Orten. Eine ist in Boston, die andere in Portland. Also in Maine, nicht in Oregon.« Die Frau lachte über ihren eigenen Witz, aber als Cal ihren Humor nicht zu würdigen schien, fuhr sie schnell fort: »Und die letzte Nummer sendet nicht mehr, aber die letzte Ortung war in der Nähe von Albany, New York.«

JJs Verstand drehte sich. Keiner der Gründe, warum ihre Telefone an verschiedenen Orten landeten, war gut. Ganz und gar nicht.

»Sir?«, fragte Alice. »Sind Sie noch da? Soll ich den internationalen Tarif für das Handy Ihrer Frau aktivieren? Es kostet nur zehn Dollar pro Tag, und glauben Sie mir, das ist viel billiger als das, was der Zugang zu kanadischen Mobilfunkmasten im Roaming-Modus jetzt kostet.«

»Schalten Sie es ab. Deaktivieren Sie das Telefon«, sagte Cal und legte ohne ein weiteres Wort auf, womit er die arme Frau unterbrach.

»Also hat derjenige, der sie entführt hat, die Telefone

entweder weggegeben oder sie wurden gestohlen«, sagte Chappy.

»Sieht so aus«, erwiderte Bob knapp.

JJ presste die Lippen zusammen. Die Möglichkeit, die Frauen per Telefon aufzuspüren, war ausgeschlossen. Es sei denn ... »Sie könnten von Menschenhändlern entführt worden sein«, sagte er. »Auf dem Weg zu verschiedenen Orten.«

Cal schüttelte den Kopf. »Nein, das glaube ich nicht.«

»Warum nicht?«, fragte JJ, der seinem Freund unbedingt zustimmen wollte. Der Gedanke, dass April in den Händen eines Menschenhändlers sein könnte, machte ihm Angst.

»Wer immer sie entführt hat, hat sie *zusammen* entführt. Ja, es ist möglich, dass er oder sie irgendwo angehalten und sie getrennt hat, aber ich denke, zwei offensichtlich hochschwangere Frauen und – nichts für ungut, JJ – eine ältere Frau wie April sind nicht gerade die üblichen Opfer, wenn es um den Sexhandel geht.«

Er hatte nicht unrecht. JJ nickte.

»Wer dann? Und warum?«, fragte Bob.

»Das spielt jetzt keine Rolle mehr. Wer immer sie entführt hat, ist tot«, knurrte JJ. »Was haben wir noch? Video?«

»Ich habe noch nichts gefunden«, sagte Chappy. »Unsere Innenkamera ist auf die Eingangstür gerichtet und die Außenkamera fängt die Straße direkt vor *Jack's Lumber* ein. Wenn das Fahrzeug auf die Straße gefahren ist, muss es nach rechts abgebogen sein, außerhalb des Bildausschnitts, weil kein Fahrzeug mit Anhänger vor unserer Kamera vorbeigefahren ist.«

»Scheiße«, sagte JJ und fuhr sich mit einer Hand durch die Haare. Das Leben in Newton hatte ihn selbstgefällig werden lassen. Verbrechen kamen in der Kleinstadt selten vor, aber er hätte es besser wissen müssen – vor allem nachdem so viel Scheiße passiert war, und zwar mit den Frauen seiner eigenen Freunde. Er machte sich Vorwürfe, keine Kamera an der Hintertür installiert zu haben. Das war dumm und möglicherweise der schlimmste Fehler, den er je gemacht hatte.

»Was ist mit anderen Geschäften?«, fragte Cal.

»Der Polizeichef erkundigt sich bei ihnen.«

»Dafür haben wir keine Zeit«, erwiderte JJ, der bis ins Mark wusste, dass die Zeit drängte. Sie mussten *jetzt* herausfinden, wo ihre Frauen waren.

Die Blicke seiner besten Freunde waren auf ihn gerichtet. Sie suchten bei ihm Orientierung. Aber zum ersten Mal in seinem Leben war JJ ratlos.

Er hatte immer einen Plan. Er war der Teamleiter, der Mann, an den die anderen sich wandten, wenn die Missionen im Arsch waren. Aber im Moment hatte er nichts. Es war, als seien ihre Frauen spurlos verschwunden.

Sein Herz raste und innerlich geriet er in Panik. Äußerlich blieb er so ruhig wie immer.

»Hast du nichts?«, fragte Bob schließlich. »Wie kannst du jetzt so entspannt sein?«, blaffte er barsch. »Oh, weil April nicht deine Frau ist? Weil sie nicht schwanger ist?«

Wut stieg in JJ auf, aber er schlug nicht um sich. Er reagierte in keiner Weise. Er verstand, woher die Wut seiner Freunde kam.

»Ernsthaft, JJ, bist du aus verdammtem Eis gemacht?«, fragte Chappy. »*April* ist da draußen! Vielleicht verletzt. Auf jeden Fall verängstigt. Wir dachten, ihr zwei habt euch endlich eingestanden, wie viel ihr einander bedeutet. Hatten wir unrecht?«

Wieder wusste JJ, dass ihre Wut aus Angst, Hilflosigkeit und Verzweiflung entsprang – all das, was JJ in sich selbst fühlte. Und Chappy lag nicht falsch – er war tatsächlich in Eis eingeschlossen. Es war die einzige Möglichkeit, all diese Gefühle in sich zu behalten. Er kannte sich selbst zu gut. Wenn er sie herausließ, könnte er nicht mehr denken. Er wäre nicht in der Lage, April und den anderen überhaupt zu helfen.

»June ist kurz davor, unseren Sohn zu bekommen«, sagte Cal mit der gequältesten Stimme, die JJ je gehört hatte. »Stress ist nicht gut für sie und unser Kind. Was ist, wenn sie Wehen bekommt, während wir hier herumstehen und Däumchen drehen? Um Himmels willen, *hilf uns!*« Als er fertig war, brüllte er fast schon.

JJ richtete sich auf. Seine Hände zitterten von dem Adrenalin, das durch seinen Blutkreislauf floss. Er hasste seine Freunde nicht dafür, dass sie ihre Angst und Frustration an ihm ausließen. Das war immer seine Aufgabe als Teamleiter gewesen. Stoisch zu bleiben, Entscheidungen zu treffen, die für alle das Beste waren ... und ja, wenn nötig ein Sandsack zu sein.

»Wir werden sie finden«, sagte er mit einer Stimme, die er nicht erkannte. Sie war voller Bosheit, Hass und Entschlossenheit. »Cal, deiner Frau und deinem Sohn wird nichts passieren. Die anderen werden sich um sie kümmern. Chappy, Carlise ist klug und beständig. Bob, Marlowe ist durch die Hölle gegangen, und sie hat dir trotzdem den Rücken gestärkt, als alles hoffnungslos schien. Und meine April ist der Klebstoff, der sie alle zusammenhält.

Sie halten durch. Für *uns*. Und wir werden sie *nicht* im Stich lassen. Wer immer sie hat, hat den größten Fehler seines Lebens gemacht. Egal welche Probleme er mit uns hat, er hätte es sein lassen sollen. Denn jetzt wird er einen sehr schmerzhaften Tod sterben. Merkt euch meine Worte, wir werden sie finden. Und wenn wir sie finden, wird jeder, der an ihrer Entführung beteiligt war, dafür bezahlen.

Was meine Empfindungen angeht ... es ist mir nicht egal,« sagte JJ. »Ihr wisst, dass es mir nicht egal ist. Aber ich halte es unter Verschluss. Ich kann mich nicht an meine Angst verlieren. Ich darf nicht daran denken, wie viel Angst April hat. Wie besorgt sie sein muss. Ob sie verletzt ist oder nicht. Wessen Blut das auf dem Boden ist. Wenn ich das tue, verliere ich den Verstand, und dann kann ich ihnen nicht mehr helfen.

Ihr könnt also wütend sein. Ihr könnt schimpfen und toben, auf Sachen einschlagen, mit Sachen werfen. Es ist mir egal, ob ihr dieses Büro und alles darin zerstört. Ich werde mich weiterhin für uns alle zusammenreißen. Hasst mich, wenn ihr wollt, aber das wird nichts ändern, verdammt. Ich werde immer noch meine Frau finden und jeden in Stücke reißen, der ihr auch nur ein Haar gekrümmt hat.«

Seine Teamkameraden waren bei seinen ersten Worten verstummt. Jetzt starrten sie ihn mit einer Mischung aus Anerkennung und Schuldgefühlen an. Schließlich sprach Chappy leise. »Es tut mir leid, dass ich auch nur eine Sekunde lang an dir gezweifelt habe. Wir alle wissen, wer du bist. Du hast uns mehr als einmal das Leben gerettet und uns durch Situationen gebracht, die niemand hätte überleben sollen.«

»Mir tut es auch leid«, sagte Cal. »Ich bin nur ... Ich bin so verdammt besorgt um June, dass ich nicht mehr klar denken kann!«

»Du hast recht. Unsere Frauen sind stärker, als wir es ihnen zutrauen. Wir brauchen nur einen verdammten Hinweis! Auch nur den kleinsten Fetzen, und wir sind an ihnen dran«, sagte Bob.

»Verdammt richtig«, stimmte JJ nickend zu.

Chappy kam herüber und legte ihm eine Hand auf die Schulter. Das Gewicht der Hand seines Freundes war vernachlässigbar, aber die Unterstützung und die Bedeutung dahinter waren unermesslich. Cal näherte sich und legte ihm eine Hand auf die andere Schulter. Dann kam Bob von vorn und legte die Arme um Chappys und Cals Schultern, um sie alle in eine große Umarmung zu ziehen.

Keiner sagte ein Wort, aber die Unterstützung, die die Männer füreinander hatten, stärkte sie. Sie gab ihnen Kraft.

JJ liebte diese Männer. Er würde buchstäblich für sie sterben, so wie er auch für ihre Frauen sterben würde. Er betete lange und intensiv, dass es nicht so weit käme. Dass sie irgendwie Glück haben und die Frauen gesund, munter und ohne einen Kratzer finden würden.

Aber er wusste tief im Inneren, instinktiv, dass sie den Kampf ihres Lebens vor sich hatten. Was sie als Kriegsgefangene erlebt hatten, würde ihnen wie ein Spaziergang vorkommen, verglichen damit, ihre Frauen zurückzubekommen. Aber das spielte keine Rolle. Sie hatten nicht so lange und so hart trainiert, hatten nicht all das gesehen und getan, hatten nicht die Hölle erlebt, nur um die Menschen zu verlieren, für die sich das alles gelohnt hatte.

Bleib stark, April. Wir kommen euch holen.

Die Worte waren leise, in seinem Kopf, aber JJ musste sie nicht laut aussprechen. Er wusste ohne Zweifel, dass April wusste, er würde sie finden.

KAPITEL FÜNFZEHN

Die Frauen hatten sich wahrscheinlich noch eine Stunde lang zusammengekauert, als sie ein Kratzen an der Rückseite des Anhängers hörten.

April setzte sich auf und flüsterte: »Denkt dran, ich übernehme die Führung.«

»Viel Glück«, sagte Carlise leise zu ihr.

»Du schaffst das«, ermutigte Marlowe sie.

»Wir vertrauen dir«, fügte June hinzu.

Aprils Herz schlug im dreifachen Takt in ihrer Brust. Sie hatte keine Ahnung, was passieren würde. Die Person, die gleich die Tür öffnen würde, könnte Ryan sein. Oder es könnte jemand sein, an den er sie verkauft hatte. Ja, sie hatte wirklich an alle Szenarien gedacht, in denen sie sich wiederfinden könnten, und eines davon war, dass sie in den Sexhandel verkauft wurden.

Wer auch immer da draußen war, er würde vier Frauen finden, die völlig eingeschüchtert und fügsam wirkten. Kämpfen war nicht in ihrem Interesse, nicht wenn sie keine Waffe hatten. Und obwohl April jedem, der an der Tür auftauchte, *wirklich* die Augen auskratzen wollte, atmete sie tief durch und sagte sich, dass sie geduldig sein musste. Alles zu tun, was sie konnte, um ihren Entführer zu überlisten.

Die Tür öffnete sich, und obwohl es draußen dunkel war, war eine Straßenlaterne in der Ferne dennoch zu viel für Aprils empfindliche Augen. Sie alle waren so lange in völliger Dunkelheit gewesen, dass selbst das kleinste Licht sie zusammenzucken ließ.

Blinzelnd sah April, dass es tatsächlich Ryan war, der die Tür zum Anhänger geöffnet hatte. Hinter ihm konnte sie nur Bäume sehen. Wo immer er angehalten hatte, er hatte den Anhänger so zurückgesetzt, dass niemand sehen konnte, was sich darin befand, wenn er die Tür öffnete.

»Bitte«, flehte April mit der erbärmlichsten Stimme, die sie aufbringen konnte. »Hast du etwas Wasser?«

»Warum sollte ich dir etwas geben?«, fragte Ryan.

Jetzt wollte sie ihm wirklich auf die Nase hauen, aber sie zwang sich, den Kopf zu senken und ihren Tonfall neutral zu halten. »Wir haben uns gut benommen. Wir haben keinen Lärm gemacht. Wir wollen nur etwas zu trinken. *Bitte.*« Sie trug dick auf, aber sie hoffte, es würde funktionieren.

Zu ihrer Überraschung sagte Ryan: »Komm her.«

Als April aufblickte, sah sie, dass er auf sie deutete. Widerwillig rutschte sie auf dem kalten Boden des Anhängers nach vorn und hielt ein Stück von der Tür entfernt inne.

»Hier«, befahl Ryan, während er auf den Rand des Anhängers zeigte.

Einen Moment lang zögerte April. Sie wollte diesem Arschloch nicht noch näher kommen. Sie sah ihn an, um die Sache hinauszuzögern, und musterte ihn zum ersten Mal richtig. Er war viel jünger, als sie zunächst vermutet hatte. Er konnte nicht älter als einundzwanzig oder zweiundzwanzig sein, aber es war auch möglich, dass er noch ein Teenager war. Er hatte dunkles Haar und Bartstoppeln. Im schwachen Licht wirkten seine Augen wie leere schwarze Kugeln. In seiner aktuellen

Jeans und seinem T-Shirt passte er so ziemlich überall hin, aber ...

April glaubte nicht, dass er Amerikaner war. Er hatte sich die Haare so geschnitten, dass er vielen anderen jungen Männern ähnelte, und die Kleidung war altersgerecht. Aber so sehr er es auch zu verbergen versuchte, in seinen Worten lag ein leichter Akzent.

»Ich sagte, komm *her*, April«, wiederholte Ryan gereizt.

Sie bewegte sich, ohne nachzudenken, und rutschte nach vorn.

»Willst du Wasser?«, fragte er.

»Ja. Bitte.«

»Und etwas zu essen?«

»Das wäre sehr nett«, sagte sie.

»Es stinkt hier drin«, bemerkte Ryan.

»Wenn du mich den Eimer leeren lässt, wird es besser riechen«, sagte April.

»Gut. Tu es.«

April starrte ihn einen Moment lang an, schockiert darüber, dass er ohne viel Aufhebens zugestimmt hatte. Sie war auch sehr misstrauisch. Was würde er als Gegenleistung für seine vermeintliche Freundlichkeit wollen?

»Keine Dummheiten. Ich werde trotzdem, ohne zu zögern, jemanden erschießen, wenn du eine Dummheit machst«, warnte er.

In diesem Moment sah April die vertraute Waffe in seiner Hand. Sie hatte sie zuvor übersehen. Sie nickte schnell. »Keine Dummheiten. Versprochen.«

Sie drehte sich um und kroch zurück zu den anderen und dem Eimer, der in der hinteren Ecke des Anhängers befestigt war. Sie löste den Spanngurt, mit dem er fixiert war, und hatte kurz die Vorstellung, ihn zu benutzen, um Ryan damit zu erwürgen.

Sie rutschte an den Rand des Anhängers, und Ryan trat

einen Schritt zurück. Nicht weit, gerade genug für April, um die Beine vorzuschieben und aufzustehen. Es fühlte sich so verdammt gut an, sich zu strecken und aufrecht zu stehen, aber sie ging schnell zu dem Baum, der dem Anhänger am nächsten war, und leerte den Eimer.

Ohne den Kopf zu bewegen, schaute April sich um und sah, dass sie an einer Art Rastplatz waren. Sie hatte recht, dass sie wahrscheinlich auf der Autobahn unterwegs gewesen waren. Ryan hatte am hinteren Teil des Parkplatzes bei den ganzen Sattelschleppern geparkt. Das laute Geräusch der Lkw-Generatoren würde viele Geräusche überdecken, und wenn die Fahrer schliefen, würde wahrscheinlich niemand ihre Schreie hören.

Schnell ging sie zurück zum Anhänger und kletterte hinein, ohne auf Befehle zu warten. Sie schob den Eimer zu den anderen Frauen und drehte sich wieder zu ihrem Entführer um. »Danke«, sagte sie, obwohl ihr die Worte wie Säure auf der Zunge brannten.

»So gefügig«, sagte Ryan süffisant. Dann überraschte er sie, indem er sich schnell in den Anhänger lehnte, ihr Handgelenk packte und sie zu sich zerrte.

Es kostete April alles, um nicht zurückzuweichen. Ihm nicht ins Gesicht zu schlagen. Stattdessen ließ sie sich von ihm aus dem Anhänger ziehen. Er schlug die Türen mit einer Hand zu und sperrte ihre Freundinnen wieder ein. Nicht zum ersten Mal strömte echte Angst durch ihre Adern. Was hatte er jetzt mit ihr vor? Würde er sie töten? Würde er sie einem Serienmörder übergeben, den er kontaktiert hatte, um sich mit ihnen an der hintersten Ecke dieser Raststätte zu treffen?

Sie versuchte, sich aus seinem Griff zu befreien, aber er hielt ihr Handgelenk einfach fester. Er zerrte sie zur Beifahrerseite des schwarzen Pick-ups und befahl: »Steig ein.«

Er ließ ihr Handgelenk nicht los, und April tat langsam, was er sagte.

Sie setzte sich auf den Sitz und sah bestürzt zu, wie Ryan

Handschellen herauszog und schnell ein Ende an ihrem Handgelenk und das andere am Griff befestigte. Dann lächelte er. Ein zufriedenes Grinsen, das April bis in die Zehenspitzen erschreckte. Er schlug die Tür zu, ging zur Fahrerseite, stieg ein und drehte den Schlüssel um. Schnell fuhr er aus der Parklücke und steuerte auf die Ausfahrt zu, zurück zur Autobahn.

April drehte sich der Kopf. Sie hatte keine Ahnung, was gerade passierte. Sie hatte ein schlechtes Gewissen, dass sie einen bequemen Sitz hatte, während ihre Freundinnen immer noch hinten auf dem unnachgiebigen Stahlboden saßen und wahrscheinlich froren. Ryan hatte auch die Heizung eingeschaltet, sodass es im Fahrerhaus angenehm warm war.

»Danke, dass ich hier vorn sitzen darf«, murmelte sie nach einem Moment.

»Mir gefällt, wie höflich du bist«, sagte Ryan.

April wusste, dass sie diesen Mann zum Reden bringen musste. Herausfinden, wohin er sie brachte und warum er sie überhaupt entführt hatte, aber ihr Kopf war plötzlich leer. Sie war sich nicht sicher, was sie sagen oder fragen sollte.

Sie beobachtete, wie sie sich einem grünen Schild näherten. Es teilte den Autofahrern mit, dass sie etwa einhundertneunzig Kilometer von Syracuse entfernt waren. Sie blinzelte überrascht. Von Newton nach Albany waren es etwa fünf Stunden, und da sie sich auf der Autobahn befanden, mussten sie in Richtung der Großstadt unterwegs sein, aber es kam ihr vor, als seien sie viel länger in diesem Anhänger eingesperrt gewesen. Und das waren sie wahrscheinlich auch. Ryan hatte mehrere Zwischenstopps eingelegt.

Sie fuhren also nach Westen. Höflich und fügsam zu sein hatte ihr immerhin einige nützliche Informationen eingebracht. Das war ein Anfang.

»Willst du etwas zu essen und Wasser?«, fragte Ryan wieder aus heiterem Himmel und erschreckte April.

»Ja bitte.« Sie musste das Zittern in ihrer Stimme nicht vortäuschen.

Er nickte zu einer Tüte zwischen ihnen. »Ich habe vor einer Weile angehalten und Essen geholt. Du kannst haben, was ich nicht gegessen habe.«

April wollte würgen, aber sie beherrschte sich, zog die Tüte mit dem Fast Food heran und spähte hinein. Am Boden der Tüte lagen der Rest eines Hamburgers in seiner Verpackung und ein paar Pommes. Sie waren kalt und matschig, aber April griff trotzdem hinein und nahm sie. Sie würgte sie hinunter und fragte: »Und Wasser?«

Ryan nickte zu einem Getränk im Becherhalter. »Da ist etwas Eis.«

Dieser Typ war ein Arsch. Er zwang sie, seine Reste zu essen, als sei sie ein Hund. Aber sie ließ sich ihre Gedanken nicht anmerken.

Sie aß den Rest seines Hamburgers und neigte den Becher, um das geschmolzene Wasser am Boden zu schlürfen. Auf keinen Fall würde sie denselben Strohhalm wie er benutzen. Da zog sie einen Schlussstrich.

Sie lutschte einen Würfel, und es war fast traurig, wie gut das geschmolzene Eis sich in ihrer Kehle anfühlte.

»Meine Freundinnen sind auch durstig und hungrig«, sagte sie leise. »Und es ist kalt. Hast du zufällig eine Decke oder so etwas?«

»Typisch Frau. Du gibst ihnen die Hand und sie nehmen den kleinen Finger.«

April starrte auf ihre Hände im Schoß und hielt ihr Lächeln darüber zurück, dass er das bekannte Sprichwort durcheinandergebracht hatte. Das war ein weiterer Punkt, der sie vermuten ließ, dass er nicht aus den USA stammte.

»Ich nehme an, du willst auch Jackson anrufen, nicht wahr?«

Aprils Kopf schnellte hoch und sie starrte Ryan an. War das

eine Falle? Wollte er sie nur mit der Möglichkeit quälen, mit Jack sprechen zu können? Wahrscheinlich. Aber sie konnte sich nicht davon abhalten zu flüstern:»Oh Gott. Ja. Bitte!«

»Was willst du mehr? Mit Jackson reden? Oder Essen, Wasser und Decken für deine Freundinnen?«

Aprils Gedanken überschlugen sich. Scheiße, sie wollte mit Jack reden, mehr als alles andere auf der Welt. Wenn sie das tat, könnte sie ihm vielleicht ein paar Hinweise darauf geben, wo sie waren. Wie die Tatsache, dass sie nach Westen fuhren, oder dass Ryans Pick-up schwarz war, oder dass er einen Anhänger zog.

Aber Ryan verarschte sie vermutlich nur. Er würde sie Jack nicht anrufen lassen. *So* dumm war er nicht. Und schließlich konnte sie die Bedürfnisse ihrer Freundinnen nicht verleugnen.

So sehr es auch schmerzte, sagte sie schließlich:»Essen, Wasser und Decken.«

Ryan lachte. Eigentlich war es ein Gackern.»So loyal«, spottete er.»Ich habe mich schon darauf gefreut, den anderen Schlampen zu sagen, dass du ihnen einen Schwanz vorziehst.«

April saß so still wie möglich.»Du hältst also an und holst ihnen etwas zu essen und so?«, fragte sie zaghaft.

»Ich muss nicht anhalten. Es ist hinten«, sagte Ryan und deutete über seine Schulter.

Als April sich umdrehte, sah sie auf dem Rücksitz einen großen Pappkarton. Die Straßenlaternen, an denen sie vorbeifuhren, gaben ihr nur einen flüchtigen Eindruck von dem, was sich darin befand, und die Wut drohte sie zu überwältigen. Er hatte die ganze Zeit über Vorräte gehabt. Er hätte sie gleich in den Anhänger packen können! Stattdessen machte er sich einen Spaß daraus, sie und ihre Freundinnen zu quälen.

Sie hasste diesen Mann. *Hasste* ihn.

Aber das spielte keine Rolle. Sie musste sein Spiel mitspielen. Sie musste schlau sein.

»Vielen Dank«, hauchte sie und versuchte, sowohl ehrfürchtig als auch unterwürfig zu klingen.

Ein paar Minuten lang fuhren sie schweigend und April wollte ihn unbedingt fragen, wann sie anhalten und die Sachen in den Anhänger bringen konnten, aber sie presste die Lippen zusammen.

»Da ist eine weiße Tüte auf dem Rücksitz. Nimm sie.«

Als sie sich wieder umdrehte, entdeckte April die kleine Tüte. Sie griff danach, aber da ihr rechtes Handgelenk an die Tür gekettet war, konnte sie sich nicht weit genug strecken. »Ich kann nicht.«

Ryan zuckte mit den Schultern. »Na ja. Da drin ist ein Telefon, mit dem du Jackson hättest anrufen können. Aber wenn du nicht drankommst ...« Seine Stimme wurde leiser.

April war sich ziemlich sicher, dass er log – aber was, wenn nicht? Er verhielt sich ... merkwürdig. Sie hatte das Gefühl, dass alles, was er tat, zu seinem Plan gehörte. Sie war nur eine Figur in dem grausamen Spiel, das er mit den Männern spielte. Aber so sei es. Wenn sie eine Spielfigur war, würde sie tun, was von ihr erwartet wurde – vorerst.

Sie hob den Hintern vom Sitz und griff noch einmal nach der weißen Tüte. Die Handschelle zog schmerzhaft an ihrem Handgelenk, aber die Finger ihrer linken Hand streiften die Tüte. Sie hatte es fast geschafft.

Ryan wich plötzlich nach links aus, sodass April vor Schmerz aufschrie, als das Metall sich in ihr Handgelenk grub. Die Tüte fiel vom Sitz und auf den Boden.

Ryan lachte schallend. »Ups, tut mir leid«, sagte er unaufrichtig. »Du hättest sie fast gehabt, nicht wahr?«

Fast hätte sie ihm gesagt, er solle sich ins Knie ficken, aber sie hielt sich im letzten Moment zurück. Es war fast beängstigend, wie viel Hass sie in ihrem Herzen für den Mann neben ihr hegte. Sie versuchte, ihr Leben so freundlich wie möglich zu führen. Die Menschen hatten Lasten zu tragen, von denen niemand etwas wusste. Also versuchte sie, jedem einen Vertrauensvorschuss zu geben. Aber an Ryan konnte sie nichts finden. Er hatte June zweimal geschlagen und Marlowe getreten. Er hatte April etwas zu essen und zu trinken gegeben, aber es waren seine Abfälle. Und er hatte Decken und Essen für sie und die anderen Frauen gekauft, sie aber aus Gründen zurückgehalten, die nur er kannte.

Und jetzt verspottete er sie damit, mit Jack reden zu können. Er folterte sie.

Entschlossenheit stieg in April auf. Er würde nicht gewinnen. Er würde nicht die Genugtuung bekommen, sie weinen zu sehen.

Sie streckte ihren Arm so weit wie möglich aus und wimmerte fast über den Schmerz in ihrem rechten Handgelenk, aber es lohnte sich, als ihre Finger die weiße Tüte tatsächlich erreichten. Sie packte sie fest und setzte sich wieder hin.

»Du hast es geschafft. Gut gemacht«, sagte Ryan trocken. Er hatte immer noch ein Grinsen im Gesicht.

April schaute auf ihr rechtes Handgelenk und zuckte zusammen. Sie blutete. Der Stahl hatte sich in ihre Haut geschnitten, aber sie hatte es geschafft. Sie hatte die dumme Tüte bekommen.

»So viel Kontrolle«, murmelte Ryan. »Nicht einmal eine einzige Träne. Na los, sieh hinein. Ich weiß, du brennst darauf.«

Sie öffnete die weiße Tüte – und blinzelte ungläubig über das kleine schwarze Klapphandy, das auf dem Boden lag. Heiliger Strohsack, wollte er sie *wirklich* Jack anrufen lassen?

»Ja, es ist ein Telefon«, sagte er, als könnte er ihre Gedanken lesen. »Und da du ein braves Mädchen warst, lasse ich dich Jackson anrufen. Aber du hast nur zwei Minuten Zeit, verstanden?«

»Ja, Sir«, sagte sie, wobei ihr die höfliche Ansprache ungewollt herausrutschte. Sie hatte immer noch Angst, dass er ihr die Tüte aus der Hand reißen und aus dem Fenster werfen würde oder so etwas, während er über ihre Naivität lachte zu glauben, er würde sie tatsächlich um Hilfe rufen lassen.

»Und es gibt Regeln«, fuhr Ryan fort. »Du darfst ihm nicht sagen, was ich fahre. Oder dass ich einen Anhänger habe. Du kannst ihm jeden anderen Hinweis geben, den du möchtest. Mal sehen, ob er schlau genug ist, es herauszufinden.«

Aprils Gedanken überschlugen sich. Hinweise? Sie war nicht gut in Wortspielen. Und sie und Jack waren noch nicht lange genug zusammen, als dass sie irgendwelche privaten Witze oder Anspielungen hätten. *Mist, Mist, Mist!* »Darf ich ihm deinen Namen sagen?«

»Klar«, erwiderte Ryan achselzuckend.

April war immer noch misstrauisch, aber der Gedanke, mit Jack zu sprechen, war zu überwältigend, um sich zu wundern, warum Ryan so großzügig war.

»Und die Mädchen? Kann ich über sie reden?«, fragte sie, da sie nicht riskieren wollte, etwas zu sagen, das Ryan verärgern könnte.

»Ja.«

»Kann ich ihm sagen, wohin du uns bringst?«, fragte sie.

Ryans Lächeln wurde breiter. »Wohin bringe ich euch denn?«

»Ich weiß es nicht. Ich hatte gehofft, du würdest es mir sagen, damit ich es Jack mitteilen kann.«

Ryan warf den Kopf zurück und lachte erneut. »Also doch nicht so gebrochen, was?«, fragte er rhetorisch, immer noch lachend. »Colorado. Wir fahren nach Colorado«, sagte er, als er sich wieder unter Kontrolle hatte.

April war zutiefst schockiert, dass er es ihr tatsächlich gesagt hatte. Natürlich konnte er lügen und tat es wahrscheinlich auch. Jeden Moment konnte er nach Süden abbiegen und nach Mexiko fahren oder so ... aber aus irgendeinem Grund glaubte sie ihm. Vielleicht weil er dieses Spiel so sehr genoss.

»Was hat Einstein gesagt? Jede Handlung hat eine entgegengesetzte und gleiche Reaktion? Handlungen haben Konsequenzen. Das ist seine. Und die seines Teams.«

Sie hatte keine Ahnung, worauf Ryan sich bezog. Ihr erster dummer Gedanke war, dass er gerade das dritte Newtonsche Gesetz rezitiert hatte und nicht etwas, worauf Einstein gekommen war. Danach wurde ihr klar, dass es bei dieser Entführung weder um sie noch um die anderen Frauen ging, wie sie gedacht hatte. Es ging um Jack und sein Team.

Ihr Herz pochte heftig in ihrer Brust. Plötzlich wollte sie Jack nicht mehr anrufen. Wollte ihn nicht in das verwickeln, was Ryan geplant hatte.

»Wir sind Köder«, flüsterte sie entsetzt.

Ryan warf ihr einen Blick zu. »Ich wusste, dass du schlau bist«, sagte er. Dann wurde sein Gesicht hart. »Zwei Minuten. Und denk an die Regeln. Wenn du sie brichst, isst oder trinkt niemand etwas, bis wir in Colorado sind, und ihr könnt von mir aus alle erfrieren.«

April wusste, dass er es ernst meinte. Colorado war sein Endspiel. Sich mit ihr anzulegen war nur ein Teil des Spaßes.

Ihre Hand zitterte, als sie in die Tüte griff und das Mobiltelefon herauszog. Sie war sehr dankbar, dass ihr Gedächtnis zurückgekehrt war, und mit ihm auch Jacks Telefonnummer. Die meisten Menschen machten sich nicht mehr die Mühe, die Nummern ihrer Lieben auswendig zu lernen; es war nicht nötig, wenn man sie einfach per Knopfdruck anrufen konnte. Aber sie war schon immer ein wenig altmodisch gewesen und war jetzt sehr dankbar dafür.

Sie klappte das Telefon auf und stellte fest, dass es wahrscheinlich eines dieser unauffindbaren Dinger war. Die Art, die Drogendealer und andere Kriminelle in Hülle und Fülle zu haben schienen. Sie atmete tief durch, wählte langsam Jacks Nummer und betete so intensiv wie schon lange nicht mehr, dass sie es nicht vermasselte. Dass Jack abnahm. Dass er herausfinden würde, was los war und wo sie waren. Und dass ihr Anruf ihn und die anderen nicht in den Tod treiben würde.

KAPITEL SECHZEHN

Sie hatten nichts.
Keine Hinweise.
Keine Anhaltspunkte.
Kein Filmmaterial.
Nichts, was sie zu den Frauen führen würde.
JJs Haut kribbelte. Die Haare in seinem Nacken standen aufrecht. Irgendetwas musste sich ergeben. Das tat es immer. April und die anderen würden *keine* tragische Statistik sein. Frauen, die sich in Luft auflösten, ohne dass es Verdächtige gab, und deren Leichen nie gefunden wurden.

Nein, vier Frauen wurden nicht einfach entführt, ohne dass der Entführer etwas wollte. Geld, Rache, Sex, Macht – *irgendetwas*.

Er erstarrte. Rache ...

Seit sie das Fehlen der Frauen bemerkt hatten, war keine Lösegeldforderung eingegangen, also konnten sie das vielleicht vom Tisch nehmen. Es war möglich, dass derjenige, der die Frauen entführt hatte, Sex wollte oder sie für Sex verkaufen wollte, aber drei schwangere Frauen waren nicht gerade das ideale Ziel. Macht war immer noch eine Option ... aber höchstwahrscheinlich in Verbindung mit etwas anderem. Zum Beispiel Rache.

Das musste es sein. Jemand aus ihrer Vergangenheit *wollte* ihnen etwas beweisen. Sich an ihnen rächen. Sie in eine Falle locken.

JJ wirbelte herum und platzte heraus: »Rache.«

Die anderen Jungs sahen von dem auf, was sie gerade taten – sie gingen auf und ab, suchten im Internet nach irgendwelchen Informationen, die ihnen helfen könnten, und starrten hilflos ins Leere.

»Was?«, fragte Chappy.

»Rache. Wer auch immer sie entführt hat, hat es getan, um sich für irgendetwas an uns zu rächen.«

Bob schnaubte. »Das grenzt die Verdächtigen nicht gerade ein«, sagte er ernst. »Wir haben eine Menge Terroristen und andere Bösewichte verärgert.«

»Aber warum jetzt? Es ist Jahre her, dass wir aktiv waren«, argumentierte Cal.

JJ wollte gerade etwas erwidern, als sein Telefon klingelte. Es lag neben ihm auf dem Tisch, und er nahm ab.

Der Anrufer war unbekannt.

Sein Adrenalinspiegel schnellte in die Höhe. Er drückte eine Taste auf dem Telefon, um das Telefonat aufzuzeichnen, und nahm ab. »Hallo?«

»Jack? Ich bin's.«

JJ fühlte sich, als sei er in einen langen, dunklen Tunnel eingetreten. Seine Sicht verschwamm und er ließ sich in den Stuhl fallen, vor dem er gestanden hatte, während er sich den Kopf darüber zerbrach, was er als Nächstes tun sollte.

»April?«, fragte er, unsicher, ob sein Gehirn ihm einen Streich spielte.

»Ich bin's. Es geht mir gut«, sagte sie schnell. »Ich habe nur zwei Minuten, also musst du zuhören. Hörst du zu?«

»Ja, Baby. Ich höre zu.«

Er hörte, wie ihr Atem bei dem Kosenamen stockte, aber sie atmete tief durch und fuhr fort:»Uns geht es gut. Uns allen. Wir sind alle zusammen. Wir werden etwas zu essen und Wasser bekommen, also sag den Jungs, sie sollen sich keine Sorgen machen.«

»Du weißt so gut wie ich, dass das unmöglich ist«, erwiderte JJ.

»Ich weiß, aber wir sind zusammen und halten durch. Erinnerst du dich an den Sonnenuntergang, den wir zusammen gesehen haben? Wie schön er war und wie schnell die Sonne zu verschwinden schien?«

JJ hatte keine Ahnung, wovon sie sprach, aber er sagte sofort:»Ja.«

»Gut. Sein Name ist Ryan. Ryan Johnson. Er sagte, ich könnte es dir erzählen.«

JJ sah zu den anderen auf, die sich alle um ihn versammelt hatten, da sein Telefon auf Lautsprecher gestellt war. Die Verwirrung in ihren Augen machte deutlich, dass auch sie den Namen nicht kannten.»Wo seid ihr? Wo bringt er euch hin?« JJ glaubte nicht, dass sie es ihm sagen konnte, aber er musste trotzdem fragen.

»Er sagte Colorado«, entgegnete April.»Weißt du noch, als wir angeln waren? Du hast gelacht, als ich mich weigerte, die Würmer anzufassen. Ich mochte es nicht, wie sie zappelten. Es fühlte sich falsch an, den Haken durch ihren Körper zu stechen. Du sagtest, ohne die Würmer gäbe es keine Fische. Ich habe mich nicht besser gefühlt.«

Er war sicher, dass sie versuchte, ihm irgendeinen Hinweis zu geben. Er hatte Mühe herauszufinden, was sie meinte.»Du warst bezaubernd«, murmelte JJ. Er wusste genauso gut wie sie, dass sie *nie* zusammen angeln gewesen waren.

»Versprich mir, dass wir diesen Urlaub machen, wenn ich nach Hause komme«, drängte sie.

»Welchen?«, fragte JJ besorgt.

»Den in Übersee. Du hast versprochen, mit mir die großen Pyramiden in Ägypten zu besichtigen. Ich will auf einem Kamel reiten. Erinnerst du dich?«

»Ja.«

»Ich liebe dich, Jack. Ich kann es nicht erwarten, nach Hause zu kommen. Wieder mit dir zu kuscheln, Feigen-Newtons zu essen und fernzusehen. Und vergiss nicht, es ist ein Gesetz, dass ich die dritte bekomme, egal was passiert.«

Eine tiefe Stimme sagte etwas im Hintergrund, und für JJ klang es wie: »Die Zeit ist abgelaufen.«

»April?«, fragte JJ. »Wir kommen euch holen! Haltet durch.«

Aber es kam keine Antwort. Die Leitung war still. Entweder hatte sie aufgelegt oder jemand hatte ihr das Telefon weggenommen.

JJ umklammerte sein Telefon so fest, dass seine Knöchel weiß wurden. Er wollte aufstehen und es quer durch den Raum werfen, aber wenn er das tat, würde April ihn nicht mehr erreichen können.

»Atme, JJ«, sagte Cal und legte ihm eine Hand auf die Schulter.

JJs erster Drang war, sie abzuschütteln. Er wollte jemandem die Scheiße aus dem Leib prügeln. Aber stattdessen atmete er tief durch und suchte nach der Ruhe, die er brauchte, um herauszufinden, was zum Teufel seine Frau ihm zu sagen versuchte.

»April ist ein verdammtes Genie«, sagte Cal.

JJ riss den Kopf hoch und sah ihn an.

»Sie hat uns gerade einen Haufen Hinweise gegeben.«

»Weißt du, was sie gemeint hat?«, fragte JJ eindringlich.

»Keine Ahnung. Aber ich weiß, dass sie das getan hat. Alles, was sie gesagt hat, war zu willkürlich, um *kein* Hinweis zu sein. Wir müssen es nur entschlüsseln.«

JJ holte noch einmal tief Luft. Sein Freund hatte recht. Die Hälfte der Dinge, die sie ihm erzählt hatte, verstand er nicht.

Sie waren nicht angeln gegangen und hatten auch nicht über eine Reise nach Übersee gesprochen, also mussten es Hinweise sein. Und wenn sie die Frauen finden wollten, mussten sie es entschlüsseln. Je früher, desto besser.

»Ryan Johnson«, sagte Chappy. »Glauben wir, dass das wirklich der Name des Kerls ist?«

»Auf keinen Fall«, sagte Bob kopfschüttelnd, als er sich neben JJ setzte. »Er ist zu gewöhnlich. Er muss erfunden sein.«

Cal nickte. »Deshalb hatte er wahrscheinlich auch kein Problem damit, dass sie es uns erzählt.«

»Also eine Sackgasse. Wir machen weiter«, sagte JJ, zog ein Stück Papier vom Couchtisch und schrieb den Namen Ryan Johnson oben hin, dann strich er ihn durch.

»Zu wissen, dass sie nach Colorado unterwegs sind, ist gut. Wirklich gut, aber können wir darauf vertrauen, dass das tatsächlich ihr Ziel ist?«, fragte Cal.

JJ knirschte frustriert mit den Zähnen. »Keinen Schimmer.«

»Warum lässt er sie das sagen?«, fragte Bob.

»Weil er will, dass wir es wissen. Dass wir ihm folgen«, vermutete Chappy.

JJ dachte darüber nach und stimmte widerwillig zu, dass dies wahrscheinlich der Fall war.

»Können wir sie auf der Straße abfangen, bevor sie dort ankommen? Ich meine, es gibt nicht viele Möglichkeiten, von hier nach Colorado zu kommen«, sagte Bob.

»Machst du Witze? Wir wissen nicht, *wohin* sie in Colorado fahren, und er könnte die Autobahn 90 nehmen und abkürzen, oder die 80, oder die 70, oder zur Hölle, er könnte nach Süden fahren und auf die 40 nach Norden fahren, wenn er in New Mexico ankommt«, sagte Chappy angewidert.

JJ tat sein Bestes, um nicht in Panik zu geraten. Er wollte nicht daran denken, dass April und die anderen auch nur eine Sekunde länger als nötig in den Fängen ihres Entführers waren, aber er war sich nicht sicher, wie er sie in dem riesigen Autobahnnetz finden sollte.

»Verdammte Scheiße!«, fluchte Cal und trat gegen einen Klappstuhl in der Nähe. Er flog zurück und klapperte obszön laut in dem sonst so ruhigen Büro.

»Spiel das Telefonat noch mal ab«, sagte Chappy grimmig. »April hat einen Haufen anderer Sachen gesagt. Wenn sie uns Hinweise gegeben hat, müssen wir sie nur noch entschlüsseln.«

JJ drückte eine Taste, und schon bald erfüllte Aprils gestresste Stimme wieder die Luft um sie herum. Es tat ihm körperlich weh, ihre Angst zu hören, aber er war auch voller Stolz, dass sie offensichtlich versuchte, ruhig zu bleiben.

»Was soll das mit dem Angeln?«, fragte Bob, der stirnrunzelnd auf das Handy starrte, als könnte er allein dadurch verstehen, was April ihnen zu vermitteln versuchte.

»Würmer? Gibt es hier in der Nähe einen Angelplatz, den sie kennt?«, fragte Chappy.

»Haken?«, fügte Bob hinzu.

JJ schloss die Augen und konzentrierte sich. Er dachte daran, wie er das letzte Mal geangelt hatte, wie er jeden Wurm auswählte und ihn richtig am Haken befestigte, damit er sich nicht jedes Mal löste, wenn er die Angel auswarf – und dann fiel es ihm ein.

»Sie redet vom *Köder* am Haken«, platzte JJ heraus. »Würmer sind Köder.«

Chappy nickte. »Sie warnt uns, dass derjenige, der sie entführt hat, die Frauen als Köder benutzt.«

Zum ersten Mal, seit er von Aprils Entführung gehört hatte, keimte Hoffnung in JJ auf. Nein, Aprils Hinweis, dass die Frauen ein Köder waren, half ihnen nicht gerade dabei, sie zu finden, aber es bedeutete, dass ihr Entführer sie vielleicht nicht zu einem ruchloseren Zweck entführt hatte, wie sie zu verkaufen oder zu vergewaltigen und zu foltern ... zumindest hoffte er das.

»Sie fahren also nach Colorado, und dieser Ryan Johnson will, dass wir ihnen folgen ...«, sinnierte Bob.

»Ägypten?«, fragte Cal. »Wollte sie uns damit sagen, dass sie ihn für einen Ägypter hält?«

JJ dachte einen Moment darüber nach. »Vielleicht«, erwiderte er. »Es ist möglich, dass sie uns einfach sagen wollte, dass sie nicht glaubt, dass er Amerikaner ist. Ich bin mir nicht sicher, wie viel Erfahrung sie bei der Bestimmung der Nationalität hat.«

»Es sei denn, er hat ihr etwas erzählt«, wandte Bob ein.

»Ryan Johnson ist also ein erfundener Name und er kommt möglicherweise aus Ägypten«, sagte Chappy. »Wir hatten ein paar Einsätze in Ägypten.«

»Ja, aber das waren hauptsächlich Aufklärungsmissionen«, sagte JJ. »Wir hatten mit niemandem zu tun, als wir dort waren. Warum zum Teufel sollte jemand deswegen sauer auf uns sein?«

Die Frustration war in den Gesichtern seiner Teamkameraden deutlich zu erkennen.

»Und *Kamel*? Wollte sie uns etwas über Hügel, Berge und Höcker sagen?«, fragte Cal.

Die vier Männer warfen ihre Ideen in die Runde, aber ihnen fiel nichts ein, was April ihnen mit diesem Hinweis hatte sagen wollen.

»Bleiben also nur noch die Bemerkung über den Sonnenuntergang und die Feigen-Newtons. JJ, habt ihr schon mal einen Sonnenuntergang zusammen gesehen?«, fragte Chappy.

JJ schüttelte den Kopf. »Nicht wirklich. Ich meine, vielleicht als wir zusammen im Wagen saßen und von einer Arbeitsstelle zurückkamen oder so. Aber wir haben uns nicht absichtlich hingesetzt, um ihn anzusehen.«

»Die Sonne geht im Westen unter«, bemerkte Cal. »Vielleicht wollte sie uns sagen, dass sie in diese Richtung fahren.«

»Aber sie hat uns doch gleich gesagt, dass sie nach Colorado fahren«, konterte Bob. »Warum sollte sie es so mysteriös machen, wenn sie uns das Ziel einfach so verraten hat?«

»Ich weiß es nicht. Aber sie sagte, die Sonne sei schnell untergegangen. Vielleicht wollte sie uns damit sagen, dass ihr Entführer keine oder nur wenige Pausen macht und sie schon bald ankommen werden«, warf Cal ein.

JJs Kopf schmerzte. Er hasste das. Er verabscheute es. Er war stolz auf April, dass sie ihr Bestes getan hatte, um ihnen Hinweise zu geben, aber sie zu entschlüsseln schien fast unmöglich.

»Feigen-Newtons. Gesetz. Dritte. Das ist einfach. Das dritte Newtonsche Gesetz«, sagte Bob selbstbewusst.

»Wenn zwei Körper aufeinander einwirken, üben sie Kräfte aufeinander aus, also gibt es eine gleiche und entgegengesetzte Reaktion«, rezitierte Chappy.

»Was auf die Sache mit den Ködern zurückgeht ... denke ich«, sagte Cal.

»Verdammt. Was auf etwas zurückgeht, das wir getan oder nicht getan haben«, beendete Bob die Überlegungen.

JJ seufzte, und seine Schultern sackten zusammen. Ohne weitere Anhaltspunkte waren sie immer noch im Blindflug unterwegs. Im Laufe der Jahre hatten er und sein Team Aufträge erledigt, durch die Hunderte, ja Tausende Menschen mit ihnen unzufrieden sein könnten. Bengasi, Tunesien, Irak und Iran, Indien, Irland, die Philippinen, Usbekistan, Palästina, China, Russland, Kolumbien, Afrika ... die Liste der Orte, an denen sie gewesen waren, war endlos.

Er war kurz davor, sich wieder der Hoffnungslosigkeit hinzugeben, aber das kam nicht infrage. Nicht einmal annähernd. »In Ordnung, bis dieser Ryan Johnson uns mehr Informationen geben will, bis er April zurückrufen lässt, müssen wir mit dem Wenigen auskommen, das wir haben. Ryan Johnson, erfundener Name, aus unserer Vergangenheit, hat unsere Frauen als Köder genommen, will, dass wir ihm nach Colorado folgen. Und bis wir genau wissen, wohin er fährt, müssen wir auf alle Eventualitäten vorbereitet sein. Es ist wahrscheinlich, dass er das eine Weile geplant hat. Das bedeutet, er hat einen ganz bestimmten Ort im Sinn. Einen Ort, an dem er uns anlocken und ausschalten kann.«

»Die Berge«, sagte Chappy entschieden.

»Das habe ich auch gedacht«, stimmte JJ zu. »Eine Gegend, die er kennt. Er wird nicht nach Denver oder Colorado Springs oder in eine andere Stadt fahren. Höchstwahrscheinlich will er uns töten, was bedeutet, dass er Privatsphäre braucht. Keiner soll sehen, was er tut.«

»Es gibt viel Wildnis in Colorado«, sagte Bob skeptisch. »Wie sollen wir herausfinden, wohin er will?«

»Das wissen wir nicht. Noch nicht«, sagte JJ. »Aber er wird uns wissen lassen, wenn er bereit ist zu spielen. Bis dahin müssen wir uns vorbereiten. Ich werde ein paar Anrufe tätigen. Ich kenne ein paar Leute, die in Colorado leben und uns bestimmt helfen werden.«

»Wer?«, fragte Bob.

»Zum einen Rex und sein Team«, antwortete JJ.

»Die Mountain Mercenaries«, sagte Chappy.

»Wer sind sie?«, fragte Cal, der von einem Freund zum anderen blickte. »Können wir ihnen trauen? Woher wisst ihr, dass sie uns helfen werden?«

»Sie werden helfen«, sagte JJ, ohne zu zögern. »Sie leben in der Gegend von Colorado Springs und waren, wie das Silverstone-Team, früher bei der Spezialeinheit. SEALs, SAS, Marine, Küstenwache.«

»Warte – Ronan Cross, richtig?«, fragte Cal. »Er ist der Brite?«

»Ich bin mir nicht hundertprozentig sicher, aber vielleicht«, sagte JJ.

»Ich habe von ihm gehört und von einigen Dingen, die er

getan hat. Er ist so etwas wie eine Legende«, erklärte Cal sichtlich beeindruckt.

»Rex ist ihr Anführer. Er war in der Armee. Er hat das Team zusammengebracht, nachdem sie aus ihren jeweiligen Militäreinheiten entlassen worden waren, und jahrelang haben sie Frauen und Kinder aufgespürt, die in den Sexhandel hineingezogen worden waren«, erzählte JJ seinem Team.

»Moment, von dem Kerl habe ich schon mal gehört«, sagte Chappy. »War er nicht derjenige, dessen Frau entführt wurde und der sie zehn Jahre später in Südamerika wiedergefunden hat?«

»Das ist er«, stimmte JJ nickend zu.

»Heilige Scheiße, er ist knallhart!«, sagte Chappy voller Ehrfurcht.

»Sie haben sich von der internationalen Arbeit zurückgezogen, aber sie nehmen immer noch gelegentlich einen Auftrag hier in den Staaten an. Ich habe keinen Zweifel daran, dass sie uns helfen werden, wenn sie hören, was hier vor sich geht, vor allem da die Frauen praktisch in ihren eigenen Vorgarten gebracht werden«, fügte JJ hinzu. »Und sie sind eng mit einer anderen Gruppe von Männern befreundet, die südlich von Denver leben. Ich bin Logan und Blake Anderson von Ace Security schon über den Weg gelaufen. Er und sein Team werden uns helfen.«

»Wie kannst du dir da sicher sein?«

»Weil ich geholfen habe, einen von Logans Zwillingen aufzuspüren, als er entführt wurde«, erklärte JJ seinen Freunden.

»Was? Wie kommt es, dass wir nichts davon wussten?«, fragte Chappy mit zusammengekniffenen Augen.

»Ich habe eine Menge Dinge getan, von denen ihr nichts wisst. Sowohl vor als auch nach der Gründung des Teams«, gab JJ zu. »Das spielt keine Rolle. Wichtig ist nur, dass wir unsere Frauen finden. Ich werde jeden gesammelten Gefallen einlösen, jeden Kontakt anrufen, den ich im Laufe der Jahre gewonnen habe. Ich werde alles tun, was nötig ist, um sie sicher und gesund zu finden.«

»Wir haben also die Männer von Silverstone, die Mountain Mercenaries, Ace Security und Tex«, sagte Bob. »Das sind eine Menge Leute vor Ort, plus Tex und Cals königliche Familie hinter den Kulissen. Wann können wir nach Colorado aufbrechen?«

»Morgen. Ich muss heute Abend noch ein paar Anrufe tätigen«, sagte JJ. »Wir wissen nicht, worauf wir uns einlassen, aber da dieses Arschloch erwartet, dass wir angerannt kommen, wird er auf uns vorbereitet sein. Es ist lange her, dass wir auf einer Mission waren, und wir werden auch einen Haufen Männer an unserer Seite haben, mit denen wir noch nie zusammengearbeitet haben. Das wird nicht einfach werden«, fühlte er sich gezwungen zu warnen.

»Das hatte ich auch nicht erwartet«, antwortete Bob. »Aber ich habe Marlowe nicht aus diesem Drecksloch von Gefängnis geholt, um sie jetzt zu verlieren.«

»Carlise hätte in diesem Sturm sterben sollen. Es war das Schicksal, das sie vor meine Tür geführt hat ... das und Baxter«, fügte Chappy hinzu.

»Und June wusste nie, was Familie ist, bis sie herkam«, sagte Cal leise. »Sie freut sich so sehr auf unseren Sohn, und jetzt hat sie wahrscheinlich Todesangst. Ich werde alles tun, was nötig ist, um sie nach Hause zu bringen.«

JJ nickte. Die vier hatten sicherlich die Motivation, ihre Frauen zu finden. Er hoffte nur, dass das ausreichen würde. »Morgen«, wiederholte er. »Fahrt nach Hause und schlaft ein wenig, wenn ihr könnt. Morgen früh beginnen wir mit der Planung für alle Eventualitäten, die uns einfallen. Keiner rührt unsere Frauen und unser Leben an. *Keiner.*«

Seine Freunde nickten alle grimmig.

Nachdem die anderen gegangen waren und er allein im

Büro war, betrachtete JJ den Raum. Wohin er auch schaute, sah er April. Jedes Möbelstück. Jedes Gerät in der Küche. Ein Pullover, der über der Stuhllehne hing. Der Stift, der auf einem Stapel Kartons lag, den sie nach der Inventur dort gelassen hatte. Wenn er den Kühlschrank öffnete, sah er die Dosen Sprite, die sie so gern trank. Ihre Kaffeesahne. Verdammt, das Büro roch sogar nach der Körperlotion, die sie so sehr liebte.

Allein, umgeben von April, brachen JJs Beine unter ihm zusammen und er ging auf dem harten Boden in die Knie. Sein Kopf war gesenkt und er schloss die Augen, während er verzweifelt versuchte, die Fassung zu bewahren. Sie hatte sich so verängstigt angehört, aber auch entschlossen, ihm so viel wie möglich zu erzählen. Er konnte sich nicht vorstellen, was sie durchmachte, was die anderen Frauen durchmachten.

Nein, das war eine Lüge. Er war ein Gefangener gewesen. Er wusste es. Sie war verängstigt. Verwirrt. Vielleicht fror sie und hatte Schmerzen. Sie versuchte, eine Minute nach der anderen zu überstehen und hatte keine Ahnung, was als Nächstes passieren würde.

Der Gedanke, dass April in dieser Situation war, löste in ihm den Wunsch aus, jemanden umzubringen. JJ hatte einige Aspekte seines Daseins als Soldat einer Spezialeinheit nicht genossen. Ein Leben zu nehmen war nichts, was er jemals leichtfertig getan hatte. Aber in diesem Moment sehnte er sich danach, den Mann zu töten, der es gewagt hatte, April anzurühren. JJ war ein Dummkopf gewesen und hatte viel zu lange gewartet, um ihr zu sagen, was er empfand, und jetzt könnte sie ihm genommen werden, bevor sie überhaupt eine Chance auf Glück hatten.

Nein, das würde er nicht zulassen.

Als er nach unten blickte, sah JJ, dass er noch immer sein Handy umklammert hielt. Er fühlte sich wie im Nebel und tippte auf die Wiedergabetaste des Telefonats, das er aufgezeichnet hatte. Er musste Aprils Stimme noch einmal hören. Eine weitere Bestätigung bekommen, dass sie noch lebte.

Er spielte es noch einmal ab. Und dann noch einmal. Wieder und wieder. Ihre verängstigte Stimme hallte um ihn herum, und mit jeder Wiederholung wuchsen JJs Entschlossenheit und Wut. Er hatte ihr einmal gesagt, dass er alles tun würde, um sie vor jedem zu schützen, der es wagte, ihr etwas anzutun. Nun, es war an der Zeit, dass dies geschah.

»Ich liebe dich, April«, sagte er laut, wobei seine Stimme brach. »Ich komme zu dir. Halte nur noch ein bisschen durch.«

Dann tippte er auf Tex' Namen in seiner Kontaktliste. Als der andere Mann abnahm, machte JJ keine Umschweife. »Ich brauche die Nummer von Rex«, sagte er barsch.

Tex stellte keine Fragen. Er ratterte die Ziffern herunter und fragte dann: »Was brauchst du von mir?«

Die Operation *Erde versengen* war angelaufen.

KAPITEL SIEBZEHN

Aprils ganzer Körper zitterte, als sie sich eine Hand vor das Gesicht hielt. Ryan hätte ihr nicht einfach das Telefon aus der Hand reißen können, um das Telefonat zu beenden. Nein, das wäre zu vernünftig gewesen. Stattdessen hatte er sie geschlagen. Es tat weh. Sehr sogar. Dann hatte er gelacht, das Telefon ausgeschaltet, nachdem sie es vor Schreck fallen gelassen hatte, und es aus dem Fenster geworfen.

Sie fuhren noch etwa dreißig Kilometer schweigend, bevor Ryan an einer scheinbar völlig verlassenen Ausfahrt von der Autobahn abfuhr. Er lenkte den Wagen an den Straßenrand und stieg ohne ein weiteres Wort aus.

Aprils Herz pochte heftig in ihrer Brust. Sie wusste nicht, was er als Nächstes vorhatte. Jetzt, da sie Jack angerufen hatte, könnte er sie töten und ihre Leiche in der riesigen Wildnis um sie herum entsorgen. Oder er könnte die anderen Frauen töten und ihre Leichen verrotten lassen. Er könnte sie vergewaltigen, sie trennen, indem er sie anderen Leuten übergab ... Ihr Verstand drehte sich vor Möglichkeiten, und keine davon war gut.

Er riss ihre Tür auf, woraufhin sie einen überraschten

Schrei ausstieß, da ihr Handgelenk noch mit dem Griff verbunden war. Sie fiel fast auf den schmutzigen Boden, und Ryan lachte wieder, als sei es das Lustigste, was er je gesehen hatte, wie ihr Körper herumgeschleudert wurde.

Er packte ihr Handgelenk mit so festem Griff, dass April vor Schmerz zusammenzuckte. Dieser Mann war vielleicht nicht groß, aber er war dennoch viel stärker, als sie es je sein würde. Er löste die Handschelle um den Türgriff, ließ aber das andere Ende an ihrem Handgelenk befestigt. Dann starrte er sie einen langen Moment an.

April hielt den Atem an. Das war es. Sie würde sterben. Genau hier und jetzt. Ihr einziger Trost war, dass sie Jack während ihres Telefonats noch einmal hatte sagen können, dass sie ihn liebte.

Aber anstatt seine verdammte Waffe zu ziehen und sie zu erschießen, deutete Ryan auf die Hintertür. »Wenn du den Scheiß für deine Freundinnen willst, hol ihn jetzt. Du hast zehn Sekunden Zeit.«

April setzte sich in Bewegung, bevor er überhaupt aufgehört hatte zu reden. Sie wollte diese Decken. Und Nahrung und Wasser.

Sie warf sich zwei Decken über die Schulter und schnappte sich ein Kissen. Sie stopfte einen Zwölferpack Wasser in den Kissenbezug und drückte ihn an ihre Brust. Dann griff sie wieder in den Karton und holte mehrere Plastiktüten heraus, die sie über Handgelenk und Arm legte. Sie hatte das Gefühl, dass es schon mehr als zehn Sekunden gedauert hatte, also war sie Ryan widerwillig dankbar, dass er sie so viel mitnehmen ließ. Natürlich machte er sich nicht die Mühe, irgendetwas von dem Zeug zu tragen, sondern ließ sie einfach vor sich herschlurfen, während er sie zur Rückseite des Anhängers schob.

Als er mit einem kleinen Schlüssel das Vorhängeschloss an der Tür öffnete, verspürte April wieder einmal den wilden

Drang, alles fallen zu lassen und wegzulaufen. Sie könnte im Wald um sie herum verschwinden und darauf warten, dass jemand anhielt, damit sie um Hilfe rufen konnte. Sie könnte der Polizei sagen, wie der Pick-up und der Anhänger aussahen. Sie könnten Ryan aufspüren und Carlise, June und Marlowe retten.

Aber sie würde ihre Freundinnen nicht einem ungewissen Schicksal überlassen. Auf keinen Fall. Sie steckten da zusammen drin, und irgendwie würden sie das überstehen.

Die Tür des Anhängers knarrte, als sie sich öffnete, und April rutschte das Herz in die Hose, als sie ihre Freundinnen sah. Sie saßen zusammengekauert in der hinteren Ecke des Raumes. Carlise und Marlowe hatten June zwischen sich, und sie klammerten sich alle aneinander, als seien sie sicher, dass sie sterben würden.

Erneut stieg Wut in April auf. Was Ryan hier tat, war unmenschlich.

»Und?«, blaffte er, als er sie ansah. »Steig ein!«

Sie bewegte sich, kletterte unbeholfen zurück in den Anhänger und ging auf die Knie, um zu ihren Freundinnen zu rutschen. Die Tür schlug hinter ihr zu, so laut, dass Aprils Ohren klingelten, und die Dunkelheit schien noch schwärzer zu sein, nachdem sie so lange nicht mehr im Anhänger gewesen war.

»Es ist okay«, sagte sie leise. »Ich habe Decken. Und Nahrung und Wasser. Es wird uns gut gehen.«

»Wasser?«, krächzte June.

April schluckte schwer und nickte. Niemand konnte sie sehen, also zwang sie sich zu mehr Fröhlichkeit, als sie empfand. »Ja.« Sie beugte sich vor, und der Druck auf ihren Arm ließ sofort nach, als die Tüten auf dem Boden des Anhängers landeten. Die Handschelle, die an ihrem Handgelenk baumelte, klirrte, als sie in den Kopfkissenbezug griff und drei Wasserflaschen herauszog.

»Es sind nur zwölf Flaschen, also müssen wir sie gut einteilen«, warnte sie, während sie zu der Stelle rutschte, an der sie ihre Freundinnen zuletzt gesehen hatte. Sie berührte zuerst einen Fuß, dann wurde sie plötzlich in die Gruppe hineingerissen.

»Wir hatten solche Angst um dich!«, gab Carlise zu.

»Wir dachten, er tut dir vielleicht weh. Dass er dich umgebracht hat und das Gleiche mit uns vorhat. Geht es dir gut?«, fragte Marlowe mit zittriger Stimme.

»Mir geht es gut«, beruhigte April sie. »Ich habe euch eine Menge zu erzählen, aber noch nicht. Trinkt«, drängte sie, während sie sich zurücklehnte und die Tränen wegblinzelte, die ihre Freundinnen zum Glück nicht sehen konnten. Sie fühlte sich übermäßig emotional. Eigentlich sollte es ihr besser gehen, da sie mit Jack hatte sprechen können und ihm einige Informationen gegeben hatte, weil sie jetzt Decken hatten, die sie warm hielten, und Nahrung und Wasser, um ihre Bäuche zu füllen. Aber aus irgendeinem Grund hatte sie nach dem Gespräch mit Ryan noch mehr Angst als zuvor.

Was immer Ryan auch vorhatte, es war nicht gut. Nicht für sie und auch nicht für ihre Männer. Sie vertraute Jack und seinem Team, aber Ryan hatte diese Rache offensichtlich schon sehr lange geplant. Sie wusste nicht, wofür er sich rächen wollte – aber sein Ziel war der Tod. Für sie alle.

Eine Hand berührte ihre, und sie ließ die Wasserflasche los, die sie umklammert hatte. Die anderen beiden wurden ihr weggenommen und sie hörte das Knacken der Plastikverschlüsse, die geöffnet wurden.

April war selbst durstig. Sie hatte nur ein paar Eiswürfel zu sich genommen, um durchzuhalten, aber sie war nicht schwanger. Ihre Freundinnen brauchten das Wasser dringender als sie.

»Oh mein Gott, das ist das beste Wasser, das ich je in meinem Leben getrunken habe«, sagte June mit einem kleinen

Lachen. »Sogar warm habe ich noch nie etwas Besseres getrunken.«

Die anderen stimmten zu, dann fragte Marlowe: »Was in aller Welt ist passiert, während du da draußen warst?«

Aus irgendeinem Grund wollte April noch nicht darüber sprechen. Sie wollte ihre Freundinnen nicht noch mehr verängstigen, als sie es ohnehin schon waren. »Zuerst die Decken. Und ich habe ein Kopfkissen! Es ist nur eins, also müssen wir es uns teilen, aber es sollte es uns hier drin ein bisschen bequemer machen.«

Sie rutschte zu dem Haufen Vorräte, den sie mitgebracht hatte, und trennte die Decken von den Tüten. Sie versuchte, das armselige Kissen aufzuschütteln, das Ryan ihr zur Verfügung gestellt hatte, wobei sie sich weigerte, daran zu denken, woher er es hatte und wessen Kopf zuletzt darauf gelegen haben mochte.

Sie brachte die Sachen zu ihren Freundinnen, dann kramte sie blindlings in den Tüten herum und versuchte, sich zu erinnern, was sie gesehen hatte, bevor sie sich alles geschnappt hatte.

Ihre Hand berührte etwas Langes, Dünnes und offensichtlich Metallisches. Aufregung machte sich in ihr breit, während sie einen Moment lang mit dem Gegenstand herumfuchtelte, bevor sie sagte: »Macht mal alle kurz die Augen zu.«

»Was soll das bringen? Wir können doch sowieso nichts sehen«, brummte Carlise.

»Ich weiß, aber vertrau mir, tu es einfach«, beschwichtigte April sie.

Sie wartete einen Moment, dann drückte sie auf den kleinen Knopf an der Seite der Taschenlampe, die sie bei den Lebensmitteln gefunden hatte. Sofort erfüllte ein helles Licht den Anhänger und beleuchtete jede Delle im Metall, jedes Stück Dreck auf dem Boden, den Eimer in der Ecke ... und ihre drei Freundinnen.

»Heilige Scheiße, ist es das, wofür ich es halte?«, fragte June. Ihre Augen waren immer noch geschlossen, aber es war offensichtlich, dass sie und die anderen die Veränderung der Lichtverhältnisse durch ihre Augenlider erkennen konnten.

»Ja. Es ist jetzt aber wirklich hell hier drin, also öffnet eure Augen langsam«, warnte sie die Frauen.

Innerhalb einer Minute waren alle Mädchen um sie herum versammelt, schauten in die Tüten und freuten sich über die Nahrungsmittel. Kekse, Trockenfleisch, Kartoffelchips und andere Snacks. Es sah aus, als hätte Ryan für den Mist in den Tüten einen Tante-Emma-Laden überfallen, aber es war etwas zu essen, also beschwerte sich niemand.

»Wartet«, rief Carlise, womit sie alle erschreckte. »Was musstest du tun, um das Zeug zu bekommen?«, fragte sie. »Und lüg nicht. Hat er dir wehgetan? Dein Auge ist geschwollen.« Ihre Augen weiteten sich plötzlich vor Schreck. »Und sind das *Handschellen* an deinem Handgelenk?«

April hatte gehofft, die Nahrungsmittel würden alle etwas länger ablenken und ihr mehr Zeit geben, sich etwas einfallen zu lassen, das sie nicht völlig aus der Fassung bringen würde. Aber andererseits waren diese Frauen einige der stärksten Menschen, die sie je getroffen hatte. Sie waren schon durch die Hölle und zurück gegangen, und egal, wie sehr sie sie abschirmen wollte, sie verdienten es zu wissen, was Ryan geplant hatte. Oder zumindest das, was er ihr gesagt hatte.

»Mir geht es gut«, versicherte sie ihnen schnell. »Er hat mich mit Handschellen an die Tür gefesselt, wahrscheinlich damit ich nicht während der Fahrt rausspringe. Und sonst hatte Ryan einfach Freude daran, mich zu verarschen. Mich dumm dastehen zu lassen. Aber ich musste nichts Abscheuliches tun, um dieses Zeug zu bekommen. Obwohl ich es getan hätte«, gab sie zu. »Ich hätte so ziemlich alles getan, was er wollte, wenn es bedeutet hätte, dass ihr es behaglicher habt.«

»Nein«, sagte June mit finsterer Miene, offensichtlich verärgert. »Auf keinen Fall. Und das gilt auch für den Rest von euch«, sagte sie, während sie die anderen Frauen musterte. »Niemand tut freiwillig *irgendetwas*, was ihn körperlich oder seelisch verletzen würde, nur um jemand anderen zu schonen. So arbeiten Entführer. Sie benutzen eine Person gegen eine andere. Diese Mistkerle haben das mit Cal und den anderen versucht, als sie gefangen waren. Er erzählte mir eines Nachts davon, nachdem er einen Albtraum gehabt hatte. Ich weiß, dass er es nicht wirklich wollte, aber ich hoffte, das Reden würde helfen.

Er sagte, die Terroristen hätten ihnen ständig gesagt, dass sie aufhören würden, sie zu verletzen, wenn sie Informationen preisgeben. Einem der Männer sagten sie, sie würden aufhören, Callum zu verletzen, wenn er ihnen die Details ihrer Mission verriet. Sie versuchten, die Loyalität der Männer gegen sie zu verwenden. Wir müssen stark bleiben. Gemeinsam. Habt ihr das verstanden?«

Alle nickten, und zum ersten Mal wurde April klar, dass sie in gewisser Weise etwas Ähnliches wie das erlebten, was ihre Männer erlitten hatten. Nicht annähernd auf demselben Niveau, denn sie wurden weder geschlagen noch mit Messern verletzt, aber die Gefühle waren ähnlich.

»Carlise hat recht. Dein Auge ist geschwollen. Hat er dich geschlagen?«, fragte Marlowe April.

Sie nickte. »Ja. Wisst ihr, ich habe zahllose Filme gesehen, in denen Leute geschlagen werden, und sie schütteln es ab und machen weiter mit dem, was sie gerade tun. Aber ich muss sagen ... es hat wehgetan. Ich konnte buchstäblich einen Moment lang nicht atmen, und ich hätte mich nicht wehren können, selbst wenn ich es gewollt hätte«, gestand April.

»Nicht wahr?«, sagte June. »Das tut verdammt weh!«

Ehe sie sichs versah, war Marlowe neben sie gerückt und hatte einen Arm um ihre Taille gelegt, June war auf ihre andere Seite gerückt und tat dasselbe, und Carlise war nach vorn gerutscht, sodass ihre Knie Aprils berührten, und sie hob eine Hand zu ihrem Gesicht. Ihre Finger strichen kaum über die Haut und sie runzelte die Stirn, als sie sie untersuchte. »Ich wünschte, wir hätten etwas Eis«, murmelte sie.

April konnte sich ein Lächeln nicht verkneifen. »Wenn wir schon dabei sind, uns etwas zu wünschen, könnte ich eine Sprite gebrauchen«, flüsterte sie.

Die anderen kicherten um sie herum, bevor die Stimmung wieder ernst wurde. »Sprich mit uns«, sagte Carlise eindringlich. »Erzähl uns, was passiert ist, und lass nichts aus.«

Also erzählte April ihren Freundinnen alles. Von ihren Gefühlen, von dem, was Ryan gesagt hatte, jedes Mal wenn er sie verspottete, von dem Telefonat mit Jack, von den übrig gebliebenen Pommes und dem Hamburger ... und von ihren Vermutungen, was passieren könnte, wenn sie in Colorado ankamen.

»Ich habe versucht, Jack Hinweise zu geben, aber sie waren furchtbar. Er wird sich auf keinen Fall einen Reim darauf machen können. So spontan fiel mir nichts ein, und es ist schwieriger, als man denkt, sich unter Druck etwas Nützliches einfallen zu lassen.«

»Ich bin sicher, du hast dich gut geschlagen, und JJ und unsere Jungs sind schlau. Sie werden es verstehen«, beruhigte Carlise sie.

»Colorado ist weit weg«, murmelte June. Sie hatte eine Hand auf ihren Bauch gelegt und starrte ins Leere.

»Seit wir losgefahren sind, haben wir nur kurze Stopps gemacht«, versuchte April, sie zu beruhigen. »Ryan meint es ernst. Er will so schnell wie möglich ankommen.«

»Die Krämpfe oder Wehen oder was auch immer sie sind haben nicht aufgehört«, gab June zu. »Sie werden sogar noch stärker.«

Die Angst überwältigte April fast, aber sie konnte sie unterdrücken. »Vielleicht wird es Ryan ekeln, wenn du das Baby hier drin bekommst, und er wird sich zweimal überlegen, was er tut«, sagte sie lahm.

»Nein, dann hat er noch jemanden, den er bedrohen kann«, erwiderte June, wobei ihr eine Träne übers Gesicht lief. »Und jemand anderen, den er benutzen kann, um Cal wehzutun.«

»Oder vielleicht gibt es Cal einen weiteren Anreiz, ihn zu töten«, sagte Carlise entschieden.

»Ganz genau. Und ich weiß, dass du und Cal schon über Namen nachgedacht habt, aber ich denke an Trail«, scherzte Marlowe. »Kurz für Trailer.«

June schnaubte.

»Oder Truckee«, fügte Marlowe hinzu.

»Vielleicht Royce ... du weißt schon, nach Cals Geländewagen«, schlug Carlise grinsend vor.

»Cooper, Aston, Lincoln«, fuhr Marlowe fort.

»Buck«, sagte Carlise und deutete mit dem Kopf auf den Eimer in der Ecke.

June kicherte jetzt. »Ähm, ich liebe euch, aber nein. Auf *keinen* Fall.«

»Ford? Ich weiß – Cruz, da wir über die Straße cruisen«, sagte April, dankbar, dass Marlowe die Stimmung im Anhänger verbessert hatte.

Sie schlugen weiter Namen vor, die auf den Fahrzeugen und ihrer Situation beruhten.

Als ihnen die Luft auszugehen schien, sagte June leise: »Maximilian. Kurz Max. Wir haben ein wenig darüber gesprochen. Es ist ein Name, der in Cals Familie vorkommt.«

»Das ist großartig«, sagte April aufrichtig.

»Ich liebe ihn«, sagte Marlowe.

»Max und Bax ... sie werden Brüder sein«, fügte Carlise hinzu.

Alle lachten. Baxter, der Hund, der Carlise vor einem Schneesturm gerettet und sie zu Chappys Hütte geführt hatte, würde definitiv immer der Erstgeborene der Chapmans sein.

June holte tief Luft und wandte sich dann an April. »Also ... er bringt uns nach Colorado. Und was dann? Wie werden unsere Jungs uns finden? Und was denkst du, was er für sie geplant hat?«

»Ich weiß es nicht, aber ich vermute, dass er mir entweder erlaubt, Jack noch einmal anzurufen und ihm zu sagen, wo wir sind, oder er hat etwas anderes geplant. Was auch immer er vorhat ... es wird nicht gut sein.«

»Dann müssen wir tun, was wir können, um zu helfen«, sagte Marlowe entschlossen. »Wir sind nicht hilflos. Auch wenn wir schwanger sind und nicht so stark wie Ryan, sind wir zu viert und er ist allein.«

»Wir waren schon mal in schwierigen Situationen. Wir können dieses Arschloch überlisten«, stimmte Carlise zu.

»Vielleicht wird ihn die Tatsache, dass ich dieses Baby bekomme, tatsächlich aus der Fassung bringen. Er kann uns befehlen, still zu sein, aber ein Neugeborenes kann man nicht einfach zum Schweigen bringen«, sagte June.

April zitterte. Babys konnte man nicht drohen, aber man konnte sie zum Schweigen bringen ... für immer. In diesem Moment fasste sie einen Entschluss. Falls June ihr Baby bekam, bevor sie gerettet wurden – und sie *würden* gerettet werden, an etwas anderes würde sie nicht denken –, würde sie alles tun, was nötig war, um Ryan davon abzuhalten, den kleinen Max jemals anzurühren.

»Gut, also ... im Moment müssen wir ein paar Kalorien zu uns nehmen, auch wenn es leere Kalorien sind, uns ausruhen und abwarten, was als Nächstes passiert«, sagte April entschlossen. »Ich schlage vor, wir breiten eine der Decken auf dem Boden aus, um uns vor der Kälte zu schützen, die durch das Metall dringt, und benutzen die andere zum Zudecken. Ihr drei passt wahrscheinlich zusammen darunter.«

»Was ist mit dir?«, fragte Carlise stirnrunzelnd.

»Ich komme schon klar. Ich bin nicht schwanger wie der Rest von euch.«

»Nein, auf keinen Fall. Wir teilen«, sagte Marlowe mit Nachdruck. »Wir sind schwanger, nicht gebrechlich.«

»Ich weiß, aber ... bitte«, flehte April. »Ich komme klar. Mir ist nicht einmal kalt.« Das war eine kleine Lüge, aber sie empfand keinerlei Gewissensbisse. »Ich kann mich an denjenigen kuscheln, der am Ende liegt. Wie wäre das?«

Es dauerte eine Weile, aber schließlich stimmten die anderen zu. Nachdem sie den Eimer noch einmal benutzt und etwas von dem Junkfood gegessen hatten, legten sie June in die Mitte, Carlise an eine Seite des Anhängers und Marlowe auf die andere. April legte sich neben Marlowe hin und schaltete die Taschenlampe aus. Sie wussten, dass sie die Batterien schonen mussten, aber die Dunkelheit machte ihre Situation noch viel beängstigender.

»Sie kommen«, flüsterte sie nach einem Moment. »Ihr hättet Jack hören sollen. Er war so wütend, aber beherrscht. Sie werden uns finden, und es wird alles gut werden. Ich weiß es.«

Die anderen murmelten zustimmend und verstummten, jeder in seine eigenen Gedanken versunken.

Es war schwer zu glauben, dass April noch an diesem Morgen neben Jack gelegen hatte, erfüllt von seinem letzten Liebesakt, warm und sicher.

Sie würde wieder dort sein. Sie würde sich nicht erlauben, etwas anderes zu denken.

KAPITEL ACHTZEHN

Zwei Tage später stand JJ in der Mitte des *The Pit* ... einer Mischung aus Kneipe und Billardsalon, die Rex zusammen mit seiner Frau in Colorado Springs besaß. Von außen sah es heruntergekommen und wie eine Spelunke aus, aber innen war es erstaunlich sauber und schick. Die Billardtische befanden sich in einem Hinterzimmer, weit genug auseinander, damit die Leute genügend Platz zum Spielen hatten, aber auch nahe genug, damit der Raum gemütlich war. Die Theke befand sich im Hauptraum, wo eine Jukebox in der Ecke stand.

Aber sie war jetzt still und leer. Rex hatte für den Abend geschlossen, damit sie den Raum für die Planung nutzen konnten. Die Mountain Mercenaries waren alle da – Grey, Ro, Arrow, Black, Ball, Meat und natürlich Rex. Und nicht nur das, auch die Jungs von Ace Security waren anwesend – Logan, Blake, Nathan, Ryder und Cole.

Das Silverstone-Team war bereits am Vortag in der Stadt eingetroffen, und Bull, Eagle, Smoke und Gramps waren bereit, alles zu tun, was nötig war, um zu helfen.

In jeder anderen Situation wäre JJ vielleicht von der Menge an Testosteron im Raum überwältigt worden. Von der Wut, die direkt unter der Oberfläche brodelte. Aber in diesem Moment genoss er sie. Zu wissen, dass er so viel Erfahrung und tödliches Geschick hinter sich hatte, war beruhigend.

Als sei es gar keine Frage gewesen, hatte er sich in der Rolle des Teamleiters wiedergefunden. Er war es gewohnt, sein kleines Team von Delta-Agenten zu leiten, daher wäre es überwältigend gewesen, neunzehn Augenpaare von Leuten auf sich gerichtet zu haben, die auf seine Anweisungen warteten. Aber da dies die wichtigste Mission seines Lebens war, wünschte er sich eigentlich zwanzig Männer mehr.

Rex saß an einem großen ovalen Tisch im Hinterzimmer und konzentrierte sich abwechselnd auf JJ und den Bildschirm vor ihm. Er und Tex standen in ständigem Kontakt und taten alles, um Ryan Johnson elektronisch aufzuspüren.

Sie hatten bereits die Handys von Carlise, Marlowe und June gefunden. Sie waren frei von Fingerabdrücken in drei verschiedenen Fahrzeugen gefunden worden, und die Besitzer hatten keine Ahnung gehabt, dass die Telefone überhaupt in ihren Wagen gewesen waren. Eines lag auf der Ladefläche eines Pick-ups, ein anderes unter dem Beifahrersitz eines Fahrzeugs, und das letzte wurde auf dem Boden eines Sattelschleppers gefunden. Wahrscheinlich hatte Ryan sie auf einem Rastplatz oder einer Tankstelle in den anderen Fahrzeugen versteckt.

Sie mussten davon ausgehen, dass das vierte Telefon, das in der Nähe von Albany aufgehört hatte zu funken, April gehörte, aber sie hatten es nicht gefunden. Tex hatte auch sein Bestes getan, um die Nummer aufzuspüren, von der April angerufen hatte, aber es handelte sich um ein Wegwerfhandy, das nicht zurückverfolgt werden konnte.

Frustriert, dass die Telefone eine Sackgasse waren, konzentrierte Tex sich auf Ryan Johnson. Aber da der Name so geläufig war und sie buchstäblich keine Details über den Mann hatten, erwies seine Identifizierung sich als nahezu unmöglich.

Rex arbeitete daran, den Pick-up und den Anhänger ausfindig zu machen. Sie kannten weder die Marke noch das Modell, nicht einmal die Farbe, aber aufgrund der Reifenspuren hinter *Jack's Lumber* wussten sie, dass es sich um einen kleineren Pick-up handelte. Vielleicht ein Toyota Tacoma oder Ford Ranger. Also sah Rex sich stundenlang die Verkehrskameras auf den Autobahnen rund um Albany an, um zu sehen, ob er irgendeinen Pick-up mit Anhänger entdecken konnte. Natürlich gab es jede Menge davon, weshalb er ziemlich überfordert war, das Feld einzugrenzen.

Die übrigen Männer waren im Grunde genommen aufgeschmissen, wenn sie nicht genau wussten, wohin die Frauen gebracht wurden. Sie waren ihre jeweiligen Fähigkeiten durchgegangen – alles angefangen bei Schießkunst, Sprengstoff, Technik, Verhör und Verhandlung bis hin zu Bergsteigen und Schwimmen. Gemeinsam hatten sie alles vorbereitet, wo auch immer Ryan sie hinführen würde ... aber im Moment konnten sie nur warten. Und es stellte sich heraus, dass keiner von ihnen ein großer Fan des Wartens war.

»Erzählt uns von euren Frauen«, sagte Gray in die angespannte Stille hinein.

Der Gedanke an Carlise, Marlowe, June und April und die Frage, was sie wohl durchmachten, war fast zu schmerzhaft ... aber die Männer zögerten nicht, zu reden.

»June, Marlowe und Carlise sind alle schwanger«, erzählte Cal den anderen. »Aber meine Frau June steht der Geburt am nächsten. Sie hat mir am Morgen vor der Entführung gesagt, dass sie sich komisch fühlt. Nicht auf eine schlechte Art und Weise, aber sie war sich sicher, dass unser Sohn bald kommt.

June wurde von einem Mann angeschossen, den ihre Stiefmutter angeheuert hatte, um so zu tun, als würde er ihr nachstellen. Er steckte das Geld ein, das sie ihm gab, anstatt das zu tun, was er versprochen hatte. Ich wünschte fast, er hätte es nicht getan, denn dann wäre ich wachsam gewesen. Ich hätte sie beschützen können. Stattdessen betrat er eines Tages einfach ihren Arbeitsplatz und schoss auf sie. Ohne Vorwarnung. Sie wäre fast gestorben. Es war der schlimmste Tag meines Lebens ... bis jetzt. Wenigstens konnte ich bei ihr sitzen und ihr sagen, dass ich da bin und sie liebe. Ich fühle mich völlig hilflos.«

»Habt ihr schon einen Namen ausgesucht?«, fragte Logan.

»Maximilian«, sagte Cal. »Es ist ein Familienname. Kurz Max.«

»Wir werden June und Max sicher zurückbringen«, sagte Logan mit rauer Stimme. »Mein Kind wurde auch entführt, und glaub mir, wenn ich sage, dass ich weiß, was du fühlst. Was ihr alle fühlt«, sagte er, wobei er Chappy und Bob ansah.

»Marlowe war Archäologin. Sie wurde in Thailand verhaftet und zu lebenslanger Haft verurteilt, nachdem ein Kollege einen gefälschten Tipp gegeben hatte, dass sie Drogen besäße. Drogen, die er in ihren Sachen versteckt hatte. Ich habe sie aus dem Gefängnis befreit, wir sind durch Thailand nach Kambodscha geflohen, und sie hat mir buchstäblich das Leben gerettet, als ich wegen einer verdammten Infektion fast gestorben wäre. Wir heirateten auf der Flucht, und ich schwor, sie immer zu beschützen. Ich habe versagt.«

»Schwachsinn«, sagte Eagle. Er war einer der Silverstone-Jungs. »Wenn du zu Hause wärst und Däumchen drehst, würdest du sie im Stich lassen. Du bist hier und tust alles, was du kannst, um sie zu finden. Das ist kein Versagen.«

Die Männer sahen nun zu Chappy.

»Carlise hat sich in einem Schneesturm verirrt, und mit Hilfe eines streunenden Hundes hat sie mich und meine Hütte gefunden. Natürlich war ich so krank, als sie ankam, dass ich drei Tage lang praktisch bewusstlos war. Aber sie war besonnen und ruhig, und selbst als sie nicht wusste, dass der Herd mit Gas und nicht mit Strom betrieben wurde – den wir wegen des Sturms nicht hatten –, war sie nicht beunruhigt.«

Er hielt inne und seufzte, bevor er fortfuhr: »Sie hatte eine Stalkerin, die sie aufspürte und sie zwang, direkt in den Weg einer Lawine zu laufen. Sie versteckte sich in einem unterirdischen Bunker und wurde lebendig begraben, bis wir sie finden konnten. Sie ist stark ... aber das ist zu viel für sie, für *jede* der Frauen«, erklärte Chappy gequält.

»Eure Frauen klingen sehr wie unsere«, sagte Meat. »Sie sind alle Überlebenskünstler. Sie werden nicht verkümmern und sterben, während sie darauf warten, dass ihr sie findet. Sie werden sich mit allem, was sie haben, zur Wehr setzen. Und wisst ihr was? Wenn wir sie nicht finden können? Sie werden trotzdem gewinnen. Wisst ihr warum?«

Chappy hob eine Augenbraue.

»Weil sie euch lieben, und sie werden kämpfen, um zu euch zurückzukommen, genauso wie ihr kämpfen werdet, um zu ihnen zu gelangen.«

JJ nickte. Er hatte Geschichten über die Ehefrauen einiger dieser Männer gehört. Die Dinge, die sie überlebt hatten, waren entsetzlich gewesen und hätten die meisten Frauen gebrochen. Aber sie hatten nicht nur überlebt, sie waren in den Jahren danach aufgeblüht. Sie hatten Kinder bekommen, Familien gegründet und ihr Leben weitergeführt. Nicht als Opfer, sondern als Überlebende.

»Was ist mit April?«, fragte Gramps. »Sie ist diejenige, die den Anruf getätigt hat, richtig?«

JJ nickte. »Ja. Sie und ich sind nicht verheiratet. Sie ist nicht schwanger. Aber ich würde für sie sterben, ohne etwas zu bereuen. Ich wollte sie seit Jahren, aber es hat viel zu lange gedauert, bis ich in die Gänge kam. Es brauchte einen Autounfall, eine kurzzeitige Amnesie, die Angst, sie könnte ihren Ex mir vorziehen, und einen verängstigten Anruf mitten in der Nacht ... aber schließlich habe ich mein Hirn eingeschaltet. Die ganze Zeit, in der ich gegen meine Anziehung zu ihr ankämpfte, fühlte es sich an, als würde ich innerlich sterben.

Sie ist mein Ein und Alles. Und ohne sie würde es *Jack's Lumber* heute nicht mehr geben. Wir wären untergegangen. Sie ist klug, loyal, lustig und so verdammt schön, dass mein Herz schmerzt, wenn ich sie ansehe. Zu wissen, dass sie mir gehört.

Ich weiß nicht, wen wir verärgert haben, um meine April in diese Situation zu bringen, aber derjenige wird dafür sterben, sie angerührt zu haben.«

Im Raum war es einen Moment lang still, bevor Rex seinen Stuhl vom Tisch zurückschob und zu JJ hinüberging. Es war nicht offensichtlich, dass er den Gesprächen um ihn herum zugehört hatte, aber offenbar hatte er es getan.

Er legte eine Hand auf JJs Schulter. Rex war ein paar Zentimeter größer und muskulöser. Er hatte mehr Grau im Haar und mehr Falten um die Augen. Aber der intensive Ausdruck in seinem Gesicht entsprach den Emotionen, die JJ an diesem Morgen in seinem eigenen Spiegel gesehen hatte.

»Meine Frau war zehn Jahre lang verschwunden. Zehn der längsten gottverdammten Jahre meines Lebens. Aber kein einziges Mal habe ich die Hoffnung aufgegeben, dass sie irgendwo da draußen ist. Sie zu finden war ein Wunder. Und verdammtes Glück. Sie war angeschlagen, aber nicht gebrochen. Selbst nach der Hölle, die sie durchgemacht hatte, war sie noch meine Raven. Wir werden April und den Rest der Frauen finden. Wir werden diesen Ryan dafür bezahlen lassen. Merk dir meine Worte, das wird schon bald enden.«

JJ nickte, da er wegen des Kloßes in seinem Hals nicht sprechen konnte. In den letzten Tagen war er allein von Adrenalin angetrieben worden. Jede Minute, die verging, ohne zu wissen, wohin die Frauen gebracht worden waren, fraß an seiner Seele. Er wusste nicht, was April dachte, ob sie verletzt war, ob ihr Entführer sie gefoltert hatte.

Das Nichtwissen war fast schlimmer als das Wissen, was sie durchmachte. Schlimmer wegen all der Szenarien, die ihm durch den Kopf schwirrten. Er hatte in seinem Leben genügend Tod, Zerstörung und Missbrauch von Frauen gesehen, dass der Gedanke, dass April etwas davon zustoßen könnte, eine Qual war.

Und das war es, was Ryan wollte. JJ wusste das bis in seine Seele hinein. Der Mann hasste ihn und sein Team aus irgendeinem Grund und wollte sie leiden sehen. Er spielte ein Spiel mit ihnen, ein Spiel, das mit seinem langen, langsamen Tod enden würde.

JJ mochte das Töten nicht. Das hatte er noch nie. Aber Ryan Johnson zu töten würde ein Vergnügen sein. Eine Warnung für alle anderen, die dumm genug waren, seine Frau zu benutzen, um an ihn heranzukommen.

Manche Leute würden in ihm nur einen Holzfäller sehen, einen Hinterwäldler, der keinen vernünftigen Satz zustande bringen konnte, während er für seinen Lebensunterhalt eine Axt – oder besser gesagt eine Kettensäge – schwang, aber wenn das hier vorbei war, würde niemand daran zweifeln, dass er ein Mann war, der die beschützen konnte und würde, die er liebte.

»Ähm, Rex, du solltest vielleicht mal herkommen«, rief Bull, der über Rex' Laptop stand. »Tex versucht, dich zu erreichen, und er ist dabei nicht gerade geduldig.«

Rex eilte zurück zum Tisch, dicht gefolgt von JJ und einigen der anderen Männer. Es war ein dichtes Gedränge, aber JJ beschaffte sich schnell einen Platz in der ersten Reihe, um zu sehen, was passierte. Chappy und Cal drängten sich neben sie, und Bob stand direkt hinter ihnen.

»Tex, ich bin hier, was gibt's?«, sagte Rex, nachdem er auf das Videochat-Programm geklickt hatte.

Tex erschien auf dem Bildschirm. Er starrte in die Kamera und sagte: »Aprils Telefon hat gefunkt.«

JJ erstarrte. Jeder Muskel in seinem Körper spannte sich an. »Wo?«, blaffte er.

Sie hatten gedacht, ihr Telefon sei weg. Zerstört, überfahren, weggeworfen, was auch immer. Aber offenbar war es immer noch Teil von Ryans Spiel. Und die Männer, die im *The Pit* standen, waren mehr als bereit zu spielen.

Tex wandte den Blick von der Kamera ab, um seine Bildschirme zu betrachten. Sie konnten hören, wie seine Finger auf den Tasten klickten, während er die Informationen abrief, auf die sie alle so dringend angewiesen waren.

»Südlich von Bailey, Colorado. Das ist eine kleine Stadt westlich von Denver.«

»Abseits der 285, richtig?«, fragte Ryder.

»Ja. Da draußen ist es sehr felsig. Riesige Wildnis, auf allen Seiten umgeben von Buffalo Peak, Green Mountain, Topaz Mountain und North Tarryall Peak.«

»Scheiße, wenn er da draußen ist, wird es viel schwieriger, ihn zu finden«, brummte Smoke.

»Nicht unbedingt«, sagte Arrow. »Nein, es gibt da draußen nicht viel, aber das macht die Leute, die in dieser Gegend leben, sehr aufmerksam.«

»Wenn also jemand in der Nähe ist, der nicht dort sein sollte, werden sie es merken. Besonders jemand, der nicht von hier ist«, überlegte Chappy.

»Genau«, sagte Arrow mit einem Nicken.

»Und wir können Drohnen und sogar einen Hubschrauber einsetzen, um die Suche zu unterstützen«, fügte Ball hinzu.

»Dieses Arschloch *will* gefunden werden«, knurrte Bob. »Er will uns auf sein Spielfeld locken.«

»Wo er glaubt, die Oberhand zu haben«, stimmte Cal zu.

»Er wird sich wundern, wenn nicht nur ihr vier, sondern auch wir alle aus dem Wald gekrochen kommen«, sagte Gray mit einem etwas blutrünstigen Lächeln.

»Wir dürfen unsere Karten nicht aufdecken«, warnte JJ. »Wenn er merkt, dass wir nicht allein sind, könnte er den Frauen etwas antun. Oder er könnte fliehen und dieses Spiel an einem anderen Tag weiterspielen.«

»Das wird nicht passieren«, sagte Chappy kopfschüttelnd.

»Wir wissen, wie man unentdeckt bleibt«, erklärte Bull ihm. »Wir werden euch das nicht vermasseln.«

»Der Typ wird untergehen«, stimmte Cole zu.

»Ich habe tonnenweise nachgeforscht, und vielleicht habe ich noch etwas gefunden«, sagte Tex.

Alle Blicke wurden wieder auf den Bildschirm gerichtet.

»Aus einer Ahnung heraus habe ich mich in die Sozialversicherungsdatenbank gehackt und nach offensichtlichen Auffälligkeiten gesucht. Steuererklärungen, die für Verstorbene eingereicht wurden, oder Jahre, in denen es bei einer Nummer keine Aktivität gab und die dann plötzlich wieder benutzt wird, Babys mit Bankkonten, und so weiter. Solche Dinge. Ratet mal, was ich gefunden habe.«

Als die Pause sich in die Länge zog, knurrte JJ verärgert. Sie mussten sich beeilen. Das Lager in Bailey aufschlagen und von dort aus mit der Suche beginnen. Er hatte keine Zeit für Tex' Ratespiele.

Zum Glück fuhr Tex schnell fort: »Vor sieben Jahren ertrank ein Zweijähriger namens Ryan Johnson im Schwimmbecken seines Hauses im Garten. Aber siehe da, seine Sozialversicherungsnummer tauchte vor drei Jahren in einer Kreditauskunft auf.«

JJs Herzschlag beschleunigte sich, als Tex weitersprach.

»Es sieht so aus, als sei das Konto in New York City eröffnet worden, mit regelmäßigen Einzahlungen aus dem Ausland ... aus Israel, Johannesburg und Dubai.«

JJ drehte sich um, um Chappys Blick zu begegnen, dann Cals.

»Was, wenn das mit unserer letzten Mission zu tun hat?«, sagte JJ leise. »Als wir Kriegsgefangene waren.«

»Was hat einer dieser Orte damit zu tun?«, fragte Cal.

»Ich bin mir nicht sicher. Aber Terroristen haben immer Verbindungen. Und wenn ich darauf aus wäre, Rache zu üben oder einem entkommenen Kriegsgefangenen das Leben schwer zu machen, wäre ich vielleicht darauf angewiesen, dass andere in meinem Netzwerk mir helfen, meine Pläne zu finanzieren.«

»Warte, du denkst, dass diese spezielle Mission uns heimsucht? Haben wir nicht schon genügend gelitten?«, stieß Bob hervor.

JJ hielt den Blick auf seine Teamkameraden gerichtet, während er sich den Kopf darüber zerbrach, wer dieser Ryan Johnson sein könnte. »Die Rettungsteams haben alle unsere Entführer getötet, oder?«

»So wurde es uns gesagt«, bestätigte Cal.

»Aber haben sie wirklich alle erwischt?«, fragte Chappy.

»Wir alle wissen, wie Terrorzellen funktionieren. Es gibt Schichten über Schichten. Diejenigen an der Spitze machen sich nicht die Hände schmutzig und befehlen den Leuten weiter unten am Totempfahl, die Arbeit an der Front zu erledigen«, stimmte Cal zu.

»Nun, in diesem Fall habt ihr *alle* recht«, fuhr Tex fort.

Als JJ wieder auf den Bildschirm schaute, sah er ein zufriedenes Grinsen auf Tex' Gesicht. »Aus den geheimen Dokumenten, die ich über diese Rettungsmission ausgraben konnte, geht hervor, dass die Teams, die dort hineingingen, sehr gut aufgeräumt haben. Und nachdem ihr weg wart, konzentrierte die Armee sich mehrere Monate lang auf dieses Gebiet. Es gab zusätzliche Missionen, um jedes Mitglied dieser besonders üblen Gruppe zu jagen und auszurotten.«

Als er innehielt, fragte JJ ungeduldig: »Also? Es steht nicht in Beziehung zueinander?«

»Das habe ich nicht gesagt. Und witzig, dass du dieses Wort benutzt«, antwortete Tex. »Beziehung. *Verwandtschaft*. Unsere Regierung hatte kein Problem damit, die Leute auszuschalten, von denen sie wusste, dass sie Terroristen waren ... aber sie hat ihre Familienmitglieder nicht getötet.«

JJ blinzelte. »Ryan ist mit einem unserer Entführer verwandt?«

»Bingo«, sagte Tex mit einem Nicken. »Das ist zumindest meine beste Theorie. Es ist fast sechs Jahre her, dass ihr in Kriegsgefangenschaft wart. Ryan Johnson ist erst vor drei Jahren auf dem Radar aufgetaucht. Nach dem zu urteilen, was ich über die Person, die die Sozialversicherungsnummer des Kleinkindes Ryan Johnson benutzt, herausfinden konnte, ist er männlich, zwanzig Jahre alt und hat zwei Mietverträge unterschrieben – bei denen eine Bonitätsprüfung durchgeführt wurde, sowohl in New York als auch in Denver. Im letzten Jahr gab er die Wohnung in New York auf, nutzte aber weiterhin das dortige Bankkonto. Er hat Rechnungen von Motels, Autovermietungen und ein laufendes Abonnement für eine Online-Pornoseite.«

JJ schluckte schwer. Er wünschte, Tex würde sich beeilen und zum Punkt kommen, verdammt. Trotzdem saugte er mit morbider Faszination jeden Fetzen Information in sich auf.

»Um das Ganze zu beschleunigen«, sagte Tex, als könnte er die Ungeduld seiner Zuhörer spüren, »wenn unser Ryan Johnson zwanzig ist, bedeutet das, dass er während eurer Kriegsgefangenschaft in seinen frühen Teenagerjahren war. Das ist ein gutes Alter, um von äußeren Kräften beeinflusst zu werden. Und wenn er einen männlichen Verwandten hatte, der zufällig einer eurer Entführer war, und dieser Mann getötet wurde, könnte Ryan sicherlich einen tiefen Hass auf die Männer verspüren, die er für verantwortlich hält.

Ich weiß, es klingt abartig und beschissen, aber es ist möglich, dass er euch vier für den Tod seines Verwandten verantwortlich macht. Vergesst die Tatsache, dass sein Bruder, Vater oder Onkel, wer auch immer, die Entscheidung getroffen hat, ein Terrorist zu werden und unschuldige Menschen zu foltern. Das wäre unserem Entführer egal. Der Hass schwelte wahrscheinlich, und wenn in den folgenden Monaten noch mehr seiner Nachbarn und Freunde bei der Razzia der Armee getötet wurden, schmiedete er wahrscheinlich Pläne.

Zu diesen Plänen gehörte es, Geld vom Terrornetzwerk zu bekommen, Englisch zu lernen, nach New York zu ziehen, sich illegal eine Sozialversicherungsnummer zu besorgen und zu lernen, sich anzupassen. Aus welchem Grund auch immer beschloss er, dass die Berge von Colorado der Ort sein würden, an dem er seinen Widerstand leistet und sich an euch vieren rächt.«

Es war eine haarsträubende und unwahrscheinliche Geschichte. Aber wenn Tex nachgeforscht hatte ... war sie höchstwahrscheinlich wahr.

»Worauf werden wir uns also einlassen?«, fragte Gray.

JJ zwang sich zur Konzentration. Er hätte derjenige sein sollen, der diese Frage stellte.

»Nichts Gutes«, sagte Tex mit einem besorgten Stirnrunzeln. »Die Terroristen, die euch gefangen hielten, waren ein Ableger einer viel größeren Gruppe, aber trotzdem gut finanziert. Außerdem waren sie Experten für selbst gebaute Sprengsätze und andere Bomben.«

JJ presste die Lippen zusammen. *Scheiße.*

»Wir können nicht sagen, was unser Ryan sich ausgedacht hat, aber wenn er die Frauen als Köder benutzt, ist er von seinen Vorbereitungen überzeugt. Versteckte Sprengsätze, Sprengfallen, Gruben mit Stacheln am Boden ... es könnte alles sein.«

»Hör auf, ihn ›unseren Ryan‹ zu nennen!«, rief Chappy wütend. »Er ist nicht *unser verdammter Ryan.*«

»Tut mir leid«, sagte Tex sofort. »Du hast recht. Ich will damit nur sagen ... ihr müsst vorsichtig sein. Ihr alle. Ich habe nicht mein ganzes Leben damit verbracht, auf euch aufzupassen, um euch jetzt zu verlieren.«

»Du verlierst niemanden«, sagte Rex unwirsch. »Wir sind schlauer als dieser Junge. Er weiß nicht, mit wem er es zu tun hat. Er könnte Glück haben und Chappy, Bob, JJ und Cal ausmanövrieren, aber nur, weil sie sich auf ihre Frauen konzentrieren werden. Aber mit den Mountain Mercenaries, Ace Security und Silverstone im Nacken? Er ist so gut wie tot.«

Tex nickte. »Ich werde alles beobachten«, sagte er unnötigerweise. »Wenn ihr etwas braucht, ruft ihr an, verstanden? Ich habe Teams von SEALs und Delta-Force-Männern, die ich innerhalb weniger Stunden herbeischaffen kann, wenn es sein muss. Und nicht weit von euch entfernt, im Norden New Mexicos, gibt es eine Gruppe von Männern, die ebenfalls Ehemalige einer Spezialeinheit sind. Niemand legt sich mit unseren Frauen und unserem Leben an. Over and out.«

Der Bildschirm erlosch, und im Raum herrschte für einen Moment Stille, während alle verdauten, was sie gerade erfahren hatten.

JJ wandte sich an die anderen. »Egal was passiert, ich werde nie vergessen, dass ihr alle alles stehen und liegen gelassen habt, um uns zu begleiten.«

»Nein«, sagte Gray kopfschüttelnd.

Rex nickte zustimmend, ebenso wie alle anderen im Raum.

»Ihr gehört zu uns und wir zu euch. Wir haben schon erlebt, was ihr durchmacht, und heute werden keine Gefallen versprochen oder eingelöst. Wir tun das Richtige. Das, wofür wir ausgebildet wurden. Andere zu beschützen. Das Böse vom Sieg abzuhalten. Ihr müsst uns nicht danken. Niemals.«

JJ war überwältigt und er wusste, dass es seinem Team wahrscheinlich genauso ging. Deshalb waren sie zur Armee gegangen. Die Kameradschaft. Die Teamarbeit. Sie waren Teil eines riesigen Familiennetzwerks und hatten das nicht wirklich zu schätzen gewusst. Nicht ganz.

»Holen wir eure Frauen«, sagte Nathan leise. Bis jetzt hatte er nicht viel gesagt, aber er war genauso engagiert wie alle anderen. Das war leicht zu erkennen.

Sie gingen alle zur Tür und JJ bemerkte, dass er und sein Team zurückblieben.

»Ist bei euch alles in Ordnung?«, fragte er leise.

»Nein«, antworteten sie alle gleichzeitig.

Chappy fügte hinzu: »Aber es wird wieder. Ich war mir ehrlich gesagt nicht sicher, ob wir sie finden würden. Aber jetzt? Ich habe keinen Zweifel mehr.«

»Ebenso«, sagte Bob mit einem Nicken.

»Mir geht es nicht so gut«, gestand Cal und holte tief Luft. »Aber ich vertraue euch und unseren neuen Teamkameraden nicht nur mein Leben an, sondern auch das von June und Max.«

»Wir werden unsere Frauen nach Hause bringen«, sagte JJ entschlossen. »Es mag ihnen nicht gefallen, dass wir sie in unsere Häuser einsperren und sie nie wieder allein nach draußen lassen ... aber wir bringen sie nach Hause.«

Die anderen lachten, aber sie verstanden, was er meinte. Wenn ihre Frauen bisher dachten, sie hätten beschützende Ehemänner, dann hatten sie noch nichts gesehen.

»Kommt schon. Wir müssen einen Terroristen aufspüren«, sagte JJ.

Er hatte diese Worte im Laufe der Jahre viele Male gesagt, aber noch nie hatten sie sich so schwer angefühlt wie heute.

Die vier Männer folgten den anderen aus dem *The Pit* und zu ihren Fahrzeugen. Sie mussten nach Bailey fahren und ihre Frauen finden.

KAPITEL NEUNZEHN

Der Anhänger hatte so oft angehalten und war wieder losgerollt, dass April und die anderen es kaum noch wahrnahmen. Sie hatten keine Ahnung, ob Ryan sie mit den vielen Stopps durcheinanderbringen wollte. Keine Ahnung, wie viel Zeit vergangen war, seit April aus dem Anhänger geholt worden war und dann mit den Nahrungsmitteln und den Decken zurückkam.

Nach Aprils Schätzung waren es mindestens zwei Tage gewesen. Sie hatten wieder einmal kein Wasser mehr, und das übrig gebliebene Essen schmeckte nicht mehr. Die Frauen waren erschöpft, froren und hatten schreckliche Angst.

Aber all das spielte keine Rolle – denn June lag definitiv in den Wehen. Ihre Wehen hatten an Intensität und Anzahl zugenommen, und es war nicht zu leugnen, dass Baby Max entschlossen war, auf die Welt zu kommen, ob sie nun bereit waren oder nicht.

»Atme, June. So ist es gut. Du machst das so gut«, sagte April hinter ihr. Sie lehnte an der Seite des Anhängers und June benutzte sie als Rückenlehne. Carlise war neben ihr und umklammerte ihre Hand im Todesgriff, und Marlowe kniete zwischen ihren Beinen, um gelegentlich zu prüfen, wie weit sie schon war.

Zum Glück hatten sie die Taschenlampe. Ohne sie wäre diese Erfahrung noch viel schrecklicher und schwieriger gewesen, als sie es ohnehin schon war.

Niemand war darauf vorbereitet, dass der Anhänger geöffnet wurde. Die Sonne schien nicht. Der bedeckte Tag sah extrem düster und deprimierend aus.

»Raus«, befahl Ryan.

»June kann nicht gehen. Sie bekommt ihr Baby«, blaffte April wesentlich schärfer, als sie es vielleicht getan hätte, wenn sie nicht so besorgt um ihre Freundin gewesen wäre.

»Wenn sie nicht geht, erschieße ich sie auf der Stelle«, sagte Ryan, hob eine Hand und richtete die verdammte Waffe direkt auf Junes Bauch.

April hatte ein paar ausgewählte Worte für den Mann, den sie mehr hasste als je zuvor jemand anderen in ihrem Leben. Sie war hungrig, gestresst, durstig, hatte es satt, in einen Eimer zu pinkeln, und war so verdammt besorgt darüber, dass June ihr Baby unter so unhygienischen, abgelegenen und unsicheren Bedingungen bekam.

»Bitte! June braucht einen Arzt. Sie liegt in den Wehen«, versuchte April es erneut.

»Das ist mir egal. Nein, streich das. Es ist mir *nicht* egal. Ich bin froh darüber. Das macht alles an meinem Plan noch besser. Ich wette, Prettymon wird zu einem wehleidigen Kind, wenn er erfährt, was hier passiert. Raus hier. *Sofort!*«

April drehte sich zu ihren Freundinnen um und versuchte, den Mann zu ignorieren, der immer noch die Waffe auf June gerichtet hielt. »Mädels ... lasst es uns tun. Marlowe, du rutschst zuerst ans Ende. Carlise, du hilfst, June hochzuhalten. Ich bringe sie zur Öffnung, und wir helfen ihr alle beim Gehen.«

Keiner rührte sich.

»Bitte, Marlowe«, flüsterte April.

»Wir schaffen das schon«, sagte June schwach, womit sie April überraschte. »Denkt nur an die Geschichte, die ich Max später mal erzählen kann.«

»Gut, okay«, sagte Carlise und ließ die Decke wieder über Junes Schoß sinken. Es war die einzige brauchbare Decke, die sie noch hatten. Als Junes Fruchtblase geplatzt war, hatten sie die andere Decke benutzt, um die Flüssigkeit aufzusaugen, und die lag jetzt unter ihr.

Ryan hatte kommentarlos zugesehen, während sie ihre Diskussion führten, und jetzt trat er einen Schritt zurück, als Marlowe zu ihm rutschte und langsam aus dem Anhänger stieg. Sie schwankte und ein schmerzverzerrter Ausdruck huschte über ihr Gesicht, als sie zum ersten Mal seit Tagen wieder aufrecht stand.

Carlise hielt June fest, während sie ihr half, zur Öffnung zu gelangen. April blieb hinter ihnen, mit einer Hand auf Junes Rücken und einer auf Carlises Arm.

Als alle vier hinter dem Anhänger standen, schaute April sich um. Sie konnte nur Bäume sehen. Der Pick-up und der Anhänger waren in der Nähe einer verfallenen Hütte abgestellt. Es waren keine anderen Häuser in Sicht, nur das Rauschen des Windes in den Bäumen und gelegentlich ein Vogel waren zu hören.

Überraschenderweise waren sie ziemlich weit von der Hütte entfernt. Vielleicht dreißig Meter, obwohl ein Weg direkt daneben führte, der breit genug für den Pick-up war. April nahm an, dass es Ryans kleinliche Art war, sie noch ein wenig mehr zu quälen.

»Es wird folgendermaßen ablaufen«, sagte er, als würde er über das Wetter sprechen und nicht mit einer Waffe auf sie zielen, um sie alle zu bedrohen. »Ihr werdet in einer geraden Linie auf die Tür zugehen. Wenn ihr einen Schritt nach links oder rechts macht ... sagen wir einfach, dass erschossen zu werden die geringste eurer Sorgen ist.«

April legte den Kopf schief, während sie ihn musterte, auch wenn ihr Magen sich vor Übelkeit verkrampfte. »Warum?«, platzte sie heraus, bevor sie sich eines Besseren besann.

»Gut, dass du fragst«, sagte Ryan schadenfroh. »Weil jeder Zentimeter des Bodens rund um die Hütte mit Sprengstoff versehen ist. Stolperdrähte, Sprengfallen, Landminen ... was auch immer, es ist da. Wenn ihr nicht genau da geht, wo ich es euch sage, wenn ihr das Gleichgewicht verliert, wenn ihr zu fliehen versucht ... BUMM!«, brüllte er.

Alle vier Frauen zuckten bei seinem Ausruf erschrocken zusammen.

»*Du*«, sagte er und richtete seine Waffe in Junes Richtung. »Du wirst gehen, ganz allein, oder du und dein Balg werdet sterben. Arme und Beine werden wie Konfetti regnen. Was meinst du, wie *das* deinem kostbaren Prinzen gefallen wird?«

April spürte, wie June zitterte. Aber sie hätte nicht stolzer auf sie sein können, als sie sich aufrichtete und sagte: »Ich glaube, Cal wird dich langsam und schmerzhaft töten, bis du ihn anflehst, dich von deinem Elend zu erlösen.« Ihr bedrohlicher Tonfall war umso beeindruckender in dem Wissen, wie sehr sie litt.

Anstatt wütend zu werden oder besorgt auszusehen, lachte Ryan einfach. »Die Einzigen, die flehen werden, sind die Soldaten. Und jetzt setzt euch in Bewegung. Die Uhr tickt.«

Obwohl sie wusste, dass sie und die anderen Köder waren, hatte April dennoch gebetet, dass Jack und die Jungs sie finden würden. Dass sie ihre lahmen Hinweise entschlüsseln und wie die Helden, die sie waren, zuschlagen würden. Jetzt wollte sie tatsächlich *nicht* mehr gefunden werden.

Sie hatte keine Ahnung, ob Ryan wegen des Sprengstoffs gelogen hatte oder nicht, aber es war offensichtlich, dass er etwas Schreckliches plante. Welches kranke Spiel er auch immer spielte, die Frauen waren nicht sein Ziel. Er hatte sie benutzt und würde sie auch weiterhin benutzen, um den Jungs zu schaden.

Das würde sie nicht zulassen. Sie wusste nicht, was sie tun konnte, um es zu verhindern, aber sie würde lieber selbst sterben, als zuzusehen, wie Jack in einen Hinterhalt lief.

»Seht ihr die rosa Kreise auf dem Boden?«, fragte Ryan und deutete mit dem Kopf in Richtung der Hütte.

April und die anderen drehten sich, um zu sehen, wovon er sprach. Und tatsächlich, da waren Kreise auf dem Boden, etwa fünf Zentimeter breit, leuchtend rosa, die von der Rückseite des Anhängers zur Vordertür der Hütte führten.

»Wenn ihr genau auf jeden dieser Kreise tretet, werdet ihr nicht in die Luft fliegen. Aber wenn ihr sie verfehlt oder versucht, die Heldin zu spielen und wegzulaufen, werdet ihr sterben. Auf jeder Seite und zwischen den Markierungen befindet sich Sprengstoff. Und um euch zu zeigen, dass ich nicht bluffe, diesen ganzen Bereich mit genügend Sprengstoff versehen zu haben, um alles und jeden in die Luft zu jagen, der an die falsche Stelle tritt, möchte ich es euch demonstrieren.«

April hielt den Atem an, als Ryan sich bückte, um einen ziemlich großen Stein aufzuheben, der auf dem Boden lag. Zum dritten Mal wollte sie unbedingt weglaufen. Sie war die Einzige, die auch nur den Hauch einer Chance hatte, diesem Arschloch zu entkommen. Aber das würde sie nicht tun. Denn Ryan würde sie oder eine der Frauen aus Bosheit erschießen.

Und es sah nicht so aus, als sei in der unmittelbaren Umgebung etwas zu finden. Sie würde wahrscheinlich kilometerweit laufen müssen, um Hilfe zu finden, und sie war nicht gerade ein Naturbursche. Sie konnte zwar zelten und wanderte gern, aber ohne Pfad durch den Wald zu laufen und ohne zu wissen, wo sie war und wohin sie wollte, war nicht gerade eine gute Idee.

Ganz zu schweigen davon, dass June ein Baby bekam. Sie brauchte jede Hilfe und Unterstützung, die sie bekommen konnte.

Ryan grinste sie an, bevor er den Stein nach rechts hievte.

Alle vier Frauen stießen schockierte und erschrockene Laute aus, als der Stein in der Nähe der Baumgrenze zu ihrer Rechten landete – und die Erde um ihn herum sofort mit einem lauten, beängstigenden Knall explodierte.

Ryan lachte irrsinnig. »Und das war nur eine kleine Ladung«, erklärte er ihnen. »Nicht genug, um die anderen auszulösen ... aber stellt euch vor, was das mit einem Bein oder einem Fuß anstellen könnte. Es würde alles wegpusten! Es gäbe überall Blut und Eingeweide.«

April wandte sich von den Steinen und dem Dreck ab, die immer noch herunterfielen, und starrte auf die rosafarbenen Kreise auf dem Boden. Wie er gesagt hatte, führten sie in einer geraden Linie zur Hüttentür.

Sie hatte den beängstigenden Gedanken, dass Ryan sie vielleicht verarschen wollte, dass die rosa Kreise in Wirklichkeit Bomben markierten und sie in die Luft flogen, sobald sie auf einen von ihnen traten.

Also platzte sie heraus: »Ich gehe zuerst.«

Ryan lachte. »So edel. Und so ein verdammter Märtyrer. Geh nur.«

Sie wollte nach hinten greifen und Marlowes Hand packen, aber sie wollte nicht, dass eine der anderen auch nur in ihre Nähe kam, wenn sie im Begriff war zu sterben.

Sie atmete tief durch und ging auf den ersten Kreis zu. Ihr Verstand katalogisierte alles, was mit den rosafarbenen Markierungen zu tun hatte, und bettete jedes Detail in ihr Bewusstsein ein. Sie zählte ihre Schritte – es waren acht von der Rückseite des Anhängers, der genau zwischen zwei großen Bäumen stand – bis zum ersten Kreis.

Sie hob den Blick und hielt gerade lange genug inne, um

schnell die rosa Markierungen zu zählen. Fünfundzwanzig, jede einen durchschnittlichen Schritt voneinander entfernt.

Sie schaute zur Hütte, dann zurück zu den Kreisen. Um die Kreise herum, die Ryan auf den Boden gelegt hatte, war nur wenig Gras. Der Boden war außerdem locker und uneben, als sei die Erde rund um die Hütte umgegraben worden ... wahrscheinlich um den Sprengstoff zu verstecken, wie er behauptet hatte.

Mit einem mulmigen Gefühl im Bauch wurde April klar, wie akribisch Ryan alles geplant hatte. Es musste ihn Monate gekostet haben. Sie drehte den Kopf und blickte zurück zu ihrem Entführer, dem Pick-up und dem Anhänger. »Wie lange hast du dafür gebraucht?«, platzte sie heraus.

Er lächelte und schien erfreut über ihre Frage. »Jahre«, sagte er achselzuckend. »Obwohl die letzten paar Wochen am meisten Spaß gemacht haben. Ich habe meine Ziele beobachtet. Habe mich mit ihnen angelegt ... und mit euch.«

»Auf welche Weise?«, fragte April, deren Neugierde sie übermannte.

»Nun, zuerst war da dein Unfall. Die Amnesie war ein Bonus. Ich wollte deine Reifen in dem Skiresort zerstören, damit du auf dem Rückweg einen Unfall hast, aber der Elch hat die ganze Arbeit für mich erledigt.«

»Du warst da?«, fragte Carlise schockiert.

»Ja. Ich habe zugesehen, wie ihr Wagen sich überschlagen hat, und sie dann ihrem Schicksal überlassen«, sagte Ryan ohne jede Spur von Reue.

»Oh mein Gott«, keuchte Marlowe.

»Und die Spinne? Die Nägel in den Reifen? Der Karton, der aus dem Regal fiel? Alles von mir«, prahlte Ryan. »Ich wollte euch erschrecken, aber nicht unbedingt umbringen. Das hätte mir den ganzen Spaß an meinem Plan genommen. Außerdem ... wollte ich die Soldaten nicht alarmieren. Sie mussten ahnungslos sein. Und es hat funktioniert.« Ryan gackerte vergnügt.

»Warum?«, flüsterte Marlowe.

»Weil sie meinen Bruder getötet haben!«, schrie Ryan plötzlich, sein Gesicht eine Maske der Wut, sodass April und die anderen Frauen überrascht zusammenzuckten.

»Als sie gerettet wurden, wurden mein Bruder und seine Freunde abgeschlachtet. Sie hatten nicht die geringste Chance. Und das ist alles *ihre* Schuld!«

Aprils Gedanken überschlugen sich. Jack sprach nicht gern über seine Zeit als Kriegsgefangener, aber er hatte ihr ein wenig über diese schreckliche Erfahrung erzählt. Wie hilflos er sich gefühlt hatte, als sie Cals Körper verstümmelt hatten. Wie sie alle zusehen mussten, wie sie immer und immer wieder gefoltert wurden. Von dem Schere-Stein-Papier-Spiel, das ihren Umzug nach Maine und die Entscheidung besiegelte, *Jack's Lumber* zu gründen. Wie schwach sie alle waren, als sie schließlich gerettet wurden. Wie frustriert er war, dass er den Navy SEALs und Delta-Force-Teams nicht helfen konnte, die Terroristen auszuschalten.

»Aber sie haben niemanden getötet«, konnte April sich nicht verkneifen zu sagen. »Sie waren zu verletzt. Sie konnten nur daliegen und den Kämpfen um sie herum zuhören.«

Ryan marschierte auf sie zu. Bevor sie auch nur blinzeln konnte, ohrfeigte er sie mit dem Handrücken.

Sie fiel heftig zu Boden und war überrascht, dass sie keine Explosion auslöste. Ryan beugte sich hinunter und riss sie am Hemd hoch. April hörte, wie einige der Nähte rissen, aber sie hielt sich an seinem Handgelenk fest und blieb ansonsten so schlaff wie möglich.

Er hielt ihr die Waffe an den Kopf und seine Stimme zitterte, als er sprach.

»Mein Bruder war meine ganze Welt. Der einzige Mensch,

der sich jemals für mich interessiert hat! Wir waren arm. So verdammt arm, dass wir manchmal Dreck in unsere Suppe gaben, um sie anzudicken. Er gab mir immer die größeren Portionen, sorgte dafür, dass ich etwas zum Anziehen hatte, und er versuchte, uns ein besseres Leben aufzubauen. Und wenn Jackson Justice und seine drei verdammten Freunde nicht gewesen wären, würde er heute noch leben! Er muss dafür *bezahlen*. Er muss das verlieren, was er am meisten auf dieser Welt liebt. Genau wie die anderen. Du und deine Freundinnen werden sterben. Merk dir meine Worte – eure Männer werden spüren, wie ihre Herzen bluten, so wie ich an jenem Tag.«

Aprils Mund war staubtrocken geworden. Sie wagte nicht, zu atmen oder sich zu rühren. Sie konnte nur beten, dass seine vor Wut zitternde Hand ihn nicht dazu brachte, versehentlich den Abzug der Waffe zu betätigen, die gegen ihre Schläfe gedrückt war.

Sie wollte nicht sterben. Nicht heute, und schon gar nicht durch die Hand dieses Psychos. Aber sie war seltsam zufrieden, endlich zu verstehen, warum sie dort waren. Er konnte nicht älter als ein Teenager gewesen sein, als sein Bruder getötet wurde. Jung genug, um Schwierigkeiten zu haben, damit fertigzuwerden, und um die Wut in sich aufsteigen zu lassen.

Ryan funkelte sie noch einen Moment lang an, bevor er sie von sich stieß. Erneut fiel April zu Boden. Ihr Gesicht pochte an der Stelle, an der er sie geschlagen hatte, aber sie wagte es nicht, den Blick von ihm abzuwenden oder auch nur die Hand zu heben, um ihre Wange zu berühren.

»Steh auf«, sagte er, bevor er sie anspuckte.

Seine Spucke landete auf ihrer Jeans, aber April ignorierte es. Langsam stand sie auf, da sie keine schnellen Bewegungen in der Nähe ihres Entführers machen wollte. Er war nervös, und sie wollte seine Kontrolle nicht noch mehr auf die Probe stellen, als sie es bereits getan hatte.

»Geh, Schlampe. Und wähle jeden Schritt vorsichtig ... oder lass es bleiben. Es ist mir scheißegal.«

Ganz langsam und vorsichtig drehte April sich um und trat auf den ersten rosa Kreis.

Als nichts passierte, als sie nicht in die Luft ging, atmete sie die Luft aus, die sie unbewusst angehalten hatte ... und machte einen weiteren Schritt. Obwohl es draußen kalt war, kullerte ihr eine Schweißperle die Schläfe hinunter. Sie ignorierte es, während sie sich darauf konzentrierte, auf jeden dieser verdammten rosa Kreise zu treten.

Sie war sich vage bewusst, dass ihre Freundinnen sich hinter ihr auf den Weg zur Hütte machten, aber sie hielt den Blick auf den Boden gerichtet. Sie zählte die Kreise, während sie ging. Fünfzehn, sechzehn, siebzehn. Sie schienen ewig weiterzugehen. Dreiundzwanzig, vierundzwanzig, fünfundzwanzig ...

Sie war an der Türschwelle der Hütte angekommen. Sie griff nach dem Türknauf, drehte ihn und riss die Tür auf. Es warf sie fast um, als das Holz in ihre Richtung schwang. Das Innere der Hütte sah genauso schlimm aus wie das Äußere. Die Bodenbretter waren an einigen Stellen gebrochen und mit Schmutz und Schutt bedeckt. Als sie aufblickte, sah sie in einer Ecke ein kleines Loch im Dach, und eine Maus huschte in ein anderes Loch im Boden.

Sie rümpfte angewidert die Nase, war aber ehrlich gesagt überrascht, als sie in dem Raum auch zwei Plastikwannen sah. In einer von ihnen konnte sie Wasserflaschen und Konservendosen sehen.

Als jemand hinter ihr fluchte, drehte April sich um. Sie hielt den Atem an, als Marlowe sich näherte. Sie hatte die Arme seitlich ausgestreckt, um das Gleichgewicht zu halten, und biss sich auf die Lippe, während sie ihr Bestes tat, um genau auf die rosa Kreise zu treten. Als sie nahe genug war, griff

April nach ihrem Handgelenk und zog sie in die relative Sicherheit der Hütte.

Die beiden beobachteten jeden Schritt von June, die sich langsam und gequält auf sie zubewegte. Nach jeder zweiten Runde blieb sie stehen und keuchte. Eine Hand lag auf ihrem Bauch, und sie hatte einen Ausdruck der Qual im Gesicht.

»So ist es gut, June. Langsam und gleichmäßig. Du machst das toll«, ermutigte April sie sanft.

»Du bist fast da. Du schaffst das«, fügte Marlowe hinzu.

April bewegte den Blick an ihrer Freundin vorbei zu Carlise, die noch neben dem Anhänger stand. Einen Moment lang hatte sie Angst, Ryan würde sie sich schnappen und mit ihr wegfahren. Sie schienen ein sehr intensives Gespräch zu führen, wobei Ryan den größten Redeanteil hatte. Doch dann gab ihr Entführer ihr etwas in die Hand und stieß Carlise in Richtung der Kreise.

April suchte die Umgebung noch einmal sorgfältig ab. Sie studierte, wo die rosa Kreise im Verhältnis zu den Bäumen und anderen Orientierungspunkten lagen. Sie vermutete, dass sie irgendwo in den Tiefen ihres Gehirns versuchte, sich einzuprägen, wohin sie treten konnten, falls sie aus der Hütte fliehen mussten. Sie war nicht sicher, was Ryan tun würde, wenn sie erst einmal drinnen waren, aber wenn er sie allein ließ, würde sie auf jeden Fall davonlaufen ... auch durch diese riesige Wildnis, verdammt.

Marlowe schnappte sich June, sobald sie in der Nähe war, und April half ihr, June in die Hütte zu tragen. Sie legten sie an einer der wenigen intakten Stellen auf den Boden, dann wandte April sich wieder der Tür zu. Carlise war eingetroffen, während sie June transportiert hatten, aber zu Aprils Überraschung kam auch Ryan näher. Er ging viel schneller als sie, offenbar überzeugt von der Platzierung seines Sprengstoffs.

Als er sich der Tür näherte, wich April instinktiv zurück und ergriff dabei Carlises Arm. Sie standen zwischen June und

Marlowe und ihrem Entführer. Aber Ryan sagte kein Wort, sondern knallte einfach die Tür zu.

Es fühlte sich an, als erzitterte die ganze Hütte, als die Tür zuging – aber es war das Geräusch des Hämmerns, das April überraschte.

»Bleib hier«, befahl sie Carlise, während sie zur Tür schlich. Etwa in Hüfthöhe war ein Loch in der Tür und sie beugte sich vor, um hindurchzuspähen. Sie konnte Ryans Hüften sehen, und das war auch schon alles. Aber es war klar, was er tat. April hatte die langen Bretter neben der Hütte gesehen, als sie sich ihr genähert hatte, war aber zu sehr damit beschäftigt gewesen, wohin sie ihre Füße setzte, um ihre Anwesenheit wirklich zu bedenken.

Ohne nachzudenken, griff sie nach der Tür und versuchte, sie aufzustoßen. Wie erwartet verhinderten die Bretter, die Ryan an der Tür festnagelte, dass sie sich öffnete.

Sie hörte ihn von der anderen Seite lachen. »Ich will nicht, dass meine kleinen Vögelchen aus ihrem Käfig fliehen«, sagte er, während er weiter hämmerte. »Und versucht nicht, auf einem anderen Weg hinauszukommen, denn denkt daran ... Sprengstoff«, fügte Ryan hinzu. »Er ist überall um die Hütte herum. Ihr könnt nicht entkommen. Bleibt also ruhig sitzen und entspannt euch. Ich bin sicher, die Soldaten werden bald hier sein. Egal was ihr ihnen sagt, sie werden nicht überleben.

Und wenn ich die riesige Bombe zünde, die ich unter der Hütte platziert habe, und sie merken, dass alle ihre Bemühungen umsonst waren und ihr sowieso tot seid – einschließlich des neuen Balgs, falls ihr es geschafft habt, es nicht umzubringen –, dann werde ich sie auch töten. Ich würde sagen, es war schön, euch gekannt zu haben, aber das wäre gelogen«, beendete Ryan.

Er hämmerte noch ein paar Minuten gegen die Bretter, bevor Stille die Hütte erfüllte.

April riskierte einen Blick durch das Loch in der Tür und

war erschüttert, als sie sah, wie Ryan die Hütte verließ – und dabei die rosa Kreise aufhob. Er hatte sogar eine kleine Handharke dabei, mit der er die Fußabdrücke von ihrem Weg zur Hütte sorgfältig entfernte, sodass der Weg fast genauso aussah wie seine Umgebung.

»April?«, sagte Carlise zögernd.

April wollte am liebsten weinen, unterdrückte aber die Tränen, da Weinen ihrer Situation nicht helfen würde, und drehte sich um.

Carlise stand immer noch vor Marlowe, die auf dem Boden kniete und Junes Hand hielt. Beide starrten sie mit großen Augen an, als warteten sie darauf, dass sie ihnen sagte, was sie tun sollten. Als könnte sie sie auf magische Weise aus dieser verfahrenen Situation retten.

»Geht es dir gut?«, fragte Carlise. »Er hat dich ziemlich hart geschlagen.«

»Mir geht es gut«, sagte April, obwohl ihre Wange pochte und sie immer noch den Lauf der Waffe an ihrer Schläfe spürte.

»Er sagte, ich solle dir das hier geben«, sagte Carlise und hielt ihr etwas entgegen.

April blickte nach unten und blinzelte ungläubig. »Das ist mein Handy«, flüsterte sie.

»Ich weiß. Er hat darauf bestanden, dass ich es dir gebe, sobald wir hier drin sind. Ich bin sicher, das gehört zu seinem Spiel.«

April nickte. Sie war sich auch sicher. Ryan hatte nie etwas ohne guten Grund getan. Die Nahrungsmittel, dass sie Jack anrufen durfte, während sie unterwegs waren, die rosa Kreise. Alles war bis ins kleinste Detail ausgearbeitet worden.

Dies war nur ein weiterer Teil seines Masterplans, aber April hätte sich nicht davon abhalten können, nach dem Telefon in Carlises Hand zu greifen, selbst wenn ihr Leben davon abgehangen hätte. Und das Beschissene daran war, dass es das wahrscheinlich tat.

Sie hatte erwartet, dass es sich um einen weiteren Trick handelte. Dass der Akku entfernt worden war oder das Telefon nur noch sehr wenig Ladung hatte. Zu ihrer Überraschung sah das Handy genauso aus, wie sie es zuletzt gesehen hatte. Sie entsperrte es mit dem Daumen, und der Hauptbildschirm erschien, der Akku noch zu drei Vierteln geladen. Entweder hatte er es irgendwann angeschlossen oder es war die meiste Zeit der Fahrt ausgeschaltet gewesen.

Nach der letzten Vermutung machte es in Aprils Gehirn klick. Ja. Er hatte es ausgeschaltet, damit es nicht geortet werden konnte, aber jetzt, da er seinen Köder dort hatte, wo er ihn haben wollte, hatte er es wieder eingeschaltet und es war ihm egal, ob sie Jack anrief – denn er wollte, dass die Jungs kamen. Er *wollte*, dass sie wie die ehrenwerten Männer hereinstürmten, die sie waren.

Einen Moment lang wollte sie das Telefon wieder ausschalten, es vergraben. Alles, um Jack davon abzuhalten, herzukommen und sie zu retten. Aber es war zu spät. Ryan hatte es bereits eingeschaltet, und wenn sie Jack und seine Freunde so gut kannte, wie sie glaubte, dann hatten sie ihren Standort bereits erfasst. Es wäre dumm gewesen, Jack *nicht* anzurufen. Sie musste ihn warnen. Ihm von dem Sprengstoff erzählen.

Auch hier hatte sie keinen Zweifel, dass das alles Teil von Ryans Plan war. Er wollte, dass sie alles wussten, denn sie hatte das Gefühl, dass es ihren Tod für ihn umso befriedigender machen würde.

June stieß eine Mischung aus Schrei und Stöhnen aus, was Aprils Aufmerksamkeit von dem Telefon ablenkte. Als sie sich umdrehte, sah sie, wie ihre Freundin eine Grimasse zog, während ihr Tränen über das Gesicht liefen.

Ihr eigener Schmerz verschwand in Windeseile. April warf einen Blick zu Carlise. »Sieh in den Behältern in der Ecke nach, was wir haben. Marlowe, du setzt dich hinter June und stützt ihren Rücken, so wie ich es vorhin getan habe. June, du machst das toll. Wir schaffen das schon.«

»Wie ... kannst ... du ... das ... sagen?«, fragte June zwischen Atemzügen.

»Weil das hier im Vergleich zu dem, was wir schon durchgemacht haben, ein Kinderspiel ist. Wir haben ein Dach über dem Kopf, dieses Arschloch ist weg und wir haben einander. Und Frauen gebären schon seit Tausenden von Jahren auf diese Weise, mit nichts als ihren Freundinnen um sie herum. Ein Kinderspiel.«

»Du ... hast ... leicht ... reden ...«, sagte June mit einem kleinen Grinsen.

April ging zu June hinüber und kniete sich hin. Sie ergriff eine ihrer Hände und drückte fest zu. »Ich verspreche dir, June, du wirst Cal wiedersehen. Und wenn du das tust, wirst du ihm seinen Sohn vorstellen. Sein gesundes und wunderschönes Baby, Max. Prinz Maximilian, Erbe des liechtensteinischen Throns.«

June lachte, aber das Lachen verwandelte sich in eine Grimasse, als eine weitere Wehe einsetzte. Als sie vorbei war, schaute sie zu April auf. »Max hat nicht den Hauch einer Chance, König zu werden.«

»Das macht nichts, er ist immer noch königlich, und du auch.« April beugte sich hinunter und warf June einen Blick zu. »Was auch immer passiert, du darfst nicht aufgeben. Verstehst du? Du kämpfst. Für Max. Für Cal. Für uns. Für *dich*.«

June holte tief Luft und ihr Blick der Entschlossenheit ließ April ein wenig entspannen. »Das werde ich nicht.«

»Gut.« April wandte sich an die beiden anderen Frauen. »Ihr auch nicht. Wir werden das durchstehen. Ryan wird nicht gewinnen. Die *Liebe* gewinnt. Immer.«

Carlise und Marlowe nickten.

»Was hast du gefunden?«, fragte April Carlise.

Sie wandte sich wieder der Plastikwanne zu, in der sie gestöbert hatte, und holte ein Laken sowie eine billige, abgenutzte Decke heraus.

»Perfekt«, sagte April, als hätte sie ihr einen vollgepackten Erste-Hilfe-Kasten gezeigt. »Bring die Decke her und wir legen sie unter June.« Sie nahm Carlise das Laken ab und überlegte, wie sie es zerschneiden konnten, um es zum Einwickeln für Max zu verwenden und ihn zu waschen.

»Außerdem gibt es Wasser und ein paar Dosen Thunfisch, grüne Bohnen und anderes Gemüse«, sagte Carlise.

»Bitte sag mir, dass es auch einen Dosenöffner gibt«, sagte Marlowe trocken. »Ich würde es diesem Idioten zutrauen, uns Nahrungsmittel zu geben, aber keine Möglichkeit, die Dosen zu öffnen.«

Alle lachten ein wenig darüber. Es war eine gute Möglichkeit, um etwas von der Spannung zu lösen, die im Raum herrschte.

»Nicht wahr? Aber es sind Laschen dran, also brauchen wir keinen Dosenöffner«, sagte Carlise.

»Ich glaube, wir könnten jetzt alle etwas Wasser gebrauchen. Du auch, June. Auch wenn du keine Lust hast, du und Max braucht es«, sagte April entschieden.

June nickte, und schon bald tranken sie alle das Wasser in dem Versuch, ihren Durst zu stillen. April wünschte sich nichts sehnlicher, als sich hinzusetzen und eine der Dosen mit dem Essen zu verschlingen, aber dafür war keine Zeit. Nicht nur, dass June ihr Baby schon bald bekommen würde, sie musste auch Jack anrufen.

Es war seltsam, seine Stimme so dringend hören zu wollen und es gleichzeitig zu fürchten. Ryan wartete da draußen und beobachtete sie, und sie hasste es, irgendetwas zu tun, was ihm in die Hände spielen könnte. Aber Jacks Stimme zu hören würde ihre Nerven beruhigen. Und die anderen mussten auch mit ihren Ehemännern sprechen. Sie alle brauchten den Ansporn.

Nachdem sie überprüft hatte, wie weit Junes Wehen fortgeschritten waren, und leicht beunruhigt feststellte, dass ihr Muttermund viel weiter geöffnet war als beim letzten Mal, als sie im Anhänger nachgesehen hatte, wusste April, dass ihr die Zeit davonlief. Sie musste mit Jack sprechen, ihn warnen, ihm alles sagen, was sie wusste. Je eher sie das tat, desto eher konnten sie von hier verschwinden.

KAPITEL ZWANZIG

»JJ, komm her! Aprils Telefon wurde wieder eingeschaltet«, sagte Rex eindringlich.

Das gesamte Team – abgesehen von Eagle, Cole und Meat, die in einem Hubschrauber vom Himmel aus nach Hinweisen auf Ryans Versteck suchten – befand sich südlich von Bailey, Colorado in einer Hütte, die Tex ihnen besorgt hatte. Sie waren unruhig und aufgeregt und warteten auf den kleinsten Hinweis darauf, wo sie mit der Suche nach dem Mann beginnen sollten, der die Frauen entführt hatte.

Seit Aprils Telefon das letzte Mal gefunkt hatte, hatten sie keine weiteren Hinweise erhalten. Sie vermuteten zwar, dass Ryan in die Berge gegangen sein könnte, aber sie wussten nicht, wo sie mit der Suche beginnen sollten, da die Wildnis sich über Hunderte von Quadratkilometern in jede Richtung erstreckte.

»Wo?«, fragte JJ ungeduldig, während er Rex beim Tippen auf seiner Tastatur zusah. »Hier in Bailey?«

»Nein, ein Funkmast etwa dreißig Kilometer südlich von uns. Es gibt ein paar Masten zwischen hier und dort, aber ihr Telefon funkt den letzten an, bevor der Mobilfunkdienst wegen der Berge unterbrochen wird«, sagte Rex. Er rief eine Karte auf und drehte seinen Computer zu den anderen Männern, die sich schnell um ihn versammelt hatten. Er zeigte auf eine Stelle auf der Karte, die komplett grün war.

»Gehen wir«, sagte JJ und richtete sich auf.

»Moment mal«, sagte Gray eindringlich und schüttelte den Kopf. »Wir brauchen einen Plan. Wir können nicht einfach wie Grünschnäbel in den Dschungel stürmen.«

»Unsere Frauen sind schon seit drei Tagen weg«, schnauzte Chappy. »Wahrscheinlich haben sie Todesangst. Wir müssen sie *jetzt* holen!«

»Ich weiß, aber im Ernst, wir haben jahrelang in Colorado gelebt. Da draußen gibt es nichts außer steilen Schluchten, in die man leicht fallen kann, und jede Menge Wildnis. Soweit wir herausfinden konnten gibt es nicht einmal Wanderwege.«

»Er muss sie irgendwie dorthin gebracht haben«, sagte Bob. »Er kann nicht mit Gewalt drei schwangere Frauen durch die Wildnis geschleppt haben.«

»Gutes Argument«, sagte Blake.

»Nehmen wir Kontakt zu den Jungs im Hubschrauber auf und sagen ihnen Bescheid. Sie können uns sagen, was sie aus der Luft sehen«, schlug Ro vor.

»Und während wir warten, können wir in diese Richtung aufbrechen. Mit den Fahrzeugen können wir so weit fahren wie möglich, bevor wir zu Fuß gehen müssen«, stimmte Smoke zu.

»Je mehr ich über Bobs Argument nachdenke, desto mehr stimme ich zu«, sagte Cal. »Es ist unmöglich, dass June in ihrem Zustand sehr weit gehen kann. Und ich schätze, keine der Frauen hat die richtigen Schuhe an, um im Wald herumzulaufen.«

»Glaubst du, dieses Arschloch interessiert sich für all das?«, fragte JJ.

»Nein. Aber er hat einen Plan. Und wenn er zu weit ab vom Schuss ist, kann er diesen Plan nicht so gut ausführen.«

In JJs Kopf drehte sich alles. Cal und Bob hatten beide

recht. Sie dachten viel klarer als er selbst. Er musste anfangen, sich wie ein Delta zu verhalten, ein Teamleiter, und weniger wie ein Mann, der sich verzweifelt um die Frau sorgte, die er liebte.

»Richtig. Das Einschalten des Telefons war also kein Fehler«, sagte JJ. »Er hat es eingeschaltet, um uns zu sagen, wo er ist.«

»Definitiv«, stimmte Chappy mit einem Nicken zu.

»Ruf es an«, befahl Rex. »Das Telefon. Sieh zu, dass du mit diesem Ryan reden kannst. Finde heraus, was er will.«

JJ griff sofort nach dem Handy in seiner Gesäßtasche – und erschrak, als es in seiner Hand zu vibrieren begann, bevor er es überhaupt entsperren konnte.

Als er nach unten blickte, sah er Aprils Namen auf dem Display.

Adrenalin schoss durch seinen Körper, als er tief einatmete. Er aktivierte die Aufnahme-App, bevor er den Anruf entgegennahm.

»Hier ist Justice«, blaffte er.

»Jack? Ich bin's.«

Der Klang von Aprils Stimme zwang ihn fast in die Knie. So sank er in den Stuhl, den jemand zu ihm geschoben hatte.

»Bist du in Ordnung? Bist du verletzt?«

»Uns geht es gut. Aber Jack, ich muss dir sagen –«

Er unterbrach sie, weil er sich vergewissern wollte, dass es ihr wirklich gut ging, bevor sie weitersprach. »Nein, Liebes, *bist du in Ordnung*? Hat er dich angerührt? Dir wehgetan? Es ist schon drei Tage her ... ich ...« Seine Stimme brach, und JJ tat sein Bestes, um sich zu beherrschen. »Sprich mit mir, Süße.«

»Mir geht es gut. Wir waren fast die ganze Zeit über im Anhänger. Er hat mich nur einmal rausgeholt, damit ich dich anrufen konnte, aber seitdem sind wir alle im Anhänger gewesen. Wir hatten etwas zu essen und Wasser. Erst als wir das letzte Mal angehalten haben, haben wir ihn überhaupt wieder gesehen.«

»Hat er dich angerührt?«

April zögerte – und ein roter Schleier legte sich über JJs Sicht. Er brauchte die Worte nicht zu hören. Er wusste, dass das Arschloch Hand an seine Frau gelegt hatte. »Mir geht es gut«, beharrte sie. »Aber du musst zuhören. Bitte!«

»Er ist tot«, sagte JJ. »Ich habe dir gesagt, was mit jedem passiert, der es wagt, Hand an dich zu legen.«

»Gut, Jack, aber kannst du endlich die Klappe halten und mir zuhören?«

JJ hörte jemanden lachen, und bemerkenswerterweise zuckten auch seine eigenen Lippen. Seine April war voller Feuer. Und er hätte sie nicht mehr lieben können. »Tut mir leid. Ich bin ganz Ohr.«

»Gut, also er fuhr einen schwarzen Pick-up. Ein kleineres Modell. Es tut mir leid, ich weiß nicht, was für eine Marke es war oder das Kennzeichen, aber er hatte einen weißen Anhänger, der hinten offen war. Er hatte ihn verschlossen, als wir drin waren, also konnten wir nicht raus. Wir haben nicht oft angehalten und nie länger als vielleicht zum Tanken, also denke ich, dass er wahrscheinlich vor lauter Schlafmangel durchgedreht ist. Ich habe niemanden gesehen, mit dem er zusammenarbeiten könnte, nur ihn.«

Rex ließ die Finger über die Tastatur fliegen, als er all die Informationen tippte, die April ihnen gab, um sie entweder an jemanden weiterzugeben oder um sie durchzugehen, ohne die Aufnahme erneut abspielen zu müssen.

»Das ist gut«, sagte er.

»Ja, aber das ist es nicht«, fuhr sie fort. »Wir sind in einer Hütte. Ich habe keine Ahnung wo. Ringsherum sind Bäume, und er hat die Tür zugenagelt, sodass wir nicht rauskönnen.«

»Was ist mit Fenstern? Könnt ihr so rauskommen?«, unterbrach JJ sie.

»Es gibt zwei, aber die sind auch mit Brettern zugenagelt. Ich vermute, er hat sie verbarrikadiert, bevor wir herkamen.«

»Was ist mit dem Hochziehen der Dielen?«, fragte er.

»Jack!«, rief sie gereizt aus.

»Was?«

»Wir können nicht raus«, sagte sie entschieden. »Erstens, weil June ihr Baby bekommt. Und zwar *in diesem Moment*. Und zweitens, weil er uns gesagt hat, dass er die Hütte mit Sprengstoff umgeben hat.«

Im Raum war es so still, dass JJ das Blut in seinen Ohren rauschen hören konnte. »Was?«

»Bomben. Sprengfallen. Dinge, die bumm machen. Wir mussten einen ganz bestimmten Weg gehen, um überhaupt zur Hütte zu kommen. Er hatte ihn mit rosafarbenen Kreisen markiert, aber er hat sie aufgehoben, nachdem er die Tür zugenagelt hatte. Und das ist noch nicht alles«, sagte April.

»Was noch?«, fragte JJ, während er versuchte, sich einen Plan auszudenken, wie er April und die anderen retten konnte.

»Er sagte, dass er eine große Bombe unter der Hütte selbst platziert hat«, gab sie zu, ihre Stimme jetzt leise. »Dass er sie in die Luft jagen würde, wenn ihr in die Nähe kommt.«

»*Scheiße!*«, rief jemand hinter ihm.

»Er könnte bluffen«, sagte JJ fast verzweifelt.

»Ich weiß. Aber er hat einen Stein geworfen, um zu beweisen, dass er nicht lügt, was das Zeug um die Hütte herum angeht«, sagte April. »Der Stein war nicht einmal besonders groß, und trotzdem hat er etwas im Boden zur Explosion gebracht.«

»Also gut. Was noch?« JJ war nicht er selbst. Er fühlte sich, als würde er schweben und sich selbst von hoch oben beim Telefonieren beobachten.

»Er gibt euch die Schuld am Tod seines Bruders bei der

Razzia, als ihr gerettet wurdet. Ich habe ihm zu erklären versucht, dass ihr ihn nicht getötet haben könnt, da ihr nach eurer schweren Folter nicht in der Lage wart, viel zu tun, aber er ist irgendwie durchgedreht und wollte nicht zuhören. Er hat das jahrelang geplant«, erklärte April eindringlich. »Er will, dass ihr uns sterben seht, und dann will er euch töten.«

JJ war über ihre Worte nicht überrascht. Er und die anderen hatten bereits beschlossen, dass wer auch immer dieser Ryan sein mochte, er mit einer ihrer Missionen zu tun haben musste, und Tex hatte mit dem Szenario eines männlichen Verwandten den Nagel auf den Kopf getroffen. Seltsamerweise empfand er es als unfair, dass es etwas war, das sie nicht einmal selbst getan hatten, aber das spielte keine Rolle.

»Das wird nicht passieren.«

»Ich habe Angst«, gab April in einem kaum hörbaren Flüsterton zu.

»Ich weiß, aber du machst das so gut«, beruhigte JJ sie. »Wie hast du dein Handy zurückbekommen?«

»Er hat es mir gegeben«, antwortete sie. »Er wollte, dass ich anrufe und dich warne.«

JJ richtete sich auf. Wer auch immer Ryan war, er war verdammt eingebildet, und das würde ihm zum Verhängnis werden.

»Ich wollte nicht anrufen«, gestand April, deren Stimme jetzt zitterte. »Ich wollte dich nicht in deinen Tod locken.«

»Niemand stirbt«, erwiderte er mit Nachdruck. »Vertrau mir.«

»Das tue ich.«

»Gut.« Er hörte eine der anderen Frauen im Hintergrund sprechen, und dann sagte April: »Die anderen müssen mit ihren Männern reden.«

JJ wollte sein Telefon nicht aus der Hand geben, aber seine Freunde hatten es verdient, mit ihren Frauen zu sprechen.

»Okay, aber leg nicht auf, wenn sie fertig sind. Komm zu mir zurück.«

»Mache ich.«

Als JJ Marlowes Stimme am anderen Ende der Leitung hörte, reichte er sein Telefon an Bob weiter.

Er blendete seinen Freund aus, während er versuchte herauszufinden, wie er mit dieser unmöglichen Situation umgehen sollte.

»Glaubst du, er ist noch da?«, fragte Gray leise neben ihm.

»Auf jeden Fall. Er ist verzweifelt auf Rache aus. Er wird seine harte Arbeit und seine Pläne verwirklicht sehen wollen.«

»Ich stimme zu«, sagte Gramps.

»Aber ... er weiß immer noch nichts von uns«, fügte Black mit einem kleinen Grinsen hinzu.

»Richtig«, stimmte Nathan zu. »Er erwartet euch vier, und das war's. Vielleicht noch ein paar örtliche Polizisten oder so. Er rechnet nicht mit sechzehn weiteren gut ausgebildeten Männern ... Ich meine, ich bin nicht gerade in derselben Liga wie die meisten von euch, aber ich kann mich behaupten«, sagte der große, fast streberhaft wirkende Mann achselzuckend.

»Hör auf, Nathan«, schimpfte Blake. »Ich würde dich jedem ehemaligen SEAL vorziehen.«

»Hey, vorsichtig«, meckerte Black.

JJ ließ sie einen Moment lang mit ihrem Geplänkel Dampf ablassen, bevor er ernst wurde. »Du hast recht, Nathan. Ihr Jungs seid unser größter Vorteil. Chappy, Cal, Bob und ich können reingehen und dafür sorgen, dass er sich auf uns konzentriert, bevor ihr ihn ausschaltet.«

»Ihr wollt nicht diejenigen sein, die ihn ausschalten?«, fragte Bull mit einer hochgezogenen Augenbraue.

»Er ist mir im Moment scheißegal. Er ist ein Nichts. Ein Feigling, der die Schuld für die Taten seines Bruders auf uns abwälzt. Hört mir gut zu – mich interessiert nur das Leben meiner Frau. Und das von Carlise, Marlowe und June. Sie haben für mich Priorität. Solange sie in Sicherheit sind, ist es mir scheißegal, wer Ryan tötet. Ich will nur, dass er verschwindet.«

Alle um ihn herum nickten zustimmend.

»Ich denke, wir können dieses Arschloch ohne große Probleme ausschalten, zumal er uns nicht erwartet, aber wie gelangen wir zu den Frauen?«, fragte Smoke.

»Bevor er die Hütte in die Luft jagen kann – falls die Bombe überhaupt ferngesteuert ist«, sagte Ball.

»Sie könnte mit einem Timer versehen sein«, stimmte Ryder zu.

»Wenn das der Fall ist, müssen wir aufhören herumzualbern und zu dieser Hütte gehen«, sagte Bull.

JJ war froh, die Besorgnis in den Stimmen der anderen Männer zu hören.

»April hat gesagt, dass sie in dem Anhänger waren, und als sie rausgelassen wurden, waren sie bei der Hütte, also sagt uns das, wir hatten recht damit, dass Ryan direkt dorthin gefahren ist«, sagte Ro.

»Das heißt, es gibt Straßen. Das macht es schneller, dorthin zu kommen«, stimmte Ball zu.

»Aber welche Straße? Welche Hütte?«, fragte Smoke.

Das Hin und Her zwischen allen Männern fühlte sich nützlich an. Vertraut. Das war es, was er und sein Team taten, wenn sie auf einer Mission waren. Und da JJ ohne Zweifel wusste, dass die vier nicht in Bestform waren und sich mehr Sorgen um ihre Frauen machten als um alles andere, war es eine Erleichterung, diese Männer im Rücken zu haben.

»June?«, sagte Cal mit so gebrochener, gequälter Stimme, dass alle sich umdrehten und ihn ansahen. Er hielt JJs Telefon in der Hand und hatte es auf Lautsprecher gestellt. Seine Knöchel waren weiß, seine Hand zitterte und seine Augen waren geschlossen, als er mit seiner Frau sprach.

»Ich bin ... okay ... die Mädchen ... sind da ... Max wird es ... auch gut gehen ...«

Es war offensichtlich, dass June große Schmerzen hatte und das Sprechen sie Mühe kostete.

»Ich liebe euch beide. So sehr«, sagte Cal.

»Wir ... wissen es ... denk nur ... wenn du herkommst ... lernst du deinen ... Sohn kennen.«

»June, es tut mir leid! Es tut mir so leid, dass ich nicht da bin! Ich –«

»Nein!«, schrie June entschlossen und unterbrach ihn. »Warum sollte ich ... dich ... hier haben wollen ... um auf meine ... gedehnte Huha ... zu schauen? Außerdem ... würdest du ... wahrscheinlich ohnmächtig werden. April hat ... das ... unter Kontrolle. Wenn du ... glaubst, dass sie zulässt ... dass ihrem Neffen ... etwas passiert ... dann kennst du ... sie nicht.«

Cal stieß ein gequältes Schluchzen aus, begleitet von einem Lachen. »Stimmt. Du hast die beste Unterstützung, die ich mir wünschen kann.«

»Verdammt ... richtig ... die ... habe ich. Ich glaube ... ich werde ... jetzt ein Baby ... bekommen. Lass dich nicht umbringen, Cal. Ich werde stinksauer sein, wenn ... du ... es tust.«

»Ich liebe dich, Juniper.«

»Ich liebe dich auch. Geh ... und ... zeig's ihm.«

Sie alle hörten ein dumpfes Geräusch, als hätte June das Telefon fallen lassen, dann hallte ein gequälter, gedämpfter Schrei durch den Raum.

Jeder einzelne Mann erstarrte, als er den Schmerz in Junes Tonfall hörte, während sie ihr Baby bekam.

Cal zitterte noch heftiger, als Chappy ihm das Telefon abnahm und es JJ zurückgab.

Mit einem mulmigen Gefühl hob JJ es an den Mund. »April?«, fragte er.

»Hey, es tut mir leid, aber ich kann nicht reden. Ich muss ... June ...«

»Ist schon okay. Ich verstehe. Du schaffst das, April.«

»Ich habe keine Wahl«, erwiderte sie, und JJ hasste es, die Angst in ihrer Stimme zu hören.

»Ich werde Max auf die Welt holen«, fuhr April fort. »Dann werde ich euch helfen, so gut ich kann. Da ist ein Loch in der Tür, und ich kann Ausschau halten oder so.«

Es war so typisch für seine Frau, für jeden alles sein zu wollen. »Wir schaffen das schon.«

»Jack, ich kann helfen«, beharrte April.

»Ich weiß, dass du das kannst. Und ich rufe an, wenn wir dort sind, okay?«, sagte JJ, der den Schrecken beruhigen wollte, der hinter der erzwungenen Ruhe steckte, die sie zu vermitteln versuchte. Wenn der Blick durch das verdammte Loch in der Tür ihr das Gefühl gab zu helfen, ließ er sie gern gewähren.

»Okay. Pass auf dich auf, Jack. Du musst eine ehrliche Frau aus mir machen.«

JJ erstarrte. »Du willst mich heiraten?«, fragte er.

»Natürlich«, schnaubte sie.

»Du nimmst meinen Namen an«, informierte er sie.

Sie lachte, und dieses Mal klang es etwas weniger gezwungen. »Tue ich das?«

»Jawohl.«

»Hoffman ist mein Mädchenname. Es ist nicht *seiner*.«

»Das ist mir egal. Noch vor Ende der Woche wirst du April Justice sein.«

»Töte Ryan, stirb nicht, bring uns hier raus, und ich werde noch vor dem *morgigen Tag* April Justice sein, wenn du willst«, schwor sie.

»Geht klar. Jetzt geh und hol unseren Neffen auf die Welt. Wir sehen uns bald.«

»Ich liebe dich, Jack.«

»Ich liebe dich auch, April.«

Die Leitung verstummte, als sie auflegte.

»Super, Mann«, sagte Rex mit einem Grinsen im Gesicht.

»Ich hätte nie gedacht, dass es funktioniert, darauf zu bestehen, dass sie deinen Namen annimmt, aber verdammt, das hat es.«

JJs Finger kribbelten. Er war sich nicht sicher, ob es daran lag, dass er die Luft anhielt, oder an dem Überschuss an Adrenalin, das durch seine Adern floss, aber eigentlich war es egal. Er würde seine Frau heiraten. Schon bald.

»In der Zwischenzeit habe ich Meat im Hubschrauber Informationen übermittelt, und er hat die Hütte bereits gefunden«, sagte Rex.

»Was?«, keuchte Chappy.

»Wo?«, blaffte Bob.

»Woher weiß er, dass es die richtige ist?«, fragte Cal, der sich nach seinem emotionalen Gespräch mit June wieder etwas beruhigt hatte.

»Er sagte, dass ein schwarzer Pick-up mit einem Anhänger auf einem Feldweg weniger als anderthalb Kilometer von der Hütte entfernt steht. Er glaubt, dass April recht hatte und der Kerl nicht blufft. Die Erde rund um die Hütte ist aufgewühlt, als hätte er darin gegraben«, sagte Rex.

»Um Minen und Sprengfallen zu legen«, sagte Gray grimmig.

»Sieht so aus«, stimmte Rex zu. »Ich habe die Koordinaten. Es gibt kein Zeichen der Zielperson, aber er ist da, darauf würde ich mein Leben verwetten. Ich denke, wir können bis auf etwa drei Kilometer an die Hütte herankommen und von dort aus zu Fuß weitergehen. Wir teilen uns auf und umzingeln das Gebiet. Ihr vier könnt die Unfähigen spielen und seine Aufmerksamkeit erregen. Sobald die Ratte aus ihrem Loch kommt, schalten wir sie aus und überlegen uns dann, wie wir die Frauen in Sicherheit bringen.«

JJ drehte sich der Magen bei diesem Gedanken. Wenn die Hütte von Sprengstoff umgeben war und sich darunter wirklich eine Bombe befand, war nicht abzusehen, wie viel Zeit sie hatten. Und mit jedem Ticken des Sekundenzeigers spürte JJ, wie die Dringlichkeit immer mehr zunahm.

»Los geht's«, sagte er entschlossen.

Die Leute von Ace Security, Silverstone und den Mountain Mercenaries gingen alle zur Tür. Alle hatten einen konzentrierten Gesichtsausdruck, da sie wussten, was auf dem Spiel stand.

JJ wandte sich an sein Team und holte tief Luft.

Doch es war Cal, der das Wort ergriff. »June bekommt mein Baby. Ihre Wehen haben in einem verdammten *Anhänger* eingesetzt. Nicht in einem sterilen Krankenhaus, umgeben von Ärzten und Krankenschwestern, und ohne die verdammte Epiduralanästhesie, die wir geplant hatten, damit sie keine Schmerzen hat. Und es ist zu früh. Max soll erst in ein paar Wochen auf die Welt kommen.«

»Es wird ihm gut gehen«, sagte JJ.

»Ich weiß«, erwiderte Cal mit überraschender Überzeugung. »Weil sie Carlise, Marlowe und April bei sich hat. Aber das heißt nicht, dass ich nicht verdammt wütend bin. Er hat uns das *gestohlen*. Die Erfahrung der Geburt unseres ersten Kindes zu teilen. Etwas, das wir nie zurückbekommen können.«

»Ich wollte nicht lauschen«, sagte Rex von der Tür aus. Alle anderen waren schon gegangen, aber er war noch geblieben und hatte offensichtlich ihr Gespräch mitgehört. »Ich werde ihn persönlich für dich töten. Langsam. Schmerzhaft.«

Cal musterte den Mann. Nach dem zu urteilen, was sie von den anderen erfahren hatten, gehörte Rex nie zur Spezialeinheit. Er war bei der Armee gewesen, aber nur für kurze Zeit. In einem Raum voller Männer, die in der Vergangenheit getötet hatten, war er nicht der erste, von dem JJ vermutet hätte, dass er genau das bereitwillig tun würde. Andererseits hatte er mehr Schmerz durchgemacht, als ein Mann jemals ertragen sollte. Zehn lange Jahre wusste er nicht, wo seine Frau war oder ob sie überhaupt noch lebte. Jetzt hatte er sie wieder, zusammen mit einem Sohn, von dem er nicht gewusst hatte, dass sie ihn in der Gefangenschaft bekommen hatte, und beiden ging es fantastisch.

»Ich wäre dir sehr verbunden«, sagte Cal förmlich. »Ebenso wie die königliche Familie.«

Rex grinste. »Damit will ich nichts zu tun haben, nichts für ungut.«

»Schon gut. Es gibt viele Tage, an denen es mir genauso geht«, sagte Cal.

Die beiden Männer nickten sich zu, dann verschwand Rex durch die Tür.

»Wir werden zwar immer Delta sein, aber heute sind wir einfach vier Männer, die alles tun, um die Frauen zurückzubekommen, die wir lieben«, sagte Chappy leise.

»Der Beschützer, der Prinz, der Held und der Holzfäller«, stimmte Bob zu. »Unsere Frauen haben uns schon mehr als einmal so genannt. Und ich will der Held meiner Frau sein ... wieder einmal.«

»Das bist du bereits«, sagte JJ zu ihm. »Und du bist definitiv ein Beschützer«, sagte er zu Chappy. »Cal wird immer Junes königlicher Prinz sein. Und ich bin froh, ein einfacher Holzfäller zu sein«, erklärte JJ, der in diesem Moment stolzer war denn je, genau das zu sein. »Wir haben sechzehn knallharte Männer an unserer Seite, die die harte Arbeit erledigen können. Unsere einzige Priorität ist diese Hütte, verstanden?«

»Verstanden.«

»Ja.«

»Auf jeden Fall.«

JJ glaubte nicht, dass er es überhaupt sagen musste, aber auf keinen Fall wollte er, dass einer von ihnen sich in seiner Wut auf Ryan verlor. Sie mussten sich auf die Hütte konzentrieren. Darauf, wie sie die Frauen erreichen und sicher herausholen konnten.

Er hatte das Gefühl, dass dies der schwierigste Teil dieser Mission sein würde. Nicht die Neutralisierung des Entführers. Nicht herauszufinden, wo er sich versteckt hielt, oder darauf zu warten, dass er sich zeigte. Nicht darüber nachzudenken, ob er vorhatte, sie mit einem Scharfschützengewehr auszuschalten – was JJ bezweifelte, denn das wäre zu schnell gewesen, und dieses Arschloch wollte ihre Gesichter sehen. Wollte ihren Schmerz sehen, wenn sie dachten, ihre Frauen würden sterben.

Nein, diese Sprengsätze machten JJ mehr Sorgen als alles andere. Ein falscher Schritt, eine falsche Bewegung ... verdammt, bei manchen Bomben reichte schon eine zu starke Erschütterung des Bodens, um alles in die Luft zu jagen. Sie mussten ruhig und methodisch vorgehen. Die Männer, die sie um Hilfe gebeten hatten, sollten Ryan ausschalten.

»Lasst uns unsere Frauen holen«, sagte JJ.

Ohne ein weiteres Wort wandten die vier Männer sich der Tür zu.

KAPITEL EINUNDZWANZIG

Bull hielt den Wagen an, und JJ und sein Team, zusammen mit Eagle, Smoke und Gramps, stiegen hinten aus. Es war sehr eng gewesen, aber sie wollten mit so wenig Fahrzeugen wie möglich in die Gegend fahren. Sobald sie die Frauen sicher aus der Hütte gebracht hatten, würden sie den Hubschrauber anfordern, der sie in das nächste Krankenhaus bringen sollte.

Auf dem Weg dorthin hatten sie Eagle, Cole und Meat eingesammelt, die während der Aktion nicht im Hubschrauber sitzen wollten, und jetzt waren sie zwanzig tödliche, gut ausgebildete Männer, die bereit waren, alles zu tun, um den Feind zu neutralisieren und die Geiseln zu retten.

Die übrigen Männer befanden sich in den beiden Fahrzeugen hinter Bull, und sie versammelten sich alle am Waldrand.

»Es sind zwei Kilometer Luftlinie in nordöstlicher Richtung bis zur Hütte«, sagte Rex, der in die Richtung zeigte. »Wir wissen, dass Ryans Pick-up weiter draußen steht, aber wir wissen auch, dass er in Sichtweite der Hütte sein will. Ich mache mir keine allzu großen Sorgen, ihm vorher über den Weg zu laufen. Wir werden also zusammenbleiben, wenn wir können, bis wir einen Kilometer entfernt sind. Unser Team wird nach Westen gehen, während Logans Mannschaft nach Süden geht. Bull, du und deine Leute gehen nach Norden. Wir umzingeln die Hütte und lassen JJ und seine Männer direkt an der Straße hineinlaufen. Haltet *alle* die Augen nach diesem Arschloch offen. Wenn ihr ihn findet, gebt uns Bescheid, und wir rücken zu eurem Standort zusammen.«

Alle nickten und überprüften ihre Funkgeräte. Mit den kleinen Sendern im Ohr konnten sie alle in Kontakt bleiben.

»Behaltet den Blick sowohl in der Luft als auch auf dem Boden«, erinnerte Logan sie. »Die Bäume hier sind groß genug, um einen Erwachsenen zu tragen, aber angesichts dessen, wie viel Zeit er in diesen Wäldern verbracht hat, um die Sprengsätze anzubringen, könnte er auch eine Art unterirdischen Bunker gebaut haben.«

»Es ist möglich, dass er auch Kameras installiert hat«, fügte Bull hinzu. »Das würde ich ihm zutrauen.«

JJs Blut gefror. Wenn Ryan das getan hatte und erkannte, dass es mehr als nur die vier waren, könnte ihnen ihr ganzer Plan um die Ohren fliegen ... buchstäblich.

»Bleibt einfach wachsam«, sagte Gray zu ihnen. »Wir sollten diesem Kerl nicht mehr Anerkennung schenken, als er verdient. Wenn jemand eine Überwachungskamera sieht oder das Gefühl hat, beobachtet zu werden, informiert den Rest von uns, und wir gehen zu Plan B über.«

Sie hatten keinen Plan B, soweit JJ wusste, aber er nickte trotzdem. Sie waren sich alle bewusst, dass die Uhr tickte, genau wie die Bombe, die sich vielleicht unter der Hütte befand.

Die Männer schafften die ersten anderthalb Kilometer schnell, bevor die Gruppen sich trennten und um JJ und sein Team herum in der Wildnis verschwanden. Als sie allein weitergingen, spürte er das Pochen seines Herzens, und jeder Schritt, den er tat, klang laut in den stillen Wäldern. Keiner der

Männer sprach, jeder war in Gedanken bei der Liebe seines Lebens und dem, was sie wohl gerade durchmachte.

»Wir kommen näher«, sagte jemand einige Minuten später durch das Funkgerät.

JJ hob eine geschlossene Faust, um seinen Männern zu signalisieren, dass sie anhalten sollten. Er wandte sich an seine Freunde. »Was auch immer passiert, geht zu den Frauen. Sie sind unser Ziel.«

Chappy, Cal und Bob nickten alle, ohne zu zögern.

»Du redest mit ihm«, sagte Chappy leise. »Wenn er sich sehen lässt, meine ich.«

»Einverstanden«, sagte Bob. »Du warst schon immer der Beste, wenn es darum ging, Zielpersonen zu beruhigen oder sie zumindest abzulenken.«

»Ich kann an nichts anderes denken als an June und die Schmerzen, die sie hat«, sagte Cal mit zittriger Stimme. »Ich bin schon in viel gefährlicheren Situationen gut zurechtgekommen, aber im Moment kann ich einfach nicht klar denken.«

Das Vertrauen, das seine Männer ihm entgegenbrachten, war fast überwältigend, aber JJ nickte. Er hatte kein Problem damit, mit diesem Ryan zu reden. Seitdem er von Aprils Entführung erfahren hatte, war er angespannt. Wütend, aber meistens kontrolliert. Es würde seiner Frau nicht helfen, wenn er jetzt den Verstand verlor, und das war alles, was zählte.

Mit einem tiefen Atemzug ging JJ weiter in Richtung der Koordinaten der Hütte, die die Männer im Hubschrauber ihnen gegeben hatten. Die anderen Teams waren ein beruhigendes Hintergrundgeräusch in seinem Kopf, sie sprachen leise durch die Funkgeräte und informierten die anderen über ihren Standort.

»Ich habe die Hütte in Sicht«, sagte jemand.

»Wir auch.«

»Noch keine Spur von unserer Zielperson.«

In der einen Sekunde gingen JJ und sein Team noch auf

dem Feldweg, der als Straße verwendet wurde, und in der nächsten betraten sie eine Lichtung. Wie ihre Augen am Himmel gesagt hatten, war der Boden um die kleine Hütte herum größtenteils unbefestigt und wies nur wenig Vegetation auf. Was das Gebäude selbst anging, so sah es so aus, als könnte ein starker Windstoß das Ding zum Einsturz bringen.

JJ kämpfte gegen die Versuchung an, zur Tür zu laufen. Das Wissen, dass April und die anderen genau dort waren, so nah und doch so fern, erfüllte ihn mit dem verzweifelten Drang, hineinzugelangen und sich selbst zu vergewissern, dass sie in Ordnung waren. Unverletzt. Aber er zwang sich stillzustehen.

»Was jetzt?«, fragte Bob leise.

Als er sich umsah, konnte JJ keine Spur von Ryan entdecken, aber er wusste, dass er in der Nähe war. Die Haare in seinem Nacken stellten sich auf, und sein sechster Sinn sagte ihm, dass der Mann sie genau beobachtete.

»Ryan Johnson?«, rief er, wobei er darauf achtete, nicht zu laut zu sprechen, da er keine Ahnung hatte, ob der Sprengstoff, den das Arschloch angebracht hatte, schallaktiviert war oder nicht. April hatte ihm gesagt, dass Ryan bereits eine Bombe gezündet hatte, also wahrscheinlich nicht ... aber er war trotzdem nicht bereit, ein Risiko einzugehen.

»Du wolltest, dass wir dich finden, also sind wir hier«, verkündete er.

Er konnte hören, wie Gray und die anderen sich meldeten und ihn wissen ließen, dass sie den Mann auch nicht im Blick hatten.

»Vielleicht ist er weg«, schlug Chappy vor.

Aber JJ schüttelte den Kopf. »Nein, er ist hier. Er hat das jahrelang minutiös geplant.«

In diesem Moment ertönte ein neues Geräusch in der Stille um sie herum.

Das Weinen eines sehr unglücklichen Babys kam aus dem Inneren der Hütte.

JJ griff automatisch nach Cals Arm, um ihn davon abzuhalten, mehr als einen Schritt auf das Geräusch zuzugehen.

»Ganz ruhig, Cal«, sagte er.

»Das ist mein Sohn«, erwiderte Cal leise, wobei er klang, als sei er in Trance.

»Weinen ist gut«, beruhigte Chappy ihn. »Das bedeutet, dass er atmet. Und ich muss sagen, es klingt, als würde er *wirklich* gut atmen.«

Prinz Maximilian Redmon klang nicht glücklich, aber JJ konnte sein kleines Lächeln nicht zurückhalten. April hatte es geschafft. Sie hatte Junes Baby erfolgreich auf die Welt geholt. Er wusste, dass Carlise und Marlowe zweifellos auch geholfen hatten, aber er war sich sicher, dass seine Frau die Hauptrolle gespielt hatte.

Dann ... ertönte ein langsames, methodisches Klatschen hinter ihnen.

Alle vier Männer drehten sich um und blickten auf die Bedrohung, als Bulls Stimme in ihren Ohren widerhallte. »Zielperson geortet. Ich wiederhole, Zielperson geortet.«

JJ hatte eine Sekunde Zeit, um »Was du nicht sagst« zu denken, bevor er seine ganze Aufmerksamkeit auf den Mann richtete, der hinter einem großen Baum hervortrat. Er hatte keine Ahnung, wo der Mann sich versteckt hatte oder wie sechzehn Männer ihn übersehen konnten, bevor er einfach auf die Lichtung spazierte, aber im Moment zählte nichts anderes, als die Bedrohung für die Frauen und ihre Zukunft zu beenden.

Als JJ Ryan betrachtete, stellte er fest, dass er überhaupt nicht so aussah, wie er es sich vorgestellt hatte, wenn er an Aprils Entführer dachte. Zum einen sah er so verdammt jung aus. Sogar jünger als die zwanzig Jahre, die Tex erwähnt hatte.

Zum anderen sah er ... normal aus. Angefangen bei seinem Haarschnitt bis hin zu seiner Kleidung sah er keineswegs wie ein Terrorist aus. Was ein dummer Gedanke war, denn JJ wusste besser als die meisten, dass es kein stereotypes

Aussehen für Terroristen gab. Sie fügten sich in die Umgebung ein, in der sie lebten, so wie Ryan es getan hatte.

»Glückwunsch zur Vaterschaft«, sagte Ryan zu Cal, sein Englisch mit einem leichten Akzent versehen.

JJ hatte den kurzen, irrationalen Gedanken, dass der bevorstehende Tod des Mannes fast eine Schande war. Denn er war offensichtlich sehr talentiert, sehr klug. Er hätte viel Gutes in der Welt bewirken können, aber stattdessen hatte er sein Herz und seinen Kopf von Hass erfüllen lassen.

»Noch ein königlicher Redmon, wie aufregend«, sagte Ryan, während er eine Hand hob und eine Pistole auf Cal richtete. »Zu schade, dass er seinen Vater nicht kennenlernen wird.«

Für eine Sekunde dachte JJ, Ryan würde abdrücken und Cal auf der Stelle erschießen, aber er redete weiter.

»Ich habe länger auf diesen Moment gewartet, als ihr wisst«, knurrte Ryan.

Froh darüber, dass der Idiot reden wollte, schwieg JJ und ließ ihn sagen, was er zu sagen hatte. Die ganze Zeit über konnte er hören, wie die Männer um sie herum, ihre Verstärkung, über die Funkgeräte miteinander sprachen und sich schnell und lautlos in Position brachten, um Ryan zu umzingeln, bevor sie loslegten.

»Ihr habt meinen Bruder getötet!«, warf Ryan ihnen dramatisch vor.

»Welcher war er?«, fragte JJ mit gelangweilter Stimme, als spräche er über etwas so Belangloses wie das Wetter.

Wie erwartet war Ryan sofort wütend.

»Er war *unschuldig*!«, zischte Ryan. »Er war da, um Wasser zu tragen, um euch Arschlöchern Nahrung zu bringen. Er hatte nichts mit der Entführung zu tun.«

JJs Augen wurden schmal, als er den Jungen vor ihnen betrachtete. Als Ryan trotzig den Kopf neigte, als wollte er JJ fragen, was er ansah, explodierte in seinem Kopf die Erinnerung an einen anderen Mann, der genau dasselbe tat.

Nur dass der Mann damals den Kopf geneigt hatte, um JJ zu mustern, auf dieselbe Weise, bevor er ein Messer benutzte, um in seine Haut zu schneiden.

»Ich erinnere mich an deinen Bruder«, sagte JJ, als er sich aufrichtete und weder gelangweilt aussah noch klang. »Er war ungefähr so groß wie du, roch nach Schweiß und trug immer schwarze Hosen und ein altes T-Shirt mit einem Bild der Twin Towers in New York, bevor sie von Terroristen zerstört wurden.«

Ryan fiel vor Schreck die Kinnlade herunter. Er erholte sich sofort wieder, aber die Entgleisung reichte aus, um JJ zu zeigen, dass er recht hatte.

Er spürte, wie seine Teamkameraden sich neben ihm bewegten, als hätten sie sich an den besonders sadistischen Mann erinnert, der auch sie gefoltert hatte.

»Und du irrst dich, wenn du sagst, dass er unschuldig war. Er war in jeden Schritt unserer Gefangenschaft und Folterung verwickelt«, sagte JJ.

»Nein, war er nicht!«, beharrte Ryan. »Er hat mir gesagt, dass er nur dort war, um Geld zu verdienen, um Nahrung und Kleidung für unsere Familie zu kaufen –«

»Er hat gelogen!«, brüllte JJ, da er Ryan so sehr erschüttern wollte, dass er unachtsam wurde. Er musste ihn nur so weit ablenken, dass Rex oder einer der anderen Männer an ihn herankommen konnten. »Dein Bruder war ein *Terrorist*. Er hat Menschen verletzt. Wahrscheinlich hat er Frauen vergewaltigt, kleine Kinder geschlagen und auf jede Tradition gespuckt, die dir und deinen Landsleuten lieb und teuer ist!«

»Nein«, sagte Ryan kopfschüttelnd. »Er hat Geld gespart, um uns rauszuholen! Um uns in die Stadt zu bringen, wo ich zur Schule gehen konnte.«

JJ lachte. Es war ein gemeines Geräusch. »Er wollte *nie* weg. Er wollte sich in der Organisation hocharbeiten. Er sehnte sich nach Aufmerksamkeit. Berühmtheit. Wollte das

Sagen haben. Irgendwann hätte er dich mit in dieses Leben hineingezogen.«

Ryan starrte ihn einen Moment lang an, dann schüttelte er den Kopf. »Du lügst, um dich selbst zu retten. Es wird nicht funktionieren.«

JJ verschränkte die Arme vor der Brust und verzog angewidert die Lippen. »Und du bist ein verbittertes Arschloch und deinem Bruder ähnlicher, als du denkst. Du hast vier unschuldige, wehrlose Frauen entführt und dich an ihrem Schrecken erfreut.« Er hörte, wie Rex den anderen sagte, sie sollten sich zurückhalten, da er sich näherte.

»Danke für das Kompliment«, sagte Ryan fast ruhig, offensichtlich nicht so erschüttert, wie JJ gehofft hatte. »Ich habe mein Leben damit verbracht, alles über Sprengstoff zu lernen, um meinen Bruder zu rächen und ihn stolz zu machen. Ich habe die Hütte und alles drumherum mit jeder Art von Bombe ausgestattet, die es gibt. Ihr könnt vielleicht einer ausweichen, aber ihr werdet sie *niemals* alle meiden können.

Eure Frauen werden sterben«, sagte er, als machte es ihm nichts aus, vier Frauen und ein Baby zu töten. »Und ihr werdet zusehen. Dann werde ich euch auch töten. Ich werde zu Ende bringen, was mein Bruder anscheinend vor all den Jahren begonnen hat. Wenn du sagst, dass er zu der Gruppe gehörte, die euch gefoltert hat, dann hatte er einen Grund. Und ich sage, gut für ihn. Ich werde seine Mission zu Ende bringen ... und mich ihm im Jenseits anschließen.«

»Oh, das wirst du ganz sicher tun«, sagte JJ – bevor Rex hinter Ryan zwischen den Bäumen hervorsprang.

Der junge Mann wirbelte herum, aber es war zu spät. Rex traf ihn mit einem kräftigen Schlag, der ihn flach auf den Rücken warf.

Die Waffe, die er in der Hand gehalten hatte, ging los, woraufhin JJ zusammenzuckte und betete, dass weder Rex noch sonst jemand getroffen worden war. Innerhalb weniger

Sekunden entwaffnete und überwältigte Rex den kleineren Mann mit Leichtigkeit. Hinter ihm tauchten Ro, Arrow, Logan, Blake und Bull auf.

Zu JJs Überraschung lachte Ryan. Es war ein wahnsinniges Geräusch, fast schon verstört.

»Ihr denkt, ihr habt gewonnen. Aber das habt ihr nicht!«, krähte er. »Eure Frauen sind so gut wie tot! Ihr könnt nicht an sie herankommen! Wenn ihr an die Tür geht, fliegt ihr in die Luft. Wenn ihr einen Hubschrauber bringt, werden die Vibrationen einige meiner Sprengsätze zur Detonation bringen. BUMM! Die gesamte Hütte wird in der größten Explosion aufgehen, die ihr je gesehen habt. Es wird Körperteile regnen! Ihr könnt nichts tun, um es aufzuhalten. Um *mich* aufzuhalten. Ich habe trotzdem gewonnen!«

Er lachte wieder. Selbst als Rex ihn am Hemd packte und auf die Beine zerrte, hörte sein wahnsinniges Lachen nicht auf.

Erst als Rex ihm erneut ins Gesicht schlug, verstummte das Geräusch.

»Ich kümmere mich um den Müll. Ihr holt eure Frauen«, sagte Rex, drehte sich um, schob Ryan vor sich her und verschwand wieder im Wald, wobei drei seiner Männer ihm folgten.

JJ drehte sich zu der Hütte um. Es war fast ein friedlicher Anblick. Es fehlte nur noch, dass etwas Rauch aus dem Kamin aufstieg. Doch stattdessen sah er nur Gefahr.

»Wie sieht der Plan aus?«, fragte Eagle.

Zum ersten Mal in seinem Leben hatte JJ keine Ahnung. Ryan könnte mit dem Hubschrauber geblufft haben oder auch nicht. Die Windstärke der Rotorblätter könnte besonders empfindliche Sprengsätze auslösen ... aber er hatte den Frauen bereits einen seiner Sprengsätze vorgeführt, natürlich ohne eine Massenexplosion auszulösen. Entweder log er, was die Empfindlichkeit der Sprengsätze betraf, oder er log, was die Anzahl der vergrabenen Bomben anging. Wie auch immer, JJ war nicht bereit, das Leben ihrer Frauen basierend auf einer Vermutung zu riskieren.

Sie konnten weder zur Hütte fahren noch gehen, aus Angst, eine Bombe auszulösen. Sie könnten Spezialisten oder Bombenroboter herbeirufen, aber es würde zu lange dauern, bis sie ankämen. Sie hatten keine Ahnung, ob Ryan einen Zeitzünder an einer der Bomben angebracht hatte.

»Ich weiß es nicht«, gab JJ schließlich flüsternd zu.

Er drehte sich zu seinem Team um und sah in den Gesichtern seiner Kameraden denselben Ausdruck von Frustration und Verzweiflung, den er auch bei sich vermutete.

»Was wäre, wenn wir die Bäume benutzen? Auf sie klettern und auf das Dach springen? Wir könnten das Dach durchbrechen, um ins Innere zu gelangen«, schlug Gramps vor.

»Und was dann?«, fragte Ryder. »Ich bin sicher, die Frauen sind motiviert, dort rauszukommen, aber June hat gerade ein Baby bekommen.«

»Was wäre, wenn der Hubschrauber weit oben bliebe, sodass der Abwind nicht stark genug ist, um etwas auszulösen?«, fragte Arrow.

»Vielleicht«, sagte Blake skeptisch, »aber der Wind frischt auf. Jeder, der am Ende eines Seils hängt, würde herumgeschleudert werden wie eine Kugel in einem Flipperautomaten.«

»Ein Kran? Der könnte jemanden in die Hütte heben«, schlug Cole vor.

»Oder ein Sprengstoffhund?«, warf Gray ein.

»Wir haben nicht genügend Zeit«, flüsterte Cal mit gebrochener Stimme.

JJ starrte auf die Hütte. Es *musste* einen Weg geben, die Frauen und den kleinen Max aus der Hütte zu bringen, ohne die Sprengsätze um und unter dem Gebäude zu zünden. Aber im Moment gab es für seinen Geschmack viel zu viele Unbekannte.

Der Gedanke, dass Ryan doch noch gewinnen könnte, löste Übelkeit in ihm aus.

Dann hörte er Aprils Stimme, die seinen Namen rief. »Jack?«

Er zuckte leicht zusammen und war schon einen Schritt auf die Hütte zugegangen, als eine starke Hand ihn am Arm packte und zurückhielt. Scheiße. Er konnte es nicht riskieren, noch näher zu kommen, da niemand wusste, in welchem Radius Ryan den Sprengstoff platziert hatte.

»Ich bin hier!«, rief er.

»Wer sind all diese Leute?«, fragte sie.

JJ wollte über die so normale Frage lächeln. »Meine Freunde. Sie sind gekommen, um zu helfen.«

»Oh, okay. Und der große Kerl mit den Tattoos, der Ryan weggebracht hat? Sind wir sicher, dass er klarkommt? Ryan wird nicht entkommen?«

»Ryan wird nicht entkommen«, beruhigte Ro sie irgendwo hinter JJ.

»Rex und seine Teamkameraden werden sich um ihn kümmern, keine Sorge«, rief er. Er konnte sie nicht sehen, nur hören, und der Klang ihrer Stimme ließ sein Herz noch mehr schmerzen. Wenn er und seine Freunde sich nicht sofort etwas einfallen ließen, könnte sie für immer für ihn verloren sein.

»Cal, June hat ihr Baby bekommen. Max ist perfekt! Zehn Zehen, zehn Finger und eine Lunge, die sehr gut funktioniert.«

»Das habe ich gehört«, erwiderte Cal.

»Er ist wunderschön«, sagte April zu ihm.

»Natürlich ist er das. June ist seine Mutter«, antwortete Cal mit zittriger Stimme.

»Gut, also ... es ist sehr schön, euch kennenzulernen, Jacks Freunde«, sagte April. »Wann können wir hier raus?«

JJ runzelte die Stirn und trat einen Schritt näher, auch wenn er damit sein Glück herausforderte. Die Spitze seines Schuhs streifte die aufgewühlte Erde etwa fünfundzwanzig

Meter vor der Hütte. Er ging in die Hocke und untersuchte die Gegend. »Wir arbeiten daran, Süße.«

Es gab eine Pause, als verdaute sie seine Worte. Dann sagte sie, als Beweis dafür, wie klug seine Frau war: »Ihr könnt uns nicht rausholen.«

»Das habe ich nicht gesagt«, protestierte JJ.

»Wir sind nicht dumm«, erwiderte sie ein wenig verärgert. »Wir haben uns hier drinnen selbst Gedanken gemacht, wie wir helfen können. Und ich habe eine Idee.«

JJ verkrampfte sich. Er hatte das Gefühl, dass ihm das nicht gefallen würde. Ganz und gar nicht.

»Ich kann euch erklären, wie ihr auf die gleiche Weise wie wir zur Tür kommt. Ryan hat die Markierungen aufgesammelt, die wir benutzt haben, um herzukommen ... aber ich glaube, ich weiß noch, wo sie waren.«

KAPITEL ZWEIUNDZWANZIG

April fühlte sich, als sei sie gerade mehrere Kilometer gelaufen. Sie war verschwitzt und ihr Herz schlug so heftig, dass es fast wehtat. Ein Teil davon war der Stress, den sie empfunden hatte, als sie bei der Geburt von Junes Baby geholfen hatte, aber der andere Teil war, dass sie Jack und die anderen Jungs durch das Loch in der Tür gesehen hatte. Es war offensichtlich, dass sie keine Ahnung hatten, wie sie in die Nähe der Hütte kommen sollten.

Es war ihr egal, was der große Mann und seine Freunde mit Ryan anstellten; sie war sicher, dass er nie wieder ein Problem sein würde. Sie hätte Reue über seinen Tod empfinden sollen, aber es fiel ihr schwer, jetzt Mitgefühl für ihren Entführer aufzubringen.

Sie wollte raus aus dieser Hütte. Wollte Jacks Arme um sich spüren. Wollte June und Max ins Krankenhaus bringen, um sicherzugehen, dass es beiden gut ging. Wollte Jack heiraten. Wollte nach Hause. Nach Maine.

Sie sah, wie Jack überrascht zusammenzuckte, als er ihre Stimme hörte, und sie lächelte ein wenig darüber. Er war offensichtlich im »Soldaten«-Modus und konzentrierte sich intensiv auf die anstehende Aufgabe.

»Ich habe eine Idee«, sagte sie durch das Loch in der Tür. »Ich kann euch erklären, wie ihr auf die gleiche Weise wie wir zur Tür kommt. Ryan hat die Markierungen aufgesammelt, die wir benutzt haben, um herzukommen ... aber ich glaube, ich weiß noch, wo sie waren.«

»Nein«, sagte er entschlossen und drehte sich um, um sein Team und die anderen Männer auf der kleinen Lichtung anzusehen.

Enttäuschung machte sich in April breit. Es stimmte, dass sie kein Soldat einer Spezialeinheit war, aber sie konnte helfen, daran hatte sie keinen Zweifel. Jack zog es nicht einmal in Betracht. Es tat weh.

Sie beobachtete, wie er den Kopf senkte und einen Moment lang auf den Boden starrte. Dann hob er eine Hand und massierte seinen Nacken, bevor er sich wieder der Hütte zuwandte.

»Wo bist du jetzt gerade?«, fragte er.

Verwirrt antwortete April: »In der Hütte.«

Die Art und Weise, wie seine Lippen amüsiert zuckten, war so vertraut, dass es schmerzhaft war. Sie hatte ihn schon so oft gesehen, wie er versuchte, sein Lachen über ihre Worte zurückzuhalten.

»Wo in der Hütte? Kannst du mich sehen?«

»Oh! Ja, da ist ein Loch in der Tür.« Sie steckte zwei Finger aus der kleinen Öffnung und wackelte damit, bevor sie wieder hindurchspähte.

Sie sah, dass die meisten der Männer, außer Chappy, Cal und Bob, grinsten. Erst im Nachhinein wurde ihr klar, dass es aus ihrer Sicht wahrscheinlich ein wenig obszön ausgesehen hatte.

»War der Weg, den du zur Tür genommen hast, gerade oder im Zickzack oder wie?«

»Gerade«, antwortete sie. Würde er sich wirklich von ihr zur Tür führen lassen? Sein Vertrauen fühlte sich gut an, *wirklich* gut – und dann überkam sie plötzlich Nervosität.

Was tat sie da? Wenn sie sich des Weges nicht ganz sicher war, wenn sie ihn in die falsche Richtung lenkte, könnte er buchstäblich vor ihren Augen in die Luft fliegen.

»Vergiss es!«, rief sie, jetzt völlig in Panik. »Ich weiß nicht, was ich mir dabei gedacht habe! Ich kann es nicht tun.«

»April!«, zischte June hinter ihr. Sie drehte sich um und sah ihre Freundin, die mit dem Rücken an der harten Wand saß und Max an ihre Brust geschmiegt hatte. Sie hatten das Laken benutzt, um ihn einzuwickeln, und nur sein kleines Gesicht ragte aus dem Stoff heraus. Die Decke unter ihr war mit Körperflüssigkeiten und Blut befleckt, und die Nabelschnur war noch dran. Es gab nichts, womit sie sie hätten durchtrennen können, und das machte ihnen allen zu schaffen. Sie brauchten ein Krankenhaus. Sofort.

»Was?«, fragte sie verspätet.

»Du kannst es tun. Ich habe gesehen, wie du den Weg zur Hütte studiert hast. Dein Verstand hat mit rasender Geschwindigkeit gearbeitet. Wenn jemand unsere Männer sicher zu uns führen kann, dann bist du es. Wir vertrauen dir.«

Carlise und Marlowe nickten zustimmend, und April konnte nicht umhin zu bemerken, dass beide Frauen eine Hand auf ihrem Bauch hatten, als berührten sie ihre ungeborenen Kinder.

Der Druck war immens. Sie riskierte nicht nur das Leben ihrer Männer, sondern könnte auch ihre besten Freundinnen und deren Kinder umbringen.

»April!«, rief Jack.

Sie atmete tief durch und wandte sich wieder dem Loch in der Tür zu.

»Wo genau stand der Anhänger, als du ausgestiegen bist?«, fragte Jack.

Tat sie das wirklich? Sie ließ den Blick von dem Mann, den sie liebte, zu den Bäumen wandern, zwischen denen der Anhänger gestanden hatte. Sie holte tief Luft.

»Siehst du die Bäume zu deiner Rechten ... warte, ich meine zu meiner Rechten, zu deiner Linken.« Sie stieß einen verzweifelten Atemzug aus. Wie sollte sie ihm sagen, wohin er treten sollte, wenn sie nicht einmal wusste, wo links und rechts war? »Die, die ein bisschen dünner sind als die anderen drumherum? Sie stehen in Bezug auf die Tür etwa auf zwei Uhr.«

Jack drehte sich um und ging sofort zu den Bäumen hinüber, auf die sie hingewiesen hatte, Cal, Chappy und Bob dicht auf den Fersen.

»Die hier?«, fragte er.

»Ja.«

»Okay, was jetzt?«

Einen langen Moment sagte sie nichts.

Es war, als starrte Jack ihr direkt ins Herz. Sie konnte seinen Fokus sogar über die Entfernung hinweg sehen. »Ich vertraue dir«, sagte er.

Er schrie die Worte nicht. Er sagte sie ganz ruhig, und April hörte die Aufrichtigkeit darin.

»Du wirst etwas brauchen, um die Bretter von der Tür zu entfernen«, sagte sie zu ihm.

Er wandte sich an einige der Männer, die in der Nähe standen, und die kleine Pause gab ihr Zeit, tief Luft zu holen. Ihre Hände zitterten, aber sie ballte sie zu Fäusten und richtete die Aufmerksamkeit auf den Boden vor der Hütte. Fünfundzwanzig Markierungen. Sie hatte sie gezählt. Als sei sie wieder in dem Moment, in dem sie auf den rosafarbenen Kreisen lief, sah sie sie ganz deutlich vor sich.

»Okay, ich habe einen Hammer. Wo soll ich hingehen?«

April blinzelte. »Woher in aller Welt hast du einen Hammer?«

Einer der Männer neben ihm lachte. »Wir sind ein gut ausgestatteter Haufen!«, rief er.

Wie auch immer. Wenn sie einen ganzen Werkzeugkasten mit sich herumtragen wollten, würde sie sich nicht beschweren.

»Du brauchst etwas, um deine Spur zu markieren«, sagte sie. »Ryan hat rosafarbene Kreise aus Papier oder so benutzt, aber er hat sie aufgehoben, um den Weg zu verbergen.«

»Clever.«

Alle Männer begannen, sich nach etwas umzusehen, mit dem sie den Weg zur Hütte markieren konnten. Einer von ihnen zog plötzlich sein Hemd über den Kopf und begann, es mit einem Messer in Stücke zu schneiden. Es dauerte nicht lange, und er reichte Jack eine Handvoll gezackter Stoffstreifen.

»In Ordnung, Schatz, rede mit mir. Sag mir, wie ich zu dir komme.«

April spürte eine Hand auf ihrer Schulter und drehte sich, um Marlowe dort stehen zu sehen.

»Atme, April.«

Als sie merkte, dass sie die Luft angehalten hatte, stieß sie sie mit einem Rauschen aus. »Ich liebe euch, Leute. So sehr«, sagte sie.

»Wir lieben dich auch. Und jetzt beeil dich. Ich habe Hunger«, erwiderte Carlise, die neben June saß.

April lächelte, als sie die Neckerei in der Stimme ihrer Freundin hörte. Sie waren alle gestresst und wünschten sich nichts sehnlicher, als aus dieser verdammten Hütte herauszukommen ... und zu duschen. April fühlte sich schmuddelig und eklig, aber das war im Moment ihre geringste Sorge.

Sie nickte und war mehr als dankbar, dass Marlowe nicht von ihrer Seite wich, als sie wieder durch die Tür sah.

»Von den Bäumen aus gehst du nach vorn, bis deine Zehen an der Kante sind, wo das Gras aufhört und die Erde beginnt.« Jack tat wie geheißen. »Und jetzt einen Schritt nach vorn.

Nein!«, schrie sie sofort, als er es tun wollte. Er erstarrte mit dem Fuß in der Luft.

»Beweg deinen Fuß ein wenig zurück.«

»Hier?«, fragte er und bewegte sein Bein.

»Ja, so ist es besser. Ich erinnere mich, dass die Schritte für mich bequem waren. Das heißt, du wirst wahrscheinlich denken, dass sie zu eng beieinanderliegen, während du gehst.«

Jack nickte, und als eine Schweißperle an Aprils Schläfe hinunterlief, setzte er seinen Fuß ab.

Als nichts passierte, als die Erde nicht um ihn herum explodierte, atmete sie zittrig aus. »Okay, siehst du das kleine Stückchen Gras einige Zentimeter vor deinem rechten Fuß?«

Jack nickte wieder.

»Setz deinen linken Fuß davor, sodass deine Ferse direkt an der Kante steht.«

Er trat dort vor, wo sie es ihm sagte, dann drehte er sich um, hob seinen rechten Fuß um ein paar Zentimeter an und legte ein Stück Stoff unter seinen Stiefel.

»Okay, geh jetzt ein wenig nach«, sie zögerte, um sich zu vergewissern, dass sie die richtige Richtung nannte, bevor sie fortfuhr, »links. Dort ragt ein kleiner Ast aus dem Boden. Stell deinen rechten Fuß daneben.«

Langsam – ganz langsam – führte April Jack näher und näher an die Hütte heran. Mit jedem Schritt, den er tat, wurde sie sicherer in ihren Anweisungen. Mit jedem Schritt gab es eine Art Orientierungspunkt. Zuvor waren sie ihr so unbedeutend erschienen, dass sie sie kaum bemerkt hatte, als sie den Weg selbst angetreten hatte. Sie war zu sehr auf die rosa Kreise konzentriert gewesen. Aber als ihre Freundinnen das Minenfeld durchquerten, hatte sie genauer hingesehen und erkannt, dass jeder Kreis neben einer Art natürlicher Markierung lag.

Als Jack nur noch drei Schritte von der Tür entfernt war, schaute April auf den Weg und geriet in Panik. Sie sah keinen

Stein, keinen Stock oder irgendetwas anderes, das ihr einen Hinweis darauf gab, wo er als Nächstes hintreten konnte.

»Ich bin fast da. Wohin jetzt, April?«, sagte Jack ruhig.

Aber als April sein Gesicht betrachtete, konnte sie sehen, dass er alles andere als entspannt war. Schweiß rann ihm von den Schläfen, obwohl es draußen definitiv nicht warm genug zum Schwitzen war. Seine Hände waren zu Fäusten geballt und seine Stirn war gerunzelt.

»Ich weiß es nicht!«, sagte sie, bevor ihr ein Schluchzen entwich, das sie völlig überraschte.

Marlowe packte sie fester an der Schulter, aber April konnte den Blick nicht von Jack abwenden. Aus dem Augenwinkel konnte sie sehen, wie der Rest der Männer stocksteif bei den Bäumen stand, wo Jack seine gefährliche Reise begonnen hatte. Sie sahen genauso angespannt aus, wie sie sich fühlte.

Jack war so nahe und doch so weit weg.

»April? Sieh mich an«, befahl er.

»Das tue ich«, stieß sie hervor. Er war durch die Tränen in ihren Augen verschwommen, aber sie weigerte sich, den Kopf von dem Loch in der Tür abzuwenden.

»Ich gebe zu, als du mir am Telefon sagtest, dass du helfen könntest, habe ich es verworfen. Wie könntest du einem Haufen Soldaten aus verschiedenen Spezialeinheiten helfen? Ich habe nur zugestimmt, damit du dich besser fühlst – aber ich war ein Idiot. Du bist buchstäblich der klügste Mensch, den ich je getroffen habe. Wer sonst wäre in der Lage, so etwas zu tun? Mich durch ein *Minenfeld* zu führen, um dich zu erreichen?

Noch zwei Schritte, Süße. Dann kriege ich diese Tür auf, bringe uns hier raus und du kannst mich heiraten.«

April lachte schnaubend. »Bei allem, was hier los ist, denkst du an so etwas?«

»Verdammt richtig«, sagte Jack ernst. »Ich habe zu lange damit gewartet, dich um eine Verabredung zu bitten, und hätte dich fast verloren. Wenn du glaubst, ich warte eine Minute länger, um dir meinen Ring an den Finger zu stecken, liegst du falsch.«

»Du hast einen Ring?«, fragte sie erstaunt.

Seine Miene wurde ein wenig verlegen. »Nun, nein. Das war nur so dahingesagt.«

April grinste tatsächlich. Sie wich gerade lange genug zurück, um sich mit dem Ärmel über die Augen zu wischen, dann hielt sie ihr Gesicht wieder vor die Tür. Sie warf einen Blick auf den Dreck zu seinen Füßen, und – einfach so – machte etwas klick. »Siehst du den Stein, der wie ein Pfeil aussieht?«

Jack sah nach unten und nickte.

»Tritt genau darauf. Ich habe ihn erst gesehen, als Ryan den rosafarbenen Kreis aufhob, das heißt, er lag direkt darüber.«

Jack tat, was sie sagte. Mit seinen langen Beinen war er nahe genug dran, um den letzten Schritt zu überspringen und auf dem kleinen Absatz vor der Tür zu landen, aber er schaute zur Tür, als würde er darauf warten, dass sie ihm sagte, was er tun sollte.

»Du kannst jetzt zur Tür springen«, sagte sie verwirrt.

»Das könnte ich«, stimmte er zu, »aber es ist ein bisschen zu weit für *dich*, um bequem zu treten. Noch einmal, Süße.«

Auch wenn er sie nicht sehen konnte, nickte April. »Die Erde ein paar Zentimeter von der Stufe entfernt hat eine andere Farbe als der Boden drum herum. Dunkler. Tritt dorthin.«

Er tat es, wobei er nicht vergaß, sich umzudrehen und ein Stück Stoff über den pfeilförmigen Stein zu legen.

April atmete zischend aus, fiel auf die Knie und setzte sich auf die Fersen.

»Du hast es geschafft«, sagte Marlowe voller Bewunderung.

»Ich wusste, dass du es kannst«, sagte June. »Du bist der aufmerksamste Mensch, den ich kenne.«

»April? Geh von der Tür weg«, sagte Jack aus direkter Nähe.
Sofort stand sie auf und schlurfte rückwärts auf June und
Carlise zu. Marlowe hatte einen Arm um ihre Taille gelegt und
alle vier starrten auf die Tür, als sie hörten, wie Jack daran
arbeitete, die Bretter zu entfernen, die Ryan quer darüber gena-
gelt hatte.

Dann war er da. Er stand in der Tür und sah überlebens-
groß aus.

April stürzte sich auf ihn und traf ihn so hart, dass er auf
der winzigen Treppe einen Schritt rückwärts machte, um sich
aufrecht zu halten. Das Gefühl seiner Arme um sie war besser
als alles, woran sie sich erinnern konnte.

»Jack!«, krächzte sie. Seine enge Umarmung tat fast weh,
aber sie beschwerte sich nicht.

Sie standen einen langen Moment da, bevor sie spürte, wie
jemand seine Arme um sie und Jack legte. Marlowe hatte sich
zu ihnen gesellt. Dann war auch Carlise da. Die vier standen in
einer dankbaren und freudigen Umarmung direkt vor der Tür.
Jack korrigierte seine Haltung, um sie alle drei festzuhalten,
und in diesem Moment verliebte April sich noch mehr in ihn.

»Ich wünschte, ich könnte mich dem Liebesfest anschließen«, schniefte June hinter ihnen.

April war nicht überrascht, als Jack sich sanft von ihr und
ihren Freundinnen löste, um zu June hinüberzugehen. Er
kniete sich auf den Boden und umarmte sie sanft. Dann legte
er eine Hand auf den Kopf des kleinen Max' und sagte: »Hey,
Max. Ich bin dein Onkel Jack, und mich wirst du am liebsten
mögen.«

Alle lachten tränenreich.

Schließlich stand Jack mit einem Lächeln im Gesicht auf
und sagte: »Wie wäre es, wenn wir –« Er erstarrte plötzlich, den
Blick auf April gerichtet. Er marschierte mit einem Blick auf sie
zu, der so Furcht einflößend war, dass er sie erschreckte.

»Was? Was ist denn los?«, fragte sie.

»Dein Gesicht. Er hat dich geschlagen«, knurrte Jack.

April stieß einen Atemzug aus. »Meine Güte, Jack, du hast mich erschreckt! Ich dachte, etwas stimmt nicht.«

»So ist es auch! Er hat dich *geschlagen*«, wiederholte er.

»Ja, aber er ist tot ... oder? Ich meine, das hatten der große, gruselige Kerl mit den Tattoos und seine Freunde doch vor, oder?«

Jack betrachtete sie einen Moment lang und fuhr mit den Fingern federleicht über ihr Gesicht. »Ja. Stört dich das?«

»Nein«, sagte April mit fester Stimme. »Er hat uns entführt. Hat uns in einen Anhänger gesperrt. Als ich essen wollte, musste ich seine Hamburgerreste hinunterwürgen, und für Wasser musste ich an seinen ekligen, verseuchten Eiswürfeln lutschen. Es war ihm egal, dass June in den Wehen lag, und er drohte ständig damit, ihr ungeborenes Baby zu erschießen. Dann hat er uns hier reingesteckt mit dem Ziel, uns in die Luft zu jagen. Warum zum Teufel sollte es mich kümmern, wenn er stirbt?«

Er sah wieder stinksauer aus. »Richtig. Also, habt ihr Lust, von hier zu verschwinden?«

»Ja! Bitte ja«, hauchte Marlowe.

Jack drehte sich wieder zu June um. »Ich denke, du bist die Erste«, sagte er.

April nickte zustimmend. Wenn er auch nur vorgeschlagen hätte, dass sie als Erste gehen sollte, wäre sie enttäuscht gewesen. Sie hätte es besser wissen müssen.

Er hob June und Max sanft hoch und wandte sich der Tür zu. »Warte hier«, sagte er.

»Warum?«, fragte April verwirrt.

Jack antwortete einen langen Moment nicht, bevor er tief durchatmete. »Ich weiß es nicht. Ich kann einfach ... Ich kann nicht ...«

April legte eine Hand auf seinen Arm und beugte sich vor, um ihn auf die Wange zu küssen. »Du hast es hergeschafft. Wir werden es auch schaffen. Jetzt, da wir die Markierungen haben.«

»Seid vorsichtig«, sagte er. Dann sah er zu Carlise und Marlowe. »Eure Ehemänner werden mir in den Arsch treten, wenn euch etwas zustößt. Wenn ihr Angst habt, werden Chappy und Bob kommen und euch holen.«

»Da bin ich mir sicher«, erwiderte Marlowe, »aber ich bin nicht bereit, auch nur eine Minute länger als nötig in dieser blöden Hütte zu bleiben. Geh voran.«

»Kannst du sehen, wohin du treten musst, während du sie trägst?«, fragte Carlise.

»Ja«, sagte Jack selbstbewusst, was April ein wenig entspannte.

Trotzdem hielt sie den Atem an, als er den ersten Schritt aus der Hütte machte. Sie gab Marlowe ein Zeichen, ihm zu folgen, hielt sie aber noch einen Moment zurück. »Warte.«

»Warum?«

»Um etwas Abstand zwischen euch zu bringen ... nur für den Fall.« Sie hasste es, diese Worte auszusprechen, aber sie konnte die Vorstellung nicht verdrängen, dass etwas schiefgehen und alle verletzt oder getötet werden könnten, weil sie zu dicht beieinander waren.

Marlowe nickte und wartete, bis Jack, June und Max die Lichtung halb durchquert hatten.

»Okay. Ein Kinderspiel«, sagte April.

Als Antwort umarmte Marlowe sie fest, presste dann die Lippen aufeinander, streckte die Arme zur Seite aus und begann den gefährlichen Marsch.

»April?«, sagte Carlise, als sie Marlowe dabei beobachteten, wie sie den Weg zurücklegte.

»Ja?«, sagte sie und sah ihre Freundin an. Zu ihrer Überraschung und zu ihrem Entsetzen standen Carlise Tränen in den Augen.

»Ich bin so froh, dass du hier warst.«

April warf die Arme um sie und Carlise erwiderte die heftige Umarmung. »Ich auch«, entgegnete sie.

»Ich meine es ernst«, murmelte Carlise an ihrer Schulter. »Ohne dich ... glaube ich nicht, dass es dem Rest von uns so gut ergangen wäre. Du hast uns ruhig gehalten, du hast uns Nahrung, Wasser und Decken besorgt, du hast den größten Teil der Arbeit mit Max erledigt. Verdammt, du hast sogar einen Weg aus diesem Höllenloch gefunden, ohne dass jemand in die Luft geflogen ist.«

»Beschrei es nicht«, scherzte April.

Sie spürte Carlises Lachen mehr, als dass sie es hörte. Ihre Freundin hob den Kopf und starrte sie an. »Ich meine es ernst. Du bist der Grund, dass wir fast zu Hause sind.«

Doch April schüttelte den Kopf. »Wir kommen nach Hause, weil wir zusammengearbeitet haben. Weil wir verheiratet sind – oder fast verheiratet, in meinem Fall – mit ehrenwerten Männern, die alles tun würden, um uns zu beschützen. Wir haben in jeder Hinsicht Glück.«

»Ja, das haben wir.«

»Carlise! April! Seid ihr in Ordnung?«, rief Chappy ungeduldig.

April wischte ihrer Freundin die Tränen von den Wangen. »Dein Mann macht sich Sorgen. Geh nur. Und was auch immer du tust, stolpere nicht.«

»Halt die Klappe«, murmelte Carlise. »Obwohl es einfacher wäre, wenn ich nicht so verdammt schwanger wäre.«

April stimmte ihr hundertprozentig zu, sagte aber nichts laut, als ihre Freundin in den Dreck trat. Sie hielt den Atem an, als Carlise sich sehr vorsichtig ihren Weg über die Markierungen bahnte.

April wartete, bis sie ganz drüben war, bis Chappy sie in die Arme nahm und mit Carlise auf dem Schoß auf die Knie fiel. Sie konnte die Erleichterung und Liebe auf der ganzen Lichtung spüren.

»Du bist dran, April«, rief Jack. Er hatte June und Max an Cal weitergereicht, der nirgends zu sehen war. Aber da die Hälfte der Männer, die mit Jack und seinem Team gekommen waren, ebenfalls verschwunden waren, nahm sie an, dass sie damit beschäftigt waren, sie in ein Krankenhaus zu bringen.

Mit einem tiefen Atemzug drehte April sich um und sah in die leere Hütte hinter ihr. Die Plastikwannen lagen auf der Seite. Leere Wasserflaschen waren auf dem Boden verstreut, ebenso wie die verschmutzte Decke. Die Dielen waren rissig und die Fenster noch immer mit Brettern vernagelt.

Und irgendwie fühlte es sich so an, als würde April einen Teil von sich selbst in diesem heruntergekommenen kleinen Gebäude zurücklassen. Sie hatte Angst um sich und ihre Freundinnen gehabt, aber sie fühlte sich stärker, weil sie diese schreckliche Erfahrung gemacht hatte. Sie wollte sie niemals wiederholen, und wahrscheinlich würde sie nie den Drang verspüren, in einer abgelegenen Hütte mitten in den Bergen Urlaub zu machen, aber sie war stolz auf sich.

Als sie sich zur Tür und zu Jack umdrehte, atmete sie tief durch und trat auf das erste Stück Stoff.

Der Weg über die Erde schien nicht annähernd so lange zu dauern wie bei ihrer Ankunft oder als sie Minuten zuvor ihren Freundinnen und Jack dabei zugesehen hatte.

Und als sie am Ende ankam, war Jack da. Er packte sie und drückte sie an seine Brust, so wie Chappy es mit Carlise getan hatte. April lächelte ihn an. Obwohl sie stank und dringend eine Dusche, etwas zu essen und zwei Liter Wasser brauchte, hatte sie sich nie besser gefühlt.

KAPITEL DREIUNDZWANZIG

»Kann ich es mir noch einmal ansehen?«, fragte April.

JJ schüttelte den Kopf und steckte sein Handy zurück in die Tasche.

Sie sah ihn schmollend an.

»Du hast dir das Video schon zwölfmal angesehen«, erwiderte er, was sie wusste.

»Ich weiß, aber es ist so faszinierend! Und ich muss zugeben, dass es *befriedigend* ist, zu sehen, wie die Hütte in die Luft fliegt.«

Während JJ, Bob, Chappy und Cal mit ihren Frauen im Hubschrauber zum Krankenhaus geflogen waren, war der Rest der Jungs zurückgeblieben. Sie hatten Ryans Leiche in die Hütte gebracht, wobei sie den Weg benutzten, den April erstaunlicherweise für sie angelegt hatte, und dann den Fernzünder benutzt, den sie in Ryans Tasche gefunden hatten, um die Hütte in die Luft zu jagen, da sie nicht abwarten wollten, ob er einen Zeitzünder eingestellt hatte.

Sie hatten Abstand zwischen sich und die Hütte gebracht, bevor sie sie in die Luft jagten, was auch gut so war, denn die Explosion löste alle Bomben und Sprengsätze aus, die Ryan platziert hatte. Der Feuerball ragte hoch in den Himmel und bot einen wirklich beeindruckenden Anblick.

Glücklicherweise bestand aufgrund des vielen Landes, das Ryan um die Hütte herum gerodet hatte, keine große Gefahr, einen riesigen Waldbrand auszulösen, obwohl die nächsten Bäume von Bombensplittern getroffen wurden.

Es funktionierte alles gut, und dank Tex' Unterstützung bei der Arbeit mit den örtlichen Behörden konnte die Geschichte so abgeändert werden, dass die Frauen nicht in den Medien auftauchten. Offiziell hatte ein Mann versucht, vier Frauen zu entführen, und sein Plan war vereitelt worden, als er sich in seiner eigenen Falle verfangen hatte und bei der darauffolgenden Explosion ums Leben kam. Die Geschichte war für bare Münze genommen worden.

JJ hatte keine Gelegenheit, sich persönlich bei den Männern von Ace Security, Silverstone oder den Mountain Mercenaries zu bedanken. Er war zu sehr darauf konzentriert gewesen, mit April und den anderen Frauen ins Krankenhaus zu kommen, aber er hatte jeder Gruppe eine E-Mail geschickt. Und er erhielt heute Morgen eine Antwort-E-Mail von Rex mit dem Filmmaterial der Explosion.

April, Carlise und Marlowe waren in einem Krankenhaus in Denver untersucht und noch am selben Tag entlassen worden. June und der kleine Max wurden ein paar Tage dortbehalten, um sicherzugehen, dass alles in Ordnung war, mit Cal an ihrer Seite und allen anderen in einem nahe gelegenen Hotel, das sie nicht ohne sie verlassen wollten.

Aber jetzt waren sie alle wieder in Maine. Sie waren sich ihrer Umgebung ein wenig bewusster und dankbarer denn je für ihre Freunde.

Seitdem hatten die Frauen jeden Tag das Haus von Cal und June besucht, da sie keinen einzigen Tag vergehen lassen konnten, ohne einander zu sehen. Ihre Männer hatten nichts dagegen, nicht im Geringsten. Was auch immer sie zur Heilung brauchten, sie gaben es ihnen, ohne zu fragen.

Was JJ betraf, so hatte er sein Versprechen gehalten und April so schnell wie möglich vor einen Standesbeamten gebracht. An dem Tag, an dem sie nach Newton zurückgekehrt waren, hatte er sie direkt zur Gemeindeverwaltung gebracht, die Sache angemeldet und sie gleich danach geheiratet. Noch nie war er so froh gewesen, dass es in Maine keine Wartezeit gab. Er musste ihr noch einen Ring besorgen, aber das schien sie nicht im Geringsten zu kümmern.

Er hatte die Hochzeitsnacht damit verbracht, jeden Zentimeter ihres Körpers auf eventuelle blaue Flecke abzusuchen, die er vorher übersehen hatte, und sie besser zu küssen. Die Prellung auf ihrer Wange und das blaue Auge klangen ab, was eine Erleichterung war. Jedes Mal wenn JJ sie sah, wollte er in der Zeit zurückgehen und Ryan selbst umbringen.

Rex hatte in der E-Mail, die er mit dem Video geschickt hatte, nicht genau beschrieben, wie Ryan gestorben war, aber er hatte es Tex erzählt. Ryan hatte keinen leichten Tod gehabt. Tex wiederum hatte ihm die Einzelheiten mitgeteilt, aber JJ würde sie nie mit April teilen. Mit so etwas musste er ihr Gewissen nicht belasten. Und obwohl sie nicht traurig darüber war, dass Ryan nicht mehr lebte, wäre sie entsetzt gewesen, wenn sie genau gewusst hätte, wie der Mann gestorben war.

Aber JJ war zufrieden, ebenso wie sein Team. Sie hatten nicht nur unter der Hand seines Bruders gelitten, sondern auch unter der von Ryan, als ihre Frauen entführt worden waren. JJ wollte so etwas wie diese Tage nie wieder erleben.

»Biiiiitte?«, flehte April, sah zu ihm auf und klimperte mit den Wimpern.

»Nein«, sagte er. »Ich habe andere Pläne für dich.«

»Ja?«, fragte sie interessiert.

»Ja.« JJ wartete einen Moment. »Es ist Inventurtag im Büro.«

April brach in Gelächter aus und schlug ihm auf die Schulter. »Du bist gemein!«

»Ich? Du warst doch diejenige, die neulich darüber gemeckert hat, dass wir nicht wissen, wie es um unsere Büromaterialien steht oder wie viel Öl für die Kettensägen übrig ist. Und jetzt, da wir den ersten Schnee der Saison hatten, dachte ich, wir könnten uns im hinteren Büro einschließen und ... zählen.«

»So nennst du es jetzt also?«, fragte April mit einem verführerischen Lächeln.

JJ grinste.

»Du weißt, dass wir hier ein sehr gutes Bett haben. Und es ist bequem.«

»Oh, du willst nicht ins Büro gehen?«, fragte er. »Muss ich dich wieder zum Arzt bringen? Du willst doch *immer* arbeiten.«

Aprils Lächeln verblasste. »Das war früher. Jetzt will ich das Leben in vollen Zügen genießen. Ich will nicht mehr so viel arbeiten. Ich habe viel zu viel Zeit dort verbracht und versucht, dir und dem Gedanken aus dem Weg zu gehen, dass du nicht mit mir zusammen sein willst.«

»Ich wollte dich«, sagte JJ, packte sie um die Taille und hob sie mit einer einzigen fließenden Bewegung hoch.

Sie quietschte ein wenig und klammerte sich an seinen Hals. »Jack! Lass mich runter!«

Er schritt in Richtung ihres Schlafzimmers und ließ sie auf das Bett fallen. »So, du bist unten.«

Zu seiner Freude streckte seine Frau sich sinnlich und legte die Arme über den Kopf.

»Ja, das bin ich«, stimmte sie zu.

Im Handumdrehen lag JJ auf ihr. Er umschloss sie mit seinem Körper und hielt sie an den Handgelenken fest. »Ich liebe dich«, sagte er.

»Ich liebe dich auch.«

»Ist es zu viel?«

»Was?«, fragte sie.

»Ich«, erwiderte er schlicht.

»Niemals. Ich liebe deine Intensität. Deinen Beschützerinstinkt. Dein Wunsch, ›die Erde zu versengen‹, wie du es ausdrückst, um allen zu zeigen, was passiert, wenn sie mich anrühren.«

JJ schloss erleichtert die Augen.

»Du magst für viele Leute ein Furcht einflößender, knallharter ehemaliger Militärhengst sein, aber für mich wirst du immer mein Holzfäller sein.«

JJ öffnete die Augen und lächelte sie an. »Ach ja?«

»Ja. Und wo wir gerade dabei sind, ich habe eine Idee für eine neue Werbekampagne. Darin stehst du mit einem Bein auf einem Baumstumpf, trägst ein rot-schwarzes Flanellhemd und eine Axt über der Schulter.«

»Wir benutzen keine Äxte«, erklärte er.

»Ich weiß, aber eine Kettensäge hätte nicht dieselbe Ausstrahlung. Also, wirst du es tun?«, drängte sie.

»Nie im Leben«, sagte JJ mit ernster Miene.

»Verdammt. Na ja, einen Versuch war es wert.«

JJ schüttelte den Kopf. April hielt ihn auf Trab, und er wollte es nicht anders haben. Er sagte ihr nicht, dass er posieren würde, wie sie wollte, wenn sie ihn nur ein wenig mehr drängte. Verdammt, sie hätte ihn bitten können, splitterfasernackt mit einer Axt dazustehen, und er hätte es getan, wenn es sie glücklich machte.

Für April war er ein Marshmallow-Holzfäller. Für alle anderen war er ein kaltherziger Mistkerl, der jeden böse ansah, der seiner Frau zu nahe kam.

»Jack?«

»Ja, Süße.«

»Danke, dass du für mich gekommen bist.«

»Ich werde immer für dich kommen«, sagte er.

Sie starrte ihn einen Moment lang an, dann lächelte sie und begann, hysterisch zu lachen.

JJ schüttelte den Kopf und wartete, bis sie sich beruhigte, bevor er fragte: »Was sollte das denn?«

»Du *kommst* immer für mich?«

JJ verdrehte die Augen. Seine Frau war eine Idiotin. Aber er liebte sie trotzdem. Nein, er liebte sie gerade deswegen. In letzter Zeit versuchte sie, mit Humor von sich abzulenken. Wenn sie Albträume hatte, versuchte sie, sie zu verdrängen. Wenn sie Flashbacks hatte oder jemanden sah, der einen Anhänger zog, verkrampfte sie sich und machte dann sofort einen Witz, meist auf ihre Kosten. JJ hasste es, aber er verstand ihr Bedürfnis, ihre Ängste zu kontrollieren.

Er bereute es nicht unbedingt, ihr das Video von der Explosion der Hütte gezeigt zu haben, aber es könnte einige dieser Ängste wieder an die Oberfläche bringen. Dass sie und ihre Freundinnen in der Hütte hätten sein könnten, als sie explodierte. Er wollte sie davon ablenken, sich das Video noch einmal ansehen zu wollen, und er wusste genau, wie er das anstellen konnte.

»Behalte deine Hände dort«, befahl er und drückte ihre Handgelenke, um seine Worte zu unterstreichen. Er spürte, wie sie sich unter ihm wand, und wusste, dass sie auf derselben Wellenlänge waren.

»Herrisch«, murmelte sie, rührte sich aber nicht, als er sie losließ und an ihrem Körper hinunterglitt. Er küsste ihren Bauch durch ihr Hemd hindurch, dann spielte er mit dem Saum, bevor er die Hände unter den Stoff schob. Er ertastete ihre Brüste durch den BH. Sie stöhnte auf und krümmte den Rücken.

»Gefällt dir das?«, fragte er.

»Du weißt, dass es das tut. Hör auf, mich zu reizen«, schimpfte sie.

»Aber es macht so viel Spaß«, sagte er, bevor er die Hände unter ihrem Hemd hervorzog. Er griff nach der Jogginghose, die sie trug, und zog sie grob bis knapp unter ihren Hintern.

Sie kicherte, während sie sich wand, und versuchte, so gut wie möglich zu helfen, ohne ihre Arme zu bewegen. Dann lag sie unter ihm, von der Taille abwärts nackt.

JJ beugte sich hinunter und atmete tief ein. Er würde nie genug davon bekommen. Von ihr. Er leckte zwischen ihren Schamlippen und wurde sofort damit belohnt, dass sie die Beine spreizte und die Fersen in seinen Rücken grub.

Es fielen keine weiteren Worte, als er sich daranmachte, seine Ehefrau zu befriedigen.

Seine *Ehefrau.*

JJ war an einem Punkt in seinem Leben angelangt, an dem er gedacht hatte, er würde niemals jemanden finden, mit dem er den Rest seiner Tage verbringen konnte. Zwar war er mit neununddreißig nicht gerade alt, aber er hatte einfach angenommen, dass jede eventuelle Chance der Vergangenheit angehörte. April hatte ihm vom ersten Moment an Angst gemacht, weil er sich sofort vorstellen konnte, wie er neben ihr saß, wenn sie alt und gebrechlich waren.

Er hatte in seinem Leben Fehler gemacht, von denen der schlimmste darin bestand, sich von seinen eigenen Ängsten und Unsicherheiten überwältigen zu lassen. Aber jetzt gehörte sie ihm, in jeder Hinsicht, und er würde keinen einzigen Tag verstreichen lassen, ohne sie wissen zu lassen, wie viel sie ihm bedeutete.

April klammerte sich an sein Haar, während er fast in einen Rausch verfiel, als er sie verschlang. Er konnte sich nicht beschweren, denn er liebte es, wie sie an seinen Haaren zog, um ihm genau zu zeigen, wie gut sie sich bei ihm fühlte. Je fester sie zog, desto intensiver war ihr Vergnügen.

Sobald ihr Orgasmus einsetzte, ging JJ auf die Knie und fummelte am Verschluss seiner Jeans herum. Er verfluchte sich dafür, dass er sich nicht vorher ausgezogen hatte, und seufzte erleichtert, als er seinen steinharten Schwanz herauszog. Als er nach unten blickte, sah er April, die träge zu ihm hochlächelte, die Arme immer noch über dem Kopf.

»Bereit?«, fragte er, da er nichts ohne ihre Erlaubnis tun wollte.

Als Antwort griff sie nach unten und streichelte ihn einmal, dann zog sie ihn an seinem Schwanz nach vorn und platzierte ihn zwischen ihren Beinen.

Mit einer einzigen Bewegung vergrub JJ sich tief in der Muschi seiner Frau.

Sie atmeten beide scharf ein. Er würde nie genug davon bekommen. Sie fühlte sich fantastisch an. Er bewegte sich zunächst langsam, wurde dann aber immer schneller, bis er so in sie hineinstieß, wie sie es am meisten liebte.

Sie schob eine Hand zwischen sie und begann, ihre Klitoris zu reiben, und fast sofort spürte er, wie ihre inneren Muskeln sich um ihn herum zusammenzogen.

Es dauerte nicht lange, bis er ihr über den Abgrund folgte. Er war immer noch angezogen, und sie trug immer noch ihren BH und ihr Hemd, aber es kümmerte keinen von beiden, als er auf ihr zusammenbrach. Sie ließ die Hände unter sein Hemd gleiten und fuhr mit den Fingernägeln sanft über seinen Rücken.

»Okay, die Inventur kann warten«, murmelte er.

April lachte, und er spürte es überall. Besonders um seinen Schwanz herum.

»Ich liebe dich, Jackson Justice.«

»Ich liebe *dich*, April Justice.«

EPILOG

CHAPPY/CARLISE

Zehn Jahre später

»Im Haus ist es zu ruhig. Es gefällt mir nicht«, sagte Carlise seufzend, als sie sich an ihren Mann kuschelte.

Er lachte. »Ich dachte, du hättest dich darauf gefreut, in die Hütte zu kommen, um etwas Zeit allein zu verbringen.«

»Habe ich auch. Das tue ich. Es ist nur ... Ich weiß nicht ... Ich vermisse sie.«

Chappy lächelte. Er wusste genau, was sie meinte, aber er genoss die Zeit mit seiner Frau ohne ihre vier energiegeladenen Kinder um sie herum.

Atlas war zehn Jahre alt und Chappy hätte schwören können, dass er redend aus dem Mutterleib gekommen war. Der Junge hielt nie die Klappe, aber er war urkomisch, also machte es Chappy nichts aus. Jasper war das Gegenteil seines Bruders. Er hatte immer ein Buch in der Hand und suchte sich am liebsten eine ruhige Ecke, in der er beim Lesen nicht gestört wurde ... was bedeutete, dass Atlas ihn ständig störte und wütend machte.

Will war sechs und eine gute Mischung aus den ersten beiden. Er war immer bereit, nach draußen zu gehen und mit Atlas zu spielen, aber er saß auch gern allein und baute ein Lego-Set zusammen.

Alle drei Jungen hatten jedoch eines gemeinsam – sie waren extrem beschützend gegenüber ihrer kleinen Schwester Ivy, die gerade zwei Jahre alt geworden war.

Chappy vermutete, dass sie das von ihrem Vater und ihren drei ebenso beschützenden Onkeln gelernt hatten. Ivy würde nach Strich und Faden verwöhnt sein, denn ihre Brüder brachten ihr ständig Spielzeug, wenn sie weinte, stritten sich darum, wer ihr bei den Mahlzeiten helfen durfte, und alle drei wollten sie herumtragen oder bei ihr sitzen, wenn sie fernsahen.

»Glaubst du, sie kommen klar?«, fragte Carlise mit einem leichten Stirnrunzeln.

»Ja, es geht ihnen gut«, sagte Chappy entschieden. Sie waren seit zwei Tagen in der Hütte, und obwohl er sich auch ein wenig Sorgen um ihre Kinder machte, hatte er keinen Zweifel, dass sie in Sicherheit waren. Wenn nicht, wären sie sofort benachrichtigt worden. Er musste Carlise von ihren Sorgen ablenken.

»Ich denke, wir sollten mit Bob sprechen und ihn bitten, hier oben einen kleinen Hochseilgarten einzurichten.«

Carlise richtete sich auf und starrte ihn schockiert an. »Was?«

»Ja, du weißt schon, vielleicht ein paar Stangen oder Hochseile.«

»Nein«, sagte sie trocken.

»Komm schon«, drängte Chappy. »Du weißt doch, wie gern Atlas und Will mit Onkel Bob in den Hochseilgarten gehen.«

»Das soll wohl ein Witz sein. Atlas würde sich mitten in der

Nacht rausschleichen, um diesen Mist zu machen. Ich mache mir schon genügend Sorgen um ihn, wenn er hier in der Hütte ist. Dass er sich verirrt, wenn er draußen im Wald spielt.«

Chappy konnte sich das Lächeln nicht länger verkneifen.

Carlise funkelte ihn an und schlug ihm dann auf die Schulter. »Du verarschst mich. Das war gemein, Riggs.«

Er zog sie wieder an sich heran und küsste sie auf den Kopf. »Ich weiß. Tut mir leid.«

»Nein, tut es nicht«, beschwerte sie sich. »Aber ich liebe dich trotzdem.«

»Ich liebe dich auch.« Chappy wurde ernst. »Du hast mich zum glücklichsten Mann der Welt gemacht«, sagte er. »Der Tag, an dem du mich mitten im Sturm gefunden hast, war der glücklichste meines Lebens.«

»Du meinst, als Baxter mich zu dir geführt hat«, korrigierte sie ihn.

Sie blickten beide in die Ecke der Hütte, zu dem alten Hund, der auf einem flauschigen Hundebett schlief. Da er vermutlich spürte, wie sie über ihn sprachen, hob er den Kopf und sah sie an, als wollte er fragen: »Was?«

»Er sieht ganz sicher nicht mehr so aus wie an jenem Tag. Weißt du noch, wie dünn er war?«, fragte Chappy.

Carlise nickte. »Ich frage mich immer noch, wo er herkam.«

»Es spielt keine Rolle, wo er herkam. Es ist nur wichtig, wo er jetzt ist.«

»Bei uns. In Sicherheit. Weißt du noch, wie er uns geweckt hat, als Atlas völlig in seine Decke eingewickelt war und nicht mehr atmen konnte?«, fragte Carlise.

»Natürlich erinnere ich mich. Oder als wir Will nicht finden konnten, nachdem er weggelaufen war, und als wir ihn fanden, hatte Baxter sich vor ihn gepflanzt und ließ ihn nicht weiter«, entgegnete Chappy.

»Oder als er einfach nur dalag und sich von Ivy mit Matsch beschmieren ließ?«

Die Erinnerungen an ihren geliebten Hund kamen jetzt schneller, und Carlise und Chappy grinsten.

»Oder als Baxter die Nase in Wills Laufstall steckte und nicht gebissen oder auch nur gewimmert hat, als Will ihm alle Schnurrhaare ausgerissen hat.«

»Oder als wir alle auf dem Spaziergang waren und den Elch erschreckt haben. Baxter ist sofort vor uns gelaufen und hat geknurrt und gebellt, sodass wir Zeit hatten, uns zurückzuziehen, bevor der Elch angriff.«

»Er war so ein guter Hund«, sagte Carlise mit einem Seufzer.

»Das war er«, stimmte Chappy zu.

Als sei er es leid, von seinen eigenen Heldentaten zu hören, legte Baxter den Kopf wieder auf das Bett und schloss die Augen.

»Warum können Hunde nicht ewig leben?«, fragte sie.

Chappy umarmte sie fester. »Ich weiß es nicht. Aber es ist scheiße.«

In letzter Zeit zeigte Baxter sein Alter. Er entfernte sich nicht mehr weit von der Hütte, wenn sie zu Besuch kamen, und er schlief mehr, als dass er wach war. Er folgte den Kindern immer noch, wenn sie nicht in der Schule waren, und er hatte ein wachsames Auge auf Ivy, wenn sie im Haus umhertapste, aber es war mehr als offensichtlich, dass er sich dem Ende seines Lebens näherte. Sie wussten nicht, wie alt er gewesen war, als er zu ihnen kam, aber die zehn Jahre seitdem waren nicht genug.

»Das war ein schöner Kurzurlaub, aber ich glaube, ich bin bereit, morgen nach Hause zu fahren«, sagte Carlise.

»Ich auch«, stimmte Chappy zu.

»Aber ich liebe diese Hütte. Auch wenn sie ein bisschen größer ist als damals, als wir uns kennengelernt haben«, sagte Carlise mit einem Lächeln.

Chappy schaute sich stolz um. Er und seine Freunde hatten

hart gearbeitet, um die Hütte auszubauen und sie groß genug für seine große Familie zu machen. Sie kamen regelmäßig hierher, sogar im Winter. Einige der schönsten Erinnerungen an sein Eheleben waren hier zu finden.

»Hast du Hunger?«, fragte er.

»Nein. Die Fischtacos, die du heute Abend gemacht hast, waren mehr als genug. Es ist nicht so, als müsste ich noch mehr essen«, sagte sie und tätschelte sich den Bauch.

Seine Frau hatte im Laufe der Jahre etwas zugenommen, aber das bedeutete nur, dass es noch mehr von ihr zu lieben gab. Und Chappy liebte jeden Zentimeter. Es spielte keine Rolle, was die Waage anzeigte. Sie war die beste Ehefrau, Mutter und Freundin, die er sich nur wünschen konnte.

»Nun ... ich schon«, antwortete Chappy.

»Oh. Dann lass mich los, und du kannst dir was zum Essen suchen«, sagte Carlise, als sie versuchte, sich von ihm zu entfernen.

Aber Chappy hielt sie noch fester. »Ich habe hier schon etwas, das ich essen möchte.«

Carlise kicherte und verdrehte die Augen. »Du weißt, dass das verdammt kitschig war, oder?«, fragte sie.

Er lächelte. »Nun, da meine Kinder nicht hier sind, um mich zu hören, dachte ich mir, ich könnte genauso gut meine Frau wissen lassen, dass ich sie jetzt genauso begehre wie damals, als wir vor all den Jahren hier festsaßen.«

»Ich denke, sie weiß es«, sagte sie grinsend.

»Also ... willst du mich füttern?«, fragte Chappy mit einer hochgezogenen Augenbraue.

Carlise schaute auf die Uhr. »Um halb acht ins Bett gehen ... oh, du weißt, wie man ein Mädchen verwöhnt.«

Er lachte, denn er liebte seine Frau mehr, als er in Worte fassen konnte. Er rutschte unter ihr heraus, stand auf und streckte eine Hand aus. Carlise nahm sie, und er half ihr auf die

Beine. Er bewegte sich jedoch nicht, sondern drückte sie einfach an sich und starrte in ihr schönes Gesicht.

»Was?«, fragte Carlise.

»Ich bin einfach ... Ich bin glücklich«, sagte Chappy.

»Das freut mich.«

»Nein, ich meine ... Ich war in den letzten zehn Jahren glücklich. Ich wollte nur sicher sein, dass du wirklich verstehst, dass es deinetwegen ist.«

»Mir geht es genauso«, sagte Carlise, hob die Arme und legte sie um seinen Hals.

Chappy senkte den Kopf, um sie zu küssen, doch dann spürte er einen eindringlichen Stoß gegen sein Bein. Als er nach unten blickte, sah er Baxter neben ihnen, der ungeduldig dreinblickte.

»Die Kinder sind nicht hier, und doch werden wir gestört«, sagte er mit einem übertriebenen Seufzer.

Carlise kicherte wieder. »Ich werde ihn rauslassen.«

»Ich komme mit dir. Also gut, Junge, auch wenn du gerade draußen warst, lasse ich dich ein letztes Mal pinkeln gehen. Aber beeil dich, ja?«

Die drei gingen zur Tür, und zu Chappys Überraschung rannte Baxter sofort hinaus in den dunklen Wald.

»Was zum Teufel? Ich habe ihn schon lange nicht mehr so schnell laufen sehen«, sagte Carlise. »Ich hoffe, da draußen ist kein Bär oder Elch.«

Chappy hoffte das auch. Bax war zu alt, um sich mit großen Raubtieren anzulegen. Es gab mal eine Zeit, zu der er es ohne Probleme mit ihnen aufnehmen konnte, zu schnell und wendig, als dass sie ihn hätten fangen können, aber diese Zeiten waren lange vorbei.

Ihr treuer Gefährte war viel länger als sonst im Wald, und gerade als Chappy sich Sorgen machte und überlegte, ob er hinausgehen und nachsehen sollte, ob er ihn finden konnte, hörten sie etwas rechts von ihnen.

Als Chappy über die Veranda blickte, staunte er über den Anblick, der sich ihm bot.

Baxter war zurückgekehrt ... mit einer Freundin. Ein abgemagerter und äußerst erbärmlich aussehender braun-weißer Labradormischling war an seiner Seite. Und sie hinkte.

»Verdammte Scheiße, Riggs! Sieh sie dir an!«

Das tat er bereits. Und er konnte sich ein Lächeln nicht verkneifen. Er trat von der Veranda und hockte sich hin. »Wen hast du gefunden, Junge? Eine Freundin?«

Baxter kam sofort an seine Seite, aber der andere Hund hielt sich zurück, offensichtlich verunsichert.

Als Baxter sah, dass seine Gefährtin nicht mitgekommen war, ging er zu ihr zurück, leckte ihr die Schnauze und gab dann ein leises Geräusch von sich. Als er dieses Mal auf Chappy zuging, kam der Labradormischling mit ihm.

»Es ist alles in Ordnung, Mädchen, du bist jetzt in Sicherheit. Wir haben Futter, Wasser und ein schönes weiches Plätzchen für dich zum Schlafen.«

Chappy spürte mehr, als dass er hörte, wie Carlise sich näherte. Sie ging neben ihm auf die Knie und streckte dem neuen Hund eine Hand zum Beschnuppern entgegen.

Zu ihrer beider Überraschung ging die Hündin direkt auf Carlise zu und legte den Kopf in ihren Schoß.

»Heilige Scheiße, sie mag mich, Riggs!«

»Natürlich tut sie das«, sagte Chappy zu seiner Frau. Er beugte sich vor und legte seine Stirn an die von Baxter. »Danke, dass du sie zu uns gebracht hast«, sagte er leise zu seinem treuen Begleiter.

»Glaubst du, sie kommt mit rein? Ich glaube nicht, dass ich sie einfach auf der Veranda zurücklassen kann, wie ich es mit Bax getan habe.«

»Lass es uns versuchen.«

Zu ihrer erneuten Überraschung kam der Neuankömmling

ohne allzu große Scheu herein. Sie trank eine halbe Schale Wasser und verschlang das Futter, das sie ihr hinstellten. Es war offensichtlich, dass sie hungrig und verwahrlost war. Dann folgte sie Baxter zu seinem Bett, kuschelte sich an ihn und schlief sofort ein, als hätte sie das schon jeden Tag ihres Lebens getan.

»Sieht aus, als hätten wir noch einen Hund«, sagte Carlise zufrieden. »Die Kinder werden so begeistert sein.«

Chappy nickte, aber tief im Inneren hatte er das seltsame Gefühl zu wissen, was das bedeutete. Baxter würde nicht mehr lange bei ihnen sein, und er wollte sie nicht allein lassen. Er hatte jemanden gefunden, der seinen Platz einnehmen würde.

Es brach ihm das Herz, aber Chappy war immer noch voller Liebe und Dankbarkeit für seinen alten Freund.

Ohne ein Wort zu sagen, nahm er die Hand seiner Frau und ging in Richtung ihres Schlafzimmers. Er schaltete das Licht aus, während er ging, und sie machten sich ohne ein Wort bettfertig.

Als sie unter der Bettdecke lagen, kuschelte sie sich an ihn und bewies ihm, dass sie auf derselben Wellenlänge waren, indem sie sagte: »Ich hasse es, dass Baxter uns bald verlassen wird, aber es ist so typisch für ihn, dass er uns noch einen Streuner bringt. Er ist wirklich magisch.«

Chappy nickte. Dann drehte er sich auf die Seite, wobei er darauf achtete, Carlise nicht zu zerquetschen. Er stützte sich über ihr ab. »Ich liebe dich, Mrs. Chapman.«

»Ich liebe dich auch.«

»Damit das klar ist ... unsere Kinder sind nicht hier.«

»Was du nicht sagst«, erwiderte sie lachend.

»Ich wollte nur sicherstellen, dass du weißt, dass du so laut sein kannst, wie du willst.«

Sie kicherte. »Ach ja? Wirst du etwas tun, damit ich laut *werde*?«

»Auf jeden Fall«, sagte Chappy, während er begann, ihren Körper hinunterzugleiten.

Morgen würde ein hektischer Tag für sie werden. Sie mussten ihre Brut abholen, das neue Familienmitglied den Kindern vorstellen, mit ihr zum Tierarzt gehen, um das Bein untersuchen zu lassen, und sie in ihrem neuen Zuhause unterbringen. Ganz zu schweigen von dem üblichen Chaos, alle zu unterhalten und zu füttern.

Doch im Moment hatte Chappy seine Frau für sich allein, und er wollte jede Sekunde voll ausnutzen.

JUNE/CAL

»Hör auf zu zappeln«, sagte Cal. »Du siehst wunderschön aus.«

»Ich kann nicht anders. Ich bin nervös«, erwiderte sie, während sie an dem Mieder des wunderschönen Kleides zupfte, das sie trug. Es war von Giorgio Armani speziell für sie angefertigt worden, und Cal musste sich selbst kneifen, um sicher zu sein, dass er nicht träumte.

Die Frau an seiner Seite gehörte *ihm*, und er hätte nicht stolzer sein können. Sie hatte ihm zwei wunderbare Kinder geschenkt, und er verliebte sich mit jedem Tag mehr in sie.

»Sei nicht nervös. Du weißt, wie sehr du hier geliebt wirst.«

Sie waren gerade in Liechtenstein zu einer weiteren königlichen Hochzeit. Cal versuchte, mindestens einmal im Jahr in sein Heimatland zu kommen, jetzt, da sie Kinder hatten, und die Hochzeit eines weiteren Cousins war ein guter Vorwand. Mehr als seine Heimat und seine Verwandten zu sehen, liebte er es zu sehen, wie sehr die Liechtensteiner zu June hingezogen waren.

Sie konnte nichts falsch machen, was, wie Cal wusste,

sowohl ein Segen als auch ein Fluch war. Sie hatten das Glück, in Maine ein ruhiges Leben führen zu können, ohne dass Reporter vor ihrer Haustür lagerten. Ihre Kinder – Maximilian, der zehn Jahre alt war, und Georgina, die gerade fünf geworden war – konnten ein normales Leben führen, frei von Paparazzi. Sie waren zwar königlicher Abstammung, mussten sich aber nie mit der Politik im Land der Vorfahren ihres Vaters auseinandersetzen oder wissen, was es bedeutete, ständig fotografiert zu werden.

»Sieht meine Frisur gut aus?«, fragte June, als sie eine Hand an ihren Kopf führte.

Cal ergriff sie, bevor sie die Hochsteckfrisur berühren konnte, die die Friseurin mit viel Mühe geschaffen hatte. Er küsste ihre Handfläche und behielt ihre Hand in seiner, während er sagte: »Natürlich tut sie das. Du wirst die Braut in den Schatten stellen, Liebes.«

Cal war nicht überrascht, als June mit den Augen rollte. »Wie auch immer«, sagte sie. »Niemand wird mich überhaupt bemerken bei all den anderen schönen Menschen hier.«

Sie irrte sich. So sehr, dass es nicht einmal lustig war, aber Cal lächelte einfach. Er wusste es besser, als sie zu korrigieren. Erstens würde es sie nur noch nervöser und verlegener machen, wenn sie wüsste, dass die Presse und die Schaulustigen genauso aufgeregt waren, *sie* zu sehen wie das Brautpaar und den Rest der königlichen Familie.

»Komm, lass uns gehen. Wir wollen doch nicht zu spät kommen«, sagte Cal.

Er zog June neben sich her, und sie stiegen in den Rolls-Royce, der sie zu der Kirche bringen sollte, in der die Hochzeit stattfand. Dieselbe Kirche, in der sie vor acht Jahren geheiratet hatten. Max war damals zwei Jahre alt gewesen, und die gesamte Mannschaft war mit einem Privatjet der königlichen Familie nach Europa geflogen.

Im Gegensatz zu ihrer standesamtlichen Trauung, bei der June im Krankenhaus lag, nachdem sie angeschossen worden war, war die Hochzeit in Liechtenstein eine luxuriöse, formelle Angelegenheit gewesen, so wie es auch die heutige sein würde ... aber natürlich hatten June und ihre Freunde ihrer Zeremonie ihren eigenen Stempel aufgedrückt. Cal konnte sich nicht daran erinnern, ohne zu lächeln.

Als sie sich der Kirche näherten, mussten sie wegen des Verkehrs anhalten. Die Fahrzeuge standen Schlange und warteten darauf, die Gäste herauszulassen, die alle anhielten und für die Medien posierten.

Nach etwa zehn Minuten seufzte June. »Das dauert zu lange«, beschwerte sie sich.

»Willst du laufen?«, fragte Cal, der seine Frau besser kannte als jeder andere auf der Welt.

»Ja!«, sagte sie mit einem breiten Grinsen.

Cal beugte sich vor und sagte dem Fahrer, dass sie den Rest des Weges zu Fuß gehen würden, und der Mann lächelte nur. Er war an die »Macken« von Prinzessin Juniper gewöhnt.

Cal rutschte rüber, stieg aus und reichte June die Hand. Sie ergriff sie, und er half ihr aufzustehen. Er machte sich keine Sorgen, dass sie sich beim Gehen in Stöckelschuhen die Füße verletzen könnte, da sie darauf bestanden hatte, Turnschuhe unter ihrem schicken Kleid zu tragen.

Cal wusste bereits, was passieren würde, und so war er nicht im Geringsten überrascht, als seine Frau stehen blieb, um mit einem kleinen Mädchen zu sprechen, das hinter der Sicherheitsabsperrung stand. June sprach kein Deutsch, aber das schien weder für die Frau noch für das Kind einen Unterschied zu machen. Sie unterhielten sich mit Lächeln und Gesten, und als June dem Mädchen einen Luftkuss zuwarf, wusste Cal, dass sie dem Kind gerade den Tag versüßt hatte.

Auf dem Weg zur Kirche blieb sie immer wieder stehen und grüßte die Leute. Sie betrachtete die Menschenmassen, die den Gehweg säumten, nicht als Untertanen, sondern als potenzielle Freunde. Manchmal trieb es Cal in den Wahnsinn, denn er wusste besser als die meisten, dass buchstäblich jeder darauf aus sein konnte, einem Mitglied der königlichen Familie zu schaden, aber er konnte seine Frau genauso wenig davon abhalten, die Bürger zu begrüßen, wie er einen Wirbelsturm aufhalten konnte.

Also hielt er sich zurück und ließ June ihren Willen. Und insgeheim gefiel es ihm, sie so zu sehen – genau so, wie sie war, echt, freundlich und bodenständig. Deshalb war sie in seinem Land so beliebt.

Als sie die Stufen zur Kirche erreichten, war Junes Frisur ein wenig schief und sie glänzte vor Schweiß, aber ihr Lächeln war aufrichtig und machte sie schöner als jede perfekt frisierte und geschminkte Frau dort.

Sie hatte auch eine Handvoll Blumen dabei, die ihr unterwegs von Fremden geschenkt worden waren.

»Das hat Spaß gemacht«, flüsterte sie, als sie sich bei Cal einhakte. Er lächelte sie bewundernd an ... und später würde ihm klar werden, dass dies genau der Moment war, in dem das Bild aufgenommen wurde, das überall im Internet kursierte.

Aber natürlich konnte er in diesem Moment nur voller Liebe auf seine Frau herabblicken. Sie stellte sich auf die Zehenspitzen, um ihn zu küssen, aber sie hätte ihn nie erreicht, wenn er sich nicht zu ihr hinuntergebeugt hätte. Eine solche öffentliche Zurschaustellung von Zuneigung war normalerweise nicht üblich, aber seine June kümmerte sich nicht um die Benimmregeln.

Gerade als sie die Kirche betreten wollten, rief jemand: »Wo sind Prinz Max und Prinzessin Gina?«

Innerlich seufzte Cal. Sie hätten jede andere Frage ignorieren können, aber June konnte nicht widerstehen, über ihre Kinder zu sprechen. Sie drehte sich zu dem Mann um, der neben einer Videokamera stand. Offensichtlich war er ein Reporter, aber das war June egal.

»Wir haben sie dieses Mal zu Hause gelassen«, sagte sie mit einem entschuldigenden Lächeln. »Wir dachten, Liechtenstein könnte eine Pause von den kleinen Teufelsbraten gebrauchen.« Alle um sie herum lachten. Ihre Kinder waren bezaubernd, aber sie waren definitiv nicht das, was Cal als diszipliniert bezeichnen würde.

»Wir lieben Max und Gina!«, rief eine Frau auf Englisch, was June noch breiter lächeln ließ.

Ein paar andere Leute riefen etwas auf Deutsch, wie niedlich ihre Kinder waren, dass June und Cal so gute Eltern waren, dass die Kinder so freundlich waren.

»Nächstes Mal«, sagte June mit einem kleinen Winken in die Kamera, dann drückte sie Cal fester an sich und ging auf die Kirchentür zu. Als sie weit genug entfernt waren, dass niemand sie belauschen konnte, flüsterte June: »Haben sie gesagt, dass Max ein widerspenstiger Amerikaner und Gina so weit wie möglich von einer Prinzessin entfernt ist?«

»Du weißt, dass sie das nicht getan haben«, sagte Cal.

»Sie hätten nicht unrecht gehabt«, erwiderte sie achselzuckend.

Cal konnte das Stimmengewirr im Kirchenschiff hören, das ihn wissen ließ, dass die Hochzeit noch nicht begonnen hatte. Keiner hätte mit der Wimper gezuckt, wenn er und June zu spät gekommen wären. Sie waren nicht gerade als Regelbefolger bekannt. Er hatte seine Eltern noch nicht gesehen, und sie hätten ihn für jede Verspätung gescholten, aber da er ein erwachsener Mann in den Vierzigern war, war ihm das egal.

Er schob June zu einer Tür, von der er wusste, dass sie zu einer kleinen Kammer führte, in der Putzmittel und andere Kleinigkeiten aufbewahrt wurden. Zum Glück war die Tür unverschlossen, und Cal legte eine Hand auf Junes Rücken, um sie zum Eintreten zu ermuntern. Er schaltete das schummrige

Deckenlicht ein und lehnte sich mit dem Rücken gegen die Tür, während er sie angrinste.

June verdrehte die Augen. »Was machst du da?«

»Ich brauche etwas Zeit allein mit meiner Frau«, informierte er sie.

»Davon hattest du gestern Abend genug«, entgegnete sie.

»Ja, aber du musstest in aller Herrgottsfrühe aufstehen, um dich fertig zu machen. Ich habe meine morgendlichen Kuscheleinheiten nicht bekommen.«

»Du klingst genauso erbärmlich wie Gina«, sagte sie lachend.

»Stört es dich?«, fragte er und zog sie an sich.

»Nicht im Geringsten«, versicherte sie ihm.

Cal sah auf die Frau in seinen Armen hinunter und fragte sich, wie er es geschafft hatte, sie davon zu überzeugen, ihn zu lieben. Nicht nur das, sie hatte ihm auch zwei Kinder geschenkt, und sie schien ihn immer noch genauso zu lieben wie an dem Tag, an dem sie ihr Ehegelübde abgelegt hatten.

»Was? Du siehst so ernst aus«, sagte sie mit einem leichten Stirnrunzeln.

»Ich hätte dich verlieren können.«

June schüttelte den Kopf. »Das hast du nicht.«

»Als du auf dem Boden lagst, im Blut deiner Schusswunden ... wusste ich es nicht.«

»Was wusstest du nicht?«, flüsterte sie.

»Wie *viel* ich verloren hätte, wenn du nicht stark genug gewesen wärst, um zu überleben. Dich. Unsere Kinder. Mein Land, das dich fast so sehr liebt wie ich ... und das macht mir Angst. Und als du Max ohne mich in dieser Hütte auf die Welt gebracht hast, die hätte in die Luft gehen können ... so vieles hätte schiefgehen können.«

June streichelte seine Brust. »Aber das ist es nicht. Ich bin hier. Du bist hier. Max und Gina sind hier. Uns geht es gut.«

Cal holte tief Luft und nickte. »Ja, uns geht es gut.«

»Sollten wir uns nicht da draußen unter die Leute mischen? Mit dem König und der Königin verkehren? Mit deinen Eltern reden?«, fragte sie.

»Wahrscheinlich.« Aber Cal rührte sich nicht.

»Und?«

»Ich habe eine bessere Idee«, sagte er ... und begann, ihr Kleid hochzuziehen.

»Cal! Nein! Zerknittere mich nicht!«, protestierte June mit einem kleinen Lachen.

»Oh, das werde ich nicht«, erwiderte er, ging in die Knie und hob ihren Rock über seinen Kopf.

Ihr Protest wurde durch den scheinbar kilometerlangen Stoff gedämpft, und darunter war es dunkel, aber Cal kannte sich mit dem Körper seiner Frau aus und brauchte kein Licht. Er ließ einen Finger zum Saum ihres Höschens wandern und zog es langsam über ihre Hüften.

Er spürte, wie sie seine Schultern umklammerte, und er lächelte, bevor er sich vorbeugte. Er hielt einen Moment inne, um den Duft seiner Frau einzuatmen, von dem er nie genug bekommen konnte. Wie erregt sie für ihn war. Selbst nach einem Jahrzehnt und zwei Kindern konnte er sie immer noch feucht machen, was ihm das Gefühl gab, ein Superheld zu sein.

Es dauerte nicht lange, sie zum Höhepunkt zu bringen. Sie war bereit wie immer. Er hielt sie hoch, während sie in seinen Armen zitterte, und tat sein Bestes, um sie sauber zu lecken, bevor er widerwillig ihre Unterwäsche zurechtrückte. Dann kämpfte er sich aus dem Stoff heraus, bevor er wieder auftauchte und auf den Knien zu ihr hoch lächelte.

Sie brach sofort in Gelächter aus. »Oh mein Gott, Cal, so kannst du auf keinen Fall nach draußen gehen! Dein Haar ist total zerzaust, deine Lippen sind geschwollen und du hast ein wenig ...« Sie strich mit einer Hand über seine Wange, während sie errötete.

Er konnte ihre Säfte auf seinen Wangen spüren. Er ließ sich

immer ein wenig mitreißen, wenn er sie oral befriedigte, da er in ihrem Duft baden wollte. Ohne nachzudenken, drehte er den Kopf und wischte sich die Wange an der Schulter ab.

»Nein! Nicht! Verdammt noch mal, Cal. Jetzt hast du deinen Smoking versaut.«

Cal kümmerte das nicht. Er stand auf und zog seine Frau in die Arme, noch während er den Kopf senkte. Er küsste sie, lang und innig. Er wünschte sich nichts sehnlicher, als sie aus dieser Kammer und zurück in ihr Bett im königlichen Palast zu zerren. Aber er musste seine Pflicht tun.

Er holte tief Luft und strich mit den Fingern über ihre gerötete Wange. »Ich liebe dich«, sagte er.

»Ich liebe dich auch ... meistens. Aber ich habe das Gefühl, wenn wir da draußen sind, wird jeder genau wissen, was wir in dieser Kammer gemacht haben.«

»Interessiert dich das?«, fragte er, den Kopf geneigt. »Wenn ja, gehe ich zuerst raus, stelle sicher, dass niemand in der Nähe ist, und bringe dich dann zurück in den Palast, wenn du das willst.«

»Was? Nein! Wir können nicht gehen, Cal«, schimpfte sie. »Das wäre unhöflich.«

Wieder war es Cal egal.

June bewegte sich nervös in seinen Armen, dann hob sie eine Hand und strich mit dem Daumen über seine Lippen. »Du hast meinen Lippenstift auf dir. Sehe ich gut aus?«

»Du bist wunderschön.« Und das war sie tatsächlich. Ihr Make-up war verschmiert, ihr Haar drohte aus der dramatischen Hochsteckfrisur zu fallen und ihr Dekolleté war von ihrem Orgasmus gerötet. Er hätte sie nicht mehr lieben können.

June seufzte. »Ich schätze, das ist nur eine weitere Sache, über die die Leute den Kopf schütteln können, wenn es um uns geht. Komm, bringen wir es hinter uns.«

Diesmal war es June, die an seiner Hand zerrte und ihn aus

der Kammer zog. Sie erschreckten die wenigen Leute, die im Foyer standen, und Cal schmunzelte über die Röte, die sich auf Junes Gesicht vertiefte. Aber sie hatte im Laufe der Jahre gelernt, sich nicht für das Verhalten ihrer Freunde, ihrer Kinder oder ihres Mannes zu entschuldigen. Sie lächelte einfach alle an und ging dann hocherhobenen Hauptes zum Eingang des Kirchenschiffs.

Cal hörte eine geflüsterte Bemerkung darüber, was für ein glücklicher Mann Prinz Redmon sei, und er konnte dem nur zustimmen. Er war in der Tat ein glücklicher Mann. Glücklicher, als ein einzelner Mann das Recht hatte, es zu sein.

MARLOWE/BOB

»Warum gibt es in diesem Haus so viele Plüschtiere, Haarschmuck und so viel verdammten Glitzer?«, grummelte Bob, als er sich auf Marlowe zubewegte, die auf der Couch saß. Sie trug eines seiner übergroßen T-Shirts und eine alte Jogginghose, und ihr Haar war auf dem Kopf aufgetürmt. Sie hatten gerade zu Abend gegessen – bestehend aus Artischocken, Austern und Doritos. Die ersten beiden, weil sie nicht dazu kamen, sie zu essen, wenn ihre Töchter zu Hause waren, und das dritte einfach so.

»Weil wir eine Neunjährige und eine Siebenjährige haben, die alles lieben, was glitzert, und durch und durch Mädchen sind«, erklärte Marlowe lachend.

»Warum konnten wir nicht zuerst einen Jungen haben, wie Chappy und Cal?«

»Sieh mich nicht so an, es ist dein Sperma, das über das Geschlecht unserer Kinder entschieden hat«, sagte Marlowe.

Sie hatten schon viele Gespräche dieser Art geführt, also konnte sie über sein Murren nicht allzu sehr überrascht sein.

»Ich weiß«, seufzte er.

»Warte nur, bis sie Teenager sind. Wenn Violets Make-up im ganzen Bad verteilt ist und ihre Haare die Dusche verstopfen, und Kienna mit ihren Freunden in ihrer Band abhängt und sie die Nachbarschaft mit ihrer Musik erschüttern.«

»Das überlebe ich nicht«, sagte Bob dramatisch, als er sich neben sie auf die Couch fallen ließ.

Marlowe kicherte und setzte sich auf seinen Schoß, um sich über ihn zu legen, während er erschöpft unter ihr war.

»Das wirst du«, sagte sie. »Außerdem habe ich dir etwas zu sagen, das dich davon ablenken wird, dass unsere Töchter Teenager sind.«

»Das wäre?«, fragte Bob, der die Hände nicht von seiner Frau lassen konnte. Sie schmiegte sich perfekt an ihn, und eine ihrer Lieblingsbeschäftigungen war es, sich an ihn zu kuscheln, so wie sie es getan hatte, als sie auf der Flucht vor den Behörden in Thailand waren.

»Ich bin schwanger.«

Bob blinzelte und dachte, er hätte sie falsch verstanden. Er lachte. »Nicht witzig, Punky.«

»Ich scherze nicht. Ich bin ungefähr in der sechsten Woche, es ist also noch früh, aber nächstes Jahr um diese Zeit werden wir wieder knietief in schmutzigen Windeln stecken.«

»Heiliger Strohsack, das ist dein Ernst!«, sagte Bob, setzte sich auf und drückte Marlowe fest an sich, damit sie nicht nach hinten fiel. »Was ... wie ...«

Sie lachte. »Nun, was das Wie angeht, wenn du mit deiner Frau ohne Kondom schläfst und sie Fruchtbarkeitsmedikamente nimmt, sollte das eigentlich so passieren.«

»Ich weiß, aber ich dachte ... es ist schon so lange her. Ich schätze, ich habe einfach angenommen, dass es nicht sein soll.«

Marlowe zuckte mit den Schultern. »Ich auch. Aber Überraschung! Es ist passiert.«

Bob stand plötzlich auf und ignorierte den Schrei seiner

Frau. Er würde sie niemals fallen lassen, niemals zulassen, dass ihr etwas zustieß, wenn er dabei war. Er trug sie durch das Durcheinander im Wohnzimmer, vorbei an den Schuhen in der Mitte des Flurs, die Treppe hinauf – auf der allerlei Krimskrams darauf wartete, in die verschiedenen Zimmer getragen zu werden –, vorbei an den Schlafzimmertüren der Töchter und direkt ins Elternschlafzimmer.

Er ging zum Bett hinüber, wobei er Marlowe immer noch festhielt, und ließ sich rückwärts auf die Matratze fallen, während seine Frau auf ihm lag. Als er zu ihr aufblickte und sah, wie entspannt und glücklich sie war, spürte Bob, wie Dankbarkeit in ihm aufstieg.

Sie setzte sich auf, und sofort ließ er eine Hand zu ihrem Bauch wandern, um die weiche Haut zu streicheln. »Schwanger«, flüsterte er. Sie hatten sich immer drei Kinder gewünscht, aber nach der Geburt von Kienna war Marlowe nicht wieder schwanger geworden, egal wie oft sie es versucht hatten. Sie hatten alles versucht. Ihr letzter Ausweg waren die Fruchtbarkeitsbehandlungen gewesen, und als ein weiteres Jahr lang nichts passierte, hatten sie beide angenommen, dass es eben so war.

Aber jetzt war sie schwanger. Endlich.

Bob atmete tief ein und schloss die Augen, als die Gefühle ihn übermannten. Als er sich wieder unter Kontrolle hatte, öffnete er die Augen und fand seine Frau, die ihn mit liebevollem Blick anschaute.

»Aus«, murmelte er, während er ihr das Hemd auszog. Bob musste sie sehen. Sehen, wo dieses Baby sich tief in ihr entwickelte. Intellektuell wusste er, dass sie nicht anders aussehen würde als ein paar Stunden zuvor, als er mit ihr auf dem Küchentisch Liebe gemacht hatte, aber er konnte sich nicht dagegen wehren, jeden Zentimeter sehen zu wollen.

Sie lachte und gab ihm nach, indem sie sich das Hemd auszog. Sie ging noch einen Schritt weiter und lehnte sich zur

Seite, um sich der Jogginghose zu entledigen. Sie hatte ihre Unterwäsche nach der Kücheneskapade eindeutig nicht wieder angezogen, und Bob machte sich eine mentale Notiz herauszufinden, wo sie gelandet war, bevor ihre Töchter am nächsten Tag nach Hause kamen.

Als sie so nackt war wie am Tag ihrer Geburt, setzte sie sich wieder auf ihn. Sie hatte sich von der zu dünnen Frau, deren Periode vor zehn Jahren wegen Unterernährung ausgeblieben war, weit entfernt. Sie war jetzt kurvig, weil sie einen Teil der Schwangerschaftskilos behalten hatte, und es sah an ihr einfach umwerfend aus.

Bob ließ die Hände zu ihren Beinen wandern und streichelte mit den Daumen kurz die Innenseiten ihrer Oberschenkel, bevor er zu ihren Hüften und dann zu ihrem Bauch überging. Er ließ die Hände ehrfürchtig über ihren Bauch gleiten, bevor er sich aufsetzte. Er stützte Marlowe ab, als er sie auf den Rücken legte und über ihr schwebte.

»Ich brauche dich«, knurrte er.

»Ich gehöre dir«, sagte sie, ohne zu zögern.

Bob zog sich in Rekordzeit aus und hatte die Geistesgegenwart, sich zu vergewissern, dass Marlowe bereit war, ihn zu nehmen, bevor er seinen Schwanz tief in ihren Körper schob.

»Diesmal wird es ein Junge, ich kann es fühlen«, murmelte er.

Marlowe lachte unter ihm, während sie seine Arme streichelte. »Ich glaube, es ist zu spät, um noch etwas am Geschlecht zu ändern.«

»Wie auch immer«, murmelte er, während er begann, sanft in seine Frau zu stoßen.

Bob würde nicht annähernd lange genug durchhalten, nicht wenn ihn der Gedanke zu überwältigen drohte, dass er Marlowe wieder einmal geschwängert hatte. Er konnte es kaum erwarten, sie wieder schwanger zu sehen. Sie war so verdammt schön mit ihrem runden Bauch. Er liebte alles an ihren

Schwangerschaften. Ihre seltsamen Gelüste, wie sie noch lustvoller wurde, ihr Bedürfnis zu nisten ... er liebte sogar ihre Stimmungsschwankungen. In der einen Sekunde war sie in jeden verliebt, in der nächsten weinte sie hysterisch.

»Mehr!«, verlangte sie, drückte seinen Hintern und versuchte, ihn zu zwingen, sie noch härter zu nehmen. Er hätte wissen müssen, dass sie wieder schwanger war, bevor sie es ihm überhaupt gesagt hatte. In letzter Zeit war sie im Bett viel energischer gewesen, genau wie damals, als sie mit Violet und dann mit Kienna schwanger gewesen war. Um fair zu sein, das letzte Mal war sieben Jahre her, aber trotzdem.

»Ich liebe dich«, sagte er, während er ihr schönes Gesicht betrachtete.

»Ich würde dich noch mehr lieben, wenn du dich schneller und fester bewegen würdest«, keuchte sie.

Lachend tat Bob wie befohlen.

Nachdem er sie mit der größten Ladung, an die er sich seit Langem erinnern konnte, ausgefüllt hatte, drehte Bob sich auf den Rücken und zog seine Frau mit sich. Das war immer noch ihre liebste Art, sich auszuruhen – ihn als Kissen zu benutzen.

Sie lag erschöpft auf ihm und er streichelte träge ihren Rücken. In ihrem Haus herrschte Chaos, der Kühlschrank war leer und sie mussten einkaufen, der Rasen musste gemäht werden, sie hatten schon vor Monaten die letzten Babysachen weggegeben, an denen sie so lange festgehalten hatten ... aber all das war Bob egal. *Dies* war das Wichtigste. Seine Frau zu halten.

Er küsste sie auf die Schläfe. »Ich liebe dich.«

»Schhhh«, murmelte sie. »Zu laut.«

Bob grinste und blieb stumm.

APRIL/JJ

»Kannst du uns die Geschichte von Tante Junes Hochzeit noch einmal erzählen? Bitte, Tante April? Biiiitte?«, bettelte Atlas dramatisch.

April grinste, als sie in die kleinen Gesichter starrte, die zu ihr aufblickten. Alle acht ihrer Nichten und Neffen gleichzeitig zu Besuch zu haben war zwar anstrengend, aber sie liebte jede Minute davon ... vor allem, wie ruhig das Haus schien, sobald sie alle wieder abgeholt worden waren.

Sie hatte vor all den Jahren nicht gelogen, sie wollte nie eigene Kinder haben, aber sie liebte es, die Teufelsbraten ihrer Freunde zu verwöhnen.

Das Alter der Kinder reichte von zehn bis zwei Jahren. Die kleine Ivy schlief bereits tief und fest in ihrem Bettchen, aber die anderen sieben waren wach und aufgekratzt von dem Zucker, den sie gegessen hatten, und von der Aufregung, im Haus von Tante April und Onkel Jack zu sein.

Und sie hatte absolut kein Problem damit, die Geschichte zu erzählen, wie sie alle zur Hochzeit von June und Cal nach Liechtenstein geflogen waren. Das war eine ihrer schönsten Erinnerungen überhaupt.

»In Ordnung, aber ihr müsst versprechen, euch nach der Geschichte alle hinzulegen und schlafen zu gehen. Wir hatten einen aufregenden Tag, aber morgen kommen eure Eltern, um euch abzuholen, und wenn ihr schlecht gelaunt und erschöpft seid, weil ich euch bis drei Uhr morgens habe aufbleiben lassen, dürft ihr nicht mehr wiederkommen«, ermahnte April die Kinder.

Alle kicherten. Der Gedanke, so lange aufzubleiben, war für sie unvorstellbar. Genauso wie der Gedanke, Tante April und Onkel Jack nicht besuchen zu dürfen.

»Wir versprechen es!«, sagte Atlas, der enthusiastisch eine Hand auf sein Herz legte.

»Ja, das tun wir!«, fügte Max hinzu.

»Mommy wird nicht sagen, dass wir nicht herkommen dürfen«, sagte Violet feierlich. »Sie und Daddy sind viel zu gern allein.«

»Ja, sie können knutschen, ohne dass wir uns beschweren«, fügte Kienna hinzu.

Alle Kinder gaben Würgegeräusche von sich bei dem Gedanken, wie ihre Eltern sich küssten.

April lachte und konnte nicht umhin, zu Jack hinüberzusehen. Er saß auf dem Boden auf einem Sitzsack und hielt Gina in seinem Schoß. Das kleine Mädchen lehnte im Halbschlaf an Jacks Brust, lutschte an einem Daumen und hielt sich an einem Walross-Stofftier fest. Das Ding war hässlich, aber sie trug es mit sich herum, seit sie alt genug war, um sich frei zu bewegen.

Jack schenkte April ein kleines Lächeln. Er sah auch müde aus, aber sie würden die Zeit mit diesen Kindern um nichts in der Welt missen wollen. Und zu wissen, dass ihre Freunde dadurch etwas Zeit für sich hatten, war ein Bonus.

»In Ordnung«, sagte April. »Es war einmal ein Mädchen, das hatte eine sehr gemeine Stiefschwester und Stiefmutter. Sie ließen sie alle Hausarbeiten allein erledigen, ließen sie nicht aus dem Haus und gaben ihr kein Geld. Aber da war ein schöner Prinz aus einem Land jenseits des großen Ozeans, der das Haus besuchte und das Mädchen sah. Er verhalf ihr zur Flucht, und sie kamen nach Maine.«

»Und sie wurde verschossen!«, sagte Will aufgeregt.

Die Kinder hatten die Geschichte von June und Cal schon so oft gehört, dass sie sie auswendig kannten.

»Es heißt nicht verschossen«, sagte Max mit einem Anflug von Überlegenheit. »Es heißt *angeschossen*. Und sei still, du ruinierst die Geschichte!«

»Wie auch immer«, sagte Will und rollte mit den Augen.

»Du hast recht, Will«, sagte April und fuhr fort: »Das

Mädchen – ihr Name war June – wurde von einem bösen Mann angeschossen, der für ihre schreckliche Stieffamilie arbeitete.«

»Aber sie ist nicht gestorben«, sagte Kienna, die sich vorbeugte, während sie sprach. Sie saß auf dem Fußende eines Stockbettes und hörte aufmerksam zu.

»Nein, ist sie nicht«, sagte April mit einem Lächeln. »Sie lebte, und sie und der Prinz heirateten in einer kleinen, stillen Zeremonie und lebten glücklich bis ans Ende ihrer Tage.«

»Tante April«, jammerte Jasper. »Erzähl es richtig!«

April lachte. »Natürlich, entschuldige. Der Junge und das Mädchen *heirateten* in einer kleinen, ruhigen Zeremonie, aber da der Junge ein Prinz war, wollten die Leute in seinem Land eine große, schicke Hochzeit. Nachdem June und der Prinz ihr erstes Kind bekommen hatten –«

»Ich! Das bin ich!«, sagte Max stolz.

»Ja«, stimmte April zu. »Nachdem sie dich bekommen hatten und du alt genug warst, um bequemer zu reisen, als du etwa so alt warst wie Ivy, haben sie eine Tasche gepackt und sind mit sechs ihrer besten Freunde in ein schickes Privatflugzeug gestiegen und über den Ozean geflogen, um im Land des Prinzen eine große Hochzeitsfeier zu veranstalten.

Der Tag kam, und das Mädchen trug ein wunderschönes Kleid. Ihre Schleppe war so lang, dass vier Leute sie festhalten mussten, um ihr beim Gehen zu helfen. Der Prinz sah in seinem Smoking und mit all den Orden, die er sich als Soldat verdient hatte, sehr offiziell aus. Die Kirche war voll mit Menschen, die aus der ganzen Welt gekommen waren, um der Hochzeit des Prinzen und des Mädchens beizuwohnen.«

April sah sich im Raum um und stellte fest, dass alle Blicke auf sie gerichtet waren. Sie liebte diesen Teil der Geschichte; er weckte so viele wunderbare Erinnerungen an die Reise vor acht Jahren.

»Der Prinz stand vorn in der Kirche und wartete darauf, dass seine Prinzessin zum Altar schritt. Sein Smoking hatte keine Falten, sein Haar war perfekt, und er sah so gut aus, wie das zur Prinzessin gewordene Mädchen es noch nie gesehen hatte. Sie begann, auf ihn zuzugehen – als plötzlich ein lauter Schrei hinter ihr ertönte!

Alle schnappten nach Luft, weil sie befürchteten, dass jemand der Prinzessin oder dem Prinzen oder vielleicht sogar dem König und der Königin etwas antun wollte! Aber stattdessen tauchte ein kleiner Junge hinter der Prinzessin auf. Er war völlig nackt und weinte hysterisch. Er rief: ›Daddy!‹, und watschelte den Gang hinunter auf den Prinzen zu.

Es war ihm egal, dass er keine Kleidung trug und dass Hunderte von Menschen ihn anstarrten. Er wollte nur seinen Daddy. Der Prinz kniete nieder und streckte die Arme aus, und der kleine Junge, nackt und aus irgendeinem Grund klatschnass – was der Prinz erst merkte, als er ihn hochhob –, rannte direkt in seine Arme.

Zuerst wussten die Zuschauer nicht, was sie tun sollten. Im Raum war es so still, dass man eine Stecknadel hätte fallen hören können. Selbst die Prinzessin stand wie erstarrt am Ende des Ganges. Ihr Gesicht wurde ganz rot, und jeder konnte sehen, dass es ihr peinlich war.

Dann rief eine andere kleine Stimme etwas, und ein *weiterer* kleiner Körper schob sich an der Prinzessin vorbei. Es war ein zweiter kleiner Junge. Auch nackt. Auch weinend. Er schaute sich kurz um, dann rannte er den Gang hinunter zu seiner Mutter, die in der ersten Reihe stand.«

»Wir waren nass, weil uns heiß war und es in der Kirche stickig war, und wir haben uns ausgezogen, um im Wasser des schicken Brunnens zu spielen. Als die Babysitterin uns dann dazu bringen wollte, uns wieder anzuziehen, sind wir weggerannt, weil sie total unheimlich war«, erklärte Max, um ihr Verhalten zu rechtfertigen.

»Stimmt genau. Ihr habt euch erschreckt, weil die sehr *nette*

Dame, die auf euch aufpasste, ein bisschen ausgeflippt ist«, sagte April mit einem kleinen Lächeln.

Max drehte sich zu Atlas um und klatschte ihn ab. Die Jungs liebten diese Geschichte. Es war ihnen nicht peinlich, dass sie eine königliche Hochzeit gestört hatten, indem sie nackt vor all den Gästen herumliefen. April hatte das Gefühl, dass es ihnen etwas ausmachen würde, wenn sie älter waren, aber im Moment gefiel es ihnen einfach, ein so großer Teil der Geschichte zu sein.

»Erzähl weiter!«, sagte Jasper ungeduldig.

»Stimmt, tut mir leid«, entschuldigte April sich mit einem Grinsen. »Wie ich schon sagte, war es in der ganzen Kirche völlig still, weil alle unter Schock standen. Die beiden Jungen weinten immer noch, und um das Chaos noch zu vergrößern, begann ein kleines Mädchen in den Armen einer Freundin der Prinzessin, die ebenfalls in der ersten Reihe saß, zu weinen, weil sie die *Jungen* weinen hörte.

Das Mädchen in dem schönen Kleid geriet in Panik und dachte, sie hätte die ganze Hochzeit ruiniert. Dass alle Anwesenden und alle Menschen, die im Land des Prinzen lebten, sie hassen würden. Aber dann ... kicherte jemand. Es war gedämpft, aber eindeutig ein Kichern. Dann stimmte ein anderer ein. Bald ging das Kichern in lautes Gelächter über. Es begann in den vorderen Reihen, wo Junes beste Freunde saßen. Und das Geräusch breitete sich aus. Bevor sie wusste, wie ihr geschah, lachten alle in der Kirche.

Und der Prinz tat etwas, was kein Prinz in der Geschichte des Landes je zuvor getan hatte. Er trat von der Plattform am Altar der Kirche und ging den Gang hinunter auf das Mädchen zu. Als er sie erreichte, beugte er sich zu ihr hinunter und gab ihr einen Kuss. Inzwischen war sein Smoking, der eigentlich makellos war, feucht von dem Jungen, den er im Arm hielt. Sein Haar war von kleinen Fingern zerzaust worden. Aber das schien ihn nicht zu kümmern. Und seine Prinzessin auch nicht.

Er nahm sie an der Hand und führte sie den ganzen Gang entlang nach vorn. In der ersten Reihe blieb er stehen, um den kleinen Jungen an einen seiner Freunde zu übergeben, aber sein Sohn weigerte sich. Und nicht nur das, auch der andere nackte kleine Junge hob die Arme und wollte sich ihnen anschließen.

Die Prinzessin gab ihren Blumenstrauß an eine ihrer Freundinnen weiter und nahm den zweiten kleinen Jungen in die Arme. Er hörte sofort auf zu weinen und legte den Kopf auf ihre Schulter. Und so verliebte das Land des Prinzen sich in die neue Prinzessin. Die Hochzeitszeremonie ging weiter, und der Prinz und die Prinzessin hielten nackte kleine Jungen und versprachen, sich für den Rest ihres Lebens zu lieben.«

April lächelte bei dieser Erinnerung. Die Hochzeit war alles andere als traditionell gewesen, und obwohl June befürchtet hatte, dass man sie aus Liechtenstein rauswerfen und nie wieder einladen würde, trat das Gegenteil ein. Die Bürger liebten ihre Gelassenheit und Freundlichkeit, und die Bilder von ihrer Hochzeit wurden noch immer jedes Jahr an ihrem Hochzeitstag in Umlauf gebracht.

Der Ball nach der Zeremonie hatte so viel Spaß gemacht. Die Menschen, denen sie begegneten, waren freundlich und aufgeschlossen, und alle Befürchtungen, die June vor der Hochzeit gehabt hatte, wurden zerstreut. Carlise, Marlowe, June und April hatten irgendwann Zeit gefunden, sich zusammenzusetzen und einfach zu genießen, dass sie beieinander waren, sicher, glücklich und gesund, und ein Fotograf hatte auch diesen Moment festgehalten.

Das Bild war eingerahmt und hing unten an der Wand. Keines der Gesichter war deutlich zu sehen, da sie im Kreis standen und die Arme um die Schultern der anderen gelegt hatten, aber es war eines von Aprils Lieblingsbildern überhaupt ... vielleicht abgesehen von dem, das sie und Jack am Tag ihrer Hochzeit gemacht hatten. Sie hatte ein blaues Auge und eine Prellung auf der Wange, und Jack sah fast böse aus, weil er immer noch so wütend darüber war, dass sie und die anderen entführt und fast in die Luft gejagt worden waren. Aber als April ihn ansah, sah sie nur Liebe.

»In Ordnung, die Märchenstunde ist vorbei. Es wird Zeit, dass ihr Zwerge schlafen geht«, erklärte sie, als sie aufstand.

Alle Kinder stöhnten und ächzten, aber sie gingen in ihre Betten – wenn sie nicht schon darin lagen. Jack und April gingen durch das Zimmer, verteilten Gutenachtküsse und deckten alle zu.

Als sie in ihr eigenes Zimmer gingen, war April erschöpft.

»Müde?«, fragte Jack, der einen Arm um ihre Taille legte und sie an seine Seite zog.

»Das ist eine Untertreibung. Meinst du, sie werden die Nacht durchschlafen?«

»Auf gar keinen Fall«, sagte Jack mit einem kleinen Lachen.

»Was glaubst du, wie viele wir am Ende in unserem Bett haben werden?«

»Auf jeden Fall Gina. Vielleicht Will. Ivy wird wahrscheinlich aufwachen und alle anderen auch aufwecken. Wir könnten eine improvisierte Teeparty um drei Uhr morgens haben.«

April stöhnte. Als sie in ihrem Zimmer ankamen, ließ Jack die Tür offen, damit jedes Kind, das mitten in der Nacht aufwachte und in das Bett von Tante April und Onkel Jack kriechen wollte, wusste, dass es willkommen war. Er führte April zu ihrem großen Doppelbett und zog sie an sich.

April schmiegte sich sofort an ihn und lehnte den Kopf an seine Schulter.

»Dieses Wochenende war großartig«, sagte Jack nach einem Moment.

April nickte. »Erschöpfend, aber fantastisch«, stimmte sie zu. Sie hob den Kopf und sah zu ihrem Mann auf. »Es macht dir nichts aus?«

»Ich weiß nicht genau, was du fragst, aber die Antwort ist

nein. Immer nein. Wenn dir gefällt, was wir tun, dann macht es mir nichts aus.«

April wollte in seinen Armen dahinschmelzen. Dieser Mann war ihr Ein und Alles. Er war nicht perfekt. Er war immer noch viel zu beschützend, aber er riss sich den Arsch auf, gab ihr das Gefühl, die wichtigste Frau der Welt zu sein, und er liebte sie mit jedem Tag mehr ... genauso wie sie ihn.

»Ich habe gefragt, ob es dir etwas ausmacht, alle Kinder gleichzeitig hier zu haben«, stellte sie klar.

»Auf keinen Fall. Es ist verrückt, beängstigend und wir werden eine Woche lang schlafen, wenn sie weg sind, aber sie sind alle wirklich gute Kinder. Und es tut gut zu wissen, dass unsere Freunde dadurch für ein paar Tage eine Pause bekommen.«

»Ja«, stimmte April zu.

»Und ... wir können sie zurückgeben, also habe ich meine Frau und unser Bett ganz für mich allein, wenn sie weg sind.«

April lachte schnaubend. Dann wurde sie ernst. »Jack?«

»Ja, Süße?«

»Ich liebe dich.«

»Ich weiß.«

Sie gab ihm einen leichten Klaps auf die Brust.

Er grinste. »Ich liebe dich auch«, sagte er. »Danke, dass du diesem verkorksten Holzfäller eine zweite Chance gegeben hast.«

»*Mein* Holzfäller«, beharrte April.

»Deiner«, stimmte Jack zu und senkte den Kopf, um sie zu küssen.

Die zärtliche Geste wurde schnell heiß. April stöhnte aus Protest, als er sich zurückzog.

»Später«, schwor Jack. »Sobald der letzte Teufelsbraten abgeholt ist, gehen wir in unser Schlafzimmer zurück ... Du ziehst dich aus und kriechst unter die Decke ... Ich komme zu dir und ziehe dich in meine Arme ... und wir werden acht Stunden durchschlafen.«

April brach in Gelächter aus. Er hatte nicht unrecht.

»*Dann* werde ich meiner Frau zeigen, wie sehr ich sie liebe und verehre. Deine Geduld mit den Kindern ist unendlich, und ich liebe es, wie gut du mit ihnen umgehen kannst. Sie könnten sich keine bessere Tante wünschen.«

»Ich werde dich beim Wort nehmen«, drohte April. »Ich will meinem Mann zeigen, wie großartig er ist und wie stolz ich bin, dass du nicht die Fassung verloren hast, als wir in den Park gingen und sie alle in acht verschiedene Richtungen rannten.«

Jack erschauderte. »Gott, das war schrecklich. Ich konnte sie nicht alle gleichzeitig im Auge behalten. Einer von ihnen hätte geschnappt werden können, und ich hätte es vielleicht nicht gesehen. Das sollten wir nie wieder tun. Und wenn doch, dann tragen sie alle diese Peilsender, die Tex uns geschickt hat.«

Der berüchtigte Tex hatte den Jungs Peilsender zukommen lassen, nachdem die Frauen alle entführt worden waren, und ihnen mit jedem Kind einen neuen geschenkt.

April lächelte zu ihm hoch. »Sie waren in Ordnung. Niemand war zu irgendeinem Zeitpunkt mehr als zehn Meter von uns entfernt. Und sie wissen, dass sie immer bei ihrem zugewiesenen Freund bleiben müssen.«

Sie hatten den Kindern alles beigebracht, was sie über Sicherheit und die Gefahren in der Welt lehren konnten – ohne sie zu Tode zu erschrecken. Wenn sie unterwegs waren, hatte jeder einen Freund, bei dem er immer bleiben musste, egal was passierte. Bis jetzt hatte das System funktioniert.

April stellte sich auf die Zehenspitzen und küsste Jack, bevor sie sich müde mit einer Hand über das Gesicht fuhr.

»Los, mach dich bettfertig«, sagte er und schob sie in Richtung Badezimmer.

April nickte. Sie schnappte sich das übergroße T-Shirt, das sie immer noch im Bett trug, und verschwand im Bad.

Dreißig Minuten später hielt JJ seine leise schnarchende Frau im Arm, während er von Dankbarkeit erfüllt an die Decke starrte. Er war genauso müde wie April, aber er konnte nicht schlafen. Er lauschte auf die Geräusche, die das Haus machte, während er versuchte, sich zu entspannen. Nichts war ungewöhnlich. Die acht kostbaren Seelen auf dem riesigen Dachboden, den er und April in ein großes Schlafzimmer mit vier Stockbetten und einem Kinderbett verwandelt hatten, waren in Sicherheit.

Er liebte die Kinder seiner Freunde. Sie waren lustig, freundlich, sarkastisch und klug, und die Liebe, die JJ für sie empfand, war fast überwältigend. Er und April waren gesegnet, ein so großer Teil ihres Lebens zu sein.

Das Leben in Maine war immer besser geworden. *Jack's Lumber* florierte. Der Hochseilgarten, den sie eingerichtet hatten, war auf Anhieb ein großer Erfolg gewesen. Sie hatten das ganze Jahr über mit Touristen und Einheimischen zu tun, mit Organisationen und Unternehmen, die mit ihren Mitarbeitern vertrauensbildende Ausflüge machen wollten.

Das Führen von Gruppen auf dem Appalachian Trail hatten sie stark zurückgefahren. Mit ihren Familien, *Jack's Lumber* und dem Hochseilgarten, an dem sie alle mitarbeiteten, hatte der Tag einfach nicht genügend Stunden.

Was jedoch niemand opfern wollte, war die Zeit mit Freunden. Es gab viele Picknicks, Mädelsabende, Männerabende, Filmabende und halbwegs ruhige Abende in einem ihrer Häuser, an denen sie sich einfach nur besuchten, während die Kinder spielten.

JJ stand Chappy, Cal und Bob genauso nahe wie vor all den

Jahren, als sie ein Glücksspiel gespielt hatten, um ihre Zukunft zu bestimmen. Wer hätte gedacht, dass sie einmal da sein würden, wo sie jetzt waren? Er nicht.

April bewegte sich im Schlaf und klammerte sich noch fester an ihn.

JJ seufzte. *Das hier.* Das war es, wonach er sich all die Jahre gesehnt hatte, nachdem er April eingestellt hatte, das einzufordern er jedoch zu feige gewesen war. Und jetzt würde er sie niemals gehen lassen. Die Kinder würden erwachsen werden und ihr eigenes Leben führen, aber er würde immer noch hier bei April sein und sie so sehr lieben, wie er konnte. Er kannte keine andere Art, sie zu lieben, als voller Leidenschaft. Gelegentlich hatte er immer noch Albträume von ihrer Entführung, aber mit der Zeit hatten sie deutlich abgenommen.

Ein Geräusch erregte Jacks Aufmerksamkeit, und er hob den Kopf, um zur Tür zu sehen. Der sechsjährige Will stand dort und sah unsicher aus.

»Geht es dir gut?«, fragte JJ leise.

Will nickte. »Ich kann nicht schlafen.«

»Komm her, Kumpel«, sagte er und streckte eine Hand aus.

Will durchquerte schnell das Zimmer und kroch auf das Bett. Er kuschelte sich an JJs andere Seite und seufzte. Ein oder zwei Minuten vergingen, bevor er eine kleine Faust hob und sagte: »Bei drei.«

JJ grinste und ballte die Hand zur Faust, die um Aprils Rücken lag, während sie sich an ihn schmiegte. »Eins, zwei, drei«, sagte er und breitete seine Hand flach aus, um ein Stück Papier darzustellen.

Wills Zeige- und Mittelfinger waren zu einer Schere gespreizt.

»Ich habe gewonnen«, sagte der kleine Junge glücklich.

JJ konnte sich ein Lächeln nicht verkneifen. »Das hast du. Gut gemacht.«

Im Laufe der Jahre hatte er all seinen Neffen und Nichten

beigebracht, wie man Schere, Stein, Papier spielte. Sie konnten das Spiel buchstäblich stundenlang spielen. Es war ebenso nervig wie liebenswert. Glücklicherweise schien Will mit der einen Runde zufrieden zu sein, denn er legte den Kopf auf Jacks Schulter und fiel sofort in einen tiefen Schlaf.

Wie er und April besprochen hatten, hatte JJ das Gefühl, dass am nächsten Morgen noch mehrere kleine Körper in ihrem Bett liegen würden, die jeden Winkel ausfüllten. Aber es machte ihm nichts aus, und er wusste, dass es April auch nichts ausmachte. Schon bald würden sie ihr Haus und ihr Bett wiederhaben, und auch wenn es ein wenig leer erscheinen würde, wäre es doch eine Erleichterung. Das Beste am Onkelsein war, die Kinder ihren Eltern zurückgeben zu können. Aber er würde die Zeit, die er mit ihnen verbringen konnte, gegen nichts eintauschen wollen.

»Jack?«, murmelte April.

»Ja?«, flüsterte er.

»Ich liebe dich.«

JJ schloss die Augen und ließ die Worte seiner Frau in seine Seele sinken. Ja, er war gesegnet. Nach dem Leben, das er geführt hatte, den Risiken, die er eingegangen war, den Gefahren, denen er sich gestellt hatte, war er dankbar für alles, was er hatte.

»Ich liebe dich auch«, sagte er und küsste seine Frau auf den Kopf.

Er konzentrierte sich noch einmal intensiv auf die Geräusche um ihn herum und vergewisserte sich, dass alles so war, wie es sein sollte, bevor er sich völlig entspannte ... dann schloss er die Augen und schlief ein.

Vielen Dank, dass Sie die Reihe *Ein Spiel des Glücks* gelesen haben. Ich hoffe, Sie haben jedes Wort geliebt. Wenn Sie noch keine meiner anderen Reihen gelesen haben und sich fragen, woher all die Typen am Ende kommen, finden Sie sie in meinen Serien *Ace Security Reihe, Die Mountain Mercenaries* und *Die Männer von Silverstone*. Und Tex? Er stammt aus meiner ursprünglichen Reihe *SEALs of Protection*, die mit *Schutz für Caroline* beginnt (und in *Schutz für Melody* findet er sein Happy End).

Meine neueste Reihe ist *SEALs of Protection: Alliance*, und sie beginnt mit *Schutz für Remi*. Sehen Sie es sich an, falls Sie es noch nicht getan haben!

Lesen Sie weiter und denken Sie daran, immer freundlich sein!

BÜCHER VON SUSAN STOKER

Die Zuflucht in den Bergen
Zuflucht für Alaska
Zuflucht für Henley
Zuflucht für Reese
Zuflucht für Cora
Zuflucht für Lara
Zuflucht für Maisy
Zuflucht für Ryleigh

Das Bergungsteam vom Eagle Point
Ein Retter für Lilly
Ein Retter für Elsie
Ein Retter für Bristol
Ein Retter für Caryn
Ein Retter für Finley
Ein Retter für Heather
Ein Retter für Khloe

SEALs of Protection: Legacy
Ein Beschützer für Caite
Ein Beschützer für Brenae
Ein Beschützer für Sidney
Ein Beschützer für Piper
Ein Beschützer für Zoey
Ein Beschützer für Avery
Ein Beschützer für Kalee
Ein Beschützer für Jane

Die SEALs von Hawaii:
Die Suche nach Elodie
Die Suche nach Lexie
Die Suche nach Kenna
Die Suche nach Monica
Die Suche nach Carly

Die Rettung von Kassie
Die Rettung von Bryn
Die Rettung von Casey
Die Rettung von Wendy
Die Rettung von Sadie
Die Rettung von Mary
Die Rettung von Macie
Die Rettung von Annie

SEALs of Protection:
Schutz für Caroline
Schutz für Alabama
Schutz für Fiona
Die Hochzeit von Caroline
Schutz für Summer
Schutz für Cheyenne
Schutz für Jessyka
Schutz für Julie
Schutz für Melody
Schutz für die Zukunft
Schutz für Kiera
Schutz für Alabamas Kinder
Schutz für Dakota

Eine Sammlung von Kurzgeschichten
Ein langer kurzer Augenblick

BIOGRAFIE

Susan Stoker ist die New York Times, USA Today und Wall Street Journal Bestsellerautorin der Buchreihen »Badge of Honor: Texas Heroes«, »SEAL of Protection«, »Die Delta Force Heroes« und einigen mehr. Stoker ist mit einem pensionierten Unteroffizier der US-Armee verheiratet und hat in ihrem Leben schon überall in den Vereinigten Staaten gelebt – von Missouri über Kalifornien bis hin zu Colorado. Zurzeit nennt sie die Region unter dem großen Himmel von Tennessee ihr Zuhause. Sie glaubt ganz und gar an Happy Ends und hat großen Spaß daran, Geschichten zu schreiben, in denen Romantik zu Liebe wird.

Besuchen Sie Susan im Netz!
www.stokeraces.com
facebook.com/authorsusanstoker
twitter.com/Susan_Stoker
bookbub.com/authors/susan-stoker
instagram.com/authorsusanstoker
Email: Susan@StokerAces.com